Gott ist überall,
ausser wo er seinen Stellvertreter hat.
(Italienisches Sprichwort)

Prolog

Irgendwo in Italien, im Jahre des Herrn 1570

Seit Tagen hatten sie die Sonne nicht mehr gesehen.

Kein Sonnenstrahl drang durch die dunklen Wolken. Es regnete wie seit Monaten nicht mehr. Die Kühe lagen müde und teilnahmslos auf den Weiden, die Schweine verspürten nicht die geringste Lust, sich im Schlamm zu suhlen. Kein Vogel, der fröhlich in den Baumwipfeln sang, kein Kind, das in den Gassen herumtollte, kein Bauer, der das Feld bestellte. Nur Regen, Blitz und Donner.

Die beiden Reiter, die an diesem Abend durch Dörfer und Wälder, über Wiesen und Äcker preschten, als wäre der Teufel hinter ihnen her, nahmen die Trostlosigkeit um sie herum kaum wahr. Ihre Blicke waren starr nach vorn gerichtet. Die Hufe der Tiere gruben sich tief in den aufgeweichten Boden und peitschten ihn auf. Die vereinzelten Rufe, mit denen sie ihre Pferde antrieben, waren die einzigen Laute, die aus ihrer Kehle drangen.

Dann plötzlich ein erstickter Schrei. »Halte ein!«, rief eine Frauenstimme.

Der zweite Reiter hielt sein Pferd an und machte kehrt. Neben der Frau angekommen, schob er die Kapuze seines Mantels in den Nacken. Zum Vorschein kam das hagere Gesicht eines Mannes von etwa dreißig Jahren. Das dichte schwarze Haar hing ihm im Nu in nassen Strähnen ins Gesicht. Aus gehetzten dunklen Augen starrte er seine Begleiterin an. »Was ist geschehen?« Ohne eine Antwort abzuwarten, herrschte er sie an: »Wir müssen weiter. Eil dich!«

Sie schüttelte den Kopf und schob ebenfalls ihre Kapuze

nach hinten. Lange dunkle Locken umrahmten ein zierliches blasses Gesicht. »Ich kann nicht mehr!«, stieß sie hervor.

»Was soll das heißen?«, fragte er. »Wir haben keine Zeit, zu rasten.«

»Ich glaube, es ist so weit«, keuchte sie.

»*Was* ist so weit?«

Trotz der Anstrengungen brachte sie ein Lächeln zustande. Und in diesem Augenblick verstand er. Er sah auf die Wölbung unter ihrem Mantel. »Du meinst ...?«

Sie nickte mit schmerzverzerrtem Gesicht.

Hastig sah er sich um. Dann zeigte er hinunter ins Tal. »Dort ist ein Dorf. Hältst du bis dorthin durch?«

Wieder nickte sie. Und während sie sich aufstöhnend nach vorn beugte und beide Hände auf ihren Bauch legte, griff er nach ihren Zügeln. So trabten sie dem Dorf entgegen.

Das Dorf bestand aus ärmlichen Häusern, die an einer breiten Straße und mehreren kleinen Gassen aneinandergereiht standen, die, Adern gleich, von der Hauptstraße wegführten. Aus wenigen Fenstern glomm Kerzenlicht zu den beiden nächtlichen Besuchern heraus. Weit und breit war keine Menschenseele zu sehen.

Der Regen wurde stärker. Die Tropfen prasselten auf ihre Köpfe wie Kieselsteine. Auf der Straße hatten sich große Rinnsale gebildet, durch die die Pferde jedoch mühelos hindurchstapften.

»Da ist eine Kirche!«, rief der Mann plötzlich und hielt auf das Gotteshaus zu, das sich über einem kleinen Platz in der Dorfmitte erhob. »Gott sei es gedankt.«

Vor der Kirche sprang er in den Schlamm und half seiner Begleiterin aus dem Sattel. Gemeinsam stiegen sie die drei Stufen zum Portal hinauf und stießen es auf. Im Innern der Kirche herrschte Dunkelheit. Nur auf dem Altar brannte eine Kerze.

Er führte sie durch das Kirchenschiff bis vor den Altar. Dann nahm er die brennende Kerze und entzündete damit alle Kerzen, die er finden konnte. Währenddessen bereitete sie vor dem Altar unter den wachenden Augen einer Madonnenfigur ein Lager aus ihrem nassen Mantel und einer ebenso nassen Decke und legte sich ächzend darauf nieder.

Hastig kehrte er zu ihr zurück und knöpfte seinen Mantel auf. Darunter kam die schwarze Soutane eines Priesters zum Vorschein. Er nahm den Mantel und legte ihn unter ihren Kopf. »Was soll ich nun tun?«, fragte er.

»Wasser ...«, presste sie hervor.

Suchend sah er sich um, eilte zum Taufbecken und nahm die bronzene Schale heraus. Dann lief er hinaus ins Freie. Vor der Tür stellte er die Schale in den strömenden Regen. Innerhalb weniger Augenblicke war sie bis zum Rand vollgelaufen. Beinahe zärtlich hob er die Schale auf und trug sie zurück zum Altar. Er stellte die Schale ab und kniete sich unschlüssig vor seine Begleiterin, die in regelmäßigen Abständen aufstöhnte. Ihr Gesicht war rot und glänzend wie im Fieberwahn.

Wieder schrie sie auf, und ein Schwall klaren Wassers ergoss sich aus ihrem Schoß auf die Decke. Er schob das blutrote Kleid aus Brokat über ihre angewinkelten Beine bis zur Hüfte hoch. Anschließend zog er ihr vorsichtig ihre Beinkleider aus. Hilflos blickte er auf ihre geöffnete Scham. Die Schreie der Frau wurden lauter, fordernder, verzweifelter. Zwischendurch presste sie hechelnd.

Er schaute hinauf zur Madonnenfigur im Tabernakel und betete leise.

Da packte sie ihn am Ärmel. »Deine Gebete helfen jetzt nicht weiter!«, stieß sie hervor.

»Dann sag mir, was ich tun muss«, erwiderte er. »Ich habe so etwas noch nie gemacht.«

»*Ich* auch nicht!«, brüllte sie. »Versuch, ob du den Kopf fühlen kannst.«

Mit zitternden Händen tastete er sich in ihre Scham. »Ich kann ihn nicht fühlen. Vielleicht liegt das Kind falsch.«

»Verdammt!«, stöhnte sie und schrie sogleich wieder auf. »Nun kann allein ein Wunder helfen.«

Und das Wunder trat ein. Plötzlich öffnete sich das Kirchenportal, und eine Nonne, wohl durch die Schreie aufmerksam geworden, erschien in der Tür. Ein Windstoß blies durch das Gemäuer und ließ die Kerzen flackern.

Der Priester sprang auf und eilte ihr entgegen. »Euch schickt der Himmel!«

»Reverendo«, sagte die Nonne und starrte an ihm vorbei zu der stöhnenden Frau vor dem Altar. »Was geschieht hier?«

Er griff sie am Arm und zog sie mit sich. Die Nonne verstand sofort und kniete sich nieder. »Ist ihr Wasser bereits abgegangen?«, fragte sie.

»Ja, vor wenigen Augenblicken«, antwortete er. »Aber der Kopf ... Irgendetwas ist nicht so, wie es zu sein hat.«

Mit sorgenvoller Miene befühlte die Nonne die Lage des Kindes. »In der Tat«, murmelte sie. »Ich muss es wenden, dass es mit dem Kopf voran den Schoß der Mutter verlässt.« Sie bewegte ihre Finger sachte vorwärts und führte kleine ruckartige Bewegungen aus.

Der Priester sah zu seiner Begleiterin auf. »Sie atmet kaum noch!«

Der Kopf der Nonne schnellte hoch. »Wir verlieren sie«, keuchte sie, und ihre Hände arbeiteten noch flinker.

Angstvoll ging der Priester auf und ab. Immer wieder hockte er sich neben die werdende Mutter und benetzte ihre Stirn. Ihre Brust hob und senkte sich langsam, ihr Atem ging stetig flacher.

Die Zeit verstrich. Der Priester ließ die Nonne wortlos ihre

Arbeit verrichten. Rastlos streifte er durch die Kirche, kniete betend vor der Madonna, ging vor die Tür und kam wieder zurück. Seine Begleiterin, bleich und apathisch, stöhnte wie im Delirium.

Und dann: Ein Schrei! Die Nonne hielt das neugeborene Leben in beiden Händen. Sie biss die Nabelschnur durch und band beide Enden mit Streifen ab, die sie sich aus ihrem Gewand gerissen hatte. »Ein Mädchen.« Sie lächelte. Anschließend wusch sie es mit dem Wasser aus der Schale.

Der Priester hatte keine Augen für das Kind. Er hielt die Hände der Mutter. Nur schwach erwiderte sie den Druck. Plötzlich schlug sie die Augen auf. Sie löste ihre Hände aus den seinen und streckte sie der Nonne entgegen. Die reichte ihr den Säugling.

Während die junge Frau ihr Kind voller Glück an ihre Brust hielt, bemerkte der Priester das blutige Rinnsal, das unter ihrem Kleid hervor über die Stufen des Altars sickerte. Er schaute die Nonne an. Sie erwiderte seinen Blick und schüttelte unmerklich den Kopf.

Dann starb die junge Frau. Es schien, als würde sie einfach einschlafen. Sie lächelte noch einmal, schloss die Augen, und ihr Kopf fiel sanft zur Seite.

Die Nonne bekreuzigte sich und nahm das Kind vom Leib seiner toten Mutter.

Der Priester streichelte über die Stirn seiner Begleiterin, faltete die Hände und betete. Schließlich stand er auf, und sein Blick wurde kalt und starr. »Aus welchem Kloster seid Ihr?«, fragte er die Nonne, ohne sie anzusehen.

»Aus dem Kloster Santa Annunziata«, gab die Nonne zurück. »Es liegt gleich in der Nähe.«

»Gut«, sagte er. »Versprecht mir, das Kind in Euren Konvent aufzunehmen und es zu einer guten Christin zu erziehen.«

Sie riss die Augen auf. »Wo ist der Vater des Kindes? Es sollte in seine Obhut, Reverendo.«

»Es gibt keinen Vater«, sagte er. »Versprecht Ihr mir das?«

Die Nonne nickte.

»Gut«, sagte er wieder, hob seinen Mantel auf und beugte sich über die tote Frau. Ein letztes Mal strich er über ihr Gesicht. Dann wandte er sich schnell ab und strebte dem Portal entgegen.

Als er es öffnete, rief die Nonne ihm hinterher: »Welchen Namen soll ich dem Kind geben, Reverendo?«

Er drehte sich um und starrte sie ratlos an. »Wie heißt dieser Ort hier?«

»Giulianova«, rief sie zurück.

»Dann nennt sie Giulia.« Ohne ein weiteres Wort verschwand er im tosenden Orkan.

Die Nonne sah ihm noch lange nach. Dabei wiegte sie die kleine Giulia zärtlich in ihren Armen.

1

Rom, 19 Jahre später

»Schläfst du?«, fragte eine dunkle Frauenstimme.

Der Mann, der neben ihr auf dem Bett lag, schlug die Augen auf. »Mitnichten«, sagte er und drehte sich auf den Rücken. Er streckte eine Hand aus, streichelte über ihre Wange und strich die lockigen schwarzen Strähnen aus ihrem jungen Gesicht.

Sie nahm die Hand und küsste jeden einzelnen Finger. »Woran denkst du?«

Lächelnd entzog er ihr seine Hand und legte sie unter seinen Kopf. »Allegra«, sagte er, »meinen Körper weihe ich deiner Jugend und Schönheit, meine Gedanken jedoch verbleiben dort, wo sie sind.« Er tippte an seine Schläfe.

Allegra warf lachend den Kopf in den Nacken. »Das war früher einmal anders, Callisto.«

»Früher?«, echote Callisto. »Seit wann teilen wir das Bett? Seit einem Jahr?«

»Oh ...« Allegra streichelte ihm über den Bauch und schürzte die Lippen. »Sind wir heute ein wenig griesgrämig?«

»Nein«, gab er zurück. »Allein dein Begriff von Zeit ist mir fremd.« Mit gerunzelter Stirn betrachtete er den Baldachin über dem Bett.

Wieder lachte sie. »Zeit ist nichts als ein leeres Wort. Ein Jahr vergeht für mich ebenso zügig oder langsam wie für dich.«

»Das«, sagte er und sah sie an, »ist bloßer Unfug. Dein müßiges Kurtisanenleben vermag schnell oder langsam zu vergehen, doch hängt es von den Umständen ab. Hier in meinem Bett eilt die Zeit gewiss, aber lasse ich dich in den Kerker von Torre di

Nona werfen, glaube mir, mein Kind, werden Stunden zu Tagen und Tage zu Monaten.«

Schmollend warf sie sich auf den Rücken und zog das Laken bis unter das Kinn. »Es ist nicht nötig, mir zu drohen.«

»Drohen?«, fragte er. »Warum sollte ich dir drohen?«

»Das frage ich dich!«

Wieder lächelte er. Es war ein kaltes, versteinertes Lächeln.

»*Er* ist es, nicht wahr?«, fragte sie.

Blitzschnell legte er seine Hand auf ihre Lippen. »Nenne seinen Namen nicht!«

Allegra riss die Augen auf und schob seine Hand weg. »Wusste ich es doch. Seinetwegen bist du seit Wochen gereizt wie ein toller Hund.«

»Du weißt gar nichts«, entgegnete Callisto.

»Wann gedenkst du, endlich etwas gegen ihn zu unternehmen?«

»Sei still«, sagte er und schloss die Augen.

Sie richtete sich auf und sah ihn herausfordernd an. »Pah!«, machte sie. »Letztendlich bist du nicht besser als die anderen großmäuligen Schwächlinge. Ihr schwatzt von Veränderungen, von Dingen, die in die Hand genommen werden müssen. Aber am Ende seid ihr alle nur kleine, feige Maden.«

Allegra sah den Hieb nicht kommen. Callistos Hand traf sie am Kinn, und mit einem Schrei stürzte sie aus dem Bett auf den kalten Boden. Er beugte sich zu ihr hinunter. »Hüte deine Zunge, Hure! Oder ich lasse sie dir mit heißem Eisen herausschneiden. Das Privileg, in meinem Bett zu sein, lässt dich deine Stellung vergessen.«

Sie saß eingeschüchtert da und starrte ihn wortlos an. Ein dünner Blutfaden rann aus ihrem Mundwinkel.

Callisto klatschte dreimal laut in die Hände. Sogleich trat ein Diener ein. »Der Ankleider soll kommen!«

Der Diener verneigte sich und verschwand. Kurz darauf klopfte es, und der Ankleider betrat das Gemach. Die Gewänder, die er auf den Armen trug, legte er neben einem Paravent auf einen mit Goldfäden bestickten Stuhl. An der Wand darüber hing ein farbenprächtiger Gobelin.

Ohne Allegra zu beachten, stand Callisto auf. Nackt wie er war, ging er durch den großen Raum und stellte sich hinter den Paravent. Der Ankleider begann unverzüglich mit seiner Arbeit. Als Letztes setzte er Callisto den Purpurhut auf das Haupt.

Callisto kam hinter dem Paravent hervor, besah sich in einem mannshohen goldgefassten Spiegel und richtete hier und da noch eine Kleinigkeit.

»Habt Ihr weitere Wünsche, Eminenz?«, fragte der Diener.

»Nein«, antwortete Callisto, ohne den Blick von seinem Ebenbild zu wenden. »Du kannst gehen.«

»Sehr wohl, Eminenz«, sagte der Diener und verschwand.

Allegra war zurück in das Bett gekrochen. »Wann wirst du zurück sein?«, fragte sie, als wäre nichts geschehen.

»Ich weiß es nicht«, sagte Callisto. »Ich sorge dafür, dass es dir während meiner Abwesenheit an nichts mangelt.«

»Mir hat es in deinem Haus noch nie an etwas gemangelt«, sagte sie mit einem schnippischen Unterton. Dann fügte sie liebevoll hinzu: »Komm wohlbehalten zurück.«

»Warum sollte ich nicht?«, fragte Callisto und zog eine Augenbraue hoch. »Seit wann ist dir mein Wohlbefinden derart wichtig?«

»Dass es dir gut geht, ist mein alleiniges Bestreben, Callisto«, hauchte Allegra mit einem betörenden Augenaufschlag.

An der Tür drehte sich Callisto noch einmal um. »Dein alleiniges Bestreben ist es, die Kurtisane des Papstes zu sein«, sagte er und verließ das Zimmer.

»Die Kurtisane des Papstes«, flüsterte Allegra, nachdem die Tür zugefallen war. »Das klingt bezaubernd.«

Vor dem mächtigen Portal des Palazzo warteten vier Träger mit einer Sänfte, an deren Seiten das Wappen von Kardinal Callisto Carafa prangte: ein silbernes Kreuz und ein Schwert gekreuzt auf rotem Grund. Darüber der purpurne Kardinalshut mit jeweils fünfzehn Quasten an den Seiten, darunter in verschnörkelten goldenen Lettern der Wappenspruch des Kardinals: *Vox Temporis – Vox Dei.* Die Stimme der Zeit ist die Stimme Gottes.

Carafa stieg in die Sänfte. Kaum hatte er Platz genommen, hoben die Träger die Sänfte an. »Zum Quirinalspalast!«, rief der Kardinal und zog die Vorhänge aus rotem Samt zu. Sogleich setzten sich die Träger in Bewegung.

Die Sommerresidenz des Papstes lag etwa eine Stunde von Carafas Palazzo entfernt, im Norden der Stadt, auf dem baumbestandenen Quirinalshügel. Dort hatten sich reiche Römer Villen bauen lassen. Es hieß, die Luft hier oben wäre besser als unten in der Stadt. Gebaut wurde noch immer. Selbst der Palast des Papstes war nach fünfundzwanzigjähriger Bauzeit bei Weitem nicht fertiggestellt. Papst Sixtus V. hielt Unsummen bereit, um die Residenz nach seinen Wünschen erweitern zu lassen. Man sprach von über einer Million Scudi, die er bereits verbaut haben sollte. Ein Ende der Bauwut war nicht abzusehen. Zurzeit wurden die Arbeiten an dem zur Piazza del Quirinale gelegenen Westflügel abgeschlossen.

Vor den Toren des Palastes ließen Carafas Träger die Sänfte zu Boden. Wortlos stieg er aus. Den Soldaten der Schweizergarde war er bekannt, sodass er ungehindert passieren durfte. Im Innenhof ging er um den Springbrunnen herum, in dessen

Mitte ein Delphin aus Marmor Wasser versprühte, und vorbei an Ölbäumen, die den gesamten Hof umrahmten. Dann betrat er den Palast. Drinnen umgab ihn angenehme Kühle. Seine Schritte auf dem weißen Carrara-Marmor hallten von den hohen Wänden wider, als er zügig an den Statuen längst verstorbener Päpste vorbeieilte.

Vor einem großen Portal standen zwei weitere Soldaten der Schweizergarde. Als sie den Kardinal kommen sahen, öffneten sie die Türen.

Eine dunkle Stimme, die maßlose Verärgerung ausdrückte, drängte ihm entgegen: »Wir erwarten Euch bereits.«

Carafa atmete tief durch und trat ein.

Erst Stunden später, es war inzwischen später Nachmittag, öffneten sich die Tore wieder. Das Konsistorium war beendet. Vierzig Kardinäle strömten teils schweigend, teils leise miteinander redend aus dem Saal. Gemeinsam mit den Kardinälen Primo Pozzi und Giambattista Castagna verließ Carafa das Konsistorium als einer der Letzten. Schweigend gingen sie durch den Palast, bis Carafa die Kardinäle in eine Nische in einem menschenleeren Nebenflügel führte. Vor einer Büste Papst Alexanders VI. blieben sie stehen.

Pozzi, ein kleiner, feister Mann mit buschigen Augenbrauen und spärlichem Haarkranz, sah Carafa erwartungsvoll an.

»Das Maß ist voll«, sagte dieser.

Castagna, einige Jahre älter und größer als Pozzi und Carafa und von kräftigem Körperbau, richtete seine wachen dunklen Augen auf Carafa. »So ist es schon seit Langem, wie wir wissen«, sagte er.

»Schreiten wir nicht umgehend ein, treibt das Gespenst der Reformation uns alle aus Rom hinaus«, fuhr Carafa fort.

Castagna hob beschwichtigend die Hände. »Sein beharrlicher Kampf gegen die Hugenotten hat längst ein deutliches Zeichen der einzig wahren Kirche gegen die ketzerischen Lutherböcke gesetzt.«

»Aber durch sein Geplänkel mit König Philipp wird die heilige Mauer wieder brüchig«, erwiderte Carafa.

»Carafa hat recht«, warf Pozzi ein. »Solange das Reich mit der Pest des Protestantismus befallen und Frankreich mit den Hugenotten beschäftigt ist, bleibt Spanien der wichtigste Verbündete in unserem geheiligten Kampf. Die ständigen Auseinandersetzungen mit Philipp richten nur Schaden an.«

»Zudem«, ergänzte Carafa, »lässt er den Jesuiten, den Einzigen, die das reformatorische Gespenst aus den Köpfen der Menschen mit Gottes Wort und nicht mit dem Schwert zu vertreiben vermögen, keinerlei Unterstützung angedeihen.«

Pozzi nickte heftig.

Carafa spie auf den glänzenden Marmorboden. »Schon als er seinen vierzehnjährigen Großneffen zum Kardinal bestimmte, brach er alle Absprachen mit den Kardinälen. Wir hätten ihn niemals wählen dürfen!«

Noch immer nickend, sagte Pozzi: »Ganz meine Meinung. Und was macht der dekadente Adoleszent seitdem? Er vergrößert seinen Reichtum in gleichem Maße wie seinen Bestand an Huren.«

»Gottes Werk dienten seine Taten bisher nicht«, stimmte Carafa zu.

»Vergessen wir nicht, dass er die Zahl der Mitglieder des Kardinalskollegiums auf siebzig erhöht hat«, ergänzte Pozzi. »Mir scheint, diese Entscheidung hat ihre Wurzeln allein in dem Wunsch, seine Nepoten zu protegieren.«

»Folglich müssen wir etwas unternehmen«, sagte Carafa. »Wir dürfen nicht länger zaudern, sondern müssen entschlossen handeln. Es kann nicht der Wille des Herrn sein, dass ein schwacher, eitler Papst das Bollwerk der katholischen Kirche gegen die Häresie der Protestanten bildet.«

Da lächelte Castagna. »Ich kenne Euch schon lange, Callisto«, sagte er. »Lange genug, um Euch den Kämpfer für den einzig wahren Glauben nicht ganz abnehmen zu können.«

Carafa verengte die Augen zu Schlitzen. »Wie darf ich Euch verstehen?«

Das Lächeln auf Castagnas Lippen erstarb nicht, sondern wurde sogar noch breiter. »Euch geht es allein um Macht.« Sogleich hob er die Hände. »Nein, bitte, missversteht mich nicht. Ich schätze Männer, die ein klar umrissenes Ziel verfolgen. Als Vizekanzler der Kirche bekleidet Ihr das zweithöchste Amt im Vatikan – aber eben nur das zweithöchste. Ihr habt nie einen Hehl daraus gemacht, wozu Ihr Euch eigentlich berufen fühlt. Und Ihr, Primo.«

Pozzi starrte Castagna an, als könne dieser ihn auf der Stelle zerreißen wie der Wolf das Lamm.

»Euch«, sagte Castagna, »geht es nur um eines: Gold, Silber und Juwelen. Verzeiht, das waren gleich drei Dinge.«

Pozzi stand sprachlos da. Fast schien es, als wolle er Castagna an die Gurgel springen. »Was ...«, brachte er schließlich hervor, »was fällt Euch ein?«

»Während es Callisto nach dem apostolischen Stuhl dürstet«, sagte Castagna ungerührt, »verlangt Euer florentinisches Kaufmannsherz allein nach weltlichen Dingen. Die Vergrößerung des Kardinalskollegiums trifft Euch nicht in Eurem Gewissen, sondern in Eurem Geldbeutel. Jeder Kardinal mehr bedeutet weniger Einnahmen bei den anderen Kardinälen. Und der Segen des Nepotismus dürfte Euch auch nicht fremd sein.«

Pozzi wollte schon etwas entgegnen, doch Carafa kam ihm zuvor. »Genug geschwatzt!«, polterte er. »Bei unserem letzten

Treffen standet Ihr in unserer gemeinsamen Sache noch wie ein Fels. Nun beleidigt Ihr Pozzi und mich, als wären wir dreckige Straßenräuber.«

»Oh!«, rief Castagna und hob entschuldigend die Hände. »Beleidigt hätte ich Euch, hätte ich die Unwahrheit gesagt. Schwört beim Kreuze des Herrn, dass ich gelogen habe, und unverzüglich bitte ich Euch um Verzeihung. Nun?« Er sah die Kardinäle fragend an.

Während Pozzi mit dem Schuh einen imaginären Fleck auf dem Boden fortzuwischen versuchte, hielt Carafa dem Blick Castagnas stand. »Ich schulde Euch keinen Schwur«, sagte er. Seine Nasenflügel bebten vor Zorn. »Doch von Euch will ich hier und jetzt wissen, ob wir auf derselben Seite stehen oder ob Ihr Eure Gesinnung gewechselt habt wie die Huren in Eurem Bett?«

»Vergesst nicht«, sagte Castagna, »dass protestantische Teufel meinen Bruder und meine Neffen gemeuchelt haben. In unserem Kreis bin ich wohl der Einzige, dem aus tiefstem Herzen daran gelegen ist, die Reformation zu ersticken wie ein wild brennendes Feuer. Item bin ich der Ansicht, dass Sixtus in keinster Weise der richtige Mann auf dem Heiligen Stuhl ist, dem die Kraft und Entschlossenheit zuzutrauen wäre, dieses Ziel zu erreichen.«

»Was soll dann dies ganze Gewäsch?«, wollte Carafa wissen.

Castagna blieb die Ruhe selbst. »Ich möchte nur betonen«, sagte er, »dass, obgleich wir dasselbe erreichen wollen, unsere Motive nicht dieselben sind.«

Carafa atmete tief durch. Die Zornesröte wich allmählich aus seinem Gesicht. »Ich denke«, sagte er, wobei er Pozzi ansah, »dass Eurem Verlangen nach Offenheit hiermit Genüge getan wurde.«

»Gewiss«, sagte Castagna.

»Wohlan«, sagte Carafa. »Wir sind uns folglich einig, dass die Zeit reif ist, unseren Plan zum Wohle der Christenheit auszuführen.«

Castagna und Pozzi nickten.

»Wie steht es um die anderen Kardinäle?«, wollte Castagna wissen. »Ohne sie ist es unmöglich, unser Vorhaben zu einem glücklichen Ende zu führen und Euch auf den Heiligen Stuhl zu setzen.«

»Ich habe hier und da unverfängliche Gespräche mit einigen von ihnen geführt«, antwortete Carafa. »Toscani, Delgado, Mambelli und Lombi sind eindeutig gegen den Papst, auch wenn sie dies nicht offen darlegen. Ihre Äußerungen sprechen eine deutliche Sprache. Rinaldi, Valdemarin, Ortlano und Petit schreibe ich eher der anderen Seite zu. Ihnen hat Sixtus ohnehin große Summen für seine Wahl gezahlt. Hautepierre und Grazioli ist es völlig gleich, wer auf dem Heiligen Stuhl sitzt, solange ihre Einnahmen nicht beschnitten werden.«

Nachdenklich rieb sich Castagna am Kinn. »Hinter Delgado stehen die gesamten Spagnoli. Das ist gut. Hinter Petit allerdings versammeln sich die französischen Kardinäle. Das ist schlecht.«

»Mit den Stimmen der Italiener und Spanier ist meine Wahl gesichert«, erwiderte Carafa.

»Allein … nicht alle Italiener würden Euch wählen, Callisto«, gab Castagna zu bedenken. »Und dann besteht die Gefahr, dass wir als Papstmörder mit abgezogener Haut auf dem Scheiterhaufen landen.«

»Jeder Kardinal ist käuflich«, warf Pozzi ein. »Hier ein Bistum, dort eine Grafschaft. Das hat noch jeden umgestimmt.«

Spöttisch blickte Castagna auf Pozzi hinunter. »Verzeiht, aber Euer Denken ist simpel.«

»Ich darf ja wohl bitten!«, polterte Pozzi.

Carafas scharfe Stimme unterbrach die beiden. »Genug! Pozzi hat recht. Noch kein Papst hat seine Wahl ohne den großzügigen Einsatz von Gold und Pfründen gewonnen. Die Zeiten haben sich nicht geändert.«

»Nun«, sagte Castagna gedehnt. »Ich nehme an, Ihr habt längst einen Plan ausgearbeitet, der Sixtus' Ende einläutet. Erzählt uns davon.«

Carafa lächelte kalt. »Gewiss«, sagte er.

2

Nachdem Carafa geendet hatte, trennten sich die drei und verließen den Quirinalspalast in verschiedenen Richtungen.

Carafa stieg in die wartende Sänfte und ließ sich heimtragen.

In seinem Palazzo angekommen, begab er sich sogleich in das erste Geschoss. Allegra lag noch immer in seinem Bett. »Du bist schon zurück?«, fragte sie schläfrig, rieb sich die Augen und schob die seidene Decke fort, sodass ihr nackter Leib zum Vorschein kam.

»Wie du siehst«, gab er zurück, ohne ihr Beachtung zu schenken. Er warf seinen purpurnen Umhang auf einen Stuhl, legte seinen Hut darauf und klatschte dreimal in die Hände.

Ein Diener trat ein. Er verneigte sich tief und wartete auf die Befehle seines Herrn.

»Der Ankleider soll mir meine Straßenkleider bringen«, sagte Carafa. »Du weißt, wovon ich spreche?«

»Gewiss, Euer Eminenz«, sagte der Diener und verschwand.

»Was hast du vor?«, wollte Allegra wissen. Sie hatte die Decke wieder über ihren Körper gezogen.

»Du stellst zu viele Fragen«, sagte Carafa, während er zu einem Schrank ging. Er öffnete ihn, entnahm ihm einen Dolch, eine Pistole und ein verziertes Silberkästchen und legte alles auf den Kirschholztisch in der Mitte des Gemachs.

Es klopfte. Der Ankleider trat ein, in den Händen die gewünschten Kleider. Stumm legte er sie hinter den Paravent, wo er auf Carafa wartete.

Nachdem er angekleidet war, schickte Carafa den Ankleider hinaus. Dann trat er hinter dem Paravent hervor. Seine Beine steckten in dreckigen, zerschlissenen Hosen. Darüber trug er ein löchriges braunes Hemd und eine alte schwarze Jacke. Die schwarzen Stiefel waren nicht weniger alt und ausgetreten.

»Du gehst zu Anatol«, sagte Allegra.

»Es ist besser für dich, wenn du nicht allzu viel weißt«, antwortete Carafa. Er ging zurück zu dem Tisch, öffnete das Kästchen und holte ein Ledersäckchen und eine silberne Pulverbüchse heraus. Beides steckte er in seinen breiten Gürtel. Dazu kamen Dolch und Pistole.

Allegra sprang aus dem Bett, lief zu Carafa und nahm sein Gesicht in ihre Hände. »Was willst du von Anatol?«, fragte sie. »So sag es mir doch.«

»Hörst du mir nicht zu?«, fragte er. Er wandte sich ab und ging zur Tür. Dort warf er ihr einen letzten Blick zu. Dann verschwand er.

Wie auf Kommando schauten die Diener und Mägde zu Boden, als Carafa durch seinen Palazzo schritt. Durch die Küche erreichte er die Stallungen auf der Rückseite des Palastes. Hier sattelte er einen alten Klepper. Carafa fuhr mit einer Hand über den Boden und schmierte sich den Dreck auf Wangen und Stirn. Der alte Hengst schnaufte, als Carafa in die Steigbügel stieg.

Er ritt die Via del Pellegrino hinauf. Die unzähligen Händler, die hier Fleisch, Fisch, Brot oder Töpferwaren anboten, beachtete er nicht. Er hielt sich in westlicher Richtung. Die Straßen wurden stetig enger.

Schließlich gelangte er an den Tiber. Auf der anderen Seite erhob sich groß und wuchtig die Engelsburg. Vor ihm lag das Viertel Torre di Nona, das die Römer schlicht *Hurenviertel* nannten. Kaum hatten ihn die dreistöckigen Wohnhäuser wie ein warmer Schoß empfangen, erblickte Carafa auch schon die ersten Dirnen. Sie schauten, auf rote Kissen gelehnt, aus den oberen Stockwerken auf die Kavaliere herunter, die unten auf der Straße die Preise aushandelten. Die Hitze in diesen engen Gassen war unerträglich. Eine widerwärtige Mischung aus Staub und Schweiß lag schwer in der heißen Luft.

Mitten im Hurenviertel stieg Carafa ab. Er führte sein Pferd durch Hinterhöfe voller Unrat. Herrenlose Hunde und Ratten stoben davon. Zerlumpte Kinder spielten im Dreck. Aus glanzlosen Augen beobachteten sie den Unbekannten mit dem alten Pferd, der sich bemühte, schnell weiterzukommen.

Vor einem halb zerfallenen Haus aus Stein, von dessen Dach schon die Schindeln fielen, band Carafa den Hengst an. Er ging zur Tür, die nur noch schief in den Angeln hing, und klopfte zuerst dreimal, dann zweimal, dann einmal. Schließlich trat er ein. Drinnen empfing ihn dämmriges Licht, das durch die Ritzen in den geschlossenen Fensterläden hereindrang.

»Eminenz?«, sagte eine dumpfe männliche Stimme neben Carafa.

Der Kardinal wandte den Kopf. »Nenn mich nicht so«, sagte er. »Und steck die Pistole fort.«

Der Mann legte die gespannte Pistole neben sich auf einen Stuhl.

Carafa rümpfte angewidert die Nase. »Angesichts der Apanage, die ich dir zukommen lasse, könntest du dir etwas Besseres leisten, Anatol.«

Anatol, ein Mann von etwa dreißig Jahren, lächelte. Sein Gesicht war hager, die faltige Haut von der Sonne gegerbt. Die mehrfach gebrochene Nase und die gefühllos blickenden dunklen Augen verliehen ihm etwas Brutales und Kompromissloses. Er war ähnlich gekleidet wie Carafa. »Ein Mann wie ich mit einem Haus am Campo de' Fiori? Euer Humor ist heute wieder außergewöhnlich, Signore.«

»Wie dem auch sei«, murmelte Carafa. »Bist du allein?«

»Gewiss«, antwortete Anatol.

Mit einer Hand zog Carafa einen alten Stuhl unter dem einzigen Tisch in der Mitte des Raums hervor. Als er Platz nahm, ächzte das Holz. »Setz dich«, forderte er Anatol auf.

Plötzlich ruckte Anatols Kopf herum. An einem Fenster war das verhärmte Gesicht eines etwa zwölfjährigen Knaben aufgetaucht. In einer einzigen Bewegung griff Anatol nach seiner Pistole, zielte und drückte ab. Es gab einen ohrenbetäubenden Knall, und eine Rauchwolke, die beißend nach Schießpulver roch, erfüllte den Raum. Anatol rannte zum Fenster. »Verdammt!«, rief er. »Elendes Diebesgesindel.«

»Du hast schon besser geschossen«, meinte Carafa.

»Die Pistolen sind alt, das Pulver schlecht«, sagte Anatol entschuldigend.

»Hm«, machte Carafa. Er deutete auf einen Stuhl, und nachdem Anatol sich gesetzt hatte, fuhr er fort: »Du wirst bald Gelegenheit erhalten, dir neue Waffen zu besorgen.«

Anatol zog interessiert die Brauen hoch. »Ihr habt einen Auftrag für mich?«

»In der Tat.«

»Dann hole ich Wein, auf dass wir unser Geschäft begießen«, sagte Anatol. Er stand auf, ging hinüber in die kleine Küche und kam mit einem Krug Wein und zwei Gläsern zurück. Sogleich schenkte er sie voll. »Wohlan, was wünscht Ihr, dass ich für Euch erledige?«

»Es geht um einen Mord«, sagte Carafa. Widerwillig nippte er an dem schmutzigen Glas und stellte es zurück auf den Tisch.

Begeistert klatschte Anatol in die Hände. »Ausgezeichnet«, sagte er. »Wer ist es? Jemand, den ich kenne?«

»Oh, gewiss kennst du ihn«, antwortete Carafa.

»Dann spannt mich nicht auf die Folter.«

»Es ist der Heilige Vater höchstselbst.«

Um ein Haar wäre Anatol vom Stuhl gefallen. Er rang nach Luft und trank sein Glas in einem Zug leer. Dann stand er auf und ging um den Tisch herum. Mit beiden Händen fuhr er durch sein schwarzes Haar. »Ihr beliebt zu scherzen«, stöhnte er.

»Mitnichten«, sagte Carafa. »Dein Auftrag ist es, Sixtus zu ermorden.«

»Der Heilige Vater«, stammelte Anatol. »Ihr könnt nicht allen Ernstes von mir verlangen, den Stellvertreter Christi zu ermorden.«

»Pah!«, machte Carafa. »Sein Pontifikat ist mit barer Münze gekauft. Im Konklave gab es keine Spur vom Heiligen Geist. Er ist ein Mann wie jeder andere.«

Noch immer konnte Anatol sich nicht beruhigen. »Dennoch ...«, sagte er. »Dafür wird mir ewiges Höllenfeuer gewiss sein.«

»Das ist dir schon längst gewiss«, spottete Carafa. »Wie viele Menschen hast du getötet? Zwei Dutzend, drei Dutzend?«

»Ihr habt mir jedes Mal die Absolution erteilt«, entgegnete Anatol.

»Und du wirst sie auch dieses Mal erhalten«, sagte Carafa. »Zudem ... zehntausend Scudi sollten dein Gewissen im Zaum halten.«

Anatol hielt inne. Seine Augen wurden groß, und er schnappte nach Luft. »Bitte, wiederholt, was Ihr soeben gesagt habt.«

Carafa lächelte. »Du bekommst zehntausend Scudi für den Mord an Sixtus.«

Sofort setzte sich Anatol wieder an den Tisch. »Zehntausend«, wiederholte er und starrte zu Boden. »Das ist ein Vermögen.«

Carafa nickte nur.

»Nur ... Wie soll ich nahe genug an ihn herankommen?«,

fragte Anatol. »Kein Mensch auf Erden ist besser bewacht als der Papst. Außerdem muss ich bei lebendigem Leibe fortkommen. Zehntausend Scudi sind viel Geld für einen Mann, der lebt, aber wertlos für einen Mann, der tot ist.«

»Diese Fragen kann ich dir beantworten«, sagte Carafa. Dann gab er Anatol genaue Anweisungen.

Nachdem der Kardinal geendet hatte, sagte Anatol: »Fürwahr, Euer Plan könnte funktionieren.«

»Wohlan«, sagte Carafa und erhob sich. »Übermorgen ist Sixtus tot, und du bist ein reicher Mann.«

Ohne ein weiteres Wort verließ er das Haus, stieg auf sein Pferd und ritt davon.

Anatol saß noch eine Weile nachdenklich da. Schließlich stand auch er auf. Ein Blick aus dem Fenster sagte ihm, dass die Diebesbuben nicht mehr um sein Haus schlichen. So verließ er sein Heim.

Zügig ging er durch die halbe Stadt, schließlich überquerte er auf der Ponte Sisto den Tiber. Dahinter lag der Borgo, ein Viertel mit unzähligen kleinen Gassen und Tavernen. Von hier aus war nicht weit bis zum Petersdom, der sich wuchtig auf dem Vatikanischen Hügel erhob.

Anatol achtete nicht auf die reichhaltigen Auslagen in den Fenstern der Geschäfte. Sein Ziel lag inmitten des Borgo.

Vor einer Apotheke hielt er inne. Kurz verharrte er – dann trat er ein.

Der Apotheker, ein alter, gebeugter Mann mit dicker roter Nase und weißem Haarkranz, begrüßte ihn mit gezügelter Freundlichkeit. Er stand hinter einem Tresen mit allerlei Fläschchen, Kästchen und Pülverchen. »Ihr wünscht?«, fragte er, während sein Blick über die armselig aussehende Gestalt glitt.

»Seid gegrüßt, werter Apotheker.« Anatol lächelte und verbeugte sich.

Der Apotheker winkte ab. »Ja, ja«, sagte er. »Was also wünscht Ihr?«

Noch immer lächelnd sah Anatol sich um. Hinter dem Apotheker standen deckenhohe Wandregale, vollgestellt mit den unterschiedlichsten Substanzen. An der linken Seite befand sich eine halb geöffnete Tür, die tiefer in das Haus hineinführte. »Ihr seid ganz allein?«, fragte Anatol.

Die Stimme des Apothekers wurde ungehalten. »Wie Ihr seht. Nun zum letzten Male: Was wollt Ihr?«

Freundlich hielt Anatol dagegen: »Verzeiht meine Unhöflichkeit«, sagte er. »Euer Ruf als vorzüglicher Meister der Arzneien eilt Euch weit voraus. Ich bin es nicht gewohnt, mit derlei angesehenen Bürgern Roms zu sprechen.«

Die Schmeicheleien schienen an dem Apotheker abzuprallen. »Nun sagt mir, was ich für Euch tun kann, oder ich werfe Euch eigenhändig hinaus.«

»Ich habe nur eine bescheidene Bitte, guter Mann«, sagte Anatol. Er trat auf den Apotheker zu. Der wich unwillkürlich zurück. »Ich benötige den Saft der unreifen Früchte des Schierlings. Nur einen Becher voll.«

Das rote Gesicht des Apothekers wurde mit einem Schlag weiß. »Ihr bittet um Schierlingssaft?«, keuchte er. »Was in Gottes Namen habt Ihr damit vor? Er tötet einen Menschen binnen Augenblicken.«

Wieder lächelte Anatol. »Ihr habt Eure Frage selbst beantwortet.«

Der Apotheker, der offenbar die Gefahr ahnte, drehte sich um. Auf seinen krummen Beinen versuchte er, die Tür zum Inneren des Hauses zu erreichen.

Doch Anatol war schneller. Er sprang zwischen Apotheker

und Tür. Als der alte Mann sich umwandte, um auf die Straße zu fliehen, stellte Anatol ihm ein Bein. Der Apotheker fiel der Länge nach zu Boden.

»Gebt Ihr mir nun den Saft?«

Schützend hob der Apotheker die Arme. »Niemals«, sagte er. »Ihr wollt einen Menschen damit töten.«

Blitzschnell zog Anatol ein Messer hervor. In einer schnellen Bewegung schnitt er dem Apotheker ein Ohr ab. Blut spritzte, und das Opfer schrie schmerzerfüllt auf. »Ich habe weder die Zeit noch die Absicht, länger mit Euch zu sprechen«, sagte Anatol. »Gebt mir den Saft, und ich verschone Euer Leben.« Er zielte mit der Messerspitze auf das Herz des Apothekers.

»Gut, gut«, sagte dieser mit vor Angst weit aufgerissenen Augen. Anatol hielt ihm eine Hand hin und half ihm auf.

Der Apotheker ging zu einem Regal, in dem unten eine schwarz eingefärbte Karaffe stand. Anatol blieb dicht hinter ihm, jederzeit bereit, mit dem Messer zuzustechen.

»Hier ist, was Ihr sucht«, sagte er und stellte die Karaffe auf den Tresen.

Anatol zog den Korken heraus und roch daran. Ein bitterer Geruch drang in seine Nase. Er nahm eine Schale, schüttete das Pulver darin auf den Boden und goss etwas von dem braunen Saft aus der Karaffe hinein. »Trink!«, befahl Anatol und hielt dem Apotheker die Schale hin.

Der Apotheker sank flehend zu Boden. »Nein!«, stieß er hervor. »Das könnt Ihr nicht von mir verlangen!«

Anatol holte aus, und schon landete das zweite Ohr auf dem Boden. Erneut schrie der Apotheker auf. Anatol setzte ihm das Messer an den Hals. »Ihr habt die Wahl: Entweder ich schlitze Euch die Kehle auf und Ihr verblutet wie ein Schwein, oder Ihr trinkt von dem Saft und findet ein schnelles Ende.«

»Heilige Mutter Gottes«, jammerte der Apotheker. Tränen

traten aus den rot geäderten Augen. »Habt doch Erbarmen mit einem alten, kranken Mann.«

»Jetzt trinkt endlich!«, forderte Anatol.

Der Apotheker bekreuzigte sich dreimal. Dann nahm er die Schale und leerte sie in einem Zug.

Anatol trat zwei Schritte zurück. Gespannt beobachtete er, was nun geschah.

Anfangs saß der Todgeweihte nur weinend auf dem Boden. Doch schließlich begann er, am ganzen Leib zu zittern. Das Zittern wurde immer stärker. Der alte Mann bekam Krämpfe, seine Gliedmaßen zuckten. Er schien wie vom Teufel besessen, ruderte mit den Armen, trat mit den Beinen um sich, ruckte mit dem Kopf. Schaumiger Speichel quoll aus seinem Mund. Plötzlich griff er sich an den Hals und röchelte. Nach Luft schnappend, strampelte er noch heftiger. Mit hervorquellenden Augen blickte er seinen Mörder an. Das aufgedunsene Gesicht verwandelte sich in eine bläuliche Masse. Mit einem letzten Hecheln hauchte der Apotheker sein Leben aus.

Zufrieden lächelnd nahm Anatol ein leeres Fläschchen, füllte es mit dem todbringenden Saft und verkorkte es. Ohne den Apotheker noch eines Blickes zu würdigen, steckte er das Fläschchen in seine Jacke und verließ die Apotheke.

Auf der Straße schaute er sich um. Niemand schien sein Treiben beobachtet zu haben. So wandte er sich vergnüglich pfeifend um und ging den weiten Weg zurück zu seinem Haus.

Am übernächsten Tag erwachte Anatol mittags aus einem traumlosen Schlaf. Er gähnte laut, kleidete sich an und wusch flüchtig sein Gesicht. Müde schaute er aus dem Fenster. Die Sonne brannte auf ihn herunter. Vögel sangen in den wenigen Bäumen, und Zikaden zirpten in den Büschen um sein Haus herum. Es roch nach Schweiß und Unrat. Er wandte sich ab. Die leeren Weinflaschen aus der durchzechten Nacht räumte er beiseite und nahm ein kärgliches Mahl zu sich, bestehend aus Hirsebrei, trockenem Brot und einem Krug lauwarmen Wassers.

Sein Blick fiel auf den großen Beutel, den Carafa persönlich gestern gebracht hatte. Es war nicht nötig gewesen, hineinzuschauen, denn er kannte den Inhalt. So nahm er zwei Pistolen, ein Pulversäckchen und eine Hand voll Kugeln, steckte alles in seine Hosentaschen und langte nach dem Beutel. Darin versteckte er das Fläschchen mit dem Schierlingssaft. Dann verließ er sein Haus.

Er ging quer durch Torre di Nona, überquerte den Tiber auf der Ponte S. Angelo und ging hinauf bis zum Palazzo Altoviti. Zwei Gassen dahinter fand er die Taverne seines alten Freundes Aldo.

Aldo, ein hochgewachsener Mann mit dem breiten Nacken und dem einfältigen Gesichtsausdruck eines Ochsen, stand vor seiner Taverne. Wütend streckte er die Arme in die Höhe und stritt lautstark mit seiner drallen Frau Galatea, die ihn von oben aus einem Fenster mit wüsten Schimpfworten bedachte.

»Du versoffener Sohn eines Molchs!«

»Aber Galatea«, rief Aldo versöhnlich zurück. »Täubchen, so beruhige dich doch. Alles wird wieder gut.«

Galatea fletschte die Zähne und warf ihre schwarzen Locken zurück. »Das Täubchen wird dir gleich zeigen, was gut wird und was nicht!« Sie verschwand im Inneren des Hauses.

In diesem Augenblick erkannte Aldo den Besucher. »Anatol!«, rief er aus und drückte ihn an seine Brust.

»Ich komme wohl zu einem schlechten Zeitpunkt«, sagte Anatol mit einem Blick auf die leere Fensterhöhle.

Lachend wiegelte Aldo ab. »Der Zeitpunkt könnte nicht besser sein, mein Freund.«

Aus den Augenwinkeln nahm Anatol eine Bewegung über sich wahr und trat blitzschnell zwei Schritte zur Seite.

Einen Herzschlag später fiel ein Eimer voll Küchenabfälle auf Aldo herunter. Der schüttelte die stinkenden Fischköpfe und Hühnerknochen ab und zuckte nur mit den Schultern.

»Das Übliche?«, fragte Anatol.

»Das Übliche«, bestätigte Aldo. »Würfelspiel und Weiber sind des Mannes früher Tod.«

Anatol lachte. »Daher spiele und heirate ich nicht.«

Aldo verzog das Gesicht. »Es sind bei Gott nicht die Ehefrauen, von denen ich spreche.«

»Bisher hat sich Galateas hitziges Blut noch immer abgekühlt«, sagte Anatol.

Aldo stampfte mit dem Fuß auf. »Zuweilen ist sie wild wie sieben Teufel, aber eigentlich ist sie eine Seele von Mensch.«

Anatol grinste.

»Aber genug davon.« Aldo winkte ab. »Was führt dich her?«

»Mein Pferd«, antwortete Anatol.

»Du gehst auf Reisen?«

»Nur einen Tag lang.«

»Wie laufen die Geschäfte? Ich hörte, die Preise für Kupfer steigen, seit in der Neuen Welt die Siedlungen wachsen.«

»Ganz recht«, sagte Anatol. »Aus diesem Grund reise ich heute zu einer Mine bei Monterosi.«

Aldos Blick verklärte sich, während sie um die Taverne herum zum Stall gingen. »Gott allein weiß, wie sehr ich mir wünsche, dein Leben zu führen, Anatol. Stets auf Reisen, dazu ungebunden und ohne Verpflichtungen einem Weibe gegenüber.«

»Und dennoch«, gab Anatol zurück, »sehne ich mich manchmal nach deinem Leben.«

Aldo stieß das Tor zum Stall auf. Der Geruch von Mist und

Hafer drang ihnen in die Nase. »Willst du mich verhöhnen?«, fragte Aldo.

Anatol grinste nur. Sein Pferd, ein Rappe, so schwarz, dass sein Körper das hereinfallende Licht zu verschlucken schien, schnaubte leise, als es seinen Herrn sah. Anatol streichelte dem kräftigen Hengst über die Nüstern.

»Ich frage mich, wann du endlich dein Rattennest verlässt«, sagte Aldo.

»Bist du es leid, meinem Pferd ein Dach über dem Kopf zu geben?«, fragte Anatol.

»Mitnichten«, beeilte sich Aldo zu sagen. »Solch ein prächtiges Tier würde in deinem Viertel das Diebespack anziehen wie die Scheiße die Fliegen. Doch sollte man meinen, dass du wohlhabend genug bist, einen Palazzo am Campo de' Fiori zu erstehen.«

»Ich mag den Ort, an dem ich lebe«, sagte Anatol und sattelte den Rappen. »Komme ich doch selbst aus der Gosse.« Er wuchtete den Beutel hinauf und machte ihn am Sattel fest.

»Eben das meine ich.« Aldo seufzte.

Anatol stieg in den Sattel.

»Wann kommst du zurück?«, fragte Aldo.

»Gegen Mitternacht. Vielleicht später.«

»Gut, dann klopfe, und ich mache dir auf.«

Anatol nickte, trat seinem Pferd in die Flanken und stob davon.

3

Den Nachmittag verbrachte Anatol in verschiedenen Tavernen am Rande Roms. Am Abend schließlich, kurz vor Sonnenuntergang, erreichte er die Nordmauer des Quirinalspalastes. Er band sein Pferd an einen verdorrten Olivenbaum. Danach nahm er den Beutel von Carafa vom Rücken des Pferdes und stellte ihn vor seine Füße. Ohne Eile packte er aus: Eine Uniform der Schweizergarde nebst Helm und Brustpanzer, auf dem das weiße Kreuz der Schweiz gemalt war, dazu ein Schwert. Er legte die Uniform an, befestigte Brust-, Schulter- und Beinpanzer, schlüpfte in die ledernen Schuhe und schnürte sich das Schwert um. Anschließend versteckte er das Fläschchen mit dem Schierlingssaft und seine Pistolen unter der Uniform. Ein letztes Mal atmete er tief durch.

Den Knauf des Schwertes in der Hand, schlich er entlang der Mauer um den Palast herum. An der von Carafa bezeichneten Stelle stand ein uralter Baum, dessen starke Äste über die Mauer reichten. Sogleich stieg er am Stamm hoch, erreichte einen kräftigen Ast und hangelte sich über die Mauer. Auf der anderen Seite ließ er sich fallen. Geduckt lauschte er in die beginnende Finsternis. Alles blieb still. Vorsichtig schlich er durch einen kunstvoll angelegten Garten. Im Zwielicht erkannte er grazil geschnittene Büsche, die aussahen wie exotische Tiere. Zwei wasserspeiende marmorne Delphine kreuzten ihre Strahlen über einem reich verzierten Brunnen. Es roch nach Zitronen, Lorbeer und Harz.

Am Palasttor wartete dann die erste Bewährungsprobe auf

ihn. Zwei Gardisten waren vor dem Eingang postiert. Anatol bemühte sich um einen militärischen Schritt: die Hellebarde über die rechte Schulter gelegt, mit dem anderen Arm weit nach hinten ausholend. Gerade als er an den Gardisten vorbeimarschieren wollte, kreuzten sie ihre Hellebarden.

»Wer da?«, fragte einer von ihnen.

Anatol hielt sich an Carafas Anweisungen. »Ein Freund«, antwortete er, ohne die beiden anzusehen.

»Wie lautet die Parole?«

»Helvetica«, sagte Anatol. Er wollte schon weitergehen, aber die Waffen blieben gekreuzt.

»Die Losung ist nicht richtig«, sagte der eine Gardist und beäugte Anatol argwöhnisch.

Anatol blickte ihn prüfend an. »Das ist die Parole, die Capitano Geller mir vor zwei Tagen gab.«

»Wer bist du überhaupt?«, fragte der zweite Gardist. »Ich kann mich nicht entsinnen, dich je zuvor hier gesehen zu haben.«

Anatol zog spöttisch die Augenbrauen hoch. »Mein Name ist Kaspar Morgenstern. Seit dem heutigen Tag bin ich Capitano Geller direkt unterstellt, um gewisse Sonderaufgaben für den Heiligen Vater zu erfüllen. Habt ihr Burschen weitere Fragen?« Er schaute von einem zum anderen. »Sollte das nicht der Fall sein, lasst mich auf der Stelle passieren.«

Unschlüssig sahen die beiden sich an. Schließlich nickte der eine. Sie hoben die Waffen und stellten sie neben sich.

Ohne noch ein Wort zu verlieren, durchschritt Anatol das Tor.

Plötzlich rief einer der Gardisten: »Halt!«

Wie angewurzelt blieb Anatol stehen. Schweiß trat auf seine Stirn. Langsam wandte er sich um.

»Die Parole«, sagte der Gardist. »Sie lautet: *Sacra Custodia Pontificis.*«

»Danke«, sagte Anatol und verschwand im Innern des Palastes. Der schwierigste Teil seines Vorhabens lag nun hinter ihm.

Durch einen breiten Gang, an dessen Wänden Gemälde längst verstorbener Päpste und Kardinäle hingen, gelangte er in eine große Halle. Hoch über ihm spannte sich eine mit Fresken bemalte Kuppel. In alle Himmelsrichtungen zweigten Gänge ab. Anatol wählte den, der nach Norden führte. Verstohlen betrachtete er seine Umgebung. Der von unzähligen Kerzen beleuchtete Gang war menschenleer, nur ein einzelner Diener schlich vorüber. Am Ende befand sich linker Hand eine unscheinbare Tür. Er öffnete, ohne anzuklopfen, und spähte hinein. Es war die Küche. Drei Köche und zwei Mägde bereiteten das Abendmahl für den Heiligen Vater zu, das er erst nach dem Abendgebet einzunehmen pflegte.

»Was gibt es da zu schnüffeln?«, fragte plötzlich eine barsche Stimme in Anatols Rücken. »Wie lautet die Parole?«

Anatol fuhr herum. Vor ihm stand ein riesenhafter Mann, ein bärbeißiger Kerl mit wilden langen Haaren und einem struppigen Bart. Er war gekleidet in der Uniform der Garde, trug jedoch keine Hellebarde. Folglich musste er einen höheren Rang als die beiden Wachen am Tor bekleiden. »Ich heiße Kaspar Morgenstern«, sagte Anatol. »Die Parole lautet: *Sacra Custodia Pontificis.*«

Der Gardist beugte sich zu ihm herunter und kniff die Augen zusammen. »Ich habe dich hier nie zuvor gesehen. Woher kommst du?«

»Aus Luzern«, log Anatol.

»Seit wann bist du in der Garde?«

»Seit zwei Jahren.«

»Seit zwei Jahren?«, echote der Gardist. »Dann müsste mir dein Gesicht bekannt sein.«

»Ich war seit über einem Jahr als Anwerber unterwegs.«

»Aha«, sagte der Gardist und fuhr sich nachdenklich durch den wilden Bart. »Und was treibst du nun hier?«

Anatol wiederholte die Geschichte, die er eben noch den Wachen aufgetischt hatte. Unmerklich näherte sich seine Hand dem Knauf seines Schwertes.

Noch immer unentschlossen, murmelte der Gardist: »Seltsam. Der Capitano hat dich mit keinem einzigen Wort erwähnt. Na, das lässt sich aufklären. Du kommst erst einmal mit mir.« Er drehte sich um und schritt davon.

Anatol folgte ihm. Mit jedem Schritt zog er das Schwert ein Stück weiter aus der Scheide. Nach sieben Schritten lag es schwer in seiner Hand, zum tödlichen Hieb bereit.

In diesem Augenblick blieb der Gardist stehen. Anatol sah, wie dieser sich anschickte, sich umzudrehen und den Mund zu öffnen. Mit beiden Händen hielt Anatol das Schwert fest in seinen Händen. Er hob es an und rammte es dem Gardisten mit aller Macht in den Nacken, sodass die Schneide vorne an der Kehle wieder austrat. Ein Blutschwall ergoss sich auf den glänzenden Marmorboden. Der Mann fiel nach vorne, und mit einem letzten Röcheln starb er.

Anatol zögerte nicht. Mit einem Ruck zog er das Schwert aus der Wunde, öffnete die nächstgelegene Tür, sah, dass dahinter eine Abstellkammer lag, und schleifte den Toten dorthinein. Anschließend riss er ihm die Hosen vom Leib, um das Blut vom Boden zu wischen und sein Schwert zu säubern. Dann verließ er die Kammer wieder und lauschte.

Die Zeit verging, und nichts geschah. Keine Wache, die nach dem verschollenen Kameraden suchte, keine Magd, die aus der Küche kam, um Vorräte heranzuschaffen, kein Diener, der den Palast säuberte, kein Geistlicher aus dem Gefolge des Papstes tauchte auf. Alles blieb still.

Irgendwann kam eine junge Nonne weit hinten um die Ecke.

Gemächlichen Schrittes kam sie näher. Ohne ihn zu beachten, ging sie vorbei. Gleich darauf verschwand sie in der Küche. Es dauerte nicht lange, und sie kam wieder heraus. In ihren Händen hielt sie ein schweres goldenes Tablett. Darauf befanden sich Brot, Käse, schwarze Oliven, ein gebratenes Hühnchen, Weintrauben sowie eine goldene Weinkaraffe und ein goldener Becher mit dem Wappen des Papstes. Die Hitze und die schwere Last trieben Schweißperlen auf das Gesicht der Nonne.

Gerade wollte sie wieder an Anatol vorbeigehen, da rief dieser: »Halt!«

Um ein Haar wäre ihr das Tablett vor Schreck aus den Händen gefallen. Verständnislos und ein wenig ängstlich sah sie den fremden Mann an.

»Wo willst du damit hin?«, fragte er und deutete auf das beladene Tablett.

»Das ist das Abendmahl für den Heiligen Vater«, antwortete sie. »Ich bringe es in seine Gemächer.«

Anatol tat, als prüfe er das Essen. »Seit wann arbeitest du hier?«

»Seit zwei Wochen.«

»Aha«, entfuhr es Anatol. »Hat dir niemand gesagt, dass der Heilige Vater schwarze Oliven verabscheut? Nun?«

»N-nein«, stammelte die Nonne. »Der Leibkoch Seiner Heiligkeit stellt die Mahlzeiten zusammen. Ich ...«

»Schweig!«, unterbrach Anatol sie. »Du bist es, die die Speisen reicht, nicht der Koch. Folglich unterliegt es deiner Verantwortung, was dem Heiligen Vater vorgesetzt wird und was nicht.« Er nahm die Schale mit den Oliven herunter. »Zurück damit in die Küche. Eil dich!«

Zögernd sah sie von dem Tablett in ihren Händen zu der Schale, die Anatol vor ihr Gesicht hielt.

Mit einer Hand griff Anatol unter das Tablett. »Gib schon her! Ich warte.«

Flink griff sie nach der Olivenschale und eilte zurück in die Küche. Unterdessen handelte Anatol. Er griff mit der freien Hand in sein Wams. Schon hatte er das Fläschchen mit dem Schierlingssaft gegriffen. Mit den Zähnen zog er den Korken heraus. Dabei behielt er die Tür zur Küche im Blick. Er stellte das Fläschchen neben die Karaffe, öffnete deren Deckel und goss den Saft hinein. Nun noch schnell den Deckel zugeklappt, das Fläschchen zurück in das Wams gesteckt und ein unbeteiligtes Gesicht gemacht.

Schon kehrte die Nonne zurück. Sie lächelte Anatol dankbar zu, nahm das Tablett aus dessen Händen und entfernte sich.

Kaum war sie hinter einer Ecke verschwunden, ging Anatol vorsichtig hinter ihr her, sodass sie ihn nicht bemerkte. Noch immer war der Palast in gespenstische Stille gehüllt.

Vor einem breiten zweiflügeligen Portal blieb sie stehen. Es war ganz mit rotem Samt bezogen und trug das goldene Wappen des Papstes. Vorsichtig stellte sie das Tablett neben sich auf den Boden und öffnete die Tür. Anschließend nahm sie das Tablett wieder hoch und betrat die Gemächer des Papstes. Die Tür ließ sie offen.

Anatol schnellte vor. Er steckte den Kopf durch das halb geöffnete Portal und sah, wie die Nonne durch einen gewaltigen, pompös mit reich verzierten Stühlen, Sesseln und Liegen ausgestatteten Saal ging. Die Decke hatte die Form einer bunt bemalten Kuppel, an den Wänden hingen kostbare Wandteppiche und Gemälde, in goldenen und silbernen Vasen waren exotisch aussehende und duftende Blumen kunstvoll angeordnet.

Zu seiner Linken entdeckte Anatol eine schmale Treppe, die zu einem Laufgang hinauf führte. Er schlüpfte durch das Portal und schlich die Treppe hoch. Der dicke Teppich schluckte jeden seiner Schritte. Hinter einer hüfthohen Balustrade konnte er sich gut verstecken und hatte trotzdem einen freien Blick auf das, was unter ihm vorging.

Hinter der Brüstung verfolgte Anatol jede Bewegung der Nonne. Sie stellte das Tablett auf einen Tisch an der Wand. Schon schien es, als wolle sie sich abwenden. Aber dann überlegte sie es sich offenbar anders. Sie wischte mit einer Hand den Schweiß von ihrer Stirn und sah sich um. Plötzlich goss sie etwas Wein aus der Karaffe in den Becher. Anatol wollte aufschreien, aber da setzte sie den Becher schon an die Lippen und trank.

Als sie den Saal verlassen wollte, setzte bereits die Wirkung des Giftes ein. Sie hielt inne und griff sich keuchend an den Hals. Sie schien schreien zu wollen, aber kein Laut drang ihr aus der Kehle. Sie stolperte über ihre eigenen Füße und stürzte zu Boden. Dann setzten die Krämpfe ein. Ihr Leib bebte und wand sich wie eine Schlange. Ein letztes Aufbäumen, dann hörte das Zappeln der Glieder auf. Sie war tot.

Leise fluchend richtete Anatol sich auf. Plötzlich hörte er eine Stimme, und sofort zog er sich wieder hinter die Balustrade zurück. Eine kleine Tür in der Wand öffnete sich. Ein Kardinal trat ein, dicht gefolgt von einem Bischof und zwei niederen Geistlichen. Sie redeten leise miteinander und waren ganz in ihr Gespräch vertieft. Da erblickte einer der Geistlichen die Tote. Er schrie auf und zeigte auf den Leichnam. Sofort eilten die Männer zu ihr, konnten aber nur den Tod der jungen Frau feststellen.

Eine dunkle Stimme ertönte von der kleinen Tür her: »Was in Gottes Namen ist hier geschehen?«

Fieberhaft versuchte Anatol zu erkennen, wer da sprach. Es war Papst Sixtus V. höchstselbst. Er zögerte nicht. Die beiden Pistolen lagen blitzschnell in seinen Händen. Kurz zielte er – und feuerte eine der Waffen ab.

Die Kugel schlug nur eine Elle weit neben dem Gesicht des Papstes in den Rahmen eines Gemäldes ein. Der Bischof reagierte geistesgegenwärtig, während die anderen hinter Stühlen und Tischen Deckung suchten. Er eilte auf den Papst zu, um diesen durch die Tür zurück in den Nebenraum zu drängen. Anatol schoss erneut. Der Bischof brach zusammen. Mit letzter Kraft stieß er den Papst in den angrenzenden Raum und schlug die Tür zu.

Erst jetzt begannen die Geistlichen, nach den Wachen zu schreien.

Schon hörte Anatol laute Schritte und Kommandos auf den Gängen. Er zog sein Schwert und sprang über die Balustrade, direkt neben einen der Geistlichen. Vor Schreck war dessen schmales Gesicht ganz bleich. Ohne zu zögern, rammte Anatol ihm das Schwert in die Brust. Dann strebte er der Tür zu, hinter der der Papst verschwunden war.

Schon wollte er die Tür aufreißen, um seinen Auftrag zu Ende zu führen, da wurde sie von der anderen Seite aufgestoßen. Ein junger Gardist stürmte heraus. Er stockte, als er Anatol erblickte, anscheinend unfähig zu begreifen, was gerade geschah. Diesen Moment nutzte Anatol. Er holte aus und hieb sein Schwert gegen den Hals des Gardisten. Blut schoss aus der Wunde. Der Gardist stöhnte auf und griff sich an die Kehle. Anatol stieß ihn achtlos beiseite.

Noch bevor er den Nebenraum betreten konnte, sah er am anderen Ende, dass der Papst, von einem halben Dutzend Gardisten eskortiert und fortgeschafft wurde. Andere Gardisten stürzten brüllend auf den Eindringling zu.

Anatol musste erkennen, dass er gescheitert war. Er wandte sich um, lief zurück durch den Saal und stieß das Portal auf. Das Schwert in der einen, den Dolch in der anderen Hand rannte er auf den langen Gang hinaus. Hinter sich hörte er die Verfolger. Er jagte vorwärts, verfolgt von den Gardisten. Er suchte nach einer Möglichkeit, zur Seite zu entweichen, doch keine Tür ließ ihn aus der Falle entkommen. Noch näherte sich niemand von vorn. Aber das würde nicht mehr lange dauern.

Und dann war es auch schon so weit. Zwei Gardisten kamen etwa vierzig Fuß vor ihm um die Ecke. Als sie ihn erblickten, hoben sie ihre Hellebarden und eilten ihm entgegen. Die Spitzen der Hellebarden blitzten im Schein der unzähligen Fackeln bedrohlich auf.

Kurz bevor die Gardisten ihn erreichten, reagierte Anatol. Mit Dolch und Schwert schlug er die Hellebarden zur Seite. In einer eleganten Bewegung kreuzte er seine Waffen vor der Brust und nutzte so den Schwung, um beiden Männern im gleichen Atemzug die Kehle aufzuschlitzen. Dann war er auch schon an den beiden vorüber. Er bog in den Gang ab, aus dem die Gardisten zuvor gekommen waren. Vor sich erkannte er weitere Soldaten. Drei von ihnen stellten ihre Musketen in die Stützgabeln und richteten den Lauf auf Anatol. Einen Wimpernschlag, bevor die Männer ihre todbringenden Kugeln abfeuerten, stieß Anatol eine Seitentür auf. Unter dem dröhnenden Donnern der Feuerwaffen sprang er in den dahinter liegenden Raum und schlug mit einem Fuß die Tür zu.

Seine Augen brauchten einige Augenblicke, um sich an die Dunkelheit zu gewöhnen. Nur durch ein schmales Fenster fiel fahles Mondlicht herein. Neben sich gewahrte er eine schwere Truhe. An einem schweren Eisengriff zog er sie vor die Tür. Keinen Augenblick zu spät. Schon hämmerten die Fäuste der Soldaten von außen gegen das Holz.

Anatol lief durch den moderig riechenden Raum. Er stieß das Fenster auf und schaute hinaus. Der Kies unter ihm war nicht sehr tief. Er steckte Schwert und Dolch zurück in die Scheide und sprang aus dem Palast in das Kiesbett.

Und da kamen sie auch schon. Je ein Dutzend Gardisten von links, von rechts und von vorn. Hinter Anatol brachen gerade die Soldaten durch die verrammelte Tür. Jetzt blieb ihm nur ein Weg zur Flucht: die starken Efeuranken, die an der Palastwand hinauf wuchsen. Anatol griff danach und zog sich hoch. Kurz bevor er das flache Dach erreichte, schlugen Kugeln um ihn herum in das Mauerwerk ein. Mit Schwung wuchtete er sich schließlich auf das Gesims des dreistöckigen Nebentraktes. Einen Augenblick blieb er so liegen und rang schwer nach Atem. Dann hörte er das Schnaufen der Männer und das Rascheln des Efeus. Anatol kroch etwa zwanzig Fuß weit auf dem Dach entlang, bis er es wagte, aufzustehen. Er blickte sich in der Dunkelheit um. An welcher Stelle konnte er wieder hinunterklettern? Als sich die Köpfe seiner Verfolger am Rande des Daches abzeichneten, rannte er davon. Quer über das Dach ging die Flucht. An der Kante sprang er etwa eine Manneslänge auf einen tiefer gelegenen Anbau. Hier lief er auf die rechte Seite, wo eine Eisenleiter auf das Hauptgebäude führte. Kaum stand er auf der ersten Sprosse, sausten erneut die Kugeln um ihn herum. Fünf Soldaten hatten ihn von dem höher gelegenen Dach aus unter Feuer genommen. Einige der Geschosse schlugen so dicht neben seinem Kopf ein, dass die Splitter des Mauerwerks in sein Gesicht schnitten. Flink kletterte er die Leiter empor. Auf dem Hauptgebäude jagte er auf die Kuppel in der Mitte des Gebäudes zu. Sein Vorsprung wurde größer. Die Gardisten mit ihren schweren Waffen hatte alle Mühe, ihn einzuholen. Er lief um die Kuppel herum, stolperte, fiel und rappelte sich wieder auf. Noch ein Sprung auf einen tieferen Nebentrakt, und er stand am Sims mit Blick auf die Mauer, hinter der sein Pferd auf seinen Herren wartete.

Doch hier wuchs kein Efeu, an dem er hinabklettern konnte. Die Entfernung zum Boden betrug etwa drei Manneslängen. Er sprang – und knickte beim Aufprall mit einem Fuß um. Er schrie auf vor Schmerz, doch die Angst vor der Ergreifung setzte neue Kräfte in ihm frei. Mit verzerrtem Gesicht humpelte er über den Rasen. Und dann: ein Ruf. Aus einer Kehle, die noch die eines Knaben zu sein schien. Anatol wandte den Kopf zur Seite und erblickte einen jungen Gardisten, der seine Pistole auf ihn richtete.

»Bleib stehen!«, befahl der Gardist. Dabei hielt er die Pistole mit zitternden Händen auf den Gesuchten gerichtet.

Anatol seufzte. Er zog den langen Dolch. »Du bist alt genug, eine Waffe zu halten«, sagte er mit ruhiger, fast mitleidiger Stimme. »Doch bist du auch alt genug, zu sterben?« Langsam ging er auf den Gardisten zu.

»Halt, oder ich schieße!«, rief der Gardist. Seine zitternden Hände beschrieben zuckende Kreise. Als Anatol nicht stehen blieb, schoss er mit geschlossenen Augen.

Die Kugel schlug klatschend in Anatols rechtes Bein ein. Doch kein Laut kam über seine Lippen. Er ging zielstrebig weiter auf den Gardisten zu.

Dem stand das blanke Entsetzen ins Gesicht geschrieben. Er hatte seine einzige Kugel verfeuert und es blieb keine Zeit, um nachzuladen. Er warf die Waffe fort und floh mit weit ausholenden Schritten in die Dunkelheit des Gartens.

Anatol ließ ihn ziehen. Er schleppte sich bis zur Mauer, stieg auf einen kleinen Felsen und zog sich hinüber. Sein Pferd stand noch an der Stelle, an der er es Stunden zuvor zurückgelassen hatte. Er streichelte die schwarzen Nüstern, schwang sich in den Sattel und stob davon.

In tiefster Nacht erreichte Anatol die Taverne seines Freundes Aldo. Statt Aldo zu wecken, brachte er sein Pferd selbst in den hinten liegenden Stall, darauf bedacht, nicht das leiseste Geräusch zu verursachen.

Etwa eine Stunde später betrat er sein Haus in Torre di Nona. Er zündete drei Kerzen an, machte Feuer an der Feuerstelle und schenkte sich reichlich Wein ein. Er leerte den Becher in einem Zug. Es war Zeit, sich um die Wunde zu kümmern. Er stieg aus den blutverschmierten Hosen, reinigte die Wunde mit Wein und besah sie eingehend. Dann nahm er ein kleines Messer und hielt es über eine Kerze, bis die Spitze dunkelrot glühte. Vorsichtig stach er das Messer in die Wunde. Er stöhnte auf, unterbrach sein Tun aber nicht. Schließlich fasste er die Kugel mit der Messerspitze und schnippte sie aus der Wunde. Die Kugel flog in hohem Bogen durch den Raum und fiel klackernd unter einen Stuhl. Dann nahm er den Schürhaken aus dem Feuer, hielt die Luft an und presste das glühende Eisen auf die Wunde. Nachdem er den Schmerz lang genug ertragen hatte, um sicher zu sein, dass die Wunde geschlossen war, ließ er den Schürhaken aus der Hand fallen. Bevor er ohnmächtig wurde, flüsterte er noch: »Das wird Seiner Eminenz gar nicht gefallen.«

4

Die Sonne verschwand hinter den Hügeln Roms, und ein kühler Wind kam auf. Ein Diener trat in die Bibliothek und reichte den Anwesenden Wein. Wortlos verschwand er wieder. Die Männer, die sich hier im Palazzo des Kardinals Primo Pozzi an der Via Fidene unweit des Laterans versammelt hatten, starrten stumm auf die Gläser in ihren Händen. Es war der Abend nach dem gescheiterten Attentat auf Papst Sixtus V.

Pozzis wulstige Lippen formten die Worte: »Es ist eine Schande!«

»Eine Schande?«, echote Kardinal Castagna und nahm einen Schluck Wein.

»Jawohl, eine Schande!«, erboste sich Pozzi. »Der Tod des Papstes wäre ein Segen für die Kirche. Doch der Allmächtige hat uns diesen Segen verweigert.«

Carafa hüstelte. »Ihr wollt gewiss nicht behaupten, Ihr hättet mit Gottes Hilfe gerechnet, Primo«, spöttelte er.

Mit zusammengekniffenen Augen starrte Pozzi sein Gegenüber an. »Schickt man einen unnützen Burschen wie Euren werten Anatol, muss man wohl oder übel auf göttliche Fügung hoffen.«

»Vergesst nicht, dass Ihr ohne Anatol noch heute die Schulden armer florentinischer Kaufleute eintreiben würdet«, sagte Carafa. »Oder habt Ihr Euch selbst an der Kehle Eures Vorgängers zu schaffen gemacht? Zudem erinnere ich mich da an eine Geschichte von einem Knaben, der ...«

»Schweigt!«, polterte Pozzi. »Schweigt auf der Stelle!«

»Signori!«, rief Castagna dazwischen. »Ich bitte Euch! Die Frage, die es zu klären gilt, lautet doch: Wie entledigen wir uns des Papstes? Ich schlage vor, wir unterlassen jedwede Rangelei, bis dieses Problem Klärung erfahren hat.«

»Dem kann ich nur zustimmen«, sagte Pozzi mit rotem Gesicht.

»Vorschläge?«, fragte Carafa.

»Setzen wir Anatol erneut auf ihn an«, sagte Castagna.

»Unmöglich«, sagte Carafa. »Die Garde hat die Sicherheitsvorkehrungen auf dem Quirinal und im Vatikan drastisch verschärft. In diesem Moment sind Anwerber auf dem Weg in die Schweiz, um neue Truppen zusammenzustellen. Nicht einmal eine Fliege könnte ohne den Passierschein vom Gardehauptmann zu ihm vordringen.«

»Dann lasst Geller einen Passierschein ausstellen«, meinte Pozzi.

»Selbst meine Kompetenzen als Vizekanzler reichen dafür nicht mehr aus«, erwiderte Carafa. »Im Zuge der erhöhten Sicherheit untersteht die Garde allein dem Papst. Will Geller einen Passierschein ausstellen, benötigt er hierfür die persönliche Zustimmung des Papstes.«

»Zudem«, fügte Castagna hinzu, »ist die Garde angewiesen, jedes unbekannte Gesicht augenblicklich zu verhaften. Auch wenn der Fremde eine Uniform der Garde trägt.«

»Ich verstehe«, sagte Pozzi nachdenklich. »Und wenn wir Anatol eine Anstellung im Vatikan verschaffen? Als Gärtner vielleicht, oder als Koch.«

»Sein Gesicht ist längst bekannt«, sagte Castagna.

»Anatol hat mir geschworen, er habe jeden getötet, der ihn wiedererkennen könnte«, sagte Carafa.

Castagna lächelte. »Würdet Ihr diesem Schwur Euer Leben anvertrauen, Callisto?«

Carafa antwortete nicht, sondern starrte sorgenvoll auf den goldbestickten Teppich zu seinen Füßen.

»Fassen wir zusammen«, sagte Castagna. »Ein erneuter Anschlag auf das Leben des Papstes ist für Monate kaum möglich. Vielleicht sogar länger. Der Versuch, Anatol in die Nähe des Papstes zu bringen, ganz gleich, auf welche Weise, ist von vornherein zum Scheitern verurteilt.«

Das Gesicht Pozzis hellte sich auf. »Wir benötigen einen Spion!«

»Erklärt Euch«, sagte Carafa. Aufmerksam richtete er sich in seinem Stuhl auf.

»Nun«, sagte Pozzi, »wir brauchen jemanden, der nah genug am Papst ist und dessen Pläne, Gewohnheiten und Vorlieben kennt. Jemanden, der viel näher an Sixtus ist als selbst wir Kardinäle. Jemanden, der Tag und Nacht an seiner Seite weilt und uns mit Informationen versorgt. Informationen, die einen erneuten Anschlag auf Sixtus' Leben ermöglichen und zum Erfolg führen.«

»Und wer soll dieser Jemand Eurer Meinung nach sein?«, wollte Castagna wissen. »Anatol ist aufgrund genannter Bedenken nicht für unsere Zwecke einsetzbar, und ich kenne keinen Mann, dem ich genug Vertrauen schenke, diese Aufgabe zu übernehmen.«

Carafa saß regungslos da. Sein Blick schien in weite Ferne gerichtet. Gedankenversunken spielten die Finger seiner rechten Hand mit seinen Lippen.

»Was sagt Ihr dazu, Callisto?«, fragte Castagna.

Erst in diesem Augenblick schien der Geist Carafas wieder an den Ort ihrer Zusammenkunft zurückzukehren. »Vielleicht kein Mann«, flüsterte er. »Doch womöglich eine Frau ...«

5

Die Wälder bei Giulianova

Der Gesang unzähliger Vögel erfüllte den Wald. Gemeinsam mit dem Rauschen der Blätter im Wind bildeten sie einen sanften Canto. Füchse streiften durch das Unterholz. Bienen und Hummeln surrten um die Blüten der Blumen. Auf den Lichtungen standen Hirsche und Rehe. In den Tümpeln quakten Frösche.

Die junge Frau, die auf dem schmalen Waldweg nach Pilzen Ausschau hielt, ergötzte sich an der Schönheit der Natur. Immer wieder hielt sie inne, streckte ihre Nase weit vor, um die vielen Gerüche der Blumen und Bäume in sich aufzusaugen. Begegnete ihr ein Reh, so blieb sie stehen und rührte sich nicht. Ging sie querfeldein, hob sie den schwarzen Habit etwas an. Gelegentlich lüftete sie den Schleier, der alles verbarg bis auf ihr hübsches Gesicht, ein wenig, um mehr von den wunderbaren Geräuschen des Waldes an ihre Ohren dringen zu lassen.

Unweit des Pfades erblickten ihre wachen Augen unter einer Eiche einen Galletto. Als sie den umgebenden Farn beiseite schob, starrte ihr eine ganze Familie dieser delikaten Pfifferlinge entgegen. Sie zog ein Messer aus dem schmalen Gürtel, schnitt die Pilze vorsichtig knapp über dem Waldboden ab und legte sie in ihren Korb. Der war nun fast bis zum Rande gefüllt. Schwester Agostina würde sich freuen. Sie könnte davon eine köstliche Mahlzeit zubereiten und den Rest der Pilze in Öl einlegen.

Gerade wollte sie bei den umstehenden Bäumen suchen, als ein ganz und gar unpassendes Geräusch den Wald durchstieß: ein angsterfüllter Schrei. Er war aus der Kehle einer Frau gedrungen, die Todesängste ausstehen musste.

Ohne auch nur einen einzigen Gedanken an eine drohende Gefahr zu verschwenden, stellte die junge Nonne ihren Korb beiseite. Ein zweiter Schrei erscholl. Er zeigte ihr Weg und ungefähre Entfernung an. Sie hob den Saum ihres Habits und lief über Wurzeln, Steine und Blattwerk.

Hinter einer Dornenhecke lag eine kleine Lichtung. Dort stand eine alte Frau umringt von einem Trupp Soldaten. Vor ihren Füßen lag offensichtlich der Mann des alten Mütterchens. Er lag flach auf dem Bauch, während einer der Soldaten den alten Mann mit einem Fuß niederdrückte. Ein zweiter erhob soeben sein Schwert, um es dem Bauern in den Rücken zu rammen. Ein weiterer Soldat hielt seine Armbrust auf die Frau gerichtet. Diese weinte und flehte um das Leben ihres Mannes.

In diesem Moment stürmte die Nonne auf die Lichtung. »Haltet ein!«, rief sie. »In Gottes Namen!«

Unverzüglich richteten sich zwei Armbrüste auf sie. Der Soldat senkte sein Schwert und starrte sie an wie eine geisterhafte Erscheinung.

»Warum schindet ihr diese armen Leute?«, wollte die Nonne wissen. Sie half dem Bauern auf die Beine und untersuchte ihn, ob er Verletzungen davongetragen hatte.

Der Soldat hob sein Schwert erneut und richtete es auf die Nonne. »Wer bist du, dass du es wagst, die Soldaten des Conte di Castiglione zu stören?«

»Mein Name ist Schwester Giulia aus dem Kloster Santa Annunziata«, sagte sie. »Da dies nun geklärt wäre ...« Sie trat so weit vor, dass sie eine halbe Armlänge vor dem Frechling stand, und blickte ihm unverwandt in die Augen. »Wer bist du, in diesem Ton zu einer Braut Christi zu sprechen? Erklär dich auf der Stelle!« Giulia beobachtete seine Reaktion und stellte zufrieden fest, dass ihre Worte Wirkung zeigten. Der Mund des Soldaten zuckte nervös und er verlor sein selbstherrliches Grinsen.

»Ich . . . ich«, stammelte er und ließ das Schwert sinken.

Giulia zeigte mit ausgestrecktem Arm auf die Bauern. »Was hat dieser Mann verbrochen, dass er den Tod verdient?«

Langsam gewann der Soldat seine Fassung zurück. »Sie haben gewildert«, sagte er mit der Überzeugung eines Mannes, der sich im Recht sah. Er deutete auf ein totes Reh und zwei tote Fasane etwa zehn Fuß entfernt.

Giulia dachte fieberhaft nach. »Wo habt ihr sie gestellt?«

»An eben diesem Ort«, antwortete der Soldat.

Giulia sah sich um. Kurz entschlossen ging sie auf die Bauern zu. Der Mann hielt die vor Angst zitternde Frau um die Schultern. »Ihr habt die Tiere erlegt?«, fragte Giulia mit sanfter Stimme.

Der Bauer nickte stumm. Seine Blicke zuckten von der jungen Nonne zu den Soldaten und wieder zurück.

»Wo?«, wollte Giulia wissen.

Er zeigte die Richtung an.

»Ihr braucht keine Angst mehr zu haben«, flüsterte Giulia. »Euch wird kein Leid geschehen.« Sie ging zurück zu dem Soldaten, der der Anführer der Horde zu sein schien.

»Nun?«, fragte dieser und zog verächtlich die Brauen hoch. »Zieh weiter deines Weges und lass uns das Recht des Conte durchsetzen.«

»Gar nichts werdet ihr durchsetzen«, sagte Giulia. »Der Teil des Waldes, in dem dieser Mann und seine Frau das Wild erlegt haben, gehört dem Kloster. Folglich unterliegen sie nicht der Gerichtsbarkeit des Conte.«

Der Soldat schnappte nach Luft. »Du willst doch nicht diesen verlogenen Wilddieben mehr Glauben schenken als den Soldaten des Conte di Castiglione?«

Giulia lächelte herausfordernd. »Bei Gott, das will ich. Und nun steigt auf eure Pferde und verlasst das Gebiet des Klosters!«

Der Soldat winkte mit einer verächtlichen Geste ab, hob sein Schwert und ging auf den Bauern zu.

Giulia stellte sich ihm in den Weg. »Ich befehle euch im Namen des Herrn, haltet ein und zieht von dannen!«

Der Soldat stieß die Nonne zur Seite und ging weiter.

Giulia schrie auf und lief dem Soldaten hinterher. Erneut stellte sie sich zwischen den Soldaten und die Bauersleute. Drei Armbrüste ruckten hoch und legten auf sie an.

»Willst du diese Menschen richten, musst du zuerst mich erschlagen!«

Zunächst stand der Soldat unschlüssig vor ihr, doch dann holte er mit dem Schwert aus.

Todesmutig streckte Giulia ihm das Kreuz auf ihrer Brust entgegen. »Tötet ihr mich, so sind euch grausame Höllenqualen gewiss. Ihr werdet doch nicht wegen ein paar toter Tiere die ewige Verdammnis in Kauf nehmen. Wollt ihr für immer im lodernden Feuer der Hölle schmoren?«

»Verdammt«, rief einer der umstehenden Soldaten dazwischen. Ein schmächtiger Bursche, der seinem schmalen Gesicht durch einen wilden, ungepflegten Bart ein wüstes Aussehen zu geben suchte. »Padre Antonio hat gesagt, für einen Mord brennt man mindestens tausend Jahre in der Hölle.«

Der Anführer sah seinen Kumpan entgeistert an. »Was redest du da für wirres Zeug? Das hier ist kein Mord, sondern die Strafe für Wilderei!«

»Die Nonne hat nicht gewildert, wenn ich mich recht entsinne«, erwiderte der Bärtige.

»Matteo hat recht«, warf ein anderer Soldat ein. »Was sind einige tote Brocken Fleisch gegen unser Seelenheil? Machen wir, dass wir fortkommen.«

Seelenheil?, dachte Giulia. Das habt ihr gewiss schon vor Jahren verloren, wenn ihr je welches besaßet.

Der Anführer grunzte widerwillig. Er zeigte mit der Spitze seines Schwerts an Giulia vorbei auf den Bauern und seine Frau. »Wenn ich euch jemals wieder erwische, wie ihr das Wild des Conte erlegt, gnade euch Gott.«

»Und gnade dir Gott«, zischte Giulia, »wenn diesen Leuten in den Waldungen des Klosters etwas zustößt.«

Der Soldat spie voller Verachtung auf den Waldboden, während er, ohne Giulia und die Bauern aus den Augen zu lassen, mit seinen Männern die Pferde bestieg.

Kaum waren die Männer im dichten Wald verschwunden, begann die alte Frau zu weinen. Von ihrem Mann gestützt, sank sie in die Knie.

Giulia beugte sich zu ihnen hinab. Sanft streichelte sie die hängenden Schultern der Frau und schaute lächelnd in ihr von tiefen Falten zerfurchtes Gesicht. »Es ist gut, Mütterchen«, sagte sie. »Niemand wird euch etwas antun.«

Die Frau brachte kein Wort heraus, dafür sprach ihr Mann: »Wir sind Euch zu großem Dank verpflichtet, Schwester«, sagte er. »Wie können wir unsere Schuld bei Euch begleichen?«

»Ihr steht keineswegs in meiner Schuld, guter Mann«, lächelte Giulia. »Allein, eine Bitte müsst ihr mir erfüllen.«

»Was immer es ist«, sagte der Bauer.

»Treibt euch der Hunger das nächste Mal in den Wald, so erlegt die Tiere auf dem Gebiet des Klosters. Man wird euch nicht strafen.«

Der Bauer sah sie erstaunt an. »Aber ...«

»Die Richtung, die du angabst«, sagte Giulia, »zeigte zu den Besitztümern des Conte.«

Bestürzt sah der Bauer zu seiner Frau, die noch immer weinte.

»Möge der Herr euch auf all euren Wegen beschützen«, sagte Giulia. »Und vergesst nicht den köstlichen Braten.« Sie deutete auf das tote Wild und wandte sich lächelnd ab.

»Gott auch mit Euch, Schwester«, rief der Bauer ihr hinterher. »Und vielen Dank!«

Sie ging zurück zu der Stelle, an der sie den Korb abgesetzt hatte, und suchte weiter nach Pilzen. Als der Korb prall gefüllt war, begab sie sich zurück in ihr Kloster.

Im offenen Torbogen des Klosters warteten aufgeregt schnatternd drei junge Schwestern. Giulia erkannte sie schon aus der Ferne. Es handelte sich um die Schwestern Ada, Liliana und Rossana, mit denen sie eine tiefe Freundschaft verband. Als sie Giulia erblickten, liefen sie ihr entgegen. Giulia blieb stehen und erwartete den Ansturm. Lachend erreichten die drei ihre Mitschwester.

»Den kannst du mir geben«, sagte Ada und riss den Korb aus Giulias Händen.

Noch ehe diese ein einziges Wort herausbringen konnte, hakten Liliana und Rossana sich bei ihr unter und zerrten sie Richtung Kloster. Dabei lachten und schwatzten sie ohne Unterlass.

»So wartet doch!«, rief Giulia. »Seid ihr denn des Teufels?«

»Die Mutter Oberin erwartet dich«, lächelte Ada. »Du hast einen Brief erhalten.«

»Einen Brief?«, echote Giulia. Jetzt sind sie völlig verrückt geworden!, dachte sie. Wer sollte ihr schon einen Brief schreiben? Nie zuvor hatte eine Schwester aus dem Kloster Santa Annunziata einen Brief bekommen. Mit Ausnahme der Mutter Oberin, versteht sich. »Wer hat ihn geschrieben?«

Liliana kicherte. »Du wirst es kaum glauben. Er kommt aus ...«

»Pst!«, unterbrach Schwester Rossana. »Wir haben gelobt, es ihr nicht zu erzählen.«

»Was steht denn darin?«, unternahm Giulia einen weiteren Versuch, Näheres zu erfahren.

»Das wissen wir nicht«, antwortete Ada. »Aber die Mutter Oberin war sehr aufgeregt, als sie nach dir schickte.«

Sie betraten den Klostergarten, in dem allerlei Kräuter wuchsen und Rosenbüsche und Geranien blühten, und schleppten Giulia über eine breite Treppe in den Kreuzgang hinauf. Die Schwestern, die im Garten arbeiteten, blickten neugierig auf und schauten der Gruppe hinterher.

Vorbei am Dormitorium ging es zu den Räumlichkeiten der Mutter Oberin. Vor deren Türe traten die drei von Giulia zurück. Atemlos und etwas ängstlich schaute sie ihre Freundinnen an.

»Hineingehen musst du schon ohne uns«, lächelte Rossana.

Hastig richtete Giulia ihre Ordenstracht und schob eine Haarsträhne unter ihren Schleier. Dann klopfte sie dreimal an die hölzerne Tür. Von drinnen erklang ein »Herein!«, und von guten Wünschen begleitet, öffnete Giulia die Tür und trat hindurch.

Gleißende Helligkeit empfing Giulia. Die weißen Wände warfen das grelle Sonnenlicht zurück, das aus den großen Fenstern hereindrang. Vor einem der Fenster stand die Mutter Oberin, Schwester Rufina. Sie stand mit dem Rücken zu Giulia und schaute in den Klostergarten hinunter.

»Ihr habt mich rufen lassen, ehrwürdige Mutter?«, sagte Giulia. Ihre Stimme zitterte.

Rufina wandte sich um. Ihre sonst so sanften Züge waren wie zu Stein geworden. Ihre Falten waren tief eingegraben. Die milden Augen blickten ernst und voller Sorge. Giulia wollte vor ihr niederknien, um ihren Ring zu küssen, doch Rufina bedeutete ihr, sich zu setzen. An der anderen Seite des schmalen Tisches nahm Rufina Platz. Auf dem Tisch lag eine Depesche mit einem gebrochenen Siegel, das Giulia nicht erkannte.

Rufina war für Giulia weit mehr als nur die Klostervorsteherin. Rufina hatte Giulia großgezogen, ihr ein ganzes Leben lang Vater und Mutter zugleich ersetzt. Ihre Erziehung war stets fordernd, doch gleichzeitig voller Güte. Durch sie lernte Giulia nicht allein die Worte der heiligen Schriften kennen, sondern, was Rufina allzeit als viel wichtiger fand, das wahre Leben. Schon als Kind begleitete Giulia Rufina in die Dörfer der Umgebung, sah das Elend, in dem viel zu viele lebten, die Armut und den Hunger. Rufina lehrte sie, was Barmherzigkeit wahrhaftig bedeutete, indem sie das Mädchen mit in die Kerker und Verliese nahm, um den Todgeweihten Brot und Trost zu spenden. So war aus Giulia eine kluge und gutherzige Nonne geworden, die dennoch schönen Worten keinen Glauben schenkte, wenn ihre Augen ihr etwas anderes zeigten.

»Dieser Brief«, sagte Rufina und deutete mit dem Kinn auf das Schreiben vor sich, »kam heute aus Rom.«

»Aus Rom?«, wiederholte Giulia aus Verlegenheit, dass ihr nichts Besseres einfallen mochte. Ihre Gedanken rasten. Sie wusste, dass der Inhalt des Briefes in Zusammenhang mit ihr stand, konnte sich diesen aber beim besten Willen nicht erklären. Was sollte jemand aus Rom von ihr, der jungen Nonne aus der Provinz, wollen?

Rufina nickte. Dabei schaute sie Giulia aus traurigen und besorgten Augen an. »Schwester Prudenzia, Äbtissin des Klosters San Silvestro, hat ihn mir geschrieben.«

Jetzt wurde die Angelegenheit ein wenig konkreter. Wobei Giulia noch immer nicht verstand, was sie mit dieser Schwester Prudenzia gemein hatte.

»Hast du diesen Namen je zuvor gehört?«, fragte Rufina.

Giulia schüttelte den Kopf.

»Hm«, machte Rufina. »Ich kann mir keinen Reim darauf machen.« Nachdenklich starrte sie auf den Tisch.

»Worauf, Mutter?«, fragte Giulia.

Rufina schrak hoch. »Bitte?«

»Worauf könnt Ihr Euch keinen Reim machen?«

Rufina schien wieder bei der Sache zu sein. »Was diese Schwester Prudenzia von dir will, mein Kind. Sie weist mich an, dich nach Rom zu schicken. Unverzüglich. Das hat sie wortwörtlich geschrieben. Unverzüglich! Welch Unverfrorenheit!«

Die Welt um Giulia versank. Was in Gottes Namen sollte sie in Rom? Sie war glücklich an dem Ort, an dem sie aufgewachsen war. Sie wollte nicht weg. Nie und nimmer! »Hat Schwester Prudenzia einen Grund für diesen Wunsch genannt?«, fragte sie mit belegter Stimme.

»Nein«, sagte Rufina. »Und ich würde es auch weniger als Wunsch denn als Befehl verstehen. Die Äbtissin deutet nur an, dass dies von höherer Stelle ausging.« Sie seufzte. »Mein Kind, so sehr es mir das Herz zerreißt, doch ist es an der Zeit, deine Sachen zu packen.« Sie stand auf.

Giulia erhob sich ebenfalls. Ihre Beine zitterten, und ihre Augen wurden so feucht, dass sie Rufina nur noch verschwommen wahrnahm. Sie lief um den Tisch herum und fiel der Mutter Oberin um den Hals. Nun konnte sie die Tränen nicht mehr unterdrücken. Während Rufina sie fest in ihre Arme nahm, schluchzte Giulia ihre Trauer und Angst hinaus.

»Sieh dich vor«, flüsterte Rufina in Giulias Ohr. »Rom ist ein gefährliches Pflaster – selbst für eine Nonne. Vermutlich gibt es keinen unchristlicheren Ort auf Gottes Erden. Hüte dich vor den Priestern. Und noch viel mehr: Hüte dich vor den Kardinälen. Hörst du? Man kann den Kardinälen nicht über den Weg trauen.«

Noch immer schluchzend nickte Giulia.

»Und schreib mir. Sooft es möglich ist. Jedoch mindestens einmal in der Woche. Versprich es mir!«

»Ich ...«, stammelte Giulia, »ich verspreche es.«

»Gut«, sagte Rufina und nahm Giulias Gesicht in ihre Hände. »Nun geh, mein Kind. Geh.«

Noch während sie sich umwandte, entdeckte Giulia die Träne, die sich aus Rufinas Auge stahl. Schnell wandte Rufina sich ab.

Von der Tür aus sah Giulia, wie Rufina aus dem Fenster schaute. Ein letzter Blick auf den Rücken der Mutter Oberin – und Giulia trat hinaus auf den Kreuzgang. Kaum war die Tür verschlossen, schnatterten die wartenden Schwestern drauflos.

»Eine Kutsche ist soeben eingetroffen!«, rief Ada.

»Vier Pferde vorgespannt!«, fügte Liliana hinzu.

»Mit dem Wappen des Vatikans an den Türen!«, ergänzte Rossana.

Erst in diesem Moment gewahrten sie Giulias bedrücktes Gesicht.

»Was ist geschehen?«, fragte Rossana.

Giulia wusste nicht recht, was sie sagen sollte. Sie war sich sicher, dass sie beim ersten Wort erneut in Tränen ausbrechen würde.

»Diese Kutsche«, sagte Ada, »sie ist deinetwegen hier, nicht wahr?«

Giulia nickte. »Ich bin nach Rom befohlen«, presste sie hervor. Dann spürte sie auch schon, wie ihr die Tränen hochstiegen. »Ich muss packen«, hauchte sie und lief an den Schwestern vorbei in Richtung Dormitorium.

Dort angekommen ging sie in ihre Kammer. Während sie ihre wenigen Habseligkeiten zusammenpackte, stürzten tausend Gedanken auf sie ein. Wer war verantwortlich für ihre Abberufung? Und aus welchem Grund? Was würde sie in Rom erwarten? Rom!, dachte sie. Was soll ich dort nur? Für sie, die Nonne aus der Provinz, erschien die Stadt nicht minder gefährlich und unheimlich, als hätte man sie auf den Mond beordert. Sie war allein mit den beschaulichen Dörfern der Umgebung vertraut. Hier kannte sie jeden einzelnen Menschen. Rom hatte weitaus mehr Einwohner als alle Dörfer hier zusammen. Und man bekam nichts Gutes über Rom zu hören. Nur Geschichten von Trunkenheit, Raufereien, gar Mord und Totschlag. Von jungen Frauen, die ihren Körper gegen bare Münze feilboten. Von Kindern, die in der Gosse lebten. Von Adeligen, die weder Familie noch Freundschaft kannten, wenn es um ihren Gewinn an Macht, Einfluss und Gold ging. Der Teufel war es, der diese Stadt regierte. Und der Teufel musste es sein, der für ihre Abordnung dorthin verantwortlich zeichnete.

Schon hatte Giulia ihre Sachen gepackt. Sie nahm den schweren Beutel in beide Hände, warf einen letzten Blick in ihre Kammer und ging.

In den Gängen und Räumen fand sie keine einzige der Schwestern vor. Die Stille bedrückte sie noch mehr. Wie gern hätte sie sich von den geliebten Schwestern verabschiedet. Auch im Klosterhof fand sie niemanden vor. Schließlich schritt sie durch das große Klostertor und erstarrte. Der gesamte Konvent hatte sich vor den Klostermauern versammelt, um sich von ihr zu verabschieden. Die fünfzig Nonnen sahen Giulia lächelnd entgegen. Die ließ den Beutel fallen und bemühte sich mit aller Kraft, nicht zu weinen, sondern stark zu sein.

Ada, Rossana und Liliana traten ihr entgegen und überreichten ihr einen Strauß duftender Rosen aus dem Klostergarten. Schwester Morena, die älteste unter den Schwestern, gab Giulia einen Korb angefüllt mit ausreichender Wegzehrung. Giulia umarmte sie alle und drückte sie fest an sich.

Vor der Kutsche wartete Schwester Rufina. Vor ihren Füßen kniete Giulia nieder und küsste Rufinas Ring. Die Mutter Oberin legte ihre Hände auf Giulias Schultern und zog sie sanft hoch. »Denk an meine Worte, mein Kind«, flüsterte sie. »In Gedanken bin ich stets bei dir.«

Giulia versuchte zu lächeln. Doch es misslang. Dann machte

sie einen Knicks. Bevor sie einstieg, drehte sie sich noch ein letztes Mal um. Sie versuchte, sich jedes einzelne Gesicht ihrer Mitschwestern einzuprägen. Schließlich stieg sie in die Kutsche.

Der Kutscher verstaute Giulias Gepäck auf dem Dach und nahm auf dem Kutschbock Platz. Er griff nach der Peitsche, ließ sie dreimal schnalzend auf den Rücken der Pferde niedersausen, und schon begann die Fahrt.

Giulia lehnte sich winkend aus dem Fenster. Die Schwestern liefen der Kutsche hinterher und begleiteten sie mit den besten Wünschen.

Es war Rufina, die am lautesten rief. »Gott mit dir, mein Kind!«

Die Kutsche gewann an Fahrt, die Schwestern wurden kleiner, bis sie nur noch schwarze Punkte in der Ferne waren. Giulia lehnte sich zurück. Sie fühlte sich erschöpft und angespannt zugleich. Wieder kreisten ihre Gedanken, und zum ersten Mal verspürte sie Angst.

6

Die Fahrt führte sie vorbei an den so wohlvertrauten Dörfern der klösterlichen Umgebung. Vorbei an Wiesen, Feldern und Bauernhöfen. Giulia erblickte Menschen, die ihr seit ihrer Kindheit bekannt waren. Viele von ihnen würde sie sehr vermissen. Ihre geliebten Wälder zogen an ihr vorüber ebenso wie die Bäche und Auen. Nach einer Stunde war sie weiter entfernt vom Kloster als jemals zuvor in ihrem Leben.

Der Kutscher, ein umgänglicher älterer Mann, sagte ihr während einer Rast, dass sie in sieben Tagen Rom erreichen würden. Die Nächte würden sie in Herbergen verbringen.

Bis in die Abendstunden hinein saß Giulia auf den mit rotem Samt bezogenen Sitzen der päpstlichen Kutsche, schaute aus dem Fenster oder grübelte.

Da plötzlich gewahrte sie einen hellen Fleck am Rande eines Waldes. Sie drehte sich zum Fenster und streckte den Kopf hinaus. »Anhalten!«, rief sie dem Kutscher zu. »Sofort anhalten!«

Der Kutscher tat, wie ihm geheißen. Er griff in die Zügel und brachte die Pferde zum Halten. Verwirrt schaute er von seinem Kutschbock hinab.

Giulia riss unverzüglich die Tür auf und sprang auf den staubigen Boden. Ihre Augen suchten den hellen Punkt nahe am Wald. Dort brannte ein gewaltiges Feuer, und eine große Menschenmenge hatte sich versammelt. Giulia hörte ihre grölenden Rufe und schallendes Gelächter. Dann hörte sie die Schreie. Unmenschliche Schreie voller Qual und Todesangst. Und im gleichen Atemzug begriff sie, was dort vor sich ging. »Sie verbrennen Menschen!«, rief sie voller Entsetzen aus.

Mittlerweile war der Kutscher zu ihr getreten. Auch er blickte zu dem Feuer hinüber.

»Es hieß, in dieser Gegend werden keine Hexen mehr verbrannt«, entfuhr es ihr.

»Ich glaube kaum, dass das Hexen sind«, entgegnete der Kutscher und besah den Staub auf seinen Stiefeln.

Giulia war nun noch verstörter. »Keine Hexen?«, fragte sie. »Wen in Gottes Namen verbrennen sie dann?«

Mit einer Hand griff der Kutscher behutsam nach Giulias Arm und versuchte, sie fortzuzerren. »Wir sollten uns wieder auf den Weg machen. Es ist noch weit.«

Wütend riss Giulia sich los. »Du weißt, was hier vorgeht? Dann sag es mir!«

Doch der Kutscher schwieg beharrlich.

Mit einem erbitterten Schnaufen hob sie den Saum ihres Habits an und rannte über das Feld auf das Feuer am Waldesrand zu. Auf der Hälfte des Weges sah sie drei brennende Menschenkörper an einen Stamm auf dem Scheiterhaufen gebunden. Die armen Seelen zuckten und schrien, während die Flammen an ihnen fraßen. Giulia beschleunigte ihren Schritt. Kurz darauf erstarben die Schreie. Dichter schwarzer Rauch stieg in den blauen Himmel auf. Fast glaubte Giulia, die Seelen der Verbrannten mit den Schwaden emporfahren zu sehen.

Keuchend erreichte sie die Menschentraube, die noch immer fröhlich johlte. Einfache Leute waren es, das erkannte sie an den Kleidern. Bauern, Handwerker, Mägde, sogar Kinder bedachten die verschmorten Leiber mit hämischen Rufen. Sie stellte sich vor einen kleinen, dicken Mann mit hervorquellenden Augen. »Was habt ihr mit den armen Menschen gemacht?«, wollte sie von ihm wissen.

Der Mann lachte. »Ich denke, das sagen Euch Eure eigenen Augen, Schwester.«

Giulia presste die Lippen aufeinander. »Wollt Ihr mich verspotten, Mann? Sagt mir auf der Stelle, warum diese Menschen verbrannt wurden!«

Noch immer lachend setzte der Mann einen Krug Wein an die Lippen und trank genüsslich. Der Nonne schenkte er keinerlei Beachtung mehr.

Giulia sah ein, dass jedes weitere Wort vergebens war. Sie sprach eine junge Frau an, die ihr aber ebenso wenig eine Antwort gab.

Allmählich wurden die Umstehenden auf die Nonne aufmerksam und starrten sie stumm an. Giulia fuhr ein kalter Schauer über den Rücken. In ihren Augen waren das Wahnsinnige, durch irgendeine Krankheit irre geworden, die kaltblütig Menschen ermordeten. Eine Hand legte sich von hinten auf ihre Schulter. Mit einem erstickten Schrei fuhr sie herum. Vor ihr stand ein bärtiger Priester, an dessen schwarzer Soutane Staub und Essensreste klebten.

»Wer seid Ihr?«, fragte der Priester mit dunkler Stimme.

»Mein Name ist Schwester Giulia aus dem Kloster Santa Annunziata. Und wer seid Ihr?«

»Pater Angelo Piola«, sagte der Priester. »Wollt Ihr so freundlich sein, mir zu verraten, was Ihr hier treibt?«

Langsam wich die Furcht aus Giulias Körper. Sie streckte sich und gab zurück: »Das sollte ich eher Euch fragen. Was haben diese Menschen verbrochen, dass man sie verbrennt?«

Piola lachte trocken. »Was schert es Euch? Geht zurück, wo Ihr hergekommen seid, und lasst uns Gottes Werk verrichten.«

»Über sie wurde ein Gottesurteil gesprochen?«, fragte Giulia.

»Kennt Ihr einen anderen Spruch, der als Strafe das heilige Feuer vorsieht?«, spottete Piola.

Giulia ließ sich nicht beirren. »Sagt mir endlich, was diese Menschen getan haben!«

Piola seufzte übertrieben. »Sie haben sich der Ketzerei schuldig gemacht. Reicht Euch das?«

»Nein!«, stieß Giulia hervor. »Welcher Art Ketzerei?«

»Sie hingen dem falschen Glauben an.«

Giulia begann zu ahnen, warum diese Leute sterben mussten. »Was wollt Ihr damit sagen?«

Es war Piola anzusehen, dass er dies für eine äußerst dumme Frage hielt. »Es waren verfluchte Lutheraner.«

Die Antwort bestätigte Giulias Verdacht. Ungläubig riss sie die Augen auf. »Ihr habt diese Menschen verbrannt, nur weil sie an die Lehren Luthers glaubten?«

Piola nickte stumm.

Sie schaute zu den Flammen und schüttelte den Kopf. »Sie waren Christen, ebenso wie Ihr. Sie glaubten an denselben Gott, an Jesus, an die Erlösung. Wie konntet Ihr so etwas tun?«

Piola kniff die Augen zusammen. »Sagt mir, Schwester, an welchen Gott Ihr glaubt. Mir scheint, es ist der Gott dieser Ketzer.«

Erschrocken trat Giulia einen Schritt zurück. »Ich bin eine Ordensschwester der heiligen Mutter Kirche!«, beeilte sie sich zu sagen.

»Sie ist eine Lutherhexe!«, lallte der Dicke mit den Glupschaugen.

Jetzt geriet Bewegung in die Masse. Ein Stein traf Giulia am Hinterkopf und ließ sie straucheln. Eine Frau rief: »Verbrennt sie mit ihren Ketzerfreunden!«

Plötzlich packten zwei Männer Giulia und hoben sie hoch. Unter lautem Gejohle trugen sie ihr neues Opfer zum Scheiterhaufen hinüber. Giulia fühlte Todesangst in sich aufsteigen. Sie trat um sich und schrie – vergeblich. Die Flammen kamen immer näher. Sie atmete den beißenden Rauch, spürte an ihrem Kopf die Hitze.

Da fiel ein Schuss, der die aufgeregten Schreie des Mobs übertönte. Schlagartig machte sich Stille breit. Die Männer stellten Giulia auf den Boden und ließen sie los. Sie folgte den Blicken der Leute, um zu erfahren, wer ihr Lebensretter war. Da stand der Kutscher etwa zwanzig Schritte von der Meute entfernt. In den Händen hielt er zwei Pistolen. Aus der einen rauchte Pulverdampf, die andere hielt er auf Piola gerichtet.

»Lasst ab von ihr!«, befahl der Kutscher. Zu Giulia rief er: »Kommt her zu mir. Ganz ruhig.«

Benommen schwankte Giulia dem Kutscher entgegen. Als sie bei ihm war, flüsterte er: »Das war sehr unvorsichtig von Euch. Nun geht zurück zur Kutsche. Ich halte die Leute auf.«

Erst schleppend, dann immer schneller strebte Giulia der Kutsche entgegen. Als sie sich umwandte, sah sie, dass der Kutscher ihr rückwärts folgte, den Blick fest auf die Meute gerichtet.

Unverzüglich stieg sie ein. Sie nahm einen großen Schluck aus einer Wasserkaraffe, woraufhin sie sich etwas besser fühlte.

Nun hatte auch der Kutscher sein Gefährt erreicht. Strafend sah er Giulia an. »Fortan tut Ihr genau das, was ich Euch sage, Schwester!«

Giulia nickte schnell. »Habt Dank«, sagte sie. »Ihr habt mir das Leben gerettet.«

Der Kutscher grunzte und bestieg den Kutschbock. Nur Augenblicke später preschten die Pferde vorwärts. Giulia schaute zurück. Die Meute stand noch immer vor dem Feuer. Niemand machte Anstalten, ihnen zu folgen. Sie lehnte sich in das weiche Polster zurück und schloss erschöpft die Augen. Kurz darauf schlief sie ein.

Die Nacht verbrachten sie in einem Gasthaus in Rieti. Nach

einem kurzen Abendmahl, bei dem der Kutscher nur wenig sprach und mit müden Augen dasaß, ging Giulia in ihre Kammer. Sie entzündete eine Kerze und schaute auf die kleinen Lichter der unter ihr liegenden Stadt. Irgendwann setzte sie sich an den klapprigen Tisch und begann, den ersten Brief an Rufina zu schreiben, die schon jetzt Welten entfernt zu sein schien. Noch während sie schrieb, spürte sie, wie ein Teil der Anspannung von ihr wich. Jetzt, wo sie diese Zeilen zu Papier brachte, fühlte sie sich Rufina und den Mitschwestern wieder nahe – und sich selbst weniger einsam. Sie beendete den Brief mit einem lieben Gruß, dann ging sie zu Bett. Mit den Bildern der grausamen Verbrennung der Protestanten und des hassverzerrten Gesichts von Piola fiel sie in einen unruhigen Schlaf.

7

Am nächsten Morgen brachen sie auf. In den nächsten Tagen erreichten sie über Montenero und Mentana das träge schwarze Wasser des Tiber, und schließlich, am Abend des siebten Tages, erblickten sie die Hügel Roms. In der Dämmerung fiel Giulia als Erstes die Helligkeit auf, die die Stadt ausstrahlte. Hunderte, Tausende Laternen mussten in den Straßen brennen. Hinzu kamen unzählige kleine Lichter in den Fenstern der Häuser. Nie zuvor in ihrem Leben hatte Giulia einen derart hellen Ort gesehen. Zugleich spürte sie ein Gefühl der Beklemmung. Eine so große Stadt! Es mochte Jahre dauern, bis ein Mensch sich darin zurechtfand. Allein an einer einzigen Straße standen mehr Häuser als in jedem der ihr bekannten Dörfer. Sie sah glänzende Paläste, größer und imposanter als alles, was ihr Auge je erblickt hatte. Mittendrin ragte das gewaltige, wenngleich verfallene Kolosseum auf, von dem Rufina so oft eindrucksvoll berichtet hatte.

Je näher sie Rom kamen, desto intensiver wurde der Geruch nach Unrat, Exkrementen und Schweiß, der ihnen entgegen strömte. Und plötzlich spürte Giulia Angst. Angst, in diesen unwirtlichen Körper einzudringen und niemals wieder hinauszufinden. Ihr war, als würde ein sagenhaftes Ungeheuer sein stinkendes Maul weit aufreißen, um sie für immer zu verschlucken. Sie fühlte sich wie Jona im Angesicht des Wals.

Um sich abzulenken, schaute sie den Leuten auf der Straße zu. Bauern kamen von den Märkten und lenkten ihre leeren Fuhrwerke zurück zu ihren Höfen. Männer stritten mit Frauen,

Frauen mit Kindern und Kinder mit anderen Kindern. Eine Gruppe gefesselter Gefangener, flankiert von Soldaten, marschierte in die Stadt hinein. Reiche Adelige oder Patrizier ließen sich in Sänften herumtragen. Ein über die Maßen fetter Mann versuchte, aus seiner Sänfte zu steigen, strauchelte über seine eigenen Füße und fiel der Länge nach hin. Zeternd rappelte er sich auf und ließ seinen Ärger an den Trägern aus. Giulia musste lachen, und sie verstand, dass auch in Rom keine anderen Menschen lebten als dort, woher sie stammte. Etwas ruhiger lehnte sie sich zurück.

Auf der von Olivenbäumen gesäumten Via Nomentana fuhren sie in die Stadt hinein. Am Piazzale Porta Pia bogen sie nach links und fuhren kreuz und quer durch enge Straßen und Gassen, bis sie auf der Ponte Margherita den mäandernden Tiber überquerten.

Und dann sah sie ihn. Es war, als hätte Gottes Hand dieses unbeschreibliche Bauwerk von einem Augenblick zum anderen aus dem Nichts vor Giulia erschaffen. Zahllose Fackeln und Laternen ließen ihn in gleißendem Weiß vor dem dunklen Himmel erstrahlen: den Petersdom. Rund ein Dutzend Stufen, so breit wie das ganze Gebäude, führten zum Hauptportal. Acht Säulen an der Fassade säumten den Weg hinein.

Als sie um den Templum Vaticanum herumfuhren, sah Giulia, dass der monumentale Bau noch Jahre oder Jahrzehnte von seiner Vollendung entfernt war. Das Mauerwerk an der Rückseite war nicht verputzt. Auf dem Dach unterhalb der Kuppel richteten die ersten Heiligenstatuen ihre Blicke hinunter in die Stadt. An den Außenwänden des Zentralbaus der Kirche arbeiteten auch zu dieser späten Stunde unermüdlich die Steinmetze, Maurer, Tischler und Bildhauer. Das Klopfen ihrer Hämmer erfüllte die warme Nacht.

Unvermittelt hielt die Kutsche an. Giulias Herz klopfte wild, als der Kutscher die Tür öffnete und ihr hinaus half. Anschließend zog er ihr Gepäck vom Dach der Kutsche und bedeutete Giulia, ihm zu folgen.

Sie gingen zu einer unscheinbaren Tür an der Rückseite der Kirche. Davor hielten zwei Männer der Schweizergarde Wache. Der Kutscher zeigte seinen Passierschein vor.

In diesem Augenblick riss jemand von innen die Tür auf. Eine alte, kümmerliche, laut keifende Nonne stürzte heraus und stieß die Gardisten beiseite. Ihre krumme Nase mit scharfer Spitze schien den Kutscher auf der Stelle erdolchen zu wollen. Aus kleinen schwarzen Augen, die von dunklen Ringen umgeben waren, stierte sie ihn giftig an. »Elender Tagedieb!« Sie baute sich vor ihm auf. »Seit Stunden warte ich auf dich! Wo hast du dich nur herumgetrieben?«

Der Kutscher zuckte nicht mit der Wimper und sagte nichts. Die Alte zeterte weiter: »Ich will gar nichts hören von deinen immer gleichen Entschuldigungen! Geh mir aus den Augen! Unverzüglich!«

»Gott mit Euch, Schwester«, raunte er Giulia zu, als er sich umwandte und zur Kutsche ging. Mit einem Gefühl seltsamer Verbundenheit sah sie ihm nach.

Wieder ertönte die scharfe Stimme der uralten Nonne. Sie war näher gekommen und begutachtete den jungen Neuankömmling. »Da bist du also«, sagte sie, und Giulia war dankbar, dass sie nicht mehr schrie. »Ich bin Schwester Prudenzia. Doch du wirst mich mit Mutter oder *Mutter Oberin* ansprechen.«

Giulia hätte weinen können. Dieses bösartige Weibsbild sollte fortan das sein, was bisher die liebevolle und fürsorgliche Schwester Rufina für sie gewesen war? Die Aufgabe einer Äbtissin bestand nicht allein darin, ihren Konvent zu leiten, sondern sich in gleichem Maße um das geistige und körperliche Wohlergehen ihrer Schützlinge zu kümmern. Dazu schienen das verkümmerte Herz und der verdorrte Verstand dieser Nonne jedoch kaum noch in der Lage zu sein. Warum, in Gottes Namen, hatte der Herr sie an diesen Ort befohlen?

»Pack deine Sachen und folge mir!«, befahl Prudenzia und humpelte los, ohne auf Giulia zu warten.

Giulia griff nach ihrem Gepäck und lief hinter ihr her in die Kirche hinein. Sie gelangte in einen schmalen, schmucklosen Gang, der von Fackeln an den Wänden beleuchtet wurde und in dem es muffig roch. Der Gang mündete in einem ebenso kargen Raum, aus dem drei Türen hinausführten. Prudenzia wählte die rechte Tür, öffnete sie und ging hindurch. Dahinter lag ein breiter Gang. An den Wänden hingen Portraits unbekannter, längst verstorbener kirchlicher Würdenträger. Am Deckengewölbe leuchteten bunte Fresken im Schein der Kerzen. Links und rechts befanden sich Türen mit kleinen vergitterten Öffnungen, hinter denen Dunkelheit lag.

Vor einer dieser Türen blieb Prudenzia stehen. »Da hinein!«, befahl sie.

Giulia öffnete die Tür. Dahinter lag eine kleine Kemenate. Mondlicht schien durch ein winziges Fenster unterhalb der Decke an der gegenüberliegenden Seite. Sie sah ein Bett, einen Tisch und davor einen Stuhl. Auf dem Tisch standen eine Karaffe und eine verbeulte Schüssel. An der Wand gegenüber vom Bett stand ein Schrank für ihre Habseligkeiten. Giulia legte ihr Gepäck hinein.

Prudenzia blieb an der Schwelle stehen und beäugte die junge Nonne. »Nun schlaf«, sagte sie und wollte sich zum Gehen wenden.

»Mutter«, beeilte Giulia sich zu sagen, »bitte gestattet mir eine Frage. Bisher hat mich niemand über den Grund meines Hierseins unterrichtet. Warum ...«

»Du bist hier«, unterbrach sie Prudenzia, »um dem Herrn in

Demut zu dienen.« Mehr sagte sie nicht, sondern schlug die Tür zu. Giulia hörte, wie ihre schlurfenden Schritte sich entfernten.

Zu müde, um trüben Gedanken nachzuhängen, legte Giulia ihre Kleider ab, wusch Gesicht und Nacken und kämmte ihr Haar. Dann kniete sie vor dem Bett nieder, um zu beten. Aus den Gebeten wuchsen stille Klagen. Schließlich schlief sie dort, wo sie kniete, mit tränenbenetzten Wangen ein.

8

Wenige Stunden später, Giulia lag neben dem Bett auf dem kalten Boden, riss eine Hand die Tür zu Giulias Zelle unbarmherzig auf. Das Licht der Kerzen und Fackeln fiel auf die schlafende Nonne.

»Auf zur Laudes!«, befahl eine dunkle Frauenstimme. Es war nicht Prudenzia.

Nur langsam wurde Giulia wach. Sie öffnete die Augen und versuchte zu begreifen, wo sie sich befand. Mühsam reckte sie den Kopf und sah zur Tür. Dort stand eine beleibte Nonne, die ungeduldig mit dem Fuß auf den Boden klopfte. »Wird's bald?«

»Ja, ja«, ächzte Giulia und stand auf. Der erste Sonnenstrahl fiel durch das kleine Fenster in den winzigen Raum. Giulia benetzte Gesicht und Nacken mit Wasser, spülte ihren Mund aus und trat aus der Zelle.

»Lass dich anschauen«, sagte die Nonne und begutachtete Giulia aus großen schwarzen Augen. Sie verzog den Mund mit den wulstigen Lippen. »Scheußlich siehst du aus«, stellte sie fest und ging den Gang hinauf.

Giulia zögerte nicht, ihr zu folgen.

Derweil öffneten sich die Türen der anderen Zellen, und Nonnen jeden Alters traten auf den Gang. Alle folgten der beleibten Nonne.

Am Ende des Ganges zweigte der Weg zu einer kleinen Kapelle ab. Etwa dreißig Personen mochten hier Platz finden. Links und rechts vom Mittelgang standen einfache Holzbänke, auf denen die Nonnen sich niederließen. An der Stirnseite prangte ein zehn Fuß hohes Holzkreuz. Davor befand sich eine kunstvoll mit bunten Farben bemalte hölzerne Marienstatuette.

Ihrem Rang gemäß suchte sich Giulia einen Platz am weitesten von Kreuz und Jungfrau entfernt neben dem Eingang. Unauffällig beobachtete sie die Nonnen. Einige, insbesondere die jüngeren, taten es ihr gleich und begutachteten das neue Gesicht. Die älteren Nonnen dagegen schienen kaum Notiz von Giulia zu nehmen. Sie blätterten in den Gebetbüchern oder hielten den Blick gesenkt.

Schwester Prudenzia erschien in der Kapelle. Sie trat auf ein Podest neben dem Kreuz und begann das Morgengebet mit lateinischen Versen aus der Heiligen Schrift. Sogar beim Beten klang ihre Stimme keifend. Gleich darauf setzte sie sich auf einen Stuhl, und die feiste Nonne, die Giulia so unsanft geweckt hatte, führte die Laudes weiter. Nach Gebeten folgten Gesänge und darauf wieder Gebete. Schließlich stellte sich Prudenzia erneut auf das Podest und entließ den Konvent mit einem letzten Gebet.

Unschlüssig, was nun für sie zu tun war, blieb Giulia an ihrem Platz und sah den Nonnen zu, die die Kapelle verließen. Da stapfte ihr die feiste Nonne entgegen.

»Ich soll dir von der Mutter Oberin auftragen«, sagte sie, »die Böden in der oberen Etage zu wischen.« Sie hielt inne, sah sich suchend um und rief: »Schwester Fulvia!«

Eine Nonne, sie mochte im gleichen Alter wie Giulia sein, eilte herbei. Ihr kleines Gesicht ähnelte dem eines unschuldigen Mäuschens. Die Augen blickten fröhlich. Ein Eindruck, den ihr geschwungener Mund unterstrich. In den Wangen lagen kleine Grübchen. »Ja, Schwester Regina?«

»Dies hier ist Schwester Giulia«, sagte Regina. »Geh mit ihr in das obere Stockwerk und säubere die Böden. Und vergesst nicht, alles gut abzustauben!«

»Sehr wohl, Schwester«, sagte Fulvia noch immer lächelnd. Dann wandte sie sich an Giulia. »Komm. Ich zeige dir alles.«

Froh darüber, an diesem Ort endlich einen Menschen getroffen zu haben, der die Liebe Gottes im Herzen zu tragen schien, folgte Giulia ihr.

»Du bist also Schwester Giulia.« Fulvia lächelte bedeutungsvoll.

»Du hast schon von mir gehört?«

Fulvia nickte heftig. »Aber gewiss«, sagte sie.

Hoffnung keimte in Giulia auf. Vielleicht vermochte Fulvia ihr zu sagen, warum sie, Giulia, an diesen Ort berufen wurde. »Dann weißt du auch, warum ich hier bin?«

Fulvia warf lachend den Kopf in den Nacken. »Das hat dir noch niemand gesagt?«

»Nein«, antwortete Giulia. Sie war ein wenig verärgert. Zum einen schien diese junge Nonne mehr zu wissen als sie selbst. Zum anderen würde sie selbst wohl kaum fragen, wenn sie die Antwort wüsste.

»Du bist hier ...«, begann Fulvia, doch plötzlich unterbrach ein lautstarkes Räuspern ihren Redeschwall.

»Hört auf zu schwatzen!«, brummte Regina, die noch immer hinter ihnen herging.

Fulvia zwinkerte Giulia schelmisch zu.

Durch einen schmalen Gang am Ende des Flures gelangten sie in eine große Halle, die etwa sechshundert Fuß maß. Giulia traute ihren Augen nicht angesichts des unglaublichen Reichtums. Der Boden war aus weißem Marmor, er glänzte so, dass sie ihr Spiegelbild darin erkennen konnte. Mächtige Stützpfeiler, zwischen denen Skulpturen aus Gold und Marmor standen, ragten bis unter die gewölbte Decke, die einhundert Fuß über ihnen zu schweben schien. An den Pfeilern prangten kunstvoll gearbeitete Ornamente aus Gold und Silber. Dazwischen hingen Engelsfiguren.

Als Giulias Blick weiterstreifte, sah sie die dreihundert Fuß hohe Kuppel über sich, und da wusste sie, wo sie sich befand: im Innern des Petersdoms. Durch etwa zwei Dutzend quadratische Fenster in der Kuppel und in der Laterne darüber drang heller Sonnenschein herein. Giulia beobachtete kirchliche Würdenträger, die durch diese heilige Halle gingen, und sie fragte sich, wie diese mit gesenktem Blick oder in Gespräche vertieft die prachtvolle Umgebung zügig durchschreiten konnten und nicht voller Ehrfurcht und Demut auf die Knie fielen.

Sanft zupfte Fulvia an Giulias Ärmel. »Hier entlang«, sagte sie.

Hinter einer Tür in einem der Seitenkapitel führte eine schmale Treppe nach oben. An deren Ende lag ein breiter Flur, der nicht minder prächtig war als die darunter liegende Halle. Marmor, Gold und Silber überall.

Aus einem Lagerraum brachte Fulvia Eimer, Bürsten und Lappen. Wasser holten sie aus einem kleinen Springbrunnen, der mitten auf einer frei schwebenden Galerie mit Blick auf den Innenhof stand. Aus den Augenwinkeln sah Giulia, dass Schwester Regina die jungen Nonnen beobachtete.

Fulvia kniete sich auf den Boden und begann, den Marmor zu scheuern und zu schrubben. Ohne zu zögern, tat Giulia es ihr gleich. Es war eine Arbeit, die ihr aus ihrem eigenen Kloster vertraut war.

Giulia spürte Reginas Blick in ihrem Rücken. Somit war ein Gespräch mit Fulvia vorerst unmöglich. Dabei schien sie genau zu wissen, warum sie, Giulia, in den Vatikan geholt worden war. Es war zum Haareraufen!

Stunden vergingen, und Giulias Gedanken kreisten nur noch um die Reinlichkeit des Marmors. Die trostlose Eintönigkeit ihrer Aufgabe machte sich auch in ihrem Geist breit. Da vernahm sie aus der Tiefe des anscheinend in die Unendlichkeit reichenden Ganges ein misstönendes Knirschen. Giulia blickte auf. Plötzlich tauchte ein alter, gebeugt gehender Mann mit sonnengegerbter Haut und schlohweißem Haar aus einem Seitengang auf. Er zog einen Handkarren hinter sich her. Sein Blick war unstet auf den frisch geputzten Boden gerichtet. Hin und wieder lachte er laut auf. Er brabbelte Unverständliches, während er kopfschüttelnd den Karren zog. Auf dem Karren lagen frisch geschnittene Blumen.

»Wer ist das?«, flüsterte Giulia.

»Das ist Pippo, der Gärtner«, flüsterte Fulvia zurück. »Ein gutmütiger Kerl, aber ein wenig ...« Sie ließ den Zeigefinger an ihrer Schläfe kreisen.

Giulia verstand. Sie beobachtete Pippo so unauffällig wie möglich. Er machte in der Tat einen harmlosen Eindruck, wie er da kichernd und mit unsichtbaren Wesen debattierend näher kam. Und plötzlich, als er an Giulia vorüberging, klärte sich sein Blick. Er sah ihr direkt in die Augen und lächelte, dann quasselte er sinnlos weiter. Gewiss hatte sie sich getäuscht. Oder der alte Mann hatte für einen Augenblick aus der Dunkelheit seines Verstandes herausgefunden.

»Schwester Giulia!«, rief Regina, und Giulia schrak auf.

Giulia stand auf und ging zu Regina. »Ja, Schwester?«

»Geh zurück in deine Zelle. Wasch dich und zieh ein frisches Gewand an. Dann warte dort auf mich, bis ich dich hole.«

Giulia nickte nur und begab sich zurück in ihre Zelle.

Nachdem sie ein sauberes Gewand angezogen hatte, setzte sie sich auf das Bett und wartete. Ob nun der Augenblick gekommen war, da man sie mit ihrer eigentlichen Aufgabe betraute?

Wenig später öffnete sich die Tür und Regina rief sie hinaus.

Giulia konnte ihre Aufregung nicht mehr bezähmen. »Wohin gehen wir, Schwester?«, brach es aus ihr heraus.

»Stell keine dummen Fragen und folge mir«, gab Regina zurück und ging voraus.

Sie durchquerten erneut das gewaltige Kirchenschiff und betraten einen weiteren Flügel des Petersdoms. Sofort fiel Giulia auf, dass hier weitaus mehr Gardisten Wache hielten als in den anderen Räumlichkeiten. Dafür sah sie kaum einen Geistlichen oder eine Nonne.

Vor einer reich verzierten Tür blieb Regina stehen. Sie klopfte dreimal an. Gleich darauf rief eine dunkle Männerstimme: »Herein!«

Mit der einen Hand öffnete Regina, mit der anderen schob sie Giulia durch den Spalt und zog die Tür von außen zu.

9

Verwirrt sah Giulia sich um. Der quadratische Raum maß an jeder Seite etwa sechzig Schritte. Die Decke befand sich etwa zwanzig Fuß über ihr. An den Wänden hingen edle Teppiche mit religiösen Motiven.

»Beeindruckt?«, fragte eine Stimme, die so dunkel und kalt war, dass Giulia fröstelte.

An der Stirnseite entdeckte sie einen breiten Tisch. Dahinter saß der Mann, dem die düstere Stimme gehörte. Er war ganz in Purpur gekleidet. Ein Kardinal!

»Tretet näher«, sagte der Kardinal. Giulia glaubte so etwas wie Spott in der Stimme zu hören.

Langsam ging Giulia auf den hohen Würdenträger zu. Der hockte wie eine Spinne in ihrem Netz hinter seinem Schreibtisch und sah ihr entgegen. Mit jedem Schritt konnte Giulia weitere Einzelheiten erkennen. Der Kardinal war von hagerer, aber sehniger Gestalt. Er hatte dichtes schwarzes Haar, das an den Schläfen grau wurde, und buschige Augenbrauen. Die dunklen, wie in Höhlen liegenden Augen betrachteten sie neugierig. Giulia hatte das Gefühl, der Blick eines Wolfes ruhe auf ihr, der bereit war, sein Opfer beim ersten Anzeichen von Schwäche zu zerfleischen. Sie verspürte Angst vor dem Mann, den sie erst seit wenigen Augenblicken kannte. Warum nur hatte Regina sie mit ihm allein gelassen? Sie wollte umdrehen und weglaufen. Doch zugleich fühlte sie sich von ihm angezogen und auf eine seltsame Art und Weise mit ihm verbunden. Ihr schwindelte.

»Da seid Ihr also«, sagte der Kardinal, als Giulia vor dem

Tisch angekommen war. Er musterte sie vom Scheitel bis zu den Sohlen und wieder zurück.

»Eminenz«, sagte Giulia. Ihre Stimme überschlug sich.

Der Kardinal lehnte sich in seinem mit Brokat verzierten Stuhl zurück und faltete die Hände. »Mein Name ist Kardinal Carafa«, sagte er und lächelte spröde. »Vizekanzler der heiligen Mutter Kirche. Ihr seid Giulia aus dem Kloster Santa Annunziata?«

Giulia nickte. Die Angst in ihren Gliedern wuchs. Sie ballte die Fäuste, bis die Knöchel weiß wurden.

»Habt keine Angst vor mir«, sagte Carafa. »Ihr seid auf mein Geheiß im Vatikan. Ich nehme an, das ist eine der Fragen, die Euch auf der Seele lasten?«

In der Tat, dachte Giulia. Und nun ist sie beantwortet.

Carafa stand auf und ging zu einem kleinen Tisch neben dem Kamin. Er nahm eine der Flaschen darauf und goss zwei Gläser voll. Eines reichte er Giulia. »Trinkt«, sagte er und hob sein Glas.

Vorsichtig nippte Giulia an dem Glas. Der Wein floss ihre Kehle hinab und verbreitete wohlige Wärme und Ruhe in ihrem aufgewühlten Inneren.

Carafa schien zu spüren, dass Giulia durch seine Nähe beunruhigt war. Er trat an ein Fenster, durch das Sonnenlicht auf ihn fiel. Fast war es Giulia, als bilde das Licht eine Aura um Carafa. Seltsamerweise sah es aus, als würde der Kardinal von einer dunklen Schicht umgeben, die das Sonnenlicht nicht zu durchdringen vermochte.

Carafa schaute aus dem Fenster, während er weitersprach: »Es mag Euch verwundern, dass Ihr auf Wunsch eines Kardinals in den Vatikan gerufen wurdet. Eines Kardinals, den Ihr nie zuvor zu Gesicht bekamt.« Er schaute über die Schulter in Giulias Augen.

»Ihr habt Recht, Eminenz«, sagte Giulia.

»Ihr seid in Giulianova geboren?«

»Das bin ich, Eminenz.« Was sollte diese Frage?

»Ich will Euch nicht länger auf die Folter spannen«, sagte er.

Giulia sah ihn erwartungsvoll an.

»Vor einigen Tagen«, fuhr Carafa fort, »verübte ein Unbekannter einen Mordanschlag auf Seine Heiligkeit Papst Sixtus.«

Giulia stockte der Atem. Jemand hatte versucht, den Stellvertreter Christi auf Erden zu ermorden? Wer würde so etwas Unvorstellbares wagen und somit sein Seelenheil auf ewig verlieren? Ein heiliger Mann, der den Tod gewiss nicht verdient hatte. Ganz gleich, wer der Mörder war.

»Glücklicherweise konnten wir den Mord verhindern«, sagte Carafa und ging langsam auf Giulia zu. »Doch es gab ein Opfer zu beklagen. Ihre Seele möge an der Seite des Herrn wohnen immerdar.«

»Wer war es?«, fragte Giulia mit belegter Stimme.

Carafa schien bedrückt vor sich hin zu starren. Dann hob er den Blick. »Eine junge Nonne. Eine fromme Dienerin des Herrn und Seiner Heiligkeit.«

Und in diesem Augenblick begann Giulia zu ahnen, warum Carafa sie nach Rom gerufen hatte. Dennoch beschloss sie, vorerst zu schweigen und Carafas Ausführungen zu lauschen.

»Der unglückliche Tod dieses erbarmungswürdigen Geschöpfs«, sagte Carafa, »ist der Grund Eures Hierseins.«

Nun sah Giulia ihre Ahnungen bestätigt. »Ihr erwartet von mir, dass ich ihren Platz einnehme, Eminenz?«, fragte sie.

»Das habt Ihr gut erkannt«, antwortete Carafa.

»Gestattet mir eine Frage.«

»Gewiss.«

Sorgfältig wählte sie ihre Worte. »Warum habt Ihr mich gerufen? Ihr kennt mich nicht. Es muss Dutzende, wenn nicht gar Hunderte junger Nonnen in Rom geben, die diese Aufgabe hervorragend zu erfüllen vermögen. Warum ich? Eine unerfahrene Nonne aus der Provinz, die Rom nur aus Erzählungen kannte.«

Carafa lächelte. Es war wieder dieses unnatürlich kalte Lächeln, das Giulia frieren ließ. »Wisst Ihr, woher der Heilige Vater stammt?«

»Nein«, sagte Giulia. Sie verstand die Frage nicht. Was sollte ihre erzwungene Reise nach Rom mit der Herkunft des Papstes zu tun haben?

»Seine Heiligkeit erblickte das Licht der Welt in Grottammare in der Mark Ancona«, erklärte Carafa.

»Ich kenne Grottammare!«, stieß Giulia hervor. »Es liegt unweit von Giulianova. Oft bin ich gemeinsam mit der Mutter Oberin zu den Märkten gefahren. Aber was hat das mit mir zu tun, Eminenz?«

»Die Situation ist ein wenig delikat«, sagte Carafa. Seine langen Finger umspielten den verschnörkelten Stiel seines Glases. »Ich mache mir Sorgen um das Wohl Seiner Heiligkeit. Dieser Mordversuch war nicht der einzige in den vergangenen Jahren. Wir wissen aus der Geschichte, dass das Leben jedes Papstes unentwegt in Gefahr ist. Nur zu oft ist es den Teufeln in Menschengestalt gelungen, einen dieser heiligen Männer zu töten.«

Voller Ungeduld erhoffte sich Giulia weitere Erklärungen des Kardinals. Wenn er doch nur endlich sagen würde, was er von ihr erwartete.

»Diesmal ist der Mörder leider entkommen«, sagte Carafa weiter. »Wir müssen damit rechnen, dass er zurückkehrt und seine Tat zu vollenden sucht.«

»Glaubt Ihr, es liegt in meinen Kräften, den Papst vor einem Mörder zu schützen, Eminenz?«, fragte Giulia. »Hierfür ist die Garde gewiss besser gerüstet.«

»Glaubt es oder nicht«, gab Carafa zurück, »aber Ihr seid die Einzige, die einen weiteren Anschlag auf sein Leben zu vereiteln vermag.«

Das konnte sich Giulia beim besten Willen nicht vorstellen.

»Ihr müsst wissen«, sagte Carafa, »der Heilige Vater, vorsichtig geworden durch die vielen Männer, die ihm nach dem Leben trachten, schenkt nur wenigen Menschen sein Vertrauen. Und ein Schlüssel zu seinem Vertrauen liegt in seiner Herkunft. Es sind die Menschen aus den Monti della Laga, aus den Monti Sibillini, aus den Abruzzen, einfache Bauern, denen Anstand und Ehre mehr bedeuten als Gold, Edelsteine und Macht. Arme Pächter, wie sein Vater einst einer war. Und es sind die Fischer an der Adria, denen sein Herz gehört. Anständige, hart arbeitende Männer und Frauen, die an gottverlassenen Orten wie Pedaso oder Martinsicuro dem Meer mit aller Macht abverlangen, was es herzugeben vermag. So liegt in der Zufälligkeit Eurer Herkunft der Schlüssel zum Herzen des Heiligen Vaters.«

»Verzeiht, Eminenz«, sagte Giulia, »doch verstehe ich noch immer nicht.«

Carafa stellte sein Glas ab und breitete die Arme aus. »Wir, die Männer, die das Leben des Heiligen Vaters schützen wollen, können dies nicht direkt in seiner Nähe tun. Selbst wir spüren ein gewisses Misstrauen. Über seine Pläne lässt er uns ebenso im Unklaren wie über die Menschen, die er trifft. Ich, der Vizekanzler der Kirche, weiß weniger über das Leben und die Gedanken des Heiligen Vaters als sein Leibkoch. Daher müsst Ihr meine Augen und Ohren sein.«

Giulia glaubte, der Boden unter ihr würde zu schwanken beginnen. »Eminenz«, stammelte sie, »Ihr wünscht, dass ich den Heiligen Vater für Euch ausspioniere, indem ich die Aufgaben der ermordeten Schwester übernehme?«

»Es geschieht allein zum Schutz Seiner Heiligkeit«, versicherte Carafa.

Giulia nahm all ihren Mut zusammen und fragte: »Und wer bietet *mir* Schutz?«

Darauf schien Carafa gewartet zu haben. Die Antwort kam zügig. Beinahe zu zügig. »Die Garde selbstverständlich.«

Dieselbe Garde, die den Papst bisher nur mit größter Mühe zu schützen vermochte?, dachte Giulia. Wie sehr würden die Soldaten auf eine unbedeutende Nonne achtgeben? Dennoch hatte es der Kardinal verstanden, an ihr Pflichtgefühl zu appellieren. Ihr Eid Gott gegenüber forderte, das Leben des Stellvertreters Christi auf Erden zu hüten. Ihr eigenes Leben war ohnehin weitaus weniger wert als das des Heiligen Vaters. Und wer konnte schon wissen, ob sie bei diesem Auftrag ihr Leben verlieren würde?

»Ihr zögert?«, fragte Carafa.

»Nein, nein, Eminenz«, beeilte sich Giulia zu sagen. »Ich werde tun, was Ihr von mir verlangt.«

Carafa lächelte zufrieden. »Gut. Ich wünsche, dass Ihr mir regelmäßig Bericht erstattet. Dabei muss ich alles wissen. Wann er aufsteht, wann er schlafen geht, welche Personen er trifft. Ich will wissen, was er morgen, nächste Woche und nächstes Jahr vorhat. Ich will sogar wissen, welchen Wein er zur Mittagszeit trinkt.«

Giulia nickte. »Ihr sollt es erfahren, Eminenz.«

Carafa hob den Zeigefinger. »Nur eines noch«, sagte er. »Kein Sterbenswörtchen zu irgendwem über unsere Abmachung. Nicht einmal der Heilige Vater darf wissen, dass Ihr auf mein Geheiß handelt. Diese Kirche hat tausend mal tausend Ohren.«

»Ich verstehe, Eminenz.«

»Gut«, sagte Carafa. »Euer Dienst in den Gemächern Seiner Heiligkeit beginnt morgen nach der Laudes. Bis dahin macht Euch mit Eurer neuen Umgebung vertraut und tut, was immer

Schwester Prudenzia Euch aufträgt. Ihr könnt gehen.« Damit wandte er sich um und starrte den Wandteppich hinter seinem Tisch an.

»Sehr wohl, Eminenz«, sagte Giulia und machte auf der Stelle kehrt. Erst an der Tür fiel ihr noch etwas ein. »Wieso ich, Eminenz? Es gibt viele Nonnen, die derselben Gegend wie der Heilige Vater entstammen. Wie seid Ihr ausgerechnet auf mich gekommen?« Täuschte sie sich, oder war Carafa bei der Frage leicht zusammengezuckt?

»Bischof Monteno hat mir Euren Namen genannt«, sagte er.

Giulia kannte den Bischof. Sie musste also keinerlei Bedenken haben. Trotzdem verstand sie nicht, warum Bischof Monteno den Kardinal ausgerechnet an sie verwiesen hatte. Doch musste sie alles verstehen? Sie nickte und verließ wortlos die Räumlichkeiten des Kardinals.

10

Kaum war die Nonne verschwunden, klopfte es, und die Tür öffnete sich wieder. Ein junger Geistlicher erschien im Rahmen.

»Was gibt es?«, fragte Carafa.

»Der Conte Mattei bittet, vorgelassen zu werden«, sagte der Priester.

Carafa machte eine einladende Handbewegung. »Er soll eintreten.«

Der Geistliche trat zur Seite und gab einem bunt gekleideten Mann den Weg frei. Der Conte trug einen modischen Hut mit breiter Krempe und einer langen Feder. Im Gürtel um seinen dicken Bauch steckte links ein Degen, rechts eine Pistole – das Privileg der Barone Roms, im Vatikan Waffen zu tragen. Mattei zog seinen Hut und machte eine betont tiefe Verbeugung, die seinen Respekt vor dem Kardinal Lügen strafte. Als er sich wieder aufrichtete, glänzte sein Gesicht puterrot, und seine gierigen kleinen Augen formten sich zu Schlitzen.

»Seid willkommen, Don Patrizio. Es freut mich, Euch zu sehen«, sagte Carafa. Seine Stimme klang tonlos, und er verhehlte nicht, dass keines seiner Worte ehrlich gemeint war.

»Spart Euch die Blumen«, stieß Mattei hervor. Seine Linke lag drohend auf dem Knauf des Degens. »Wir wissen beide, dass es für keinen von uns ein Vergnügen ist.«

Schnell trat Carafa vor und blieb eine Armlänge vor Mattei stehen. Seine Haltung glich der einer Raubkatze. »Dann sind der Höflichkeiten genug ausgetauscht. Sagt, was Ihr vom Vizekanzler der Kirche wollt.«

Eingeschüchtert ging Mattei ein paar Schritte zurück. Doch dann fing er sich wieder. »Ihr fragt, was ich will?«, gab er zurück. »Die Güter der Campagna, wenn sich der Vizekanzler der Kirche vielleicht erinnert.« Die letzten Worte Matteis flossen über vor Spott und Verachtung.

»Die Güter der Campagna«, echote Carafa und reckte die Hände empor. »Als gäbe es nichts Wichtigeres für die ehrenwerten Barone Roms!«

»Uns scheint, Ihr habt Euer Versprechen vergessen.«

Carafa lachte auf, schwieg aber.

»Wenn ich Euch erinnern darf«, sagte Mattei, »habt Ihr uns in Aussicht gestellt, die angestammten Ländereien zu veräußern, wenn wir für den Schutz Roms und der Kurie einstehen. Tausende guter Männer in unseren Diensten haben seitdem gegen die Lutheraner und unzählige andere Feinde ihr Leben gelassen. Nun bin ich gekommen, die Erfüllung Eures Versprechens einzufordern.«

In Carafas Gesicht regte sich kein Muskel, als er antwortete: »Ich erfülle mein Versprechen, sobald die Barone Roms ihren Teil der Abmachung einhalten. Die Feinde der Kirche sind längst nicht besiegt.«

»Es liegt nicht in unserer Macht, die Reformation aufzuhalten!«, protestierte Mattei.

»Ihr könnt doch nicht glauben«, sagte Carafa, »dass ich Euch das gesamte Umland Roms verkaufe! Sagt mir, dass Ihr nicht derart töricht seid!«

»Meinetwegen könnt Ihr die Region um den Tiber und die Erzminen behalten«, bot Mattei an.

»Ihr seid zu gütig, Mattei!« Carafa lächelte kalt. »Aber Eure Großmut ist ja weithin bekannt.«

Der Conte umfasste den Griff seines Degens. »Wie darf ich Eure Bemerkung verstehen?«

Carafa bedurfte keiner Waffe. Seine Zunge war wie eine Klinge, und seine Worte waren wie Hiebe und Stiche, die er seinem Gegenüber zufügte. »Man berichtete mir, Ihr hättet erst vor einigen Wochen mit dem Herzog von Saint-Fargeau auf Eurem Schloss eine Unterredung geführt. Was wollte der edle Pair Seiner exkommunizierten Majestät Heinrich IV. von Euch, dass er sein elendes hugenottisches Leben riskierte?«

Von einem Augenblick zum anderen bildeten sich Schweißperlen auf dem haarlosen Schädel des Conte. Seine Finger krallten sich in die Krempe seines Hutes. »Eminenz!«, stieß er hervor. Jeglicher Spott war aus seiner Stimme verschwunden. »Der Herzog ist der Schwager meiner Gemahlin. Sein Besuch galt ausschließlich der Familie.«

»Hm«, machte Carafa. »Ich frage mich, ob das der Heilige Vater auch so sehen würde.« Er trat noch näher auf Mattei zu. »Oder ob er Euch als Ketzer in die Engelsburg sperren lassen würde!«

»Das ... das würdet Ihr nicht wagen«, stotterte Mattei.

»Die Engelsburg hat schon höher gestellte Gäste beherbergt als Euch«, erwiderte Carafa. »Als Christ wird es mir jedoch eine Pflicht sein, auch Eure Gemahlin nebst Euren Töchtern dort einzuquartieren, auf dass Ihr nicht den Hauch von Einsamkeit verspürt.«

Mattei schnappte nach Luft.

»Doch vermag ich Euch zu beruhigen«, fuhr Carafa fort. »Kein Wort wird über meine Lippen kommen.«

Mattei atmete erleichtert aus.

»Der Heilige Vater ist ein alter Mann«, sagte Carafa. »Der Tag, an dem der Herr in seiner Güte ihn von seinem Leiden auf Erden befreit, ist nicht mehr fern. Und wer zu seinem Nachfolger berufen wird, dürftet selbst Ihr wissen. Also beruhigt die Barone Roms. Bald werdet ihr alle für Eure Treue gegenüber der Kirche mehr als großzügig belohnt werden. Ich verspreche Euch mehr Reichtum und Macht, als Ihr Euch zu erträumen vermögt. Bis dahin bitte ich Euch noch um ein wenig Geduld.«

Benommen presste Mattei hervor: »Wie Ihr wünscht, Eminenz. Ich richte es den Baronen aus.«

Carafa beugte sich vor. »Dann verschwindet endlich aus meinen Augen!«

Mattei torkelte rückwärts der Tür entgegen, stieß an den Rahmen, tastete nach dem Griff und schob sich durch den sich öffnenden Spalt hinaus. Dann rannte er so schnell er konnte zu seiner Kutsche, die vor dem Petersdom auf ihn wartete.

Vom Fenster aus konnte Carafa sehen, wie Mattei Fersengeld gab. Er lächelte, schaute der Kutsche nach, bis sie den Platz vor dem Petersdom verlassen hatte, und machte sich daran, selbst die Kirche zu verlassen.

In seinem Palazzo in der Via del Pellegrino, einem gewaltigen, quadratischen Bau aus Sandstein, ging Carafa geradewegs in sein Schlafzimmer im ersten Stock. Dort fand er Allegra vor, die an einem Tisch vor einem der Fenster ihr Abendmahl einnahm. Sofort sprang sie auf und warf sich ihm an den Hals.

Unsanft stieß er sie fort. »Genug damit!«, fuhr er sie an.

Allegra, die Carafas brüske Art gewöhnt war, schürzte die Lippen und sagte in gespielt beleidigtem Tonfall: »Du liebst mich nicht mehr!«

»Lass die Spielereien«, sagte Carafa. »Wissen wir doch beide, dass unsere Beziehung nicht auf dem Fundament der Liebe errichtet wurde.«

»Du bleibst heute daheim?«, fragte sie.

»Ja«, sagte Carafa, »allerdings wirst du auf meine Gesellschaft verzichten müssen. Ich erwarte Gäste.«

»Oh«, drang es aus Allegras Kehle. »Wer ist es?«

»Ich wüsste nicht, dass ich dir darüber Rechenschaft ablegen müsste, meine Liebe.«

Allegra zuckte mit den Schultern, nahm ein Buch zur Hand und warf sich auf das breite Bett.

»Du wartest hier auf mich, bis ich zurückkehre«, befahl Carafa und verließ das Gemach. Er ging den Flur entlang und betrat die Bibliothek. Einen der Diener wies er an, Wein und Gläser herbeizuschaffen. Nachdem dies geschehen war, setzte er sich in einen der bequemen Sessel und wartete.

Eine Stunde später klopfte es an der Tür. Der Diener trat ein. »Ihre Eminenzen, Kardinal Castagna und Kardinal Pozzi, sind eingetroffen, Eminenz.«

»Sie sollen hereinkommen«, sagte Carafa und stand auf.

Die Begrüßung war freundlich, doch keineswegs herzlich. Carafa bat seine Gäste, Platz zu nehmen. Er selbst blieb stehen.

Der Diener füllte drei Gläser mit blutrotem Wein und reichte sie den Kardinälen auf einem silbernen Tablett. Dann verschwand er lautlos.

»Nun«, sagte Pozzi, nachdem er einen tiefen Schluck genommen hatte. Mit einem Seidentuch wischte er dicke Schweißperlen von Stirn und Nacken. »Was habt Ihr zu berichten, Callisto?«

»Die Dame hat ihren Platz eingenommen.« Carafa lächelte. »Sie ist so unbedarft und ahnungslos wie ein Lamm, das zur Schlachtbank geführt wird.«

»Ich hoffe«, sagte Castagna, »Ihr seht in unserem Vorhaben mehr als nur eine harmlose Partie Schach. Hier geht es um Menschen aus Fleisch und Blut. Und der Verlierer erhält keine Revanche.«

»Mir gefällt noch immer nicht«, warf Pozzi ein, »dass Ihr Eure eigene Tochter zu einer Figur in diesem Spiel macht. Ihr kennt sie ebenso wenig wie wir. Wer sagt uns, dass sie genau das tut, was Ihr erwartet?«

»*Ich* sage Euch das«, gab Carafa zurück. »Giulia ist ein junges, dummes Kind aus der Provinz. Als sie erkannte, dass ich, ein Kardinal aus Rom, sie persönlich in den Vatikan befohlen hat, schlotterten ihr die Knie vor Ehrfurcht. Sie hat mir aus der Hand gefressen und bedenkenlos geglaubt, dass allein sie den Papst zu schützen vermag.«

»Ihr habt ihr gesagt, dass sie nur Euch Bericht erstatten darf?«, fragte Castagna. »Dass es ihr nicht gestattet ist, irgendwen, auch den Papst selbst nicht, über ihren Auftrag zu unterrichten?«

»Gewiss«, antwortete Carafa und beugte sich zu Castagna hinunter. »Haltet Ihr mich für einen Narren?«

Castagna hielt Carafas Blick stand. »Mitnichten. Ich will nur sichergehen, dass Ihr nichts vergessen habt. Schließlich habt Ihr heute zum ersten Male Eurem eigen Fleisch und Blut gegenüber gestanden. Ich kann mir kaum vorstellen, dass dies nicht ein bewegender Moment war. Selbst für einen Mann wie Euch.«

»Ich nehme Eure letzten Worte als Kompliment«, sagte Carafa.

»Wie geht es nun weiter, Callisto?«, fragte Pozzi, der sich noch immer den Schweiß abwischte.

»Wir sammeln die Informationen, die die junge Nonne uns liefert«, sagte Carafa. »Dies kann durchaus Wochen, wenn nicht gar Monate dauern. Wenn der Tag gekommen ist, schlagen wir zu. Der Papst stirbt, und ich folge ihm auf den Heiligen Stuhl.«

»Diese Giulia, Eure Tochter, Callisto, könnte dabei ebenso sterben wie Sixtus«, wandte Castagna ein. »Das berührt Euch nicht?«

Carafa verzog das Gesicht. »Das Leben dieses Kindes kümmert mich weniger als das meiner Diener.«

»Warum eigentlich nicht?«, fragte Castagna weiter.

Erst schien es, als wollte Carafa den Kardinal ob seiner frechen Frage scharf anfahren. Für einen Augenblick erschien ein ungewohnter Anflug von Trauer auf seinem Gesicht. Rasch wandte er sich ab. »Nehmt es einfach als Tatsache«, sagte er mit belegter Stimme.

Castagna und Pozzi warfen sich einen bedeutungsvollen Blick zu und nippten stumm an ihren Gläsern.

Niemand bemerkte, wie sich die Tür zum Flur leise schloss und Allegra stumm zurück in das Schlafgemach schlich.

11

Am nächsten Morgen wachte Giulia von allein auf. Sie war daran gewöhnt, noch vor Sonnenaufgang aufzustehen. In der vergangenen Nacht hatte sie gut geschlafen. Sie kleidete sich an und schloss sich den anderen Nonnen zum Morgengebet an. Erst dort spürte sie erneut Unruhe. Der unheimliche Kardinal hatte ihr gesagt, dass heute ihr Dienst in den Gemächern des Heiligen Vaters beginnen würde. Sie erwartete, dass man ihr zu gegebener Zeit Bescheid geben würde.

Und so kam es auch. Nach der Laudes beugte sich Schwester Reginas feistes Gesicht über sie. Mit mürrischer Miene bedeutete sie Giulia, ihr zu folgen. Schwester Fulvia winkte Giulia lächelnd und aufmunternd zu.

Sie stiegen über eine Treppe in das obere Geschoss und durchstreiften die Gänge, die Giulia gestern mit Fulvia gereinigt hatte. Je näher sie den Räumen des Papstes kamen, desto mehr Gardisten entdeckten sie, die Wache hielten oder durch die Gänge und Hallen patrouillierten.

Vor einem goldenen Portal blieb Regina stehen. »Von hier an gehst du allein.« Sie pochte mit dem diamantenbesetzten Türöffner dreimal gegen das Portal und verschwand.

Giulia wartete aufgeregt. Das Portal öffnete sich einen Spalt, und das schmale, blasse Gesicht eines jungen Geistlichen tauchte auf. Er lächelte. »Ihr müsst Schwester Giulia sein.«

»Ja«, hauchte sie.

»Mein Name lautet Monsignore Gazetti«, sagte der Geistliche und bat sie herein.

Giulia betrat einen prachtvoll ausgestatteten Raum von der Größe der Kapelle, in der sie noch vor wenigen Augenblicken gebetet hatte. An den Wänden hingen Porträts ehemaliger Päpste, Wandteppiche und Bilder Jesu und seiner Jünger. Auf dem edlen dicken Teppich standen ein kleiner Tisch und vier mit Damast bezogene Stühle. An einer Wand erhob sich ein Schrein mit einem Kreuz und einer Reliquienschatulle. Große Fenster ließen das Sonnenlicht herein.

»Seine Heiligkeit befindet sich noch beim Morgengebet. Bis er in seine Gemächer zurückkehrt, habt Ihr nicht viel zu tun«, sagte Gazetti. Er wirkte freundlich, aber bestimmt. »Achtet darauf, dass frische Blumengestecke hingestellt sind. Seine Heiligkeit liebt Blumen. Achtet auch darauf, dass ein gefülltes Tintenfass, eine unbenutzte Schreibfeder und frisches Siegelwachs auf seinem Schreibtisch zu finden sind. Achtet auf Sauberkeit und gute Luft in allen Räumen. Lest ihm jeden Wunsch von den Augen ab. Ihr seid dafür verantwortlich, dass es ihm an nichts mangelt. Morgens trinkt er Wasser, mittags Wein und abends Tee. Seine Mahlzeiten werden aus der Küche geliefert und von Euch angerichtet, Schwester. Sollte Seine Heiligkeit sich nicht im Petersdom aufhalten, weist Euch Schwester Prudenzia andere Aufgaben zu. In der übrigen Zeit bin allein ich für Euch verantwortlich.«

»Wie Ihr wünscht, Monsignore«, sagte Giulia. Dabei wäre sie ihm am liebsten um den Hals gefallen, so glücklich war sie über seine letzten Worte.

Gazetti übertrug ihr noch weitere Aufgaben und klärte sie über die Sicherheit im Vatikan auf. »Eines noch«, sagte Gazetti abschließend, »richtet nur dann das Wort an Seine Heiligkeit, wenn er Euch dazu auffordert.«

Giulia nickte heftig. Sie hoffte, sie würde an alles denken, was Gazetti ihr aufgetragen hatte.

Im Nebenraum öffnete sich eine Tür.

»Es ist so weit«, sagte Gazetti. »Das muss der Heilige Vater sein. Nehmt dort das silberne Tablett mit der Karaffe und dem Becher und reicht es ihm.« Er deutete auf das Tablett, das auf einem Tischchen unter dem Fenster stand, und lächelte. »Ich bin sicher, Ihr werdet Eure Aufgabe hervorragend meistern.«

Giulias Herz pochte heftig. In wenigen Augenblicken würde sie dem bedeutendsten Mann der Christenheit gegenüberstehen – und wohl auch dem mächtigsten. Sie nahm das Tablett auf. Ihre Hände zitterten so stark, dass Karaffe und Becher klapperten. Vorsichtig, den Blick auf das Tablett gerichtet, ging sie durch den Vorraum zur angelehnten Tür hinüber. Gazetti übernahm das sanfte Anklopfen und hinter ihm betrat sie das Arbeitszimmer des Papstes.

Der Heilige Vater hatte just hinter einem großen, schweren Schreibtisch Platz genommen. Über ihm, auf der Rückenlehne des mit rotem Damast bezogenen Stuhles, prangte sein Wappen: ein Löwe, der drei Birnen in seinen Krallen hielt. Der Heilige Vater trug ein rotes Gewand, auf dem Kopf eine weiße Kalotte und um den Hals das weiße Pallium mit schwarzen Kreuzen. Seine dunklen Haare waren von unzähligen silbrigen Fäden durchzogen, ebenso wie die buschigen Augenbrauen und der mächtige Vollbart. Seine wachen Augen blickten aufmerksam auf die vor ihm ausgebreiteten Dokumente, während sein Mund mürrisch zuckte.

Von einem Augenblick zum anderen bekam Giulia Angst vor diesem Mann. Seine Autorität schien sie, Rom und die ganze Welt zu überfluten. Wie im Traum näherte sie sich dem Schreibtisch, stellte das Tablett auf eine freie Ecke und goss Wasser in den mit Ornamenten verzierten Becher. Der Heilige Vater nahm keinerlei Notiz von ihr. Was sollte sie jetzt tun? Sie entschied sich dafür, still in den Hintergrund zu treten und zu warten, bis irgendwer ihr eine Aufgabe übertrug.

»Gazetti«, sagte der Papst. Seine Stimme war dunkel und kraftvoll. »Erzählt Uns, wie der Tag verlaufen wird.«

»Sehr wohl, Euer Heiligkeit«, sagte Gazetti und schlug eine Mappe auf. »Um elf Uhr hat der Stadtpräfekt um eine Audienz bei Seiner Heiligkeit ersucht. Er möchte mit Euch über den Unrat in den Straßen sprechen. Die Stadt stinke zum Himmel. Das waren seine Worte.«

»Der Präfekt sollte sich besser darum kümmern, die Wasserleitungen im oberen Teil Roms wiederherzustellen«, brummte der Papst. »Unser Befehl hierzu erging vor vier Jahren! Die Menschen leiden mehr an Durst denn an stinkendem Unrat. Weiter, Gazetti.«

»Um zwölf Uhr erwarten Euer Heiligkeit den Baumeister Fontana«, fuhr Gazetti unbeirrt fort. »Er benötigt mehr Geld für die Anlage der von Euch geforderten Straßen.«

»Der *architetto generale* hat schon genug Geld verpulvert«, gab Sixtus zurück. »Unsere Order, für die Pilger lange und gerade Straßen zu den sieben Hauptkirchen Roms zu bauen, hieß nicht, diese aus purem Gold zu errichten. Weiter.«

»Anschließend ist es für Euer Heiligkeit Zeit, das Mittagsmahl einzunehmen«, sagte Gazetti.

Sixtus knurrte: »Das ist die erste gute Nachricht des Tages.«

»Nach dem Mahl erscheinen ...« Gazetti zögerte.

»Wer?«, fragte Sixtus.

»Nun, Euer Heiligkeit ...«, druckste Gazetti herum.

»Heraus mit der Sprache!«, forderte der Papst.

»Die Botschafter Seiner Königlichen Majestät Philipp von Spanien«, sagte Gazetti. »Don Olivares und Don Sessa.«

Sixtus spie auf den Marmorboden. »Olivares und Sessa?«, echote er. »Diese beiden Tagediebe haben Uns fünf Jahre Unseres von Gott gegebenen Lebens gekostet. Womöglich gar mehr! Obwohl der teuflische Heinrich III. von Frankreich tot ist, unterstützen Wir noch immer die Ligue. Was wollen diese vermaledeiten Spanier noch von Uns?«

»Ihnen ist nicht entgangen«, sagte Gazetti, »dass Euer Heiligkeit Verhandlungen mit den Anhängern Heinrichs IV. aufgenommen haben.«

»Was schert das schon Philipp und seine spanischen Halsabschneider!«, schimpfte Sixtus.

»Darf ich Euer Heiligkeit daran erinnern, dass Heinrich Hugenotte ist«, sagte Gazetti. »Die Angst der Spanier vor einem protestantischen Frankreich ist seit dem Verlust der Armada umso größer. Sie erwarten von Euch, dass Ihr der Ligue stärkere Unterstützung gewährt.«

Der Papst lachte auf. »Wir haben Heinrich auf Wunsch der Spanier exkommuniziert. Wie töricht diese Spanier doch sind. Was schert es einen Hugenotten, ob er exkommuniziert ist oder nicht?« Er lachte weiter.

»Die Spanier sind die mächtigsten Verbündeten des Kirchenstaates und die treuesten Katholiken«, gab Gazetti zu bedenken. »Ohne sie und die Portugiesen gäbe es keine Missionierung der Wilden in der Neuen Welt.«

Sixtus winkte ab. »Heinrich wird zum wahren Glauben zurückfinden. Da hegen Wir nicht den geringsten Zweifel. Und dann, Gazetti, wird er ein nicht minder mächtiger Verbündeter sein.«

Statt einer Antwort verneigte sich Gazetti.

Sixtus griff nach dem Becher und sah, dass er leer war. Unverzüglich eilte Giulia mit der Karaffe herbei. Während sie einschenkte, legte er seine kräftige braun gebrannte Hand auf ihren Unterarm und sah ihr in die Augen. »Wer bist du, hübsches Kind?«

»Das ist Schwester Giulia aus dem Kloster Santa Annunziata«, beeilte Gazetti sich zu sagen.

Ohne den Blick von Giulia zu wenden, sagte Sixtus: »Wir sind Uns gewiss, dass das Mädchen einen eigenen Mund hat, den es zu nutzen weiß.«

Giulias Kehle wurde trocken. Sie war nicht darauf vorbereitet gewesen, dass der Heilige Vater das Wort an sie richtete. »Wie der Monsignore bereits sagte«, flüsterte sie, »lautet mein Name Giulia, Euer Heiligkeit.«

»Dieses Kloster«, sagte Sixtus.

»Santa Annunziata«, warf Gazetti ein.

»Wo liegt es?«

»Unweit von Giulianova, Euer Heiligkeit«, antwortete Giulia.

Erst jetzt ließ der Papst Giulias Arm los, um freudig in die Hände zu klatschen. »Wir stammen aus Grottammare!«, rief er aus. »Kennst du die Höhlen bei Acquaviva? Dort haben Wir als Kind Schweine gehütet und Holz geschlagen. Eine schöne Zeit.« Er lächelte gedankenversunken.

Auch Giulia lächelte. »Ja, die kenne ich, Euer Heiligkeit. Auch ich habe in den Höhlen und Wäldern eine wundervolle Kindheit verbracht. Kräuter und Pilze haben meine Mitschwestern und ich dort gesammelt.« In diesem Augenblick fielen ihr die Worte von Kardinal Carafa wieder ein: *»So liegt in der Zufälligkeit deiner Herkunft die Tür zum Herzen des Heiligen Vaters.«* Und bei Gott, der schwärmerische Ausdruck in den Augen des Heiligen Vaters bewies ihr, dass der Kardinal recht hatte. Den ersten und womöglich schwierigsten Teil ihrer Mission schien sie gemeistert zu haben. Der Heilige Vater hatte Interesse an ihr gezeigt. Sie fühlte sich ganz und gar nicht schäbig, dass sie nur den Auftrag des Kardinals ausführte. Es geschah allein zum Schutze des Heiligen Vaters.

»Es freut Uns über alle Maßen«, sagte Sixtus, »das Blut der Mark Ancona, das auch durch Unsere Adern fließt, an Unserer Seite zu wissen.« Er hielt Giulia die Hand mit dem Fischerring hin.

Giulia kniete nieder, um den Ring zu küssen. Auf dem Siegel war der Name des Papstes eingraviert, dazu ein Fisch sowie die Darstellung des Apostels Petrus, der, in einem Boot stehend, ein Fischernetz einholte. Sie berührte den Ring kurz mit ihren Lippen und stand auf. Sixtus schenkte ihr noch ein Lächeln, dann bedeutete Gazetti ihr, wieder auf ihren Platz in der Ecke zurückzukehren.

Gerade wollte Gazetti etwas zum Papst sagen, da klopfte es an einer Tür in der Seitenwand. Ein Gardist öffnete und winkte Gazetti zu sich. Die beiden wechselten ein paar Worte, dann verschwand der Gardist wieder.

Gazetti schien verwirrt. »Euer Heiligkeit«, sagte er. »Die Botschafter der spanischen Krone, Olivares und Sessa, verlangen, zu Eurer Heiligkeit vorgelassen zu werden. Offenbar lassen sie sich nicht zurückweisen.«

Sixtus schlug mit einer Faust auf den Tisch, dass die Dokumente hüpften. »Zeigen diese Bastarde überhaupt keinen Respekt mehr vor Unserer Person und Würde?«, ertönte die dunkle Stimme. »Führt diese spanischen Taugenichtse herein!«

Sofort lief Gazetti zur Tür und bedeutete dem Gardisten, die Botschafter vorzulassen.

Als die beiden eintraten, überkam Giulia ein Gefühl großer Gefahr. Die hochgewachsenen Spanier trugen große Hüte und lange, dunkle Mäntel mit hohem Kragen. Ihre Füße steckten in staubigen, hochschaftigen Lederstiefeln. Ihre Gesichter waren kaum zu erkennen. Ihre Haltung wirkte drohend, die Arme blieben unter den Mänteln verborgen. Giulia beobachtete Gazetti. Sie hatte erwartet, dass er nicht minder verärgert war als der

Papst, doch zeigte seine Miene nur eine seltsame Art der Verwunderung.

Sixtus erhob sich und polterte: »Was fällt Euch ein, Uns auf diese Weise zu überfallen?«

Die Männer gaben keinen Laut von sich. Stattdessen öffneten sie blitzschnell die Mäntel. Giulia, die seitlich von ihnen stand, sah eine Pistole und zwei Dolche aufblitzen. Sie schrie auf.

Gazetti stürmte ohne zu zögern auf die beiden zu. Noch ehe die Attentäter einen Schuss auf den Papst abgeben konnten, hatte er sich gegen sie geworfen und zu Boden gerissen. Ein Schmerzensschrei drang aus seiner Kehle.

Ein Schuss löste sich und schlug in die Decke ein. Mörtel rieselte herunter. Der Heilige Vater hatte sich hinter seinem Tisch verkrochen. Der Eindringling, der noch eine Kugel in seinem Lauf hatte, löste sich aus Gazettis Umklammerung und richtete sich auf. Er legte auf den Papst an und zielte.

Giulia dachte nicht nach. Sie handelte ohne Rücksicht auf ihr eigenes Leben. Sie schnellte vor und warf sich gegen den Arm, der die Pistole hielt. In diesem Augenblick zündete das Pulver und blendete Giulia. Die Kugel bohrte sich in ein Tischbein und ließ es bersten. Der Mörder schrie wütend auf und schlug Giulia die Faust ins Gesicht, sodass sie zur Seite geschleudert wurde. Auch sein Kumpan hatte sich inzwischen freigekämpft. Beide Attentäter rannten um den Tisch herum, hinter dem der Heilige Vater Zuflucht gesucht hatte, bereit, ihm den Todesstoß zu versetzen.

Plötzlich knallten vier Schüsse, und die beiden Männer brachen zusammen.

Giulia, die noch auf dem Boden lag, erkannte vier Gardisten, die mit Musketen auf die Attentäter geschossen hatten. Ohne auf die Schmerzen an ihrem Kinn zu achten, eilte sie auf den Heiligen Vater zu und half ihm auf. Dieser keuchte in Todesangst.

Auch Gazetti erhob sich schwerfällig. Er blutete aus einer Wunde am Bein.

Nun drangen weitere Gardisten in die Gemächer des Papstes ein. Vorneweg lief ein hochgewachsener Mann in goldenem Harnisch und mit einem goldenen Helm auf dem Haupt. In der einen Hand trug er eine Pistole, in der anderen einen Degen. Er eilte zum Heiligen Vater und fragte nach dessen Befinden. Der Papst nickte nur. Dann ging der Gardist zu Giulia. »Capitano Francesco Geller«, stellte er sich mit einer leichten Verbeugung vor. »Befehlshaber der Schweizergarde.«

Giulia strahlte ihn an. Ihre Todesangst war beinahe vergessen. Geller hatte lockiges dunkles Haar, eine schmale, leicht nach oben geschwungene Nase und ein kräftiges Kinn. Der glänzende Harnisch unterstrich seine breiten Schultern. »Ich bin Schwester Giulia«, sagte sie. »Kammerzofe Seiner Heiligkeit.«

»Haben Euch diese Mordbuben ein Haar gekrümmt, Schwester?«, fragte er mit Blick auf die toten Attentäter.

»Nein.«

Geller lächelte breit. »Ihr Glück«, sagte er. »Sonst hätte ich ihnen noch im Tode den Hals umgedreht.«

Giulia spürte, wie sich ihre Wangen röteten. Sie sah, dass Gazetti von zwei Gardisten hinausgeführt wurde. »Wie geht es dem Monsignore?«, fragte sie aus echter Sorge, aber auch, um ihre Verlegenheit zu überspielen.

»Nur eine Stichwunde«, antwortete Geller. »Sie muss genäht werden, aber in einigen Tagen geht es ihm gewiss besser.«

Just in diesem Augenblick erscholl eine dröhnende dunkle Stimme, die Giulia bekannt vorkam. Sie wandte sich um und sah Kardinal Carafa hereinstürmen. Ein alter, gebeugter Mann, in dem Giulia einen Medicus vermutete, eilte hinter ihm her. Der Alte kümmerte sich sogleich um den Papst, während Carafa wutschnaubend auf Geller zulief.

»Euer Eminenz«, sagte Geller und verbeugte sich.

»Was ist hier geschehen?« Carafas Gesicht war puterrot, die Augäpfel traten hervor.

»Diese beiden Männer haben versucht, Seine Heiligkeit zu ermorden«, berichtete Geller. »Meine Gardisten haben das Schlimmste verhindert.«

»Eure Gardisten, Capitano«, zeterte Carafa, »haben den Mördern ungehindert Zutritt verschafft! Könnt Ihr mir das erklären?«

»Die Männer verfügten über ordentliche Papiere«, erklärte Geller. »Man hat sie mehrmals überprüft.«

»Wo sind diese Papiere?«

Geller rief einen Gardisten heran, der ihm die sichergestellten Dokumente übergab. Er reichte sie an Carafa weiter.

»Diese Passierscheine weisen die Attentäter als die spanischen Botschafter Olivares und Sessa aus und sind von Euch persönlich unterzeichnet«, sagte Carafa. »Euren Gardisten sollte bekannt sein, dass Olivares und Sessa kleine, fette Männer sind. So wie alle Spanier. Sagt mir, Capitano, ob diese beiden hier klein und fettleibig sind?«

»Nein, Euer Eminenz«, sagte Geller. »Und gewiss habe ich die Passierscheine nicht ausgestellt. Allerdings ...«

Carafa hob die Hand. »Spart Euch und mir die Ausreden.« Er steckte die Dokumente weg. »Ich nehme die Papiere an mich. Möglicherweise gelingt es den Mönchen in Santa Maria del Popolo herauszufinden, wer Eure Handschrift gefälscht hat.« Dann schickte er sich an, den Raum zu verlassen.

»Ist es üblich«, grollte die Stimme des Papstes und ließ Carafa innehalten, »Uns zu ignorieren und sich nicht nach Unserem Befinden zu erkundigen?« Sixtus stand wie ein Fels an seinem Tisch und starrte Carafa zornig an.

Dieser eilte sogleich zum Papst und kniete nieder. »Euer Heiligkeit«, sagte er und küsste den Fischerring. »Vergebt mir meine Unachtsamkeit. Die Nachricht über diese schändliche Tat hat mir beinahe den Verstand geraubt. Von Wut übermannt, suchte ich unverzüglich Eure Nähe.«

»Eurer Unachtsamkeit sei vergeben«, sagte Sixtus. »Eurem Verstand nicht. Statt meiner Nähe sucht lieber die Hintermänner, die diesen Anschlag auf Unser heiliges Leben geplant haben. Nun geht. Geht!«

Carafa richtete sich langsam auf, warf Giulia einen verstohlenen Blick zu und schlich davon wie ein geprügelter Hund.

»Seine Heiligkeit brauchen nun viel Ruhe«, sagte der Medicus.

Giulia schickte sich an, den Papst zu begleiten, doch Geller hielt sie zurück. »In den kommenden Tagen sorgt allein die Garde für das Wohl Seiner Heiligkeit, Schwester«, sagte er mit bedauerndem Lächeln. »Man lässt Euch wissen, sobald Eure Dienste wieder benötigt werden.«

»Gewiss«, sagte Giulia und beobachtete, wie der Papst, von vier Gardisten und dem Medicus geleitet, den Raum verließ. Sie überlegte, was nun zu tun sei, und entschied sich, Kardinal Carafa aufzusuchen, um Bericht zu erstatten.

Der Kardinal begegnete ihr missmutig und wortkarg. An ihren Schilderungen zeigte er kaum Interesse und schickte sie bald fort.

Giulia machte sich keine Gedanken über Carafas Verhalten. Bestimmt war die harsche Zurechtweisung des Papstes der Grund dafür. Sie erinnerte sich an Gazettis Worte und suchte in den endlosen Gängen nach Mutter Prudenzia.

Doch Prudenzia schien vom Erdboden verschluckt zu sein. Giulia war nicht sonderlich traurig darüber. In der Küche schließlich fand sie Schwester Regina. Diese schaute in die Töpfe, naschte hier und da und scherzte mit den Köchen. Als sie Giulia erblickte, kam sie aufgeregt gelaufen. »Ich habe es soeben vernommen«, stöhnte sie. »Ist der Heilige Vater wohlauf?«

»Seiner Heiligkeit geht es gut, Schwester«, sagte Giulia.

Sofort wich die Sorge aus Reginas Gesicht. »Und was hast du hier zu schaffen? Solltest du nicht in dieser schweren Stunde bei Seiner Heiligkeit sein?«

»Seine Heiligkeit ruht und ist von der Garde umgeben«, sagte Giulia. »Monsignore Gazetti gab mir die Anweisung, Mutter Prudenzia nach Aufgaben für mich zu fragen, sollte der Heilige Vater meine Dienste nicht benötigen. Doch finde ich die Mutter Oberin nirgends.«

»Soso«, sagte Regina und starrte Giulia geringschätzig an. »Geh in die Gärten und hilf Schwester Fulvia. Wird's bald?«

»Sehr wohl, Schwester«, sagte Giulia und eilte davon.

In den Gärten hinter dem Petersdom musste sie nicht lange suchen. Fulvia saß neben dem alten Pippo in einem Rosenbeet und schnitt frische Blumen.

Das gleißende Licht der Sonne tauchte die Welt um sie herum in ein Farbenmeer. Es roch nach Rosen, Nelken und Narzissen, Vögel sangen in den kurz geschnittenen Olivenbäumen, und Bienen summten umher. Der prachtvolle Anblick dieses Gartens ließ Giulia den Schrecken, den sie kurz zuvor durchlebt hatte, schnell vergessen.

»Schwester Giulia!«, rief Fulvia und winkte ihr lachend zu.

Zumindest einen Menschen gab es in Rom, der über ihr Erscheinen ehrliche Freude zeigte. »Schwester Regina trug mir auf, euch zu helfen.«

»Helfen, ja helfen«, brabbelte der alte Pippo und gab ihr eine

Rosenschere. »Dort! Schöne Rosen!« Er zeigte auf einige Sträucher mit kräftigen roten Blüten.

Dankend nahm Giulia die Schere entgegen und setzte sich neben Fulvia auf die trockene Erde.

»Ich habe bereits gehört, was geschehen ist«, sagte Fulvia und reichte Pippo einen Bund Rosen, den dieser geschickt zu einem wunderschönen Strauß band. »Gott sei es gedankt, dass niemandem ein Leid zugefügt wurde.«

Giulia lächelte dankbar und beobachtete Pippo. Sie hoffte, noch einmal dieses Aufblitzen eines klaren Geistes in seinen Augen zu sehen, aber er stammelte nur wirres Zeug.

»Der Mensch mit dem reinsten Herzen in ganz Rom«, sagte Fulvia.

Giulia fühlte sich ertappt und schaute schnell weg. Es war nicht ihre Absicht gewesen, den alten Mann anzustarren. Dennoch war sie neugierig. »Was ist mit ihm? Leidet er an einer Krankheit?«

»Nein«, sagte Fulvia. »Angeblich soll eine Gewehrkugel in seinem Kopf stecken. Seit nunmehr über vierzig Jahren.«

»Erzähl mir davon«, bat Giulia und legte gespannt den Kopf schräg.

»Es heißt«, begann Fulvia, »Pippo sei einst ein neapolitanischer Reiter gewesen. Ein tapferer Mann voller Stärke und Stolz. Im Schmalkaldischen Krieg sollen er und seine Neapolitaner gemeinsam mit spanischen und ungarischen Husaren den deutschen Kurfürsten Johann Friedrich in der Schlacht bei Mühlberg gefangen genommen haben. Doch ein sächsischer Schütze aus der Leibgarde des Kurfürsten gab noch einen letzten Schuss ab und traf den armen Pippo. Mit Gottes Hilfe überlebte er, und doch hat sein Leben an diesem Tage geendet.«

»Wie furchtbar«, sagte Giulia und sah Pippo mitfühlend an, der von der Unterhaltung nichts zu begreifen schien.

»Aus Dankbarkeit für seine Treue und Tapferkeit holte Papst Paul ihn nach Rom«, sprach Fulvia weiter, »und gab ihm Arbeit in diesen wundervollen Gärten.«

»Wunderschöne Gärten«, bestätigte Pippo, während er ein neues Bukett anfertigte.

»Versteht er, was wir sagen?«, fragte Giulia.

»So viel, wie er will«, antwortete Fulvia.

»Es erfüllt mich mit Freude«, sagte Giulia, »euch hier kennengelernt zu haben.«

»Es muss sehr einsam für dich sein in Rom«, sagte Fulvia.

Giulia nickte stumm.

»Sei gewiss, das vergeht«, tröstete Fulvia ihre Mitschwester. »Luther bezeichnete Rom einmal als die Hölle und den Papst als ihren Fürsten. Manchmal denke ich, er hatte nicht ganz unrecht damit.«

Erschrocken legte Giulia ihr eine Hand auf den Mund. »So darfst du nicht sprechen.«

Fulvia lachte und schob die Hand sachte fort. »Hier belauscht uns niemand. Und der gute Pippo wird uns nicht verraten.«

Dennoch fühlte Giulia sich unwohl.

»Rom und vor allem der Vatikan unterliegen eigenen Gesetzen und Ritualen«, sagte Fulvia. »Man spricht von fünf goldenen Regeln, die man unbedingt zu befolgen hat, wenn man an diesem Ort überleben will. Erstens: *Denke nicht.* Zweitens: *Wenn du denkst, rede nicht.* Drittens: *Wenn du denkst und redest, schreib nicht.* Viertens: *Wenn Du denkst und redest und schreibst, unterzeichne es nicht.* Und fünftens: *Wenn du denkst und redest und schreibst und es dann auch noch unterzeichnest, wundere dich nicht.*«

Giulia lachte auf. »Ich will versuchen, diese Regeln einzuhalten. Danke.«

Fulvias Augen blickten ernst. »Es gibt viele böse Menschen hier. Hüte dich vor ihnen. Ihr Ansporn ist die Gier, und ihr Gefolge der Tod.«

»Wie soll ich sie erkennen?«, fragte Giulia.

»Sie lachen nicht. Niemals.«

Wie zur Bestätigung begann Pippo, leise zu lachen.

»Hast du je zuvor von der Engelsburg gehört?«, fragte Fulvia.

»Ja«, sagte Giulia. »Es heißt, sie diene als Gefängnis.«

»Nicht nur als Gefängnis«, sagte Fulvia. »Dort zeigt sich zu so manch später Stunde das Böse in Menschengestalt.«

Giulia wusste nicht so recht, ob sie mehr darüber erfahren wollte. Eine eisige Hand schien nach ihrem Herzen zu greifen. Auf der anderen Seite konnten alle Informationen nützlich sein, die ihr halfen, ihren Auftrag zu erfüllen. So fragte sie: »Was geschieht an diesem Ort?«

»Ich zeige es dir«, sagte Fulvia mit einem geheimnisvollen Lächeln. »Schon bald.«

Giulia beschloss, ihre Neugier zu zügeln, und fuhr fort, Rosen von den Sträuchern zu schneiden.

»Aber es gibt auch gute Menschen hier.«

»Capitano Geller?«, fragte Giulia und spürte, wie sie errötete.

Fulvia tat so, als bemerke sie es nicht. »Du hast den Capitano bereits kennengelernt?«, sagte sie. »Ich weiß von so mancher Schwester, die des Nachts in ihrem Bette liegt und voller Sehnsucht nach ihm ...«

»Ja, gewiss«, unterbrach Giulia hastig. Sie wollte keineswegs wissen, was die Schwestern nachts in ihren Zellen taten. Schon gar nicht, wenn es dabei um Francesco Geller ging.

»Fertig«, sagte Pippo und legte einen Strauß Rosen auf seinen Karren, der voller Blumen in der Sonne stand.

Fulvia half Giulia auf die Beine. »Verteilen wir die Blumen. Auf dass ihre Pracht den Glanz des Vatikans überstrahlen möge.«

Giulia ging neben ihrer Mitschwester zurück in die Kirche. Und der alte Pippo trottete mit seinem quietschenden Karren fröhlich brabbelnd hinter den beiden her.

12

Kardinal Primo Pozzi saß in seinem Palazzo und wartete. Nur zwei Diener, die einen kleinen Raum neben der Küche im Erdgeschoss bewohnten, befanden sich zu dieser späten Stunde noch im Haus.

Pozzi schlich aufgeregt in seinem Schlafgemach umher. Er trug edle Gewänder aus feinster Seide, sein Gesicht war frisch rasiert und parfümiert mit orientalischen Düften. Das Schlafgemach war dekoriert mit unzähligen Putten. Die kleinen dicken Engelchen schmückten Wände und Decke. So war es nicht verwunderlich, dass das Wappen der Familie Pozzi, das über dem Baldachin des breiten Bettes aufragte, ebenfalls von einem Engel verziert wurde. Nur dass dieser Engel kein niedliches Puttengesicht trug, sondern grimmig dreinschaute und mit Schild und Schwert bewaffnet war.

Pozzi wurde allmählich ungeduldig. Immer wieder ging er zu den Fenstern, durch die das Mondlicht drang, und schaute auf die verlassene Straße. Dann prüfte er, ob die Kerzen fest in ihren Halterungen saßen, besah sich sein Antlitz in einem goldgefassten Spiegel und ging erneut rastlos umher.

Endlich klopfte es. Einer der Diener öffnete die Tür. »Euer Gast ist soeben eingetroffen«, sagte er.

Ein letzter Blick in den Spiegel, das Gewand gerichtet, dann bat Pozzi den Gast herein.

Der Diener schob einen Knaben durch die Öffnung, der kaum älter als dreizehn Jahre alt sein mochte. Der Junge kam barfuß und in schäbigen Kleidern. Er war schlank, hatte gelocktes schwarzes Haar und große dunkle Augen, die wie der Sternenhimmel über Rom glitzerten. Und diese Augen starrten Pozzi angsterfüllt an.

Pozzis feistes Gesicht zeigte ein Lächeln. »Du brauchst keine Angst zu haben«, sagte er betont gefühlvoll. Seine Erregung vermochte er kaum zu unterdrücken. »Komm her. Komm zu mir.« Er streckte eine Hand aus.

Nur langsam kam der Junge näher. Dabei blickte er sich unentwegt um. Zwei Armlängen von Pozzi entfernt blieb er stehen.

»Ich heiße Primo«, sagte Pozzi.

»Ich weiß«, gab der Junge leise zurück.

»Wie lautet dein Name?«

»Angelo.«

»Angelo!«, rief Pozzi aus. »Welch schöner Name für einen schönen jungen Mann.«

Angelo nickte stumm.

»Woher kommst du, hübscher Angelo?«, wollte Pozzi wissen. Stück um Stück näherte er sich dem Jungen.

»Aus Torre di Nona«, antwortete Angelo und wich langsam zurück.

»Aus dem Hurenviertel?«, fragte Pozzi. »Wie passend. Leben deine Eltern noch?« Er ging schneller auf Angelo zu und hatte ihn bald erreicht.

»Nur meine Mutter«, sagte der Junge. Verängstigt blickte er auf die fleischige Hand, die langsam und zitternd auf seinen Kopf zuglitt und schließlich durch sein Haar fuhr.

Pozzi stöhnte auf, als seine Finger die prachtvollen Locken spürten. »Weiß deine Mutter, wo du in diesem Augenblick bist, Angelo?«

Angelo schüttelte mit dem Kopf.

»Ach!«, rief Pozzi. »Welch miserabler Gastgeber ich doch bin!

Du musst durstig sein.« Er ging hinüber zu einem Tischchen und goss aus einer Karaffe Wein in einen silbernen Becher. Diesen reichte er Angelo.

Angelo hob abwehrend die Arme. »Ich bin nicht durstig«, sagte er.

Pozzi blieb unnachgiebig. »Trink!«, befahl er und hielt Angelo den Becher an die Lippen. »Es wird dir guttun«, fügte er in sanfterem Tonfall hinzu.

Gegen seinen Willen nahm Angelo den Becher und trank ihn in einem Zug leer. Sogleich füllte Pozzi den Becher erneut.

»Du weißt, warum du hier bist?«, fragte der Kardinal.

»Ja, man hat es mir gesagt.«

Pozzi leckte sich die wulstigen Lippen. »Ich entlohne dich mit purem Gold, mein Junge. Du kannst deiner Mutter schöne Kleider und edelste Düfte schenken.«

»Ja.«

»Ich werde dir nicht wehtun«, sagte Pozzi. »Das verspreche ich dir. Nun trink, mein Hübscher. Trink!«

Wieder leerte der Junge das Glas, und Pozzi schenkte nach.

»Wann kann ich wieder gehen?«, fragte Angelo. In seiner Stimme schwang der Genuss des Weines mit.

»Bald.« Pozzi lächelte. »Komm, setzen wir uns.« Er führte Angelo hinüber zum Bett und ließ ihn auf der Kante Platz nehmen. Wieder floss der Wein in Angelos Becher, und wieder trank der Junge ihn leer.

Sachte legte Pozzi einen Arm um Angelos Schultern und streichelte über dessen Oberarm. »Wie stark du schon bist.«

Angelo sagte nichts, sondern starrte zu Boden.

Pozzis andere Hand fuhr langsam an Angelos Bein hoch. Sanft streichelte er über dessen Bauch und Brust. Als der Junge unruhig wurde, hörte er auf und schenkte Wein nach.

Als auch dieser Becher geleert war, begann Pozzi erneut.

Diesmal blieb Angelo still sitzen, als Pozzis Finger unter das schmutzige Hemd wanderten. Erst als die gierige Hand in die Hose glitt, wisperte der Junge: »Nein, nicht.«

Doch die Finger hörten nicht auf, und Pozzi legte die andere Hand auf Angelos Lippen. »Still«, flüsterte er und drückte Angelo auf das Bett. Dann beugte er sich über den Knaben und presste seine Lippen auf die Angelos. Pozzis Hände wanderten über den ganzen Körper seines Opfers.

Mit letzter Kraft bäumte Angelo sich auf und befreite sich aus der Umklammerung. »Ich will das nicht!«, rief er und rannte zur Tür. Als er feststellte, dass sie fest verschlossen war, schrie er auf.

Pozzi lachte schrill. »Du verlässt dieses Haus erst, wenn du mir zu Diensten warst.« Er ging auf Angelo zu und schlug mit der Faust in dessen Gesicht, sodass der Junge das Gleichgewicht verlor und zu Boden stürzte.

Schreiend strampelte er mit den Beinen, als Pozzi sich ihm näherte. Lachend warf dieser seine Kleider fort und stand auf einmal nackt vor Angelo. Noch bevor der Junge wieder auf die Beine kam, warf Pozzi sich auf ihn und drehte ihn um. Je stärker Angelo sich wehrte, desto größer war das Verlangen des Kardinals. Schließlich erstarben die Schmerzensschreie des Knaben, und nur noch Pozzis lustvolles Stöhnen erfüllte den Raum.

Schließlich ließ Pozzi von Angelo ab und stand langsam auf. Sein schweißgebadeter Körper glänzte im Licht der Kerzen. Atemlos starrte er auf den jungen nackten Körper vor sich auf dem Boden.

Allmählich kam Angelo wieder zu sich. Ächzend richtete er sich auf. »Bekomme ich jetzt ...«

Er kam nicht weiter. Pozzi schlug ihm mit einer bronzenen Puttenstatuette auf den Hinterkopf. Wieder und immer wieder hämmerte er auf den Schädel des Knaben ein, bis Blut auf den edlen Teppich spritzte.

Dann kleidete Pozzi sich an und rief die Diener herauf. Diese erschienen sogleich und trugen den toten Körper wortlos hinaus.

Der Kardinal nahm die Karaffe in beide Hände und trank den Inhalt in tiefen Zügen aus. Unerwartet erschien erneut einer der Diener und meldete einen Gast.

»Besuch?«, fragte Pozzi. »Zu dieser Stunde? Wer ist es?«

»Er nannte keinen Namen«, antwortete der Diener und zuckte mit den Schultern. »Seinen Kleidern nach zu urteilen, muss es sich um einen hohen Herrn handeln. Er sagt, er müsse dringend mit Eurer Eminenz reden.«

Gelangweilt winkte Pozzi ab. »Er soll verschwinden. Ich bin für niemanden mehr zu sprechen.«

»Das kann ich nicht akzeptieren«, sagte plötzlich eine dunkle Stimme hinter dem Diener. Noch bevor dieser ihn abwehren konnte, hatte sich der Eindringling vorbeigedrängt und stand mitten im Schlafgemach des Kardinals. Er trug einen Hut mit breiter Krempe und langer weißer Feder und einen schwarzen Umhang. Seine Beine steckten in Lederstiefeln mit hohem Schaft. Ein Degen hing an seiner linken Seite. Kurz betrachtete er die Blutflecke auf dem Boden. Seine schmalen Lippen formten ein Lächeln.

»Was fällt Euch ein!«, prustete Pozzi. »Macht, dass Ihr fortkommt. Auf der Stelle!«

Der Unbekannte machte drei Schritte auf Pozzi zu. Eine Armlänge vor dem Kardinal blieb er stehen. »Mein Name lautet Carbone«, flüsterte er. »Don Veneto schickt mich zu Euch.«

Pozzi erbleichte. »Mein Cousin aus Florenz? Was ist geschehen?«

Statt einer Antwort schielte Carbone zu dem Diener hinüber.

»Es ist gut«, rief Pozzi. »Du kannst gehen. Ich will fortan nicht mehr gestört werden.«

Carbone wartete, bis der Diener gegangen war, dann sagte er: »Eurem Cousin geht es gut, Eminenz. Er schickt mich in einer, sagen wir, delikaten Angelegenheit.«

»Sprecht«, sagte Pozzi. »Was will er?«

»Ihr habt von dem Gold der Wilden aus der Neuen Welt gehört?«, fragte Carbone.

»Gewiss«, sagte Pozzi und nickte. »Die spanische Krone schafft es in unzähligen Schiffen nach Spanien.«

»Nicht allein die Spanier tun das«, erklärte Carbone. »Auch die Portugiesen. Sogar England und Frankreich bereiten Expeditionen in die Neue Welt vor.«

»Was hat mein Cousin damit zu tun?«, wollte Pozzi wissen.

»Ihr müsst wissen, Eminenz«, sagte Carbone, »das Gold liegt dort auf der Straße. Die Wilden vermögen nicht zu beurteilen, welche Schätze ihre Kammern füllen. Nicht allein Gold, sondern auch Juwelen, kunstfertig zu edlem Geschmeide verarbeitet. Don Veneto ist nicht bereit, diese unglaublichen Schätze den gierigen Mäulern der Könige zu überlassen.«

Nachdenklich rieb sich Pozzi am Kinn. »Nun, er verfügt gewiss über die Mittel, Gold und Edelsteine nach Florenz zu schaffen. Was will er da von mir?«

»Don Venetos Schiffe sind in alle Himmelsrichtungen unterwegs, Eminenz«, sagte Carbone. »Die meisten segeln gen Orient und China. Momentan liegt keines seiner Schiffe in Italien vor Anker. Doch die Zeit drängt. Es wird nicht mehr lange dauern, bis das Gold der Neuen Welt in den Schatzkammern der Alten Welt liegt. Es gilt, beherzt zu handeln.«

»Nun kommt endlich heraus mit der Sprache!«, verlangte Pozzi.

»Don Veneto benötigt Geld, um eine Expedition auszurüsten. Geld, das ihm im Augenblick nicht zur Verfügung steht.«

»Aha!«, rief Pozzi. »Dachte ich es mir doch. Und da schickt er Euch, um mich anzubetteln.«

»Betteln ist kein schönes Wort«, meinte Carbone lächelnd.

»Aber ein passendes.«

»Betteln bedeutet, dass der Bettler die erbettelten Beträge nicht mehr herausgibt«, sagte Carbone. »Aber wie nennt Ihr es, wenn der Bettler dem edlen Geber fünf Millionen Scudi überreicht?«

»Fünf Millionen?«, platzte Pozzi heraus. »Das ist nicht Euer Ernst!«

»Don Veneto beliebt nicht zu scherzen, wenn es um Geldangelegenheiten geht.«

»Da sprecht Ihr ein wahres Wort, Signore Carbone«, sagte Pozzi. In seinen Augen brannte unbändige Gier. »Wie viel braucht er, um seine Schiffe auszurüsten?«

»Für ein Dutzend Schiffe, Besatzungen, Proviant und dergleichen mehr veranschlagt Don Veneto zweihunderttausend Scudi. Fünfzigtausend vermag er allein aufzubringen.«

»Folglich will er einhundertfünfzigtausend Scudi aus meiner Hand«, sagte Pozzi mehr zu sich selbst. »Das ist viel Geld. Sehr viel Geld. Beinahe mein ganzes Vermögen.«

»Das ist dem Don durchaus bewusst, Euer Eminenz«, sagte Carbone.

»Und wenn die Expedition fehlschlägt?«, fragte Pozzi. »Wenn er mir die versprochenen fünf Millionen Scudi nicht zahlen kann?«

»Don Veneto ist ein reicher Mann, wie Ihr wisst, Eminenz«, antwortete Carbone. »Nur befindet sich sein Besitz auf den Weltmeeren. Sollte er Euch nicht den genannten Gewinn zahlen können, und seid gewiss, dies wird nicht geschehen, würde er einige seiner Schiffe verkaufen und Euch das geliehene Geld zurückerstatten.«

»Hm«, machte Pozzi. »Bevor ich Euch mein Geld anvertraue, will ich einen schriftlichen Nachweis der Aufrichtigkeit Eures Anliegens sehen.«

Carbone zog ein versiegeltes Dokument aus einer Rocktasche hervor. Pozzi erkannte das Siegel seines florentinischen Cousins. Er brach das Siegel und las den Inhalt des Schreibens. Sein Misstrauen verflog.

»Ihr seht, Eminenz«, sagte Carbone, »ich spreche die Wahrheit. Euer Cousin ist willens, Euch reicher zu machen als Seine Heiligkeit den Papst höchstselbst.«

»Ja«, sagte Pozzi. Er wirkte abwesend. »Wann benötigt Ihr das Geld?«

»Wenn Ihr gestattet, hole ich es morgen in aller Frühe ab«, sagte Carbone. »Die Angelegenheit duldet keinerlei Aufschub mehr.«

»Das Geld liegt bereit und wartet auf Euch«, sagte Pozzi.

Carbone verneigte sich. »Eine gute Nacht, Eminenz«, verabschiedete er sich und ließ Pozzi allein.

Unten auf der dunklen, menschenleeren Straße hielt Carbone sich rechts und ging die Via Ovidio hinauf. Nach kurzer Zeit bog er in eine kleine Gasse ein und schaute sich um.

Er hörte, wie jemand mit der Zunge schnalzte. Carbone ging auf die Person, die sich im Dunkeln hielt, zu. »Der Fisch hängt am Haken, Eminenz«, sagte er. »Und es ist ein besonders fetter Fisch, wenn Ihr mir die Bemerkung erlaubt.«

Sein Gegenüber lachte leise auf und klopfte Carbone auf die Schulter. Dann stieg er auf ein Pferd und stob davon.

13

Tage vergingen. Tage, in denen Giulia ihre Aufgaben von der missmutigen Mutter Prudenzia zugewiesen bekam, während der Heilige Vater ausschließlich von der Garde betreut wurde. Prudenzia übertrug ihr durchweg unangenehme Arbeiten. Stundenlang auf den Knien herumrutschen, um die endlos scheinenden Gänge zu wienern, in dunklen Löchern Rattenfallen aufstellen und die toten Tiere fortschaffen, Latrinen scheuern und Wespennester zerstören.

Heute kniete Giulia wieder mal, mit Eimer und Bürste ausgerüstet, auf dem Marmorboden eines Querganges im ersten Stock des Petersdoms. Wie immer bei diesen unerfreulichen Arbeiten hing sie ihren Gedanken nach. Sie dachte an Mutter Rufina, an ihre Mitschwestern, an die Freiheit, die sie in Santa Annunziata genossen hatte, und an die Liebe, die sie dort gespürt hatte. In Rom schien es kälter zu sein als in ihrer Heimat. Gier, Neid und Missgunst hatten die Herzen der Menschen im Vatikan und in der Stadt fest in ihrem Griff. Dies alles und vieles mehr hatte sie Mutter Rufina, wie sie es versprochen hatte, in regelmäßigen Briefen geschildert. Bisher war noch kein Brief von dort zurückgekommen, aber da ein Schriftstück etwa zwei Wochen für die Strecke zwischen Rom und Giulianova brauchte, machte Giulia sich noch keine Gedanken darüber. Plötzlich fühlte sie sich beobachtet. Sie sah auf und bemerkte ein Paar Stiefel neben sich. Sie blickte nach oben, sah einen goldenen Harnisch und schaute schließlich in das lächelnde Gesicht von Capitano Geller. Im selben Augenblick spürte sie das brennende Verlangen, sich zu waschen und saubere Kleider anzuziehen. Gewiss machte sie keinen anständigen Eindruck, wie sie hier auf dem Boden kniete, mit dreckigen Fingernägeln und verschwitztem Gesicht. Das weiße Brusttuch leuchtete nicht mehr, sondern zeigte dunkelbraune Flecke. Glücklicherweise sah man den Schmutz auf dem schwarzen Schleier und dem schwarzen Habit nicht.

»Verzeiht, wenn ich Euch erschreckt habe, Schwester Giulia«, sagte Geller und verneigte sich.

»Mitnichten«, sagte Giulia und erhob sich. »Ich war nur in Gedanken versunken, Capitano.«

»Bitte«, Geller lächelte, »nennt mich Francesco. Es wäre mir eine Ehre, meinen Namen aus Eurem Munde zu vernehmen.«

Giulia spürte, wie ihre Wangen sich röteten. »Gern, Francesco«, stotterte sie.

»Ich hoffe«, sagte Geller, »der Vorfall vor wenigen Tagen hat Euch nicht allzu sehr in Angst und Schrecken versetzt.«

»Nein«, sagte Giulia. »Mit Gottes Hilfe und dem beherzten Eingreifen Eurer tapferen Gardisten ist das Schlimmste verhindert worden. Wie geht es Seiner Heiligkeit?«

»Der Heilige Vater ist wohlauf«, antwortete Geller. »Es ist Euch erlaubt, ab morgen wieder Euren Dienst an seiner Seite zu verrichten. Er fragte bereits nach Euch.«

Giulia lächelte erfreut.

»Mir scheint, er hat Euch längst ins Herz geschlossen«, sagte Geller. »Was mich kaum verwundert, wenn Ihr mich fragt.«

Erneut errötete Giulia. »Ihr schmeichelt mir, Francesco«, sagte sie. Doch war sie eine Nonne, eine Braut Christi, und ihr war klar, dass es bei bloßen Worten bleiben musste. »Ist die Gefahr für Seine Heiligkeit nun gebannt?«

»Keineswegs«, sagte Geller. »Die Gefahren für Seine Heiligkeit und den Heiligen Stuhl sind vielfältig. Er mischt sich gern in die Angelegenheiten Frankreichs und Spaniens ein. Eine Angewohnheit, die als überaus gefährlich bezeichnet werden darf. So versucht er, die Hugenotten in Frankreich zu unterdrücken. Als der wankelmütige König Heinrich vor nicht einmal einem Jahr Kardinal Guise ermorden ließ, war der Heilige Vater nur schwer davon abzubringen, mit Waffengewalt gegen Frankreich vorzugehen. Die katholische Ligue forderte Heinrichs Kopf. Doch der Papst erlegte dem König nur eine Buße auf, die dieser allerdings nicht zu erfüllen vermochte, weil er selbst vor kaum zwei Wochen ermordet wurde.«

Aufmerksam hörte Giulia zu. Sie verstand nicht viel von diesen Dingen, aber sie wollte mehr erfahren. Auch hing ihr Auftrag, den Papst zu schützen, davon ab, wie viel sie über die politischen Gegebenheiten wusste. »Ihr glaubt, die Attentäter vor vier Tagen waren Hugenotten?«, fragte sie.

Geller schüttelte den Kopf. »Kaum«, sagte er. »Der Heilige Vater hat eingesehen, dass der Nachfolger, Heinrich IV., die französische Krone fest in Händen hält. Sein Verhältnis zu diesem starken König ist besser, als es zu dessen katholischem Vorgänger je gewesen ist. Zudem gibt es Hinweise, dass Heinrich zum wahren Glauben zurückkehrt. Aber wann das sein wird, weiß niemand. Heinrich von Navarra ist ein außerordentlich stolzer Mann, Schwester.«

»Also waren die Attentäter von den Spaniern gesandt?«, fragte Giulia. »Schließlich haben sie sich als spanische Botschafter ausgewiesen.«

»König Philipp ist gewiss nicht erbaut von den regen Verhandlungen, die Seine Heiligkeit mit Heinrich führt«, sagte Geller. »Doch würde er nicht so weit gehen, den Papst ermorden zu lassen.«

Giulia dachte nach. »Wer käme noch in Frage?«

»Unzählige andere«, sagte Geller. »Bereits am Tage seiner

Wahl ließ der Heilige Vater vier Männer einer Räuberbande hinrichten. Drei Wochen später stellte er den Kopf einer Bande auf der Engelsbrücke zur Schau, der sich selbst als *König der Campagna* titulierte. Dieser Zurschaustellung folgten weitere, sodass nach wenigen Wochen die Luft in Rom von Leichengeruch verpestet war. Aber das strikte Vorgehen gegen das Bandenunwesen brachte ihm die Liebe der einfachen Menschen ein. Zugleich erließ er Gesetze, die den adeligen und mächtigen Beschützern der Verbrecher schwere Strafen androhten. So mancher Baron Roms hat sein Leben in der Engelsburg gelassen oder sitzt noch immer in seinem kalten Verlies und wartet auf den erlösenden Tod.«

»Gewiss gibt es auch Feinde innerhalb der Kirche«, vermutete Giulia.

Geller nickte. »Und das sind vermutlich die gefährlichsten.« Er hielt kurz inne, um dann fortzufahren: »Viele Kardinäle halten Seine Heiligkeit für einen schwachen Mann im Kampf gegen die um sich greifende Reformation. Neben den Hugenotten lässt er auch den Lutheranern im Reich freie Hand. Der Kaiser erhält mehr Unterstützung von den katholischen Königshäusern und den Adeligen als vom Oberhaupt der Kirche. Hinzu kam vor drei Jahren die von den Kardinälen verhasste Bulle *Postquam verus*, die die Zahl der Kardinäle auf siebzig erhöht. Das erzürnte die bereits ernannten Kardinäle, denn sie mussten sich nun Ämter und Pfründe mit anderen teilen. Doch verfügen die meisten Kardinäle noch immer über ausreichende Mittel. Nur eine kleine Gruppe gibt sich nicht zufrieden. Und Kopf dieser Gruppe ist ein Mann, vor dem ich Euch dringend warnen möchte, Schwester Giulia.«

Giulia stockte das Blut in den Adern. Sie ahnte, wen Geller meinte, dennoch fragte sie: »Wer ist dieser Mann, Francesco?«

»Kardinal Callisto Carafa.«

Giulia fühlte einen plötzlichen Schwindel.

Geller half ihr auf. »Ist Euch nicht wohl, Schwester?«

»Es ist gleich vorbei«, beeilte sie sich zu sagen. Ihre Gedanken rasten in ihrem Kopf. War es möglich, dass Carafa nicht sorgender Freund, sondern erbitterter Feind des Heiligen Vaters war? Aber warum sollte sie dann auf sein Geheiß Seine Heiligkeit schützen? Welchen Sinn ergab dann ihre Berufung nach Rom?

Noch bevor Giulia diese Fragen beantworten konnte, klang Fulvias Lachen durch den Gang.

Schnell raunte Geller in Giulias Ohr: »Versprecht mir, auf Euch zu achten. Sollte irgendetwas Merkwürdiges geschehen, gebt mir Nachricht.«

Giulia versprach es mit einem Nicken und wandte ihre Aufmerksamkeit der hübschen Fulvia zu.

»Capitano«, sagte diese und lächelte, »wie schön, Euch zu sehen.«

»Euer Anblick erfreut mein Auge, Schwester Fulvia«, sagte Geller und verneigte sich.

Mürrisch beobachtete Giulia das Turteln. Zumindest nennt sie ihn nicht Francesco, dachte sie. »Du scheinst bester Laune zu sein, Fulvia«, sagte sie mit vorwurfsvollem Tonfall. »Was ist geschehen?«

Fulvia lachte. »Meine Laune hebt sich durch die Gesellschaft des Capitano«, sagte sie und setzte ernst hinzu: »Doch was vor uns liegt, ist weniger spaßig. Mutter Prudenzia hat uns nämlich ausgewählt, in dieser Woche das Gelübde der Barmherzigkeit an den verlorenen Seelen Roms zu erfüllen.«

»Die verlorenen Seelen Roms?«, echote Giulia. »Wen meinst du damit?«

»Die Lebbrosi«, warf Geller ein. »Die Aussätzigen in den Katakomben.«

»Wir bringen einmal in der Woche Kleidung und Nahrung zu diesen armen Menschen, die in der Dunkelheit der Katakomben leben müssen«, sagte Fulvia. »Abgeschnitten von Tageslicht und menschlicher Wärme.«

»Ich gebe Euch eine Abteilung meiner Gardisten zu Eurem Schutz mit«, sagte Geller.

»Ist es gefährlich dort?«, fragte Giulia. Sie hatte keinerlei Erfahrung mit Aussätzigen.

Fulvia schüttelte den Kopf. »Uns droht keine Gefahr von ihnen. Sie sind dankbar für die milden Gaben und würden uns niemals ein Haar krümmen.«

»Ist schon einmal eine Schwester erkrankt?«, wollte Giulia wissen.

»Nein«, sagte Fulvia. »Die Ärzte sagen, die Zeit, die wir dort verbringen, reicht nicht aus, dass wir uns anstecken.«

Giulia schluckte ihre Angst hinunter. »Gut, gehen wir.«

Die Nonnen verabschiedeten sich von Capitano Geller.

Vor den Toren des Petersdoms wartete ein Karren mit einem Pferd davor. Auf dem Karren lagen allerlei Kisten und Fässer.

»Ist es weit?«, fragte Giulia.

»Es dauert zwei Stunden«, sagte Fulvia. Sie schwang sich auf den Karren, und Giulia setzte sich neben sie. Fulvia griff in die Zügel, und der Karren setzte sich in Bewegung.

Sie fuhren auf einer breiten Straße den Tiber entlang, bis sie in Trastevere den Tiber über den Ponte Sublicio überquerten. Sie redeten nicht viel, und so blieb Giulia endlich Zeit, die Stadt und die Menschen näher zu betrachten.

Anfangs wirkte die Stadt verlassen. Wohin das Auge blickte, nur Ruinen aus den großen Tagen Roms. Statuen längst vergessener Bürger, Kaiser und Götter standen einsam auf bewachsenen Hügeln. Es waren die Tiere, die nun in den verblassten Überresten der alten Epoche lebten.

Erst ab den Terme di Caracalla fuhr der Karren an den Häusern reicher Bürger vorbei. Sie waren mit mächtigen Säulen Rundbögen und Statuen ausgestattet. Die Straßen waren sauber, die gesamte Umgebung wirkte gepflegt. Lachende Kinder tollten, mit Holzschwertern bewaffnet, herum, und der Duft von Blumen, Gebäck und gebratenen Tauben erfüllte die Luft.

Gleich darauf erblickte Giulia einen großen Markt auf der Piazza di Borgia, auf dem Bauern und Händler ihre Waren und bunt bemalte Huren ihren Körper feilboten. Vor einer kleinen Bühne stand eine Menschentraube und starrte ungläubig eine bärtige Frau an. Dahinter stritten Betrunkene um ein paar Münzen. Es roch nach Schweineblut, altem Fisch und Schweiß.

Je mehr Giulia sah, desto geringer wurden die Unterschiede zwischen den Bewohnern Roms und den Menschen in Giulianova. Ihre Wünsche und Träume waren die gleichen, nur dass in Rom Hunderttausende Wünsche und Träume miteinander konkurrierten.

Hinter der Porta di San Sebastiano begann die Via Appia. Fulvia erklärte ihrer Mitschwester, dass es nun nicht mehr weit sei zu den Katakomben.

Die Via Appia schien sich endlos hinzuziehen. Sie verlief kerzengerade gen Südosten. Zur Linken und zur Rechten standen nur wenige Behausungen. Ärmliche Hütten, vor denen alte Menschen in Lumpen hockten und trübsinnig vor sich hin starrten. Dabei war die Umgebung traumhaft schön. Kleine grüne Hügel mit bunten Gewächsen und Olivenbäumen luden zum Verweilen ein. Unzählige Vögel durchschnitten die Stille mit ihren fröhlichen Gesängen. Eine angenehme Abwechslung für die Ohren nach dem lauten Trubel in der Stadt. Wäre da nicht die Nähe zu den Aussätzigen, die Bürger Roms würden gewiss die Armen vertreiben und ihre pompösen Paläste an diesem wundervollen Ort errichten. Dessen war sich Giulia sicher.

»Wir sind da«, sagte Fulvia irgendwann und brachte den Karren zum Stehen. »Die Katakomben des heiligen Calixtus.«

Giulia sah sich um. »Wo?«

Fulvia lachte auf und deutete auf einen unscheinbaren Felsen abseits der Straße. Sie sprang vom Karren und wartete, bis auch Giulia heruntergestiegen war. Dann führte sie sie zu dem Felsen. Erst hier konnte Giulia sehen, dass davor ein dunkler Gang in die Tiefe führte. Es roch modrig, und Giulia fröstelte plötzlich.

An dem Felsen hingen zwei rostige Eisenstäbe. Fulvia nahm sie in die Hände und schlug sie gegeneinander. Es gab ein dröhnendes Klirren. »Sie werden gleich hier sein«, sagte sie und ging zurück zum Karren.

»Sie kommen *hier* herauf?«, wollte Giulia wissen, während sie hinter Fulvia herging.

»Gewiss«, sagte diese und hob die erste Kiste vom Karren. Ohne zu zögern, schaffte sie sie zum Eingang der Katakomben.

Giulia versuchte fieberhaft, nicht an die Gefahren zu denken, denen sie ausgesetzt war. Auch Fulvias gelöstes Verhalten vermochte sie nicht zu beruhigen. Zähneknirschend nahm sie eine Kiste mit Kleidern und trug sie hinter Fulvia her.

Am Felseneingang erblickte sie die ersten vermummten Gestalten auf den Stufen. Zumeist lugte nur ein Auge unter den schmutzigen Lumpen hervor. Eingehend betrachteten die Kranken das unbekannte Gesicht.

»Das ist Schwester Giulia«, sagte Fulvia, und die Aussätzigen winkten zum Gruß.

Jetzt erkannte Giulia, dass einigen von ihnen Gliedmaßen fehlten – einzelne Finger, eine Hand oder gar ein ganzer Arm.

Sie erschrak. Sie hatte sich nicht vorstellen können, auf welche Weise die Krankheit die Menschen entstellte, und tiefes Mitleid für diese armen Geschöpfe, die in der Finsternis und Kälte der Katakomben dahinsiechten, keimte in ihrem Herzen auf.

Die Kräftigsten unter ihnen kamen nun ganz an die Oberfläche und strebten auf den Karren zu. Fulvia stieg mit einer Kiste in den Händen an den anderen vorbei in die Tiefe. Noch immer aufgewühlt von den Eindrücken, folgte Giulia.

An den Wänden hingen Fackeln, die den vor Jahrhunderten behauenen Stein beleuchteten. Jeder Hammerschlag, der diesen Gang in den Fels getrieben hatte, war noch immer zu erkennen. Der unangenehme Geruch wandelte sich in bestialischen Gestank. Es roch nicht allein modrig, sondern nach Exkrementen, Eiter und Wundfraß. Mit aller Macht unterdrückte Giulia ein Würgen.

Nach einem Dutzend Stufen erreichten sie den Boden. Gleich darauf tauchten die in den nackten Fels geschlagenen Grabkammern der ersten Christen Roms auf. Kleine, dunkle Verschläge, gerade groß genug, um einen Toten mit angewinkelten Beinen aufzunehmen. Die inzwischen leeren Winkel schienen Giulia wie tote Augen anzustarren. Es mussten Hunderte, Tausende sein.

»Hier entlang!«, rief Fulvia. Einer der Vermummten schritt mit einer Fackel voran.

Dem schimmernden Schein der Fackel folgend, drangen sie immer tiefer in die Katakomben vor. Gelegentlich sahen sie einen Aussätzigen in einer Nische hocken oder durch einen der unzähligen endlosen Gänge schlurfen.

Schließlich gelangten sie unter ein hohes Gewölbe, das sich etwa einhundert Fuß hoch in den Fels erstreckte. Giulia erschrak. Hier warteten etwa fünfzig der armen Seelen und fristeten ihr trostloses Dasein. Auch Kinder waren darunter. Sie alle versteckten sich in den dreckigen, stinkenden Lumpen, die man ihnen als Almosen in ihre dunkle Gruft gebracht hatte. Hin und wieder verrutschten die Stoffe, und zu Fratzen verzerrte Gesichter ohne Nase und Ohren tauchten im fahlen Schein der Fackeln auf. Einige Kinder sprangen beim Anblick der Nonnen auf und suchten hinter den ausgemergelten, entstellten Körpern der Erwachsenen Schutz. Die Älteren waren weniger furchtsam. Sie kamen auf Giulia und Fulvia zu und nahmen ihnen mit fingerlosen Händen dankend die Kisten ab.

Beim Anblick dieser armen Seelen vergaß Giulia ihre Furcht. Unendliches Mitleid ergriff Besitz von ihrem Herzen. Während Gottes Menschenschar unter den wärmenden Strahlen der Sonne leben durfte, mussten diese Kinder Gottes ein erbarmungswürdiges Dasein unter der Erde erdulden. Der Verdammnis näher als der Erlösung.

»Schwester Fulvia!«, rief plötzlich eine sonore Stimme, in der Freude mitschwang.

Ruckartig wandte sich Giulia in die Richtung um, aus der die Stimme kam. Eine hochgewachsene Erscheinung in schwarzen Tüchern kam auf sie zu. Auf dem Kopf trug der Mann einen großen schwarzen Hut mit breiter Krempe.

»Giannozzo«, sagte Fulvia, als dieser sich vor ihr verbeugte. Fulvia deutete auf Giulia. »Dies ist Schwester Giulia, lieber Freund.«

Durch einen Spalt in den Lumpen konnte Giulia erkennen, wie ein Lächeln um Giannozzos Augen spielte. »Es ist mir eine Freude«, sagte er.

Giulia erwiderte das Lächeln und fragte sich, wie ein derart kranker Mann noch solche Kraft ausstrahlen konnte. Er hätte Gardist sein können, so wie er dastand. Den Rücken gerade, den Kopf stolz erhoben und die Hände in die Hüften gestemmt.

»Giannozzo ist der uneingeschränkte Herrscher hier unten«, erklärte Fulvia. »Daher nennen ihn alle *den König*.«

»Früher *König der Vagabunden*«, sagte Giannozzo, »heute *König der Aussätzigen*. Urteilt selbst, ob ich mich verbessert habe.« Er lachte schallend.

Und dieses Lachen war so herzerfrischend, dass Giulia mit einfiel.

»Ihr seid gute Menschen«, sagte Giannozzo und blickte von Fulvia zu Giulia. »Ihr beide. Ohne Eure Hilfe wären die Menschen hier unten alle tot.« Er breitete die Arme aus. »Was bringt Ihr uns heute?«

»Kleider, Brot, Fleisch, Eier«, sagte Fulvia. »Alles, was Euer Herz begehrt.«

Giulia öffnete einen kleinen Sack. Der Duft von Minze, Salbei und Basilikum strömte heraus und erfüllte die stickige Luft. »Und frische Kräuter«, sagte sie.

Giannozzo schluckte. »Der Herr möge Euch segnen«, sagte er. »Immerdar.«

Giulia beobachtete, wie fleißige Hände die Gaben der Schwestern verteilten. »Wie viele von euch leben hier unten, Giannozzo?«

»Das weiß nur Gott allein«, antwortete dieser. »Die Katakomben erstrecken sich unter der ganzen Stadt. Ein Mensch bräuchte Wochen, sie zu durchmessen.«

»Es betrübt mich, zu sehen, wie Ihr leben müsst«, sagte Giulia.

»Grämt Euch nicht, Schwester Giulia«, sagte Giannozzo mit leiser Stimme. »Es ist ein Wesenszug des Menschen, dass er das, was er fürchtet, tötet oder verjagt. Wir wählen eher das Los, unter der Erde zu leben, als tot in der Erde zu liegen. Und seid beruhigt: Wir darben nicht. Dank der Mildtätigkeit des Heiligen Vaters und Eures Ordens geht es uns besser als manchem dort oben.« Er deutete an die Decke.

»Wie lange lebt Ihr bereits hier unten?«, fragte Giulia.

»Die meisten von uns seit fünf Jahren«, sagte Giannozzo. »Vorher lebten wir abseits von den Menschen in einem verlassenen Kloster in der Campagna zwischen Weinhügeln und Olivenhainen.«

»Warum seid Ihr nicht mehr dort?«

»Man hat uns fortgejagt«, sagte Giannozzo. »Einer der *Porporati* der heiligen Mutter Kirche wollte an diesem wundervollen Ort einen Landsitz errichten. So marschierte die Garde auf und vertrieb mich und meine Brüder und Schwestern. Wo wir auch hinkamen, wurden wir fortgescheucht wie dreckige Hunde. So schenkten uns allein diese Katakomben den Schutz, den wir oben vergeblich suchten.«

Als Giannozzo von den *Porporati* sprach, horchte Giulia auf. Sie ahnte, welchen von den Purpurträgern er gemeint hatte, doch wollte sie es genau wissen. »Wie lautet der Name des Kardinals, der Euch aus der Campagna vertrieben hat?«

»Ihr wollt seinen Namen hören?«, fragte Giannozzo und lachte auf. »Sein Name lautet Kardinal Callisto Carafa. Er möge in alle Ewigkeit verflucht sein.« Er spie auf den Boden.

Giulia war entsetzt. Erst Gellers Warnung, nun Giannozzos unglaubliche Geschichte. Kardinal Carafa genoss keinen guten Ruf in Rom. So viel war gewiss. Nur, warum war ein derart charakterloser Mann wie Carafa so besorgt um das Leben des Heiligen Vaters? Müsste ihm nicht mehr daran gelegen sein, selbst auf dem Heiligen Stuhl zu sitzen, als den Mann, der gegenwärtig darauf saß, mit allen Mitteln zu beschützen? Das passte nicht zusammen. Entweder war Carafa nicht der Mann, der er vorgab, zu sein, oder man tat ihm Unrecht. Sie fürchtete, dass nur sie allein die Wahrheit herausfinden konnte. Doch bis dahin wollte sie versuchen, den Kardinal nichts von ihren Zweifeln spüren zu lassen.

»Es wird Zeit«, sagte Fulvia. »Die Sachen sind hier unten verstaut, und wir können uns auf den Rückweg machen.«

Giannozzo verneigte sich tief. »Habt Dank für Eure Gaben«, sagte er. »Es tut immer gut, Euer Gesicht zu sehen. Auch das Eure, Schwester Giulia.«

»Lebt wohl, guter Giannozzo«, sagte Giulia. »Wir kommen gewiss wieder.«

Giannozzo winkte. »Diese Männer bringen Euch zurück. Gott segne Euch.«

Giulia und Fulvia gingen hinter den beiden Fackelträgern her, die sie zielsicher aus dem dunklen Labyrinth ans Tageslicht zurückführten.

Giulia sog die frische Luft tief ein. Die Sonne wärmte ihr Gesicht, und das fröhliche Zwitschern der Vögel drang an ihre Ohren. Nun, da sie aus den finsteren Katakomben heraus war, betrübte sie das elende Dasein der armen Seelen dort unten noch mehr. So sehr, dass es ihr Tränen in die Augen trieb. Sie zog ihren Schleier etwas tiefer ins Gesicht und setzte sich wortlos neben Fulvia auf den Karren. Sie war dankbar, dass auch Fulvia schwieg. Sie schaute noch einmal zurück und winkte den beiden Führern ein letztes Mal zu. Dann begann die Fahrt zurück in den Vatikan.

14

Gleich am nächsten Morgen setzte Giulia ein Schreiben an die Mutter Oberin in Santa Annunziata auf. Die regelmäßigen Briefe waren ihr ein liebgewonnenes Ritual geworden. Sie wählte ihre Worte mit Bedacht und grenzenloser Ehrlichkeit. Angst, ihre Briefe würden von fremden Augen gelesen, hatte sie nicht. Sie überreichte die Schreiben eigenhändig dem Oberpostmeister der vatikanischen Post. Dieser unterstand allein dem Heiligen Vater. Selbst die Kardinäle waren nicht befugt, die seinen Händen übergebenen Briefe ohne ausdrückliche Erlaubnis des Papstes zu öffnen.

Nach dem Morgengebet gab sie den Brief ab. Anschließend ging sie in das erste Stockwerk zu den Räumlichkeiten des Papstes hinauf, wo ein humpelnder Gazetti und zwei Gardisten sie empfingen.

»Wie geht es Euch, Monsignore?«, fragte Giulia mit Blick auf das verletzte Bein.

Gazetti winkte ab. »Nur ein leichter Kratzer«, sagte er. »Habt Ihr die Aufregung der letzten Tage gut überstanden, Schwester?«

»Mir geht es gut«, sagte Giulia und nahm das silberne Tablett mit Karaffe und Becher auf.

»Wohlan«, sagte Gazetti. Als sie sich der Tür näherten, öffneten die Gardisten und ließen sie ein.

Der Heilige Vater war noch nicht da. Giulia stellte das Tablett auf den großen Tisch und goss den Becher voll. Dann nahm sie ihren Platz an der Wand ein und wartete.

Kurz darauf öffnete sich die Tür und ein polternder Papst trat ein, gefolgt von zwei Gardisten und Capitano Geller.

»Euer Heiligkeit, ich bestehe darauf«, sagte Geller in diesem Augenblick.

Der Papst wiegelte ab. »Wir wollen nicht auf Schritt und Tritt unter Bewachung stehen«, zeterte er. »Es genügt, wenn Eure Gardisten vor den Türen wachen.« Geller wollte gerade etwas erwidern, da fügte der Papst hinzu: »Auf der Uns abgewandten Seite der Türen.«

Geller wirkte verzweifelt. »Wie soll ich für die Sicherheit Eurer Heiligkeit Sorge tragen, wenn Euer Heiligkeit sich dieser entzieht?«

»Wie viele Anschläge auf Unser Leben gab es in der Vergangenheit?«, fragte der Papst. »Zwanzig? Dreißig? Und wie Ihr mit Euren eigenen Augen sehen könnt, leben Wir noch immer.«

»Es waren siebenundzwanzig, Euer Heiligkeit«, sagte Geller. »Wir hatten viel Glück.«

Der Papst lachte dröhnend auf, und sein Bart wogte hin und her. »Hat Jesus je von Glück gesprochen? Nein? Dann tut auch Ihr das nicht. Es geschieht allein Gottes Wille, Capitano. Und Sein Wille ist es, dass Wir leben und Sein Wort in die Welt tragen.«

»In diesem Fall«, sagte Geller, »können wir die gesamte Garde aus dem Vatikan abziehen, Euer Heiligkeit.«

Der Papst grunzte. Sein Blick fiel auf Giulia. »Mein Kind«, sagte er leise und beherrscht. »In deiner Brust schlägt das tapfere Herz der Mark Ancona. Würdest du stete Bewachung oder die Freiheit wählen?«

Giulia spürte das Blut in ihren Schläfen pulsieren. Wer war sie, dass sie dem Heiligen Vater in dieser oder irgendeiner anderen Angelegenheit Ratschläge erteilte? Sie, die unbedeutende junge Nonne aus der Provinz. Die Zeit verstrich, während die

Augen aller Anwesenden auf ihr ruhten. So überlegte sie sich jedes ihrer Worte sehr genau. Dann sagte sie: »Es ist wahr, dass Gottes schützende Hand über dem Haupt Eurer Heiligkeit ruht. Es ist wahr, dass Sein Wille geschieht. Doch hütet Euch vor der Arglist des Teufels. Sein Werkzeug sind die Schwachen und die Boshaften. Gewiss wird er nichts unversucht lassen, dem Stellvertreter Christi auf Erden zu schaden. So glaubt mir, Euer Heiligkeit, wenn ich Euch versichere, dass Ihr nur durch den Schutz der Garde in Sicherheit leben könnt. Sie sind die Werkzeuge des Herrn. Ihre Schwerter und Musketen können durch Gottes Geschick die Dämonen des Teufels von Euch fernhalten. Lasst sie gewähren. Ich bitte Euch.«

Stille trat ein. Geller warf ihr einen dankenden Blick zu, während Gazetti beeindruckt zu ihr hinüberstarrte.

Der Heilige Vater saß ruhig da und schaute aus dem Fenster. Plötzlich begann er, schallend zu lachen. Er lachte und lachte. So sehr, dass ihm Tränen über das faltige Gesicht rannen. Dann brach er abrupt ab und sagte: »Du bist ein kluges Kind. Der scharfe Verstand, der die Menschen deiner Abstammung prägt, ist so klar zu erkennen wie die Lettern in einem Buch.« Er wandte sich an Geller. »Die Wachen sollen bleiben.«

Giulia hörte Geller aufatmen. Er nickte ihr lächelnd zu, flüsterte den Gardisten einige Anweisungen zu und verließ die Gemächer.

»Nachdem dies nun geklärt ist«, sagte der Papst, »erzählt Uns, was dieser Tag Uns Gutes tut, Gazetti.«

Unverzüglich war Gazetti zur Stelle. Er hielt dem Papst ein Dokument hin, das dieser zu lesen begann. »Eine Depesche Seiner Majestät Philipp II. Er äußert sich besorgt um den Verbleib seiner Botschafter.«

»Sind die spanischen Taugenichtse denn noch immer nicht aufgetaucht?«, fragte der Papst ungehalten.

»Mitnichten«, sagte Gazetti. »Die Dokumente, die die Attentäter bei dem schändlichen Anschlag auf das Leben Eurer Heiligkeit bei sich trugen, wurden für echt befunden. Demzufolge müssen die Männer den spanischen Botschaftern diese zuvor geraubt haben. Es ist durchaus vorstellbar, dass Don Olivares und Don Sessa dabei ihr Leben verloren.«

Der Papst grunzte. »Antwortet Philipp«, sagte er, »dass Wir alles in Unserer Macht Stehende unternehmen, um die edlen Botschafter der spanischen Krone zu finden oder aber ihrer Mörder habhaft zu werden.« Er hielt kurz inne und fuhr dann fort: »Nein, streicht die letzten Worte. Ach, Gazetti! Ihr wisst schon, was Ihr zu schreiben habt!«

»Sehr wohl, Euer Heiligkeit«, sagte Gazetti.

»Gehen die Arbeiten an Unserem Grabmal voran?«, wollte Sixtus wissen.

Gazetti starrte verlegen zu Boden.

»Nun?«

»Es sind gewisse ... Verzögerungen eingetreten, Euer Heiligkeit«, stammelte Gazetti.

»Verzögerungen?«, polterte der Papst, und seine Stimme klang wie Donnerschläge. Er erhob sich zu voller Größe. »Seit zwei Jahren treten dort *gewisse Verzögerungen* ein! Welche Ausreden haben die unnützen Baumeister diesmal vorgebracht?«

»Offenbar gibt es Schwierigkeiten mit der Qualität des Marmors, Euer Heiligkeit«, erklärte Gazetti. »Der Steinbruch in Carrara lieferte in den vergangenen Monaten sehr poröses Gestein. Es heißt, man müsse tiefer graben, um die Erwartungen Eurer Heiligkeit zu erfüllen.«

Der Papst schlug mit beiden Händen auf den Tisch. »Erst war es der schlechte Baugrund, der zu Verzögerungen führte«, schimpfte er. »Dann haben die ungeschickten Steinmetze falsch Maß genommen, und die Arbeit von Monaten war auf einen Schlag hinfällig. Zu guter Letzt stürzte die Kuppel ein. Ja, glaubt denn ein jeder, Uns wurde vom himmlischen Vater ewiges Leben geschenkt?«

»Euer Heiligkeit«, sagte Gazetti, »gewiss hat Baumeister Fontana bereits ...«

»Fontana«, murmelte der Papst. »Ihr habt völlig Recht, Gazetti! Lasst Unsere Kutsche bereitstellen. Wir wollen die Bauarbeiten höchstselbst begutachten.«

Gazetti starrte den Papst an. »Aber, Euer Heiligkeit«, warf er ein, »der Präfekt hat eine Audienz bei Euch in weniger als einer Stunde.«

Der Papst schnaufte wie ein Ochse, der einen schweren Karren ziehen musste. »Der Präfekt kann warten oder ein anderes Mal zu einer Audienz erscheinen. In diesem Augenblick gibt es Wichtigeres. Ihr begleitet Uns, Gazetti.« Dann wandte er sich unvermittelt zu Giulia um. »Und du, liebes Kind, erweist Uns bitte ebenfalls die Ehre.«

Die Art und Weise, mit der der Heilige Vater zuerst mit Gazetti und gleich darauf mit ihr gesprochen hatte, verwirrte Giulia. Er hatte Gazetti unwirsch abgekanzelt und dagegen zu ihr mit Engelszungen gesprochen. Dabei war es doch Gazetti, der dem Heiligen Vater zu jeder Stunde zur Seite stand und ihm voller Tatkraft und gar unter Einsatz seines Lebens diente. Sie war beschämt über die offene Zuneigung, die der Papst ihr gegenüber zeigte. Hatte sie doch bisher nichts getan, was diese Zuneigung rechtfertigte. Doch sie wischte ihre Bedenken beiseite und nickte dem Heiligen Vater zu.

In der Zwischenzeit hatte Gazetti die Order des Papstes weitergegeben. Geleitet von vier Gardisten, verließ die kleine Gruppe die Gemächer und stieg die Stufen zum Petersplatz hinunter. Die Kutsche stand schon bereit. Davor saßen sechs bewaffnete Gardisten zu Pferde. Auch auf dem Kutschbock saß ein Gardist neben dem Kutscher, in den Händen trug er eine Muskete. Hinter dem prunkvollen päpstlichen Gefährt hatte ein Dutzend Gardisten zu Pferde Aufstellung genommen. Schließlich fuhr eine zweite, aber weniger prächtige Kutsche vor, in die mehrere Kleriker einstiegen. Gazetti und Giulia nahmen neben dem Heiligen Vater Platz.

Über dem Papst, der in Fahrtrichtung saß, prangte sein goldenes Wappen auf rotem Samt. Die samtbezogenen Sitzbänke waren dick gepolstert, und kleine Vorhänge schützten die Insassen vor neugierigen Blicken.

Der Tross setzte sich nach einem Kommando des befehlshabenden Gardisten in Bewegung. Staub wirbelte auf, und das gleichmäßige Rollen der Räder auf dem Pflaster erfüllte das Innere der Kutsche.

»Gab es bisher Gelegenheit für dich, die Basilika Santa Maria Maggiore zu besuchen, mein Kind?«, fragte der Papst plötzlich.

»Leider nicht, Euer Heiligkeit«, antwortete Giulia.

Lächelnd lehnte er sich zurück und zog die Vorhänge zu. Er schloss die Augen und schien sogleich einzuschlafen.

Giulia schaute zu Gazetti, der allerdings nur Augen für die Dokumente auf seinem Schoß hatte.

Nach einer eintönigen Fahrt in der überhitzten Kutsche erreichten sie endlich ihr Ziel. Sofort schlug der Papst die Augen auf und stieg aus der Kutsche. Die Gardisten sprangen von den Pferden und sicherten den Heiligen Vater nach allen Seiten ab.

Die Basilika glänzte in der sengenden Mittagssonne. Der würzige Duft von Akazien erfüllte die Luft. Die Kirche erwies sich als ein gewaltiger Bau, der eher dem Palazzo eines Kardinals oder Patriziers glich. Nur der bis in den Himmel reichende Glockenturm verriet die wahre Bestimmung des doppelgeschossigen Gebäudes. Unzählige quadratische Fenster ohne jeden Farbstrich umrahmten das breite Eingangsportal, das von mächtigen

Säulen gesäumt war. Weit darüber ragte eine Statue der Mutter Gottes mit dem Jesuskind in den Händen. Sie war umrahmt von vier weiteren Statuen. Vor der Basilika öffnete sich ein breiter Platz, an dessen Ende eine fünfzig Fuß hohe Säule zum Himmel strebte.

Geleitet von einem Dutzend Gardisten, stapfte der Papst um die Fassade herum auf die rechte Seite. Hier fiel eine Kapelle ins Auge, die unzweifelhaft jüngeren Datums war und an der zwei Maurer kleinere Arbeiten durchführten. Zu beiden Seiten der Kapelle waren zwei Anbauten zu erkennen. Der linke war voluminös und reich verziert mit prächtigen Statuen, der rechte befand sich noch im Rohbau. Der Papst ging geradewegs darauf zu. Dabei schnaufte er wie ein Flusspferd. Mit jedem Schritt schien sein Zorn größer zu werden.

Vor dem unfertigen Grabmal standen zwei Steinmetze, die schwitzend die gelieferten Steine bearbeiteten. Daneben stand ein schlanker, in bestes Tuch gekleideter Mann mit Winkelmaß in der Hand und sah auf eine Bauzeichnung. Giulia vermutete, dass dies der Architekt Fontana war.

Sie sollte recht behalten.

»Fontana!«, schrie der Papst aus mehr als zwanzig Schritt Entfernung. Seine donnernde Stimme ließ den Architekten herumfahren.

»Euer Heiligkeit!«, rief Fontana. Vor Schreck fielen ihm Winkelmaß und Zeichnung aus den Händen auf den staubigen Boden.

Dann prasselte ein Donnerwetter auf den Baumeister nieder. »Uns ist zu Ohren gekommen, dass die Bauarbeiten an Unserem Grabmal nur schleppend vorankommen. Erklärt Uns, welches die Ursachen dafür sind. Erklärt Euch auf der Stelle, Fontana!«

Nur allmählich gewann Fontana die Fassung wieder. »Der

Marmor, Euer Heiligkeit«, stieß er hervor. »Er ist von minderer Güte. Hier, seht selbst.« Er gab einem der Steinmetze ein Zeichen, woraufhin dieser fest auf eine Marmorplatte schlug. Sie zersprang in tausend kleine Stücke. Fontana nahm einen Stein vom Boden auf und zerbröselte ihn mit den Fingern. »Und seht! Der Kalkstein ist porös wie die Zähne eines alten Weibes.«

»Nennt Uns den Schuldigen für diese ungeheure Nachlässigkeit!«, verlangte der Papst.

»Die Arbeiter in den Steinbrüchen müssen unachtsam gewesen sein, Euer Heiligkeit«, sagte Fontana. »Unlängst gab ich Order, unverzüglich für Ersatz zu sorgen.«

Die Augen des Heiligen Vaters verengten sich. »Und wann, meint Ihr, steht dieser Ersatz bereit?«

Fontana griff unter seine weiße Halskrause und öffnete die obersten Knöpfe seines Wamses. »In etwa drei Monaten, Euer Heiligkeit«, war die kaum hörbare Antwort.

»In drei Monaten?«, dröhnte der Papst, und es war, als stürze der Himmel ein. »Welchen Tag schreiben wir heute?«

»Den dreißigsten Juli im Jahre des Herrn 1589, Euer Heiligkeit«, antwortete Fontana.

»Gebt eine neue Order an die Steinbrüche mit folgendem Inhalt auf«, sagte der Papst. »Am dreißigsten August des Jahres 1589 erwartet der Architekt des Heiligen Vaters eine Lieferung Baumaterialien in ausreichender Menge und von bester Güte. Sollte diese Frist überschritten werden, oder sollten die geforderten Materialien unbrauchbar sein, dann erwartet jeden Steinmetz und jeden Aufseher in den Steinbrüchen der Tod durch den Strang. Gebt dies weiter in ebendiesen Worten, Fontana!«

»Aber, Euer Heiligkeit . . .«, protestierte Fontana kläglich.

»In ebendiesen Worten!«, wiederholte der Papst lauter.

Fontana ließ den Kopf hängen und bestätigte den Befehl.

Der Heilige Vater grunzte. »Und nun zeigt Uns die Fortschritte an diesem ...« Er sah verächtlich auf die Mauern, die dereinst sein Grabmal umgeben sollten. »... diesem Monstrum!«

Fontana verneigte sich unterwürfig und wies demütig in das Grabmal hinein. »Wenn es Euer Heiligkeit belieben möge.«

Schnaufend schritt der Papst an Fontana vorbei. Drinnen umgab ihn und seine Begleiter diffuse Dunkelheit. Durch einzelne Bruchstellen im Gemäuer drang etwas Licht herein.

Fontana gab einem Steinmetz ein Zeichen, woraufhin dieser davonlief und kurz darauf mit Fackeln zurückkehrte. Gleich darauf erhellte sich das Innere des Grabmals.

»Was, im Namen des Herrn, ist *das?*«, erscholl die Stimme des Papstes. Er deutete an die gegenüberliegende Wand, wo genau in der Mitte eine große Vertiefung in den Stein eingefügt war. Sie war umgeben von weiteren Vertiefungen mit unfertigen Reliefs. Doch das, was den Papst derart erregte, zeigte sich in der mittleren Vertiefung. Eine kniende Marmorfigur als Porträt seiner selbst.

»Das«, sagte Fontana mit zitternder Stimme, »ist die Statue Eurer Heiligkeit des Meisters Valsoldo. Ein über die Maßen gelungenes Werk, wenn Euer Heiligkeit mir diese Bemerkung erlauben.«

Der Papst fuhr zornesrot herum. »Schweigt!« Er wandte sich erneut der Statue zu und ging näher heran. Mit beiden Händen befühlte er die Marmorfigur; strich über den Bart des mächtigen Bauernschädels und das wallende Gewand. »*Meister* Valsoldo«, sagte er voller Abscheu.

»Gewiss ist der Meister mit seiner Arbeit längst nicht fertig«, warf Gazetti rasch ein und schaute dabei Fontana auffordernd an.

Der verstand den Wink. »Oh nein!«, rief er aus. »War er doch selbst mit seinem Werk noch nicht zufrieden.«

»Genug von dem Geschwätz!«, sagte der Papst. »Wie lautet dein Urteil über diese Statue, mein Kind?«, fragte er Giulia.

»Wenn einst die Arbeiten daran beendet sind«, sagte Giulia, ohne lange zu überlegen, »wird sie sehr schön sein.«

Der Heilige Vater lachte auf. »Du gefällst Uns«, prustete er. »Du gefällst Uns ganz außerordentlich. Du bist keine von diesen devoten Speichelleckern. Und nun hinaus aus dieser Ruine!«

Zurück im Tageslicht deutete er auf das Bauwerk neben der unfertigen Kapelle. »Seht! Das Grabmal Papst Pius V. *Das* ist eine Totenstätte, die einem Papst würdig ist. Nehmt sie Euch zum Vorbild, Fontana. Und baut Uns etwas Ebenbürtiges!«

»Wie Euer Heiligkeit wünscht«, sagte Fontana und machte beinahe einen Kniefall.

Gemächlichen Schrittes ging der Papst zu den Toren der Basilika hinüber, sein Gefolge dicht hinter ihm. »Beten wir«, sagte er, während die Gardisten ihm öffneten.

Gazetti und die anderen Kirchenmänner schickten sich an, dem Papst zu folgen. Doch der hielt sie zurück. »Ihr nicht!«, sagte er und blickte mit gutmütigen Augen zu Giulia. »Nur du, mein Kind.«

Giulia spürte, wie sie errötete. Dass der Heilige Vater ihr diesen Vorzug gewährte, war ihr nicht recht. Die Blicke der hohen Würdenträger waren voller Unverständnis und Neid auf sie gerichtet. Sie drängte sich verlegen an ihnen vorbei und flüsterte: »Wie Euer Heiligkeit wünschen.«

Gleich darauf umgab sie die muffige Kühle der Basilika. Kerzen brannten und wiesen den Weg zum Altar. Die Kirche war menschenleer. Vermutlich hatten die Gardisten zuvor dafür gesorgt, dass niemand die Sicherheit und die Gebete des Papstes zu stören vermochte.

Vor dem Altar aus Eichenholz, auf dem ein sieben Fuß hohes Kruzifix mit dem gekreuzigten Menschensohn stand, kniete der Heilige Vater nieder. Giulia tat es ihm gleich, verharrte aber auf einer der unteren Stufen zum Altar.

Eine Weile beteten sie still. Giulia fand jedoch kaum Ruhe. Wer hätte noch vor wenigen Wochen gedacht, dass sie gemeinsam mit dem Heiligen Vater dessen Grab besuchen würde? Dass sie mit ihm, dem Oberhaupt der Christenheit, allein in einer der größten Kirchen Roms beten würde? Noch immer war sie nicht daran gewöhnt, in der Nähe dieses Mannes zu sein. Es mochte noch Wochen oder gar Monate dauern, bis sie begreifen würde, wie sehr sich ihr Leben verändert hatte.

Ächzend richtete sich der Heilige Vater auf und nahm in der ersten Bank Platz. »Setz dich zu Uns«, lud er Giulia ein, und seine Stimme hallte von den hohen Wänden wider.

Giulia tat, wie ihr geheißen.

»Es ist dir unangenehm, an Unserer Seite zu sein«, sagte der Papst, ohne sie anzusehen.

»Mitnichten, Euer Heiligkeit«, sagte Giulia. »Es ist eine große Ehre für mich, die ...«

Er lächelte. »Die du lieber anderen gönnen würdest.«

»Nein, Euer Heiligkeit«, beeilte sich Giulia zu sagen. »Doch gewiss haben die Männer vor den Toren der Basilika ein größeres Anrecht auf Eure Gesellschaft.«

»Pah! Wir können sie kaum noch ertragen, diese Heuchler, Leisetreter und Pharisäer.«

»Gewiss wollen sie nur das Beste für Eure Heiligkeit«, sagte Giulia.

»Nicht *für*, sondern *von* Uns«, sagte der Papst ohne jeglichen Spott. »Die Monsignores wollen Bischofshüte, die Bischöfe den Purpur. Und die Kardinäle ... die wollen auf den Heiligen Stuhl.«

Und in diesem Augenblick begriff Giulia, welch einsamer Mann da neben ihr saß. In seinen Händen hielt er die größte Macht auf Erden, doch gleichzeitig lastete auf seinen Schultern die größte Einsamkeit. Nur Gott und seinem Gewissen war er

Rechenschaft schuldig, sonst stand er allein. Und all die Priester und Nonnen um ihn herum vermochten es nicht, ihm diese Bürde zu erleichtern. So blieb unter dem weißen Gewand nur das übrig, was er seit dem Tage seiner Geburt war: ein Mensch. Nicht mehr und nicht weniger.

Plötzlich hörte sie, wie der Papst kicherte. »Man sagt, Wir wären geschwätzig. Man sagt, Wir wären aufbrausend und unberechenbar. Mal koche Unser Blut wie in einem Siedetopf, mal sei es erkaltet wie die Schenkel einer alten Vettel.« Er lachte leise auf.

»Man spricht von der Großzügigkeit Eurer Heiligkeit«, sagte Giulia. »Man spricht davon, dass die Menschen in den höher gelegenen Teilen Roms täglich durch das Acqua Felice mit ausreichend Wasser versorgt werden. Dass Ihr gute, breite Straßen gebaut habt. Dass Ihr die Banditen bekämpft habt und sich die Bürger Roms wieder sicher fühlen. Dass Ihr den Juden die Rechte zurückgabt, die Eure Vorgänger ihnen genommen hatten. Dies sind die Taten, über die ich die Leute reden höre, wenn sie Euren Namen nennen, Euer Heiligkeit.«

»In der Tat«, sagte der Papst. »Das Volk liebt Uns dafür, aber die Kardinäle hassen Uns wegen anderer Dinge.«

Giulia zögerte nur kurz, ob sie die Frage stellen sollte. »Aus welchem Grunde sollten die Kardinäle Euch hassen?«

»Zu viele Gründe, um sie alle aufzuzählen, mein hübsches Kind aus Giulianova«, antwortete Sixtus. »Es begann mit der Ernennung Unseres Neffen Alessandro zum Kardinal kurz nach Unserer Wahl auf den Heiligen Stuhl.«

»Was erzürnte die Kardinäle an dieser Entscheidung, Euer Heiligkeit?«

»Er zählte erst fünfzehn Jahre.«

»Ich verstehe«, sagte Giulia.

»Dabei zeigt er bis dato hervorragende Eigenschaften«, fuhr

der Papst fort. »Er war es, der Uns den Kopf des Banditen brachte, der sich selbst *König der Campagna* nannte.«

Je länger sie nebeneinander in der Kirchenbank saßen, desto mehr verlor Giulia ihre Scheu. »Doch dies allein rechtfertigt kaum den Hass der Kardinäle, Euer Heiligkeit.«

Er schüttelte den Kopf. Sein Augen waren auf den gekreuzigten Jesus gerichtet, als er weitersprach: »*Postquam verus.*«

»Ich verstehe nicht, Euer Heiligkeit.«

»Das war der Name der Bulle, mit der Wir das Kardinalskollegium reformierten. Damit setzten Wir die Höchstzahl der Kardinäle auf siebzig fest. Eine Ungeheuerlichkeit in den Augen der ehrwürdigen Eminenzen. Die Bischöfe verpflichteten Wir, in regelmäßigen Abständen nach Rom zu kommen. Schließlich meine angeblich *weiche Hand* im Kampf gegen die Reformation. Aber wie, so sag Uns, liebstes Kind, wie hält man mit einem Eimer Wasser einen Waldbrand auf, will man nicht den ganzen Wald abholzen?«

Giulia deutete auf das Kreuz. »Glauben wir nicht alle an denselben Gott? Unser Herr Jesus steht auf katholischen wie auf protestantischen Altären. Die Worte in der heiligen Schrift gelten für jeden von uns.«

»Sprich diese Worte niemals außerhalb dieser Mauern aus!«, warnte der Papst. »Sie könnten dich deinen Kopf kosten. Hüte dich unter allen Umständen vor den Kardinälen! Ihre Zungen sind flink, aber sie sprechen nur Worte der Heuchelei.«

Giulia schluckte schwer. »Gewiss gibt es Kardinäle, die Eurer Heiligkeit treu ergeben sind.«

»Die gibt es, doch es sind nur wenige.«

Eine Frage brannte Giulia auf der Seele. Doch wollte sie den Heiligen Vater nicht nach den Namen der Kardinäle fragen, die ihm nicht wohlgesinnt waren. Sie hatte Angst vor der Antwort.

»Und der Rest?«, sprach der Papst weiter. »Es sind Bestien in Menschengestalt. Meister des Mummenschanzes, gierig nach Gold, Macht und Pfründen. Wäre es ihnen möglich, sie würden Uns auf der Stelle hinrichten lassen.«

Kein Wort kam über ihre Lippen. Übelkeit stieg in ihr hoch, denn sie glaubte zu wissen, wen der Papst im Sinn hatte, wenn er über seine Feinde sprach.

»Fühlst du dich nicht wohl?«

»Doch, doch, Euer Heiligkeit!«, sagte sie.

»Wir sollten hinausgehen.« Der Heilige Vater half Giulia hoch. »Die Luft hier drinnen ist nicht gut.«

Leicht taumelnd folgte Giulia dem Papst vor die Tür. Dort warteten die Gardisten und Kleriker.

»Zurück zum Petersdom«, ordnete der Papst an.

Hinter dem Heiligen Vater und Gazetti bestieg Giulia die Kutsche; noch immer war ihr schwindelig. Sie nahm ihren Platz ein und bemerkte kaum, dass die Kutsche anfuhr.

»Gazetti«, sagte der Papst. »Noch in diesem Jahr wollen Wir Unsere Heimatstadt besuchen. Bereitet alles für eine Reise nach Grottammare vor.«

»Sehr wohl, Euer Heiligkeit«, sagte Gazetti, tauchte eine Schreibfeder in ein Tintenfass und machte Notizen.

Giulia hörte die Worte, nahm sie jedoch kaum wahr. Sie schaute still aus dem Fenster und dachte nach.

Es war später Nachmittag, als der Tross wieder den Petersdom erreichte. Gazetti entließ Giulia für heute aus dem Dienst. Sie wusste, dass Kardinal Carafa ihren Bericht erwartete. Mit einem flauen Gefühl im Magen machte sie sich auf den Weg.

Vor der Tür zu den Räumen des Kardinals im Petersdom

wachten zwei Gardisten. Sie klopften an und ließen Giulia eintreten.

Drinnen thronte Carafa wie eine purpurne Spinne hinter seinem Tisch. Davor saß ein fetter, kahlköpfiger Kardinal.

»Schwester Giulia!«, rief Carafa und winkte sie heran.

Als ihr Name fiel, fuhr Carafas Gast herum und betrachtete sie mit einer Mischung aus Neugier und Erschrecken. Giulia blickte ihn ein feistes, rot geädertes Gesicht mit kleinen, flinken Augen.

»Pozzi«, sagte Carafa zu dem Kardinal, »wenn Ihr uns bitte entschuldigt.«

Kardinal Pozzi stand ächzend auf. Giulias Blick fiel auf ein Dokument auf Carafas Tisch, das das Siegel des spanischen Königs zierte. Sie erkannte es, weil sie es schon einmal bei Gazetti gesehen hatte. Pozzi bemerkte den Blick, griff rasch nach den Papieren und stopfte sie unter sein Gewand. Er warf einen letzten scheuen Blick zu Giulia hinüber, dann entfernte er sich mit kleinen Schritten.

Carafa bot Giulia den noch warmen Stuhl an und sah sie erwartungsvoll an.

Giulia fühlte sich sehr unwohl. Der Kardinal strahlte eine Kälte aus, wie sie sie früher nicht einmal in den Monti Sibillini verspürt hatte. Es fiel ihr schwer, irgendetwas hervorzubringen.

»Sprecht«, sagte Carafa und lächelte.

»Nun«, sagte Giulia gedehnt, um Zeit zu schinden. »Ich habe heute den Dienst bei Seiner Heiligkeit wieder aufgenommen.«

»Was habt Ihr zu berichten?«

Giulia spürte, dass ihre Hände zitterten. Gellers Worte kamen ihr in den Sinn.

Carafa schien ihre Gedanken lesen zu können. »Man hat Euch vor mir gewarnt, nicht wahr?«, sagte er.

Giulia erschrak. Woher konnte er das wissen? Keine Seele hatte ihrem Gespräch mit dem Capitano gelauscht. Oder doch?

Carafa lehnte sich lächelnd zurück. »Fürwahr«, sagte er, und seine Stimme klang ruhig und wohlwollend, »ich kenne meinen Ruf. Die, die Seiner Heiligkeit schaden wollen, verleumden mich. Ihnen ist kein Versuch zu müßig, das Vertrauen, das der Heilige Vater und andere in mich setzen, zu untergraben. Nur sagt mir: Warum hat der Heilige Vater *mich* zum Vizekanzler der heiligen Mutter Kirche gemacht, wenn er mir nicht blind vertraut? Warum würde ich Euch zu seinem Schutz aus der Provinz nach Rom holen, wenn ich ihm Leid zufügen wollte? Sagt es mir, Schwester Giulia.«

In der Tat, dachte Giulia. Seine Argumente waren schlüssig. Sie fasste ein wenig mehr Vertrauen zu diesem Mann. »Ich gebe zu, dass man mich vor Euch gewarnt hat, Euer Eminenz«, sagte sie.

»Ich dachte es mir«, sagte Carafa. »Glaubt mir im Namen des Herrn, dass ich nur das Beste für Seine Heiligkeit und die Kirche will. Ich kann Euch nur bitten, mir zu vertrauen. Euer Hiersein sollte Euch als Beweis für meine Aufrichtigkeit dienen.«

Wortlos sah sie ihn an. Der Kampf in ihrem Herzen war so groß, dass ihr Tränen in die Augen stiegen.

Carafa stand auf und ging um den Tisch herum. Unvermittelt fiel er vor ihr auf die Knie. Er nahm ihre Hand und sprach: »Seht mir in die Augen, Schwester. Beim Kreuze Jesu schwöre ich Euch, dass ich die Wahrheit sage. Wollt Ihr das Leben Seiner Heiligkeit schützen, müsst ihr mir glauben. Ihr müsst!«

Sie fühlte Carafas warme Hände auf den ihren liegen und spürte ein seltsames Gefühl der Zusammengehörigkeit. Was war nur an diesem Mann, dass er sie derart verwirrt und melancholisch zugleich machte? Sie kannte ihn erst seit wenigen Tagen und fühlte sich ihm schon verbunden. Auf der einen Seite wäre sie ihm am liebsten um den Hals gefallen, auf der anderen Seite überkam sie der Drang, so weit vor ihm zu fliehen, wie ihre Füße sie nur zu tragen vermochten. Doch das Leben des Heiligen Vaters war in Gefahr. Sie wollte und konnte nicht glauben, dass Carafa ihm nach dem Leben trachtete. »Ich glaube Euch, Eminenz, dass Euer Bestreben nur dem Wohl Seiner Heiligkeit gilt«, flüsterte sie.

Carafa atmete auf. »Gut«, sagte er und streichelte sanft über ihre Hände. Dann stand er auf und setzte sich wieder Giulia gegenüber. »Bitte berichtet.«

Beruhigt begann Giulia, von dem heutigen Tag zu erzählen. Carafa zeigte sich als aufmerksamer Zuhörer, der hier und da Fragen stellte. Als Letztes erzählte sie ihm von den Plänen des Papstes, noch in diesem Jahr seinen Geburtsort aufzusuchen.

Auf der Stelle wurde Carafa hellhörig. »Was sagt Ihr da?«, fragte er. »Er will nach Grottammare?«

Giulia nickte.

»Bedenkt er, dass dort nicht in ausreichendem Maße für seine Sicherheit gesorgt ist?«

»Mir scheint, dieser Gedanke ist ihm nicht wichtig, Euer Eminenz«, antwortete Giulia. »Der Wunsch, seine Heimat noch einmal zu sehen, ist dagegen übermächtig.«

Carafa strich sich nachdenklich übers Kinn. »Wir müssen alles tun, ihn auf dieser Reise zu beschützen. Berichtet mir unverzüglich, sobald Ihr etwas über Zeitpunkt und die Umstände in Erfahrung bringt, Schwester.«

»Das werde ich, Euer Eminenz«, sagte Giulia. Sie wusste, dass sie nun entlassen war, und stand auf. Gerade wollte sie den Raum verlassen, da hielt Carafa sie zurück.

»Gestattet mir noch eine Frage, Schwester«, sagte er.

»Gewiss, Euer Eminenz.«

»Wer hat Euch vor mir gewarnt?«, fragte er. »Ich bitte Euch, mir seinen Namen zu nennen.«

Giulia dachte nicht lange über ihre Antwort nach. »Ein Kardinal«, log sie. »Ein Kardinal gab mir den Rat, Euch nicht zu trauen. Ich kenne seinen Namen nicht.«

»Danke«, sagte Carafa. Giulias Worte schienen ihn keineswegs zufriedenzustellen. »Es ist gut. Ihr könnt gehen.«

Giulia lächelte zögerlich und verließ das Gemach.

15

Am Abend lag sie auf ihrem Bett und dachte über die Ereignisse des Tages nach. Insbesondere die Unterredung mit Carafa spukte ihr unentwegt im Kopf herum. Den Schleier hatte sie ordentlich auf einen Stuhl gelegt, die Schuhe vor das Bett gestellt. Plötzlich klopfte es. Giulia wollte niemanden sehen und sprechen – so stellte sie sich schlafend und hoffte, der Besucher würde wieder gehen.

Es klopfte noch einmal. »Ich bin es«, erklang eine bekannte Stimme. »Fulvia.«

Giulia stand auf, schlüpfte in ihre Schuhe und öffnete.

Fulvia drängte sich an ihr vorbei und schloss leise die Tür.

»Was gibt es so spät noch?«, fragte Giulia.

Fulvia lächelte geheimnisvoll. »Ich habe dir versprochen, dir etwas zu zeigen«, sagte sie. »Noch in dieser Nacht ist es so weit.«

»Ich verstehe nicht«, sagte Giulia.

Fulvia nahm den Schleier und setzte ihn Giulia auf. Dann griff sie nach Giulias Hand und zog sie mit sich. »Komm.«

Hintereinander schlichen sie aus der Kammer und sahen sich um. Auf dem Gang war es still.

»Wohin gehen wir?«, flüsterte Giulia.

Fulvia legte ihr zwei Finger auf die Lippen. »Still! Folge mir.«

Auf leisen Sohlen führte Fulvia ihre Mitschwester quer durch den Petersdom. Mehrmals mussten sie sich in einer Nische verstecken, um nicht von rastlosen Kirchenmännern oder patrouillierenden Gardisten entdeckt zu werden.

Schließlich gelangten sie in den Innenhof. Im Schein des

Mondlichts liefen sie an der Mauer entlang, bis sie einen kleinen Verschlag erreichten. Drinnen lagen mehrere Schuber Heu.

Fulvia schob das Heu beiseite, bis eine Falltür zum Vorschein kam. Sie zog die Falltür an einer Kette hoch. »Da hinein«, sagte sie.

Giulia verschränkte die Arme. »Ich gehe dort nicht hinunter, bis du mir gesagt hast, wohin dieser Schacht führt.«

»Zu einem Gang«, sagte Fulvia und grinste.

»Und wohin, in Gottes Namen, führt dieser Gang?«

»Zur Engelsburg«, antwortete Fulvia.

»Was?«, entfuhr es Giulia. »Du willst zur Engelsburg? Warum?«

»Du wolltest wissen, was dort geschieht. Noch in dieser Nacht sollst du es erfahren.«

Giulia fürchtete sich davor, in das finstere Loch hinunterzusteigen. Und noch viel mehr fürchtete sie sich vor dem, was ihr in der Engelsburg begegnen würde. Doch schließlich siegte ihre Neugier, und sie folgte Fulvia in die Dunkelheit hinunter.

Kaum hatte Giulia den Fuß auf den steinigen Untergrund gesetzt, huschte etwas um ihre Beine herum. Sie schrie auf.

»Ruhig«, flüsterte Fulvia. »Das war nur eine Ratte.«

»*Nur* eine Ratte?« Giulias Stimme zitterte.

Fulvia packte sie am Arm. »Komm! Und sei still!«

Welch ein Segen wäre jetzt eine Fackel in diesem dunklen, feuchten Gang, in dem es vor Ratten nur so wimmeln mochte, dachte Giulia, während sie Fulvia folgte. Hin und wieder stolperte sie über Wurzeln, die durch das spröde Mauerwerk gebrochen waren.

»Es ist nicht mehr weit«, sagte Fulvia, nachdem sie eine Weile gegangen waren.

Bald tauchte ein schwacher Lichtschein vor den Nonnen auf.

Als sie näher kamen, entdeckte Giulia Sprossen an einer steinernen Wand. Sie führten durch einen Schacht nach oben. »Wo sind wir?«, wollte sie wissen.

»Unterhalb der Engelsburg«, sagte Fulvia und erklomm die ersten Sprossen.

Giulia hielt sie zurück. »Was hast du vor?«

»Dort oben«, sagte Fulvia und zeigte hinauf, »findet heute ein Fest statt. Ein Fest der, sagen wir, besonderen Art. Folge mir.« Sie riss sich los und stieg nach oben.

Widerwillig und ein wenig ängstlich folgte Giulia. Fulvia schob ein Eisengitter zur Seite und kletterte durch die Öffnung.

Hinter ihr stieg Giulia aus dem Schacht. Beide fanden sich in einer kleinen, leeren Kammer wieder, an deren rußschwarzen Wänden Fackeln brannten. Zwei Türen gab es hier. In einer von beiden war in Augenhöhe ein winziges Gitter angebracht, durch das sie in einen schmalen, schmucklosen Gang mit roh behauenen Wänden und Decke schauten. Im Abstand von zehn Fuß brannten Fackeln.

»Wir sind hier in der Nähe der Kerker«, erklärte Fulvia. »Den Weg, auf dem wir hergekommen sind, nennt man *Passetto.* Papst Nikolaus III. ließ ihn vor dreihundert Jahren errichten. Seitdem dient er als Fluchtweg der Päpste aus dem Vatikan.«

»Warum lässt man ihn nicht bewachen?«, fragte Giulia.

»Er ist längst in Vergessenheit geraten«, sagte Fulvia. Sie trat neben Giulia und blickte durch das Gitter auf den Gang hinaus. »Es ist alles ruhig. Folge mir.« Sie öffnete die Tür und schlüpfte hindurch.

Giulia tat es ihr gleich und zog die Tür hinter sich zu.

Zielstrebig ging Fulvia nach links. Hinter einer Biegung tauchten auf der zum Burginneren gewandten Seite schmale Türen auf, in die ebenfalls ein winziges Gitterfenster eingefügt war. Fulvia duckte sich. »Runter!«, flüsterte sie. »Und kein Wort! Rasch!«

Zügig schlichen sie an der Wand entlang unter den dunklen Öffnungen durch. Irgendwo raschelte es, und Schritte drangen an ihre Ohren. Plötzlich war der Gang durch eine weitere Tür blockiert. Fulvia öffnete sie einen Spalt. Frische Luft drang hindurch. Noch immer gebückt, schnellte sie auf die andere Seite, dicht gefolgt von Giulia.

Sie standen nun unter freiem Himmel, mitten in einem von Burgmauern umgebenen Innenhof. Über ihnen schimmerten unzählige Sterne zwischen schmalen Wolken. Um sie herum standen verschieden große Holzkisten. Dazwischen lagen Kanonenkugeln, Fässer mit Schießpulver und Gewehrkugeln, einige Säcke Getreide und offene Kisten mit Gemüse und Äpfeln. Hinter einer der größeren Kisten suchten sie Schutz.

»Was waren das eben für seltsame Geräusche?«, fragte Giulia.

Fulvia deutete in die Richtung, aus der sie gekommen waren. »Dort drinnen? Die Kerker werden noch immer genutzt.«

Giulia erschrak. »Willst du damit sagen, wir sind soeben an eingekerkerten Menschen vorbeigelaufen?«

»Denk nicht weiter darüber nach«, riet Fulvia. Sie deutete zu einer Rampe, die spiralförmig aufwärts führte. »Weiter!«, sagte sie und rannte los, machte jedoch gleich wieder kehrt. »Wachen!«, raunte sie Giulia zu.

Schon hörten sie zwei Gardisten. Sie unterhielten sich leise und lachten. Giulia spähte um die Kiste herum und sah, wie sich die beiden mit geschulterten Musketen langsam entfernten.

»Jetzt«, sagte Fulvia und stürmte die Rampe hoch. Giulia hatte Mühe, Schritt zu halten. Sie glaubte, das Klacken ihrer Schuhe wäre bis in den Petersdom zu hören.

Es schien eine Ewigkeit zu dauern, bis sie hinter einer Mauer Schutz suchen konnten. Giulia lugte über die Mauer und entdeckte zwei weitere Innenhöfe, die etwa zwanzig Fuß höher lagen als der, aus dem sie gekommen waren.

»Hier müssen wir besonders vorsichtig sein«, sagte Fulvia. »Auf dieser Plattform sind die Wachen der Engelsburg untergebracht. Siehst du das Gebäude dort vorn?«

Giulias Blick folgte Fulvias ausgestrecktem Arm zu einem quadratischen Bauwerk aus Stein. Es mochte dreißig Fuß breit und fünfzehn Fuß hoch sein. Aus einem Dutzend Fenster drangen Licht und Gelächter. Auf dem Gebäude entdeckte sie drei Wachen zwischen den Zinnen. Zwei mächtige Kanonen ragten neben ihnen hervor in Richtung Stadt.

»Daran müssen wir vorbei«, sagte Fulvia.

»Gibt es keinen anderen Weg?«, fragte Giulia.

Fulvia schüttelte den Kopf. »Wenn wir uns dicht an der Wand halten, können sie uns nicht sehen.« Sie griff an ihr Gewand und lachte. »Wie gut, dass wir schwarz tragen.«

Giulia war keineswegs zum Scherzen aufgelegt. »Welche Strafe erwartet uns, wenn sie uns an diesem Ort aufgreifen?«

»Denk nicht darüber nach«, meinte Fulvia.

Giulia dankte ihr mit einem schiefen Grinsen.

Je näher sie der Wache kamen, desto lauter wurden die Rufe und das Lachen. Offenbar hielt man sich drinnen mit einem Würfelspiel bei Laune. Dann war das erste Fenster erreicht, und sie mussten sich bücken, um ungesehen vorwärts zu kommen.

Plötzlich öffnete sich die Tür zum Wachhaus, und ein Schatten tauchte auf. Die Schwestern blieben vor Schreck erstarrt stehen.

Eine dröhnende Stimme erklang: »Ihr betrügt doch alle! Aber ohne mich!«

»Hab dich nicht so, Georg!«, tönte eine zweite Stimme. Andere Männer lachten. »Schau her! Ich habe hier noch ein Fässchen. Gewiss willst du nicht, dass wir den schönen Wein ganz allein trinken.« Wieder lachten die Männer.

Der Gardist in der Tür fluchte, der Schatten wurde kleiner, und schließlich fiel die Tür zu.

Giulia atmete auf.

»Nur nicht zögern«, flüsterte Fulvia. »Weiter!«

Sie eilten an dem Wachhaus entlang und folgten einer Biegung. Dahinter blieben sie stehen.

Fulvia zeigte nach oben. »Siehst du das?«

Ein quaderförmiges Gebäude thronte auf der Spitze der Engelsburg. Darauf stand der zehn Fuß hohe Bronzeengel, der der Burg ihren Namen gab. »Ja«, sagte Giulia. »Was ist das?«

»Das Ziel unseres kleinen Ausflugs«, erklärte Giulia und erklomm eine schmale Treppe, die an den Zinnen entlang auf einen kleinen Weg zu dem hell erleuchteten Quader führte.

Sie mussten sich hinter einer Kanone verstecken, um nicht zwei Wachen in die Arme zu laufen. Als diese vorüber waren, hielt Fulvia noch einen Augenblick inne. »Bis hierher war es ein Kinderspiel«, sagte sie. »Wenn wir dort drinnen sind, müssen wir allergrößte Vorsicht walten lassen. Ganz gleich, was du dort siehst oder hörst: Bleib ruhig! Würde man uns an diesem Ort an diesem Tag aufgreifen, der Tod wäre uns gewiss.«

Giulia überlegte noch, ob sie nicht vielleicht besser zurückgehen sollten, da zog Fulvia sie schon hinter sich her.

Vor dem Eingang standen zwei Gardisten auf ihrem Posten. Im Schutz der Dunkelheit erreichten sie ein offenes Fenster in der Seitenwand und stiegen hindurch. Sie fanden sich auf einem hell erleuchteten Flur wieder, der im Bogen nach links und rechts führte. Leise Musik war zu hören und das frivole Lachen von Männern und Frauen. Auf der linken Seite tauchten Schatten im Schein der Fackeln auf.

Fulvia griff Giulias Hand. »In diese Richtung!«

Sie flohen vor den Schatten nach rechts. Musik und Lachen wurden lauter. Es mussten Dutzende Menschen sein, die sich hier vergnügten. Erst jetzt wurde Giulia stutzig. Warum hörte sie hier in der Engelsburg die Stimmen von *Frauen?*

Die Nonnen liefen immer weiter, bis sie das Ende des Ganges erreichten und vor einer Mauer standen.

»Wohin nun?«, fragte Giulia.

Fulvia grinste, fuhr mit einer Hand an der Mauer entlang und drückte einen der Steine in eine dahinter verborgene Mulde. Knarrend setzte sich ein geheimnisvoller Mechanismus in Bewegung, und das Mauerwerk bewegte sich wie von Zauberhand nach innen. Fulvia schob Giulia in das schwarze Nichts und zwängte sich hinterher. Giulia hörte, wie Fulvia einen Hebel bewegte – und die Mauer fuhr in ihre alte Stellung zurück.

»Wo in Gottes Namen sind wir?«, fragte Giulia in die Finsternis hinein.

»Wir stehen in einem Verschlag, den die Päpste früher benutzt haben«, sagte Fulvia.

»Aus welchem Grund sollten die Päpste sich in dies düstere Loch begeben?«

»Um zu beobachten.«

Giulia wurde allmählich ungeduldig. Warum konnte Fulvia nicht in klaren Worten reden? »Um *was* zu beobachten?«, fragte sie.

Es raschelte, und plötzlich drang Licht durch einen etwa eine halbe Elle langen und zwei Finger breiten Spalt. »Das!«, sagte sie nur.

Giulia sah hindurch und fuhr voller Schrecken zurück. »Was geht dort vor?«

Fulvia kicherte leise. »Ein Fest.«

»Ein arg seltsames Fest«, meinte Giulia.

»Schweig!«, sagte Fulvia. »Und schau zu!«

Und Giulia schaute zu. Sie sah einen kreisrunden Festsaal, in dem rund fünfzig Menschen versammelt waren. Vielleicht zwanzig Männer und dreißig Frauen. Allesamt verkleidet. Einige trugen fremdartige Kleider, die orientalischen Ursprungs sein mochten, andere hatten ihren Körper in ein Tierkostüm gezwängt. Und alle hatten Masken vor dem Gesicht – seltsame, Furcht erregende Fratzen mit verzerrt gemalten Gesichtszügen und schief grinsenden Mündern, langen Nasen und kleinen schwarzen Punktaugen. Die merkwürdige Gesellschaft tummelte sich auf riesigen Kissen, saß auf bequemen Kanapees oder an eine der vielen Säulen gelehnt, die den Saal ringsum begrenzten. Dabei unterhielten sie sich mal laut, mal leise, lachten und schlemmten Trauben, Wachteln und Wein. Unmengen von Wein. Zwischen ihnen huschten junge Diener mit schmalen Hüften herum. Auf einer kleinen Bühne spielte ein halbes Dutzend Musiker bekannte Melodien.

»Wer sind diese Leute?«, fragte Giulia.

»Adelige, Kirchenmänner und hochgestellte Männer aus der Stadtverwaltung«, sagte Fulvia. »Barone Roms und ihre Söhne, Kardinäle und Bischöfe …«

Giulia beobachtete die Frauen, die kokettierend umherliefen oder ordinär kreischten, wenn ihnen einer der Männer auf das Hinterteil schlug. »*Das* sind Frauen des Adels?«

»Keineswegs«, sagte Fulvia und kicherte. »Das sind Huren. Wohlgemerkt, die hübschesten und kostspieligsten, die Rom zu bieten hat.«

Allmählich begriff Giulia, welche Art Fest dort gefeiert wurde. Doch verstand sie nicht, warum Kardinäle und Bischöfe bei diesem Treiben mitmachten.

Just in diesem Augenblick änderte sich der Takt der Musik. Die Musiker spielten nun einen schnellen Dreiertakt. Als wäre dies ein musikalisches Kommando, stürmten die Gäste die Mitte des Festsaals und stellten sich gegenüber auf. Die Damen auf der einen, die Herren auf der anderen Seite. Man wartete einen

Takt ab, dann begann der Tanz. Er bestand aus vier Sprüngen vom linken auf den rechten Fuß, wobei ein Fuß jeweils nach vorn gestreckt wurde. Beim fünften Schritt führten sie den Fuß nach hinten und berührten damit schräg hinter sich den Boden. Nun begann alles von vorn. Dabei drehten sich einzelne Paare umeinander, trennten sich wieder und schritten nebeneinander her, wie bei einer Parade.

»Wie heißt dieser Tanz?«, wollte Giulia wissen.

»Das ist eine Gaillarde«, erklärte Fulvia.

Die Musik wurde lauter, der Tanz strebte seinem Höhepunkt zu. Die Tänzer bildeten einen großen Kreis und vollführten lachend eine Abschlussparade. Dann applaudierten sie den Musikern, die nun wieder leisere Klänge hören ließen, und verließen die Tanzfläche. Unverzüglich eilten Diener herbei, um die erschöpften Tänzer zu versorgen.

Eine Weile schwatzten und lachten sie miteinander. Plötzlich klatschte jemand in die Hände, und die Musik verstummte jäh.

»Es beginnt!«, flüsterte Fulvia.

Giulia trat noch näher an den Spalt heran. Die Angst, man könne sie entdecken, war längst verflogen.

Einer der Männer, eine große, kräftige Erscheinung in der Kleidung eines orientalischen Sultans mit gewaltigem Turban auf dem Kopf, stellte sich in die Mitte des Saals. Mit erhobenen Händen zog er die Aufmerksamkeit der Anwesenden auf sich. »Liebe Freunde, liebe Gäste«, sprach er salbungsvoll mit einer dunklen Stimme, die Giulia aus irgendeinem Grund bekannt vorkam. »Seid willkommen zu diesem Fest. Labt Euch an Wein und köstlichen Speisen, an Musik und Tanz. Lebt, als wäre es der letzte Tag auf Gottes Erde.«

Die Gäste applaudierten stürmisch.

»Der Mond steht hoch am Himmel«, sprach der Sultan weiter. »Es ist Zeit für den Höhepunkt dieser festlichen Nacht.« Er klatschte in die Hände.

Ein Dutzend Diener eilte herbei und verstreute überall Kastanien auf dem Boden.

»Was hat das zu bedeuten?«, fragte Giulia.

»Du wirst es gleich erfahren.« Fulvia schmunzelte.

Ein Diener reichte dem Sultan einen schweren, eine Elle hohen Pokal aus Gold, der mit Juwelen übersät war und im Schein der Fackeln irisierend funkelte. Der Sultan hielt den Pokal in die Höhe und erntete begeisterte Rufe. »Dem Sieger des heutigen Abends gebührt dieser Pokal. Doch würde ich ein Minimum von fünf vorschlagen.«

Verzückte Jubelrufe waren die Antwort.

»Wohlan«, sagte der Sultan, »möge das Spiel beginnen.« Er drehte sich langsam im Kreis. »Meine Damen!«

Die Damen gingen in die Mitte des Saals – und legten unvermittelt all ihre Kleider ab. Allein die Masken behielten sie auf.

»Herr im Himmel!«, stöhnte Giulia auf. Fulvia legte ihr schnell eine Hand auf den Mund.

»Meine Herren!«, rief der Sultan mit einer einladenden Geste.

Die Männer bauten sich in einem großen Kreis um die Tanzfläche auf. Auch sie legten ihre Kostüme ab. Nackte Männer, junge und alte, standen erwartungsvoll da. Einigen war die zügellose Erwartung an ihrem Gemächt abzulesen.

Auch der Sultan entkleidete sich, legte Kaftan und Pumphose ab und klatschte erneut in die Hände. Sogleich gingen die Huren auf alle viere und suchten nach den Kastanien. Die Männer warteten noch einen Augenblick, dann stürzten sie sich auf die nackten Frauenkörper.

»Sodom und Gomorrha!«, hauchte Giulia. »Und das in Rom!« Sie war fassungslos. Noch nie in ihrem Leben hatte sie nackte Menschen gesehen. Ganz abgesehen davon, was diese Menschen miteinander anstellten. Es war entsetzlich! Doch unerwartet schnell wandelte sich ihr Entsetzen in grenzenlose Neugier, und sie beobachtete still weiter.

Einige Männer zuckten ekstatisch, verschnauften kurz und nahmen sich dann die nächste Dame. Ein paar ältere Männer gaben erschöpft auf und entfernten sich enttäuscht und verschämt von der Tanzfläche.

Giulia nahm eine Bewegung am Rande des Treibens wahr. Ein ungewöhnlich fettleibiger Gast, der noch immer vollständig bekleidet auf einem großen Kissen an der Wand saß, sprach mit einem der blutjungen Diener. Immer heftiger redete er auf den Jungen ein. Der erwiderte nichts und wollte sich schon entfernen. Da griff der Dicke mit einer schnellen Bewegung dem Jungen in den Schritt und zog ihn auf seinen Schoß. Der Diener wehrte sich nach Kräften. Dies alles geschah unbemerkt von den anderen Gästen. Plötzlich schlug der Diener dem Dicken die Maske vom Gesicht.

Giulia schrak auf. »Ich kenne diesen Mann«, sagte sie.

Erst jetzt schien Fulvia die Szene zu bemerken. »Kardinal Pozzi«, sagte sie mit einer Stimme, die wenig Überraschung zeigte. »Ein Teufel in Menschengestalt.«

Pozzi schlug dem Diener mit der Faust auf den Kopf, woraufhin dieser in Ohnmacht fiel. Rasch setzte er die Maske wieder auf, trug den Jungen aus dem Festsaal hinaus und kehrte nicht wieder zurück.

»Wohin geht er mit dem Diener?«, fragte Giulia.

»An einen Ort, an dem er ungestört ist«, antwortete Fulvia.

Giulia verstand nicht. »Aus welchem Grund will Pozzi ungestört sein?«

»Du willst es nicht wissen«, sagte Fulvia.

Das Feld der standhaften Streiter um die Mannesehre lichtete sich. Auch der Sultan hatte inzwischen aufgegeben. Die

Huren suchten auf den Knien weiter nach den Kastanien, während die Männer immer wieder in sie eindrangen.

Schließlich blieben zwei junge Kerle übrig. Die beiden kämpften verbissen. Während die Menge eifrig und laut mitzählte, nahmen sie sich eine Hure nach der anderen vor. Beide waren inzwischen bei Nummer sieben angelangt, da ließ bei dem einen die Kraft nach. Er mühte sich, aber als er sah, dass sein Kontrahent schon zur achten Hure wechselte, gab er weinend auf. Die Gäste stürmten auf die Tanzfläche und ließen den Sieger hochleben. Die Musiker spielten eine pompöse Caccia.

Schon kehrte der Sultan zurück, in den Händen trug er den Pokal. Er überreichte ihn dem erschöpften, dennoch strahlenden jungen Helden mit den Worten: »Dem König des Abends. Dem standhaftesten Manne Roms!«

Jubel brandete auf.

»Und nun«, rief der Sultan feierlich, »herunter mit den Masken!« Er nahm seinen seidenen Turban ab und legte ihn auf den Boden. Dann schob er die Maske vom Gesicht.

»Jesus Christus!«, entfuhr es Giulia. »Kardinal Carafa!«

In der Tat. Es war Callisto Carafa, der an diesem Abend den Zeremonienmeister gegeben hatte. Nun stand er nackt da, schwitzend und grinsend wie Luzifer am Höllentor.

»Es ist Zeit«, sagte Fulvia. »Wir müssen gehen.«

Giulia konnte sich kaum von dem Anblick lösen. Doch Fulvia verschloss den Spalt und öffnete die Tür. Kaum fiel der erste Lichtstrahl der Fackeln in den Verschlag, schrie Fulvia panisch auf und fuhr zurück. Giulia schaute an ihr vorbei, und auch sie schrie auf.

Vor ihnen stand eine mickrige Gestalt mit grauem Haarkranz und faltigem Kugelbauch. Sein steifes Gemächt ragte wie eine Lanze hervor. Seine langen Finger griffen gierig nach Fulvia. »Nonnenkostüme«, hechelte er mit Fistelstimme. »Welch formidable Idee!«

Fulvia schlug schreiend um sich und wich noch weiter zurück.

»Du wehrst dich, Hure?«, keifte der Alte. »Dir werd' ich helfen!« Er holte aus und hieb Fulvia eine Faust ins Gesicht. Sie stürzte zu Boden. Gleich darauf schlug der Alte noch einmal zu. Dann fiel er auf die Knie und schob den Saum ihres Habits hoch.

Giulia war wie erstarrt. Erst als sie sah, dass er die Tracht bis über Fulvias Hüften schob, griff sie ein. Sie sprang vor und stieß den Alten an den Schultern zurück, sodass dieser auf seinen knochigen Hintern fiel.

Schnell rappelte er sich wieder auf. Unbändige Wut stand in seinen rot geäderten Augen. »Wartet nur, ihr widerspenstiges Hurenvolk!« Mit einem Schrei warf er sich auf Giulia.

Doch mitten in der Bewegung ging eine Veränderung mit ihm vor. Er hielt inne und sah die Nonnen mit verständnislosem Blick an. Erst rann nur ein Blutstropfen über seine Lippen und den dürren Hals, dann folgte ein ganzer Schwall dunkelroten Blutes. Er begann zu zittern und sah an sich hinunter. Etwa in Höhe seines Bauchnabels wölbte sich die schlaffe Haut vor. Es war, als würde ein Sattelmacher eine Nadel durch zähes Leder treiben. Einen Atemzug später drang die Spitze eines Degens an jener Stelle aus dem Körper heraus. Mit einer seltsamen Mischung aus Vorwurf und Enttäuschung auf dem Gesicht kippte der Alte nach vorn und blieb tot liegen.

Im Eingang zu dem geheimen Verschlag stand Capitano Geller, in der Rechten den blutigen Degen. Die andere Hand reichte er Giulia. »Kommt!«, sagte er ohne Tadel in der Stimme. »Rasch!«

Geführt von Geller liefen Giulia und Fulvia den Weg zurück,

den sie gekommen waren. In der Halle spielte noch immer Musik, unterbrochen von Gelächter und johlenden Rufen. Ungesehen gelangten sie zu dem Fenster, durch das sie zuvor gestiegen waren. Geller half den Nonnen hindurch und folgte ihnen.

»Wie habt Ihr uns gefunden?«, fragte Giulia, während sie leise um das Gebäude schlichen.

»Ich bin Euch gefolgt, seit Ihr die Burg betreten habt«, sagte Geller und lächelte verbissen.

»Und doch habt Ihr uns gewähren lassen?«, fragte Fulvia. »Es wäre für Euch und Eure Männer ein Leichtes gewesen, uns zu fangen.«

»Ich sah keinerlei Gefahr in Eurem Tun«, sagte Geller. »Zudem war ich neugierig, was Euch zu dieser Stunde auf die Burg führte. Mir scheint, Ihr wisst mehr über die Geschehnisse an diesem Ort als mancher Kardinal.«

Fulvia schluckte, antwortete aber nicht.

»Nicht mehr lange«, sagte Geller, »und man wird den Toten finden.«

Und in diesem Augenblick erscholl ein gellender Schrei durch die Burg. Gleich darauf hörten sie Fußgetrappel. Irgendjemand rief Befehle.

»Ihr hattet recht«, sagte Giulia.

Sie blickten zurück und sahen ein gutes Dutzend Gardisten aus dem Gebäude kommen.

»Verdammt!«, stieß Geller hervor und schaute die Nonnen sogleich entschuldigend an.

»Euch sei vergeben«, sagte Giulia und lächelte.

»Sie kommen auf uns zu«, sagte Geller und sah sich um. Eine Flucht war unmöglich. Sie standen auf dem Laufgang um die Burg. Von oben kamen Gardisten auf sie zu, und auch unter ihnen waren Schritte zu hören. In einer Ecke standen drei Fässer. Geller schaute hinein. Sie waren leer. »Steigt hier hinein! Beeilt Euch!«

Mit Gellers Hilfe stiegen die Nonnen in die Fässer.

»Was ist mit Euch?«, fragte Giulia, als Geller keinerlei Anstalten machte, in das dritte Fass zu klettern.

Geller winkte ab. »Ich bleibe hier. Die Gefahr ist zu groß, dass man uns entdeckt, wenn auch ich in das Fass steige. Und jetzt runter mit dem Kopf!«

Schon waren die Gardisten da. Giulia hörte, wie sie ein paar Worte mit Geller wechselten, sich dann aber wieder entfernten.

»Kommt heraus«, flüsterte er.

Sogleich rannten sie den Laufgang hinunter. Sie stiegen die schmale Treppe hinab, die auf die tiefer liegende Plattform führte. Keine Menschenseele war zu sehen.

So gelangten sie zu dem Wächterhäuschen. Geller gab Giulia und Fulvia ein Zeichen, hinter einer Mauer zu warten. Er selbst ging zu dem Häuschen, öffnete die Tür und schaute hinein. Dann schloss er die Tür wieder und bedeutete den Nonnen, ihm zu folgen.

Sie gelangten zu den Innenhöfen und zu der Tür, die zu den Kerkern führte.

»Von hier aus geht allein«, sagte Geller, während er sich umschaute. »Ich werde versuchen, meine Männer irgendwie aufzuhalten, doch es dauert gewiss nicht lange und sie folgen Euch in den *Passetto.*«

Giulia ging zu Geller und gab ihm einen Kuss auf die Wange. »Habt Dank, Francesco. Ohne Eure Hilfe ...«

»Wir sprechen noch über Euren Ausflug«, unterbrach Geller sie. »Nun geht!«

Sie schlüpften durch die Tür, und Geller schlug sie hinter ihnen zu. Nun flink die Stufen hinunter und an den Kerkern vorbei. Sie gelangten in die Kammer, in der die Bodenöffnung zur

Treppe in den *Passetto* lag. Fulvia griff eine Fackel und stieg als Erste in den dunklen Schacht, dicht gefolgt von Giulia.

Gerade als Giulia das Loch über sich mit dem Gitter verschließen wollte, hörte sie ein wildes Getöse. Offenbar hatte man ihren Fluchtweg entdeckt. So ließ sie das Gitter liegen und sprang in den dunklen Schacht.

Im Licht der Fackel rannten sie durch den *Passetto* zurück zum Petersdom.

Etwa auf halber Strecke drang von hinten Licht durch den Gang, und bellende Stimmen befahlen ihnen, auf der Stelle stehen zu bleiben.

»Schneller!«, rief Giulia und schob Fulvia vorwärts.

Endlich erreichten sie den Aufstieg zum Petersdom. Ihre Verfolger waren nur noch etwa zwanzig Schritte hinter ihnen. Plötzlich strauchelte Fulvia und fiel hin. Die Fackel erlosch. Giulia half Fulvia auf, doch sie verloren wertvolle Zeit. Da steckte der erste Gardist seinen Kopf durch das Loch. Glücklicherweise war es so dunkel, dass er die beiden Nonnen nicht erkannte.

Die Nonnen eilten quer über den Hof zurück zum eigentlichen Kirchengebäude. Sie versuchten, die Tür aufzustoßen, doch sie klemmte. Ihr Vorsprung war auf wenige Schritte zusammengeschmolzen. Mit einem wilden Schrei warf sich Giulia gegen die Tür, und endlich öffnete sie sich. Kräftige Hände griffen nach ihr und Fulvia. Sie rannten weiter, bis sie einen Quergang erreichten. Schon waren die Gardisten direkt hinter ihnen, da geschah etwas Unerwartetes.

Als sie in den Quergang liefen, tauchte plötzlich Pippo mit einem großen Karren voller Blumen auf. Er schob den Karren weiter, als hätte er nichts bemerkt. Und kaum drangen die Gardisten in den Gang, stürzten sie über den im Weg stehenden Karren. Der kippte um, und die Blumen verteilten sich auf dem Boden.

Pippo, dachte Giulia. Dich schickt der Himmel! »Weiter«, rief sie Fulvia zu.

Die Nonnen rannten, als wäre der Teufel hinter ihnen her. Pippos Missgeschick hatte die Gardisten so lange aufgehalten, dass die beiden Nonnen unerkannt entkommen konnten.

Atemlos erreichten sie ihre Kammern. Fulvia grinste über das ganze Gesicht. »Das war ein herrlicher Spaß!« Sie lachte.

Giulia lächelte gequält. »Was immer du dir unter Spaß vorstellst«, sagte sie, schlüpfte in ihre Zelle und verschloss die Tür.

Rasch entkleidete sie sich, löschte die Kerze und stieg ins Bett. Gleich darauf hörte sie die Gardisten an ihrer Zelle vorbeimarschieren. Sie schloss die Augen und hoffte, dass niemand an ihre Tür klopfte.

16

Carafa saß hinter seinem Tisch aus Zedernholz und studierte Dokumente. Es klopfte, und der Diener meldete den Besuch einer Dame.

»Eine *Dame?*«, echote Carafa.

Der Diener nickte.

Carafa stand auf. »Führ sie herein.«

Gleich darauf erschien der Gast. Sie trug ein rotes Kleid aus Samt, Geschmeide aus Smaragden und Saphiren um den Hals und in den Händen Sonnenschirm und Fächer. Eine grüne Haube, mit Perlen bestickt und silbernem Brokat verziert, schmückte ihr Haupt wie die Krone einer Königin. Darunter flossen schwarze Locken bis über ihre Schultern.

Nachdem der Diener verschwunden war, setzte sich Carafa wieder und sagte: »Schöne Dame. Was führt dich zu mir, Allegra?«

Allegra schmollte und schürzte die Lippen. »Eine Dame ist eine Dame, wenn sie wie eine Dame gekleidet ist. Wen kümmert's, wer in den edlen Kleidern steckt?«

»Bist du gekommen, um mir die Welt zu erläutern?«, wollte Carafa wissen. »Du weißt, dass ich es nicht begrüße, wenn du hier erscheinst.«

»Ach, Callisto«, sagte Allegra übertrieben gekränkt und setzte sich unaufgefordert vor Carafas Tisch. »Freust du dich denn gar nicht, mich zu sehen?«

Carafa blickte entnervt zur Decke hoch. »Was willst du?«, fragte er. »Geld? Das hätte doch bis heute Abend warten können.«

Allegra lachte laut. »Gewiss kein Geld.« Schlagartig wurde sie ernst. »Ich hörte, es gab gestern ein Fest auf der Engelsburg.«

»Da musst du dich verhört haben.«

Jetzt lachte sie wieder. »Ich bin eine Hure, die mit Huren verkehrt«, sagte sie. »Hast du das vergessen?«

»Schön«, sagte Carafa, »es gab ein Fest. Heraus mit der Sprache. Worauf willst du hinaus?«

»Ich wollte mich nur erkundigen, ob mein lieber Callisto auch seinen Spaß hatte.«

Carafa grunzte. »Ich wüsste nicht, dass ich dir Rechenschaft schuldig bin.«

»Nun«, sagte Allegra gedehnt, »ich mag eine Hure sein, aber ich bin eine Hure mit Gefühlen. Und du weißt, was ich für dich empfinde. Folglich verletzt es die Liebe in meinem Herzen, wenn ich dich bei einer anderen weiß.«

»Deine Gefühle sind mit meinem Gold erkauft«, sagte Carafa. »Wie können sie dann verletzt sein?«

Allegras Gesicht zeigte offene Trauer. »Du verstehst das einfach nicht«, sagte sie und schaute zu Boden.

Giulia machte sich auf den Weg zu Carafa. Es gab nicht viel zu berichten, doch sie hatte seit mehreren Tagen nicht bei ihm vorgesprochen. Zudem hatte sie Angst, man würde sie verdächtigen, in der vergangenen Nacht in der Engelsburg gewesen zu sein. So suchte sie ihr Heil in der Nähe zu Carafa.

Seine Tür war unbewacht, so klopfte sie einfach an und trat ein. Sie erschrak, als sie entdeckte, dass der Kardinal Besuch von einer Dame hatte. Doch Carafa bat sie, näher zu treten. Er zeigte auf die Dame. »Das ist die ...« Er stockte.

»Die Contessa di Contini«, warf die Dame ein.

»Ich wollte nicht stören, Euer Eminenz«, sagte Giulia, die die seltsame Spannung zwischen den beiden deutlich spürte.

»Ihr stört nicht, Schwester«, sagte Carafa. »Die Contessa wollte ohnehin gerade gehen.«

»Ich … ich«, stotterte Giulia. Sie wusste nicht, warum, aber die Luft in diesem Raum war auf eine seltsame Weise erfüllt von Vertrautheit und Verlangen. »Ich habe ohnehin nichts zu berichten. Ich komme in den nächsten Tagen noch einmal wieder.«

Doch Carafa hielt sie zurück. »Aber ich habe eine Frage an Euch zu richten«, sagte er. »Letzte Nacht ist es zwei Eindringlingen gelungen, auf die Engelsburg zu kommen. Man vermutet, dass es zwei als Nonnen verkleidete Huren waren. Wisst Ihr etwas darüber?«

»Ich, Euer Eminenz?«, fragte Giulia. »Mir ist nichts bekannt über den Vorfall.« Ihre Hände wurden feucht, und unter ihrem Schleier spürte sie Hitze aufsteigen.

»Hm«, machte Carafa. »Vielleicht waren die beiden ja auch gar nicht verkleidet …«

»Ich weiß wirklich nicht, worauf Ihr hinauswollt, Euer Eminenz«, sagte Giulia so gelassen wie möglich.

Carafa winkte ab. »Es ist gut«, sagte er. »Nur eine verrückte Idee. Kommt wieder, sobald Ihr etwas zu berichten habt.«

»Ja«, sagte Giulia, drehte sich um und ging hinaus.

Allegra stand auf. »Auch ich gehe.«

Carafa lächelte erleichtert.

Unvermittelt beugte sie sich über den Tisch zu Carafa hinüber. »Unterschätz niemals die Gefühle einer betrogenen Frau«, sagte sie. »Auch wenn du denkst, du hast dir meinen Körper erkauft, vergiss nicht, dein Gold steckt nicht in meinem Herzen. Du magst mich schlagen und mich demütigen, doch bin ich eine Frau voller Stolz. Sollte ich erfahren, dass du es mit einer anderen Frau getrieben hast, ergeht es dem kleinen Kardinal schlecht.« Sie warf einen Blick zwischen seine Beine, drehte sich um und schritt stolz wie eine römische Kaiserin aus längst vergangenen Tagen aus dem Gemach.

Vor der Tür blickte sie sich suchend um. »Schwester Giulia!«, rief sie, und die Nonne wandte sich abrupt um.

»Contessa!«, sagte Giulia überrascht.

»Verzeiht, dass ich Euch aufhalte«, sagte Allegra. »Doch kenne ich Euer Gesicht noch nicht, und so nehme ich an, Ihr seid erst seit Kurzem in Rom. Ich möchte Euch gern kennenlernen.«

»In der Tat«, Giulia lächelte, »ich bin erst vor wenigen Wochen in Rom angekommen.«

Allegra erwiderte das Lächeln und lud Giulia zu einem kleinen Spaziergang ein. »Nur, wenn ich Eure Zeit nicht stehle«, sagte sie.

Giulia verneinte, und die Frauen gingen in die Gärten.

»Sagt«, bat Allegra, während sie an süßlich duftenden Rosen und Geranien vorbeischlenderten, »woher stammt Ihr? Aus Rom gewiss nicht.«

»Nein«, antwortete Giulia. »Ich stamme aus Giulianova. Mein Kloster heißt Santa Annunziata.«

»Aus der Mark Ancona?«, fragte Allegra. »Ihr habt die gleichen Wurzeln wie Seine Heiligkeit.«

Giulia nickte. »Wo liegt Eure Heimat?«, wollte sie wissen.

Lachend warf Allegra den Kopf in den Nacken und entblößte zwei Reihen glänzend weißer Zähne. »Ihr steht darauf.«

Giulia schaute sich verwirrt um. »Ihr stammt aus dem Petersdom, Contessa?«

Wieder lachte Allegra auf. »Nein, ich bin eine Römerin von der strahlenden Haube bis zu den verstaubten Schuhen.«

»Verzeiht«, sagte Giulia. »Ich bin ein wenig ... verwirrt.«

»Oh nein«, warf Allegra ein. »*Ihr* müsst verzeihen. Ich unterziehe Euch einem Verhör, und Ihr kennt mich nicht einmal.«

Sie spannte den Sonnenschirm auf und bewegte leicht den geöffneten Fächer. Wie eine wahre römische Aristokratin aus uraltem Geschlecht sieht sie aus, dachte Giulia.

»Ihr seid mit Seiner Eminenz Kardinal Carafa bekannt«, sagte Giulia. »Ich hege keinerlei Zweifel an Eurer Person, Contessa.«

Sie kamen an Pippo vorbei, der Rosen schnitt und den Frauen keine Beachtung schenkte. Giulia grüßte ihn freundlich. Er sah kurz auf und widmete sich wieder seinen Blumen.

»Sagen wir, der Kardinal und ich sind in einer Art verwandtschaftlicher Beziehung verbunden«, erklärte Allegra. »Doch scheint er auch Euch wohlbekannt zu sein.«

Giulia schüttelte den Kopf. »Nein, das lässt sich so nicht sagen. Aber ich bin auf sein Geheiß in Rom.«

»So kanntet Ihr ihn schon vorher?«

»Mitnichten, Contessa.«

»Hm«, machte Allegra. »Was veranlasste den Kardinal, Euch nach Rom zu beordern, obwohl er Euch nicht kannte?«

»Man empfahl mich«, antwortete Giulia. »Ich diene dem Heiligen Vater höchstselbst, seit die letzte Dienerin einem Mordanschlag zum Opfer fiel.«

»Gewiss sind Eure Eltern sehr stolz auf Euch, dass Ihr dem Heiligen Vater so nahe seid.«

»Ich habe keine Eltern mehr«, sagte Giulia. »Meine Mutter starb bei meiner Geburt, und mein Vater ist unbekannt.«

»Ich verstehe«, sagte Allegra. Nachdenklich sah sie Giulia an. »Ich will Euch nicht noch mehr Eurer kostbaren Zeit stehlen, liebe Schwester. Ich wünsche Euch einen guten Tag. Bestimmt sehen wir uns wieder.«

»Auch ich wünsche Euch einen guten Tag, Contessa«, sagte Giulia.

Allegra wandte sich um und verließ eilig den Garten. Zurück blieb eine verwirrte Giulia.

Am Nachmittag, Giulia dachte noch immer über die seltsame Begegnung mit der Contessa nach, traf sie auf Fulvia, die im ersten Stock des Petersdoms den Boden schrubbte. Giulia nahm eine Bürste und hockte sich dicht neben sie.

»Hast du gut geschlafen?«, raunte Fulvia ihr zu und grinste breit.

Das Grinsen gefiel Giulia ganz und gar nicht. Hätte man sie vergangene Nacht erwischt, wären sie vermutlich bereits tot. »Ich weiß nicht, was dich so erheitert«, sagte sie.

»Ach«, sagte Fulvia. »Spiel nicht die Beleidigte. Es war doch ein herrlicher Spaß. So etwas bekommst du in deinem Kaff dein ganzes Leben lang nicht geboten.«

Giulia lächelte gequält. »Ich bin mir nicht sicher, ob ich da wirklich etwas verpasst hätte.« Sie tauchte die Bürste in den Eimer, dass das Wasser aufspritzte.

»Du hast Kardinal Pozzi in der nächtlichen Gesellschaft erkannt, nicht wahr?«, fragte Fulvia. »Woher kennst du ihn?«

»Ich habe ihn schon einmal bei Kardinal Carafa gesehen«, sagte Giulia.

»Dem illustren Zeremonienmeister.« Fulvia grinste wieder.

Giulia erinnerte sich an die Bilder der vergangenen Nacht und erschauerte.

»Ich habe den Verdacht«, sagte Fulvia, »dass die Kardinäle Böses im Schilde führen.«

»Was meinst du?«

»Es gibt Gerüchte«, sagte Fulvia.

Ungeduldig schnaufte Giulia. »Was für Gerüchte?«

»Gerüchte, dass sie den Tod Seiner Heiligkeit planen«, sagte Fulvia.

Giulia zog die Stirn kraus. »Das kann nicht wahr sein!«

»Hast du irgendetwas an den beiden bemerkt, als du sie zusammen angetroffen hast?«, fragte Fulvia.

Giulia überlegte. »Nein. Obwohl ...«

»Ja?«

»Pozzi wirkte aufgebracht«, erklärte Giulia. »Und als ich näher trat, klaubte er einige Dokumente zusammen und verbarg sie unter seinen Kleidern.«

»Was waren das für Dokumente?«, fragte Fulvia weiter.

»Ich weiß es nicht«, sagte Giulia, während sie angestrengt nachdachte. »Ich habe das Siegel der spanischen Krone erkannt, habe mir aber nichts weiter dabei gedacht.«

Fulvia legte einen Finger an die Lippen. »Das Siegel der spanischen Krone«, sagte sie langsam. »Haben sich nicht die beiden Männer, die den Heiligen Vater ermorden wollten, mit den Papieren der spanischen Botschafter Einlass verschafft?«

»Ja«, sagte Giulia. »Man vermutet, dass sie zuvor die Botschafter ermordet haben, um in den Besitz der Dokumente zu kommen.«

»König Philipp und der Heilige Vater liegen im Streit miteinander«, sagte Fulvia. »Das ist bekannt. Könnte es nicht sein, dass Carafa und Pozzi einen Pakt mit dem König geschlossen haben, um Seine Heiligkeit aus dem Weg zu räumen?«

Gar nicht so dumm, dachte Giulia. Aus uralten Sagen kannte sie die Ränkespiele längst vergangener Dynastien. Sie wusste von Mord und Verrat an Königen und Päpsten. »Du meinst, Carafa und Pozzi machen gemeinsame Sache mit König Philipp?«

Fulvia nickte. »Um den Heiligen Vater zu ermorden und danach einen der spanischen Krone freundlicher gesinnten Mann auf den Heiligen Stuhl zu setzen: Kardinal Callisto Carafa!«

»Was sollen wir tun?«, fragte Giulia. »Sollen wir es dem Heiligen Vater berichten?«

»Oh nein!«, sagte Fulvia. »Er würde uns kein Gehör schenken. Es sei denn, wir legen ihm unwiderlegliche Beweise für das Komplott vor.«

»Und die bekommen wir nur von Kardinal Pozzi.«

»Richtig«, bestätigte Fulvia. »Wir müssen ihm die Dokumente stehlen, die du gesehen hast.«

»Wie willst du das anstellen?«

Nun lächelte Fulvia wieder siegessicher. »Ich weiß, dass er alle wichtigen Papiere in einer Truhe lagert, die im Schlafgemach in seinem Palazzo steht. Den Schlüssel dafür trägt er Tag und Nacht um seinen feisten Hals.«

»Damit dürfte unser Plan von Beginn an zum Scheitern verurteilt sein«, sagte Giulia. »Wir kommen niemals nahe genug an ihn heran, um ihm den Schlüssel abzunehmen.«

»Das waren wir doch schon um ein Haar«, sagte Fulvia.

Giulia verstand zuerst nicht, dann sah sie aber an Fulvias Grinsen, was diese im Sinn hatte. »Ich gehe niemals wieder auf die Engelsburg! Diesem unchristlichen Treiben will ich nie wieder zusehen!«

»Willst du das Leben des Heiligen Vaters schützen, oder willst du es seinen Feinden preisgeben?«, fragte Fulvia.

»Was für eine Frage!«, stieß Giulia hervor und begriff im selben Augenblick, dass sie sich geschlagen geben musste. »Wann findet das nächste Fest statt?«, fragte sie in einer Mischung aus Widerwillen und Resignation.

»Stets in der Neumondnacht«, erläuterte Fulvia. »Folglich in vier Wochen.«

»Gehen wir den gleichen Weg wie in der letzten Nacht?«, fragte Giulia. »Ich glaube kaum, dass der *Passetto* künftig unbewacht sein wird.«

»Nein«, sagte Fulvia. »Das nächste Mal gehen wir einen ganz anderen Weg. Dafür brauchen wir jedoch die Hilfe eines Freundes.«

Giulia starrte sie fragend an, und Fulvia erläuterte ihr den ganzen Plan.

»Ihr wollt *was?*«, fragte Geller voller Entsetzen. Er saß in den Räumen der Schweizergarde, vor ihm die Schwestern Giulia und Fulvia.

»Ihr habt richtig gehört, Capitano«, sagte Fulvia.

Geller schüttelte den Kopf. »Wie stellt Ihr Euch das nur vor?«

»Genau so, wie wir es Euch erklärt haben.«

»Folglich«, sagte Geller und hob einen Finger, »verlangt Ihr von mir, dass ich Euch heimlich Zugang zur Engelsburg verschaffe ...«

»Nicht heimlich«, warf Fulvia ein. »Wir gehen mit den anderen Gästen durch das Haupttor hinein.«

»Ach!«, sagte Geller und schlug sich vor den Kopf. »Ich vergaß: Ihr wollt als Diener hineingelangen und Schwester Giulia als ... sagen wir, weibliche Gastgeberin. Verzeiht, aber Ihr seid verrückt. Der Vatikan ist ein Tollhaus!«

»Unser Plan wird gelingen«, sagte Fulvia. »Wir müssen unbedingt an Kardinal Pozzis Schlüssel gelangen.«

»Und Ihr glaubt, er händigt ihn Euch einfach aus?«

»Ihr wisst«, sagte Fulvia, »der Kardinal ist ein äußerst berechenbarer Mann, und so gibt es eine Reihe von Möglichkeiten, ihm den Schlüssel abzunehmen.«

»Sobald er den Diebstahl bemerkt, schlägt er Alarm und rennt heim«, gab Geller zu Bedenken.

»Daher müssen wir dafür sorgen, dass er es nicht bemerkt«, gab Fulvia zurück. »So lange, bis wir die Beweise haben.«

»Schon für diese Unterhaltung könnten wir alle auf dem Scheiterhaufen enden«, sagte Geller und blickte verzweifelt auf die Utensilien, die vor ihm auf dem Tisch standen.

»Ich bin bereit«, sagte Giulia, die sich zum ersten Mal an der Unterhaltung beteiligte, »mein Leben zu geben, um den Heiligen Vater zu beschützen. Und Ihr habt gar einen heiligen Schwur geleistet, dies zu tun.«

»Legt mir Beweise für eine Verschwörung der Kardinäle Carafa und Pozzi vor, die das Ziel hat, Seine Heiligkeit zu ermorden, und ich lasse beide unverzüglich festnehmen.«

»Aber diese Beweise befinden sich in Pozzis Besitz«, sagte Giulia.

»Dann kann ich Euch nicht helfen«, sagte Geller, lehnte sich zurück und verschränkte die Arme.

Giulia beugte sich zu ihm vor. So weit, dass sie seinen Atem auf ihrem Gesicht spürte wie eine leichte Sommerbrise. »Ihr müsst uns helfen, das Leben des Heiligen Vaters zu retten«, hauchte sie. »Ihr müsst, Francesco. Ich bitte Euch.«

Der Widerstand des Capitanos der Schweizergarde schmolz dahin. »Also gut«, sagte er und ließ resignierend den Kopf hängen. »Ich gewähre Euch offiziell Einlass in die Engelsburg. Doch sobald Ihr drinnen seid, seid Ihr auf Euch allein gestellt.«

Giulia und Fulvia jubelten, und beinahe wären sie Geller um den Hals gefallen, doch dieser wehrte ab. »Versprecht mir, auf Euch Acht zu geben. Werdet Ihr enttarnt, kann ich nichts mehr für Euch tun.«

Die Schwestern versprachen es, dankten Geller überschwänglich und verließen die Räume der Garde.

17

Die nächsten Wochen verliefen ereignislos. Giulia diente dem Heiligen Vater, erledigte die Aufgaben, die Mutter Prudenzia oder Schwester Regina ihr auftrugen, und schrieb Briefe an Mutter Rufina in Santa Annunziata. Und sie erstattete Kardinal Carafa regelmäßig Bericht. Allein in diesem Punkt unterschieden sich ihre Gewohnheiten. Sie erzählte Carafa nicht mehr alle Einzelheiten aus dem Leben des Papstes. Zwar wusste sie nicht mit Bestimmtheit zu sagen, dass Carafa und Pozzi gemeinsame Sache gegen den Heiligen Vater machten, doch bis sie den Beweis in Händen hielt, dass Carafa unschuldig war, wollte sie sich ein wenig zurückhalten. Zumindest so weit, dass es dem Kardinal nicht auffiel.

Zwischen dem Papst und ihr hatte sich eine Art Freundschaft entwickelt, die allerdings ausschließlich vom Heiligen Vater ausging. Freundschaftliche Gefühle für einen Mann zu empfinden, der auf dem Stuhl Petri saß, das konnte sich Giulia einfach nicht vorstellen. Auch störte sie sich an der gönnerhaften Schwatzhaftigkeit Seiner Heiligkeit, die schnell in Boshaftigkeit anderen gegenüber umschlagen konnte. Es schien ihr geraten, auch bei diesem heiligen Mann ein gewisses Maß an Vorsicht walten zu lassen.

Der Herbst hielt Einzug, und in den Gärten gab es allerlei zu tun. Giulia genoss die Zeit zwischen Blumen, Bäumen und Sträuchern gemeinsam mit Pippo und Fulvia. Es war schön, unter freiem Himmel zu sein, die Luft roch würzig und frisch. Ganz anders als in den muffigen Gängen und Sälen des Petersdoms. Hin und wieder wurde Giulia von tiefer Trauer ergriffen, wenn sie und Fulvia Späße trieben und scherzten, während Pippo nur grinsend und Unverständliches brabbelnd seine geliebten Rosen schnitt. Welche Wunder der menschliche Geist hervorzubringen vermochte, wenn er im Licht stand, und wie sehr er verkümmern konnte, wenn er umnachtet war, sodass selbst ein Hund größere Verstandeskraft besitzen mochte!

Im Petersdom und dem ganzen Vatikan kannte Giulia sich inzwischen gut aus; und auch Rom wurde ihr zusehends vertrauter. Sogar die Fahrten zu den Katakomben, in denen die Aussätzigen lebten, erfüllten sie mit demütiger Freude. Sie konnte den armen Seelen helfen, und sie fürchtete sich nicht mehr davor, dass sie sich mit der schrecklichen Krankheit anstecken könnte.

Dann kam der Tag des Neumonds. Giulia hatte schlecht geschlafen und war schon lange vor dem Morgengebet aufgewacht. Sie fühlte Übelkeit in sich aufsteigen, dachte aber immer wieder daran, wie wichtig ihr Vorhaben war, und kämpfte das Unwohlsein nieder.

Tagsüber diente sie dem Heiligen Vater, nachmittags schrubbte sie Marmorböden, und am Abend ging sie zur Komplet. Nach dem Abendgebet begab sie sich in ihre Zelle. Dort wartete sie, bis Fulvia sie abholte. Sie eilten aus dem Petersdom und schlichen durch dunkle Straßen zum Ufer des Tiber, wo eine Kutsche bereitstand.

Geller begrüßte die Schwestern. In zwei Taschen versteckt waren ein Kleid nebst Schuhen, Haube und Maske für Giulia und die Kleidung eines Dieners für Fulvia.

»Dies hier«, sagte Geller und hielt Giulia eine Rose hin, an die eine kleine Perle geheftet war, »gewährt Euch Einlass. Zeigt sie unaufgefordert vor. Verliert ihr sie, bleibt Euch der Zutritt verwehrt.«

Fulvia schaute auf den seidenbespannten Himmel der Kutsche. »Was ist mit dem Kutscher?«, fragte sie Geller.

»Mit einem Golddukaten habe ich mir sein Schweigen erkauft«, antwortete Geller. Er klopfte gegen die Wand, und die Kutsche setzte sich in Bewegung.

Giulia nahm ihren Schleier ab, und ihr lockiges dunkles Haar fiel auf ihre Schultern herab. Sie sah Gellers neugierigen Blick und sagte: »Schließt gefälligst die Augen, Francesco.«

Geller tat, wie ihm geheißen. Während die Nonnen sich umzogen, beschwor er sie noch einmal eindringlich, ihr Vorhaben aufzugeben. »Es könnte Euch das Leben kosten«, sagte er.

Fulvia schlüpfte in die zweifarbigen Beinlinge – die eine Seite rot, die andere blau. Die Nesteln befestigte sie an einem Gurt um ihre Hüfte. »Ich denke, es ist längst zu spät, um umzukehren, Capitano«, sagte sie und zog ein Wams aus Samt über ihren Kopf, das die gleichen Farben wie die Beinlinge besaß. Zu guter Letzt zwängte sie ihr Haar unter eine grüne Kappe.

Für Giulia war es weitaus schwieriger, in ihr Gewand zu kommen. Ächzend und zeternd kämpfte sie mit dem Kleid aus braunem Brokat, bis sie von oben hineingestiegen war. Nun noch mit den Armen hinein, und dann knüpfte Fulvia es am Rücken zu. Die Schuhe waren ein wenig zu klein, die Haube war ein wenig zu groß, doch für ein paar Stunden würde es schon reichen.

»Wir sind fertig«, sagte Fulvia.

Geller öffnete die Augen. Bei Giulias Anblick stockte ihm der Atem. »Schwester Giulia«, hauchte er, »bei Gott, Ihr seid eine wahre Schönheit unter Roms Himmel!«

Giulia errötete. Doch rasch gewann sie ihre Fassung wieder. »Ich bin eine Nonne«, sagte sie, ohne Geller anzusehen. »So dürft Ihr nicht sprechen.«

Geller räusperte sich. »Verzeiht mir! Ich vergaß mich für einen Augenblick.«

»Meint Ihr«, sagte Fulvia in die bedrückende Stille hinein, »man sieht mir die Täuschung an?«

Geller schüttelte den Kopf. »Die Diener sind alle sehr jung und knabenhaft. Ich glaube kaum, dass man Eure Maskerade durchschauen wird.«

Fulvia schürzte die Lippen. »Wollt Ihr damit sagen, dass ich einem Knaben ähnle, Capitano?«

Geller begann zu schwitzen. »Mitnichten, Schwester. Ich meinte nur ...« Erst das Gelächter der Nonnen zeigte ihm, dass Fulvia ihn auf den Arm genommen hatte. Zerknirscht knetete er seine Handschuhe.

Fulvia schob einen Vorhang zur Seite und spähte hinaus. »Es ist Zeit«, sagte sie.

Giulia faltete die Hände. »Heilige Katharina, beschütze uns«, flüsterte sie, und Fulvia bekreuzigte sich.

»Bedenkt«, sagte Geller, »ich kann Euch nicht zur Hilfe eilen. Ihr seid auf Euch allein gestellt, sobald Ihr die Engelsburg betretet.«

Fulvia nickte, drückte ein letztes Mal Giulias Hände, öffnete die Tür und stieg aus der Kutsche. Rasch verschwand sie in der Dunkelheit.

»Möge Gott mit Euch sein«, sagte Geller und beobachtete, wie Giulia ihr Gewand richtete.

Ohne zu überlegen, schnellte Giulia vor und gab ihm einen Kuss auf die Wange. »Habt Dank«, sagte sie. »Für alles.« Dann stieg auch sie aus.

Der Eingang zur Engelsburg lag etwa dreihundert Schritte entfernt. Nach der Hälfte der Strecke trat Giulia aus dem Schatten der umliegenden Gebäude heraus in das Licht der Straßenlaternen. In der einen Hand hielt sie die Rose und ihre Maske, in der anderen den Saum ihres Kleides. Ohne Schleier und Habit fühlte sie sich nackt und schutzlos. Nie zuvor hatte man ihren Körper so enthüllt gesehen wie heute. Hinzu kam, dass es die gierigen Blicke lüsterner Männer sein würden ... Nein, darüber wollte sie lieber nicht nachdenken!

Vor dem großen Hauptportal der Burg hatte sich eine Menschentraube gebildet. Geduldig warteten die Damen und Herren darauf, dass die Wachen ihre Legitimation kontrollierten und ihnen Einlass gewährten. Man zeigte sich in bester Laune, redete, lachte und scherzte miteinander. Wüsste Giulia es nicht besser, sie würde die Menschen für eine ganz gewöhnliche Gäschar der römischen Aristokratie halten, die ein ganz gewöhnliches Fest zu feiern gedachten.

Langsam bewegten sich die Gäste vorwärts Richtung Tor. Giulia spürte die Blicke der Männer auf ihrem Körper. Es war, als risse man ihr das Gewand herunter und verlangende Finger berührten sie überall. Zwei Jünglinge lächelten ihr zu und verneigten sich. Ein fetter alter Mann leckte sich die wulstigen Lippen.

Mit zitternden Fingern setzte Giulia die Maske auf. Nun fühlte sie sich nicht mehr so nackt. Ohne auf die Umstehenden zu achten, ging sie auf das Tor zu, zeigte den Wachen die Rose, und man ließ sie in die Engelsburg ein.

Ein Diener eilte herbei und reichte ihr ein Glas blutroten Weines. Sie nahm es und hielt zugleich Ausschau nach Fulvia. Geller hatte recht: Die Diener waren in der Tat sehr jung und von knabenhafter Statur. Fulvia konnte sich gut unter ihnen verstecken, ohne sofort erkannt zu werden. Leider konnte auch Giulia sie nirgends entdecken. Sie betrat den Laufgang, der sich nach oben wand und auf die Spitze der Burg führte.

An diesem Abend hielten sich weitaus mehr Wachen in der Burg auf als bei ihrem ersten Besuch, und alle waren schwer bewaffnet. Trupps zu je sechs Mann patrouillierten auf dem Laufgang. Dabei schienen sie bemüht zu sein, sich unauffällig zu verhalten und die Gäste nicht zu stören.

Schnell vergaß Giulia die Gardisten und beäugte die Menschenschlange, die dem Ort der Festlichkeit zustrebte. Die Herren und die Huren schienen bester Laune zu sein. Vor ihr ging kichernd eine Hure, begleitet von zwei Männern, die beide ihre Hände unter ihr Gewand geschoben hatten und sie an Stellen berührten, über die Giulia lieber nicht nachdenken wollte. Im Licht der Fackeln konnte sie erkennen, wie die Frau immer wieder ihren Körper streckte und laut aufkreischte. Die Herren machten über ihren Kopf hinweg derbe Scherze.

Plötzlich vernahm Giulia die eindeutigen Geräusche eines kopulierenden Paares. Dann sah sie die beiden neben einer Kanone liegen. Die vorbeigehenden Gäste nahmen kaum Notiz von ihnen. Schnell schaute Giulia in eine andere Richtung und ging weiter.

Endlich erreichte sie ihr Ziel. Aus dem Festsaal dröhnten die Stimmen der Herren und das Lachen der Huren. Leise Musik drang an Giulias Ohren.

Als sie das Gebäude betrat, empfing sie der Geruch von Rosenduft und Schweiß. Er legte sich um ihren Kopf wie ein in heißes Wasser getränkter Schal. Ein Diener, es war wieder nicht Fulvia, reichte ihr ein Glas. Bemüht, nicht allzu verloren zu wirken, stellte Giulia sich neben eine Säule am Rande der Tanzfläche und betrachtete die Musiker, die am anderen Ende des Saales aufspielten. Sie ahnte, dass sich früher oder später ein Mann ihr nähern würde. Ihre Angst davor war groß, und sie überlegte sich, wie sie sich verhalten sollte, dass sie nicht auffiel. Wo in Gottes Namen steckte nur Fulvia?

Das Glas war schnell geleert, und rasch griff sie zum nächsten. Mit dem Gefäß in der Hand fühlte sie sich weniger allein und verlassen. Sie bemühte sich, stets zu lächeln, ohne dabei frivol zu wirken.

»Ich glaube nicht, dass ich Euch kenne«, sagte plötzlich eine dunkle Stimme in ihrem Rücken.

Giulia erschrak so sehr, dass ihr beinahe das Glas aus der Hand geglitten wäre. Sie fuhr herum und sah eine goldene Maske vor sich. Das Kostüm des Mannes glich dem eines Königs: rote Samthosen, ein silberfarbenes Wams, um die Schultern ein Umhang aus Hermelin. Die Krone auf dem Kopf und das Zepter in der Hand rundeten das Bild ab.

»Hat es Euch die Sprache verschlagen?«, fragte er.

Giulia glaubte, die Stimme zu erkennen, doch war ihre Aufregung zu groß, um darüber nachzudenken. »Verzeiht«, sagte sie. »Ich habe heute zum ersten Mal die Ehre, Gast dieses Festes zu sein.«

»Eine so schöne Frau«, sagte er. »Wie kommt es, dass man Euch bisher nicht eingeladen hat? Ein unverzeihlicher Fehler.«

»Ich halte mich erst seit Kurzem in Rom auf«, antwortete Giulia. »Wie steht es mit Euch?« Kaum hatte sie die Worte ausgesprochen, biss sie sich auf die Zunge.

Er lachte. Und dieses Lachen brachte Giulia auf die Spur des Mannes, der hinter der Maske steckte. »Verzeiht, wenn ich etwas Falsches gesagt habe«, sagte sie.

»Mitnichten«, sagte er. »Doch einer Frau wie Euch bin ich an diesem Ort noch nicht begegnet. Die *Damen*, die uns hier die Ehre geben, stellen keine Fragen, es sei denn, die Antworten drehen sich um Gold.«

Die Art, wie er *Gold* sagte, brachte ihr die Gewissheit, zu wem diese dunkle, unangenehme Stimme gehörte. Es traf sie wie ein Schlag ins Genick, und es kostete sie allergrößte Anstrengung, nicht fortzulaufen, so schnell und so weit sie nur konnte. Der Mann in den Gewändern eines Königs war Kardinal Callisto

Carafa. Daran bestand keinerlei Zweifel mehr. Giulias Hände begannen zu zittern. Wein ergoss sich auf den Boden.

»Was ist mit Euch?«, fragte Carafa. »Fühlt Ihr Euch nicht wohl?«

»Gewiss«, beeilte sich Giulia zu sagen. »Dieses Fest ist nur ein wenig ungewohnt für mich.«

Carafa lachte auf. »Ihr werdet in ganz Rom nichts Vergleichbares finden.«

»Zweifellos«, sagte Giulia. Stumm betete sie, dass Carafa endlich von ihr abließ.

»Ich habe eine Bitte an Euch«, sagte Carafa und rückte näher.

»Sprecht.«

»Gewährt mir die Gunst, später, wenn das Fest seinen Höhepunkt erreicht, der Erste zu sein, dem Ihr Eure Dienste angedeihen lasst.«

Übelkeit kroch in Giulia hoch. Mit einem leichten Würgen im Hals entgegnete sie: »Euer Wunsch soll sich erfüllen.« Beinahe hätte sie noch *Eminenz* hinzugefügt.

Carafa verneigte sich und ging fort.

Erst jetzt spürte sie, dass ihre Beine zitterten.

Ein Diener mit einem Tablett, auf dem drei Gläser standen, trat auf sie zu. Gedankenverloren stellte Giulia ihr Glas ab und nahm ein neues.

»Wer war das?«, fragte der Diener unvermittelt.

Giulia erschrak erneut, aber als sie in das Gesicht des Dieners blickte, wäre sie ihm am liebsten um den Hals gefallen. »Fulvia!«, rief sie.

»Still!«, raunte Fulvia. Sie sah sich um, aber keiner der Umstehenden hatte etwas bemerkt.

»Es tut so gut, dich zu sehen«, sagte Giulia leise.

»Vergiss nicht, wo wir sind«, ermahnte Fulvia. »Mit wem hast du eben gesprochen?«

»Mit Kardinal Carafa«, antwortete Giulia.

Fulvia fuhr zusammen. »Hat er dich erkannt?«

Giulia schüttelte den Kopf. »Dann würde ich wohl kaum noch hier stehen und mit dir schwatzen.«

Fulvia grinste. »Ich bin auf der Suche nach Pozzi«, sagte sie. »Hast du ihn gesehen?«

»Nein«, sagte Giulia. »Und sein Platz blieb bislang leer.« Sie deutete auf den prächtigen Stuhl, auf dem Pozzi das letzte Mal gesessen hatte. »Wenn er nicht erscheint, schlägt unser ganzes Vorhaben fehl.«

»Oh«, sagte Fulvia, »er wird kommen. Da bin ich ganz sicher.«

»Ich hoffe nur, er lässt sich nicht mehr viel Zeit«, sagte Giulia. »Ich habe Angst, dass die Herren, wenn sie noch mehr Wein trinken, immer aufdringlicher werden. Wie soll ich mich ihnen auf Dauer entziehen?«

»Halte durch, bis das Spiel beginnt und er sich mit einem der Diener zurückzieht«, sagte Fulvia. »Ich muss jetzt gehen.«

»Bleib doch noch«, bat Giulia, die die Freundin um nichts in der Welt ziehen lassen wollte.

»Das ist unmöglich«, flüsterte Fulvia. »Das weißt du doch.«

Giulia nickte und sah Fulvia hinterher, die anderen Gästen Wein anbot und bald darauf aus ihrem Blickfeld entschwand.

Aus Unsicherheit und Angst, ein weiteres Mal angesprochen zu werden, verließ Giulia ihren Platz und schlenderte den Gang entlang, der um den großen Festsaal herumführte und an dessen einem Ende der geheime Verschlag war. Als sie dort ankam, sah sie, dass zwei Wachen davor postiert waren. So ging sie langsam wieder zurück.

Plötzlich betrat Pozzi den Saal. Der Kardinal war zwar maskiert, aber Giulia erkannte ihn sofort an seinem Körperumfang und an der schimmernden Glatze über der Maske. Sie folgte ihm unauffällig und beobachtete, wie er sich auf seinem Platz niederließ und lauthals nach Wein verlangte.

In diesem Augenblick spielten die Musiker zum Tanz auf. Wie eine Welle brach es hinter Giulia hervor, und eine krakeelende, schwitzende Menschenmenge schob sie mit sich auf die Tanzfläche. Erst jetzt wurde ihr bewusst, dass sie überhaupt nicht tanzen konnte. Ihr Mummenschanz würde nun unweigerlich auffliegen.

Die Meute stellte sich im Kreis auf. Im Takt der Musik bewegte sie sich drei Schritte nach links, drei nach rechts und drei zur Mitte hin. Dann löste sich der Kreis auf, und man stellte sich paarweise gegenüber.

Giulia fand sich vor einem Jüngling wieder, der eine Vogelmaske trug, die seinen Mund unverhüllt ließ. Die Lippen formten ein Lächeln, als er erkannte, dass Giulia die Tanzschritte nicht vertraut waren. Galant ergriff er ihre Hand, führte sie hoch und wieder hinunter, trat einen großen Schritt auf sie zu und wieder zurück und drehte sie im Kreis herum. Anschließend stellte er sich hinter Giulia, nahm ihre Hände und ließ die seinen an ihren Armen hinabgleiten, bis er ihre Brüste berührte und sie sanft drückte. Giulia schrie auf, doch plötzlich riss ein anderer Tänzer sie fort. So ging der Reigen eine ganze Weile, in der Giulia lernte, die Schritte zu beherrschen und die lüsternen Hände von ihrem Körper fernzuhalten.

Abrupt brach die Musik ab. Einige Paare lösten sich voneinander, andere nicht. Giulia beeilte sich, in den hinteren Bereich des Festsaales zu gelangen, und rang nach Atem. Erneut hielt sie nach Fulvia Ausschau. Sie fand sie unweit von Pozzi.

Carafa, immer noch in der Verkleidung eines Königs, betrat die Mitte der Tanzfläche. Nun wurde es ernst. Giulia musste mit allen Mitteln verhindern, dass man sie in das unsittliche

Spiel hineinzog. Sie stellte sich hinter eine Säule und spähte dahinter hervor.

Carafa hielt in etwa dieselbe Rede wie beim letzten Fest. Auch das Spiel war ähnlich, nur dass die Huren dieses Mal nach Kirschen suchen mussten. Natürlich waren sie nackt.

Verzweifelt schaute Giulia zu Pozzi. Der Kardinal machte bisher keinerlei Anstalten, sich mit einem der Diener zurückzuziehen. Langsam spitzte sich die Situation zu.

Giulia musste nun handeln. Mit schnellen Schritten lief sie auf den Durchgang zu, der aus dem Festsaal hinaus führte. Da stolperte ihr ein betrunkener Mann entgegen und hielt sie fest.

»Wohin des Weges?«, lallte er.

»Ich komme gleich wieder«, sagte Giulia.

Sein Griff wurde stärker. »Man bezahlt dich nicht dafür, dass du auf dem Höhepunkt des Abends davonläufst!«

Ihren ganzen Mut zusammennehmend, schmiegte sie sich an ihn. Ihre Finger glitten durch sein schmieriges Haar. »Ich bin sogleich wieder da«, sagte sie mit zuckersüßer Stimme. »Ich muss nur noch einmal kurz hinaus. Ihr versteht gewiss.«

»Also gut«, sagte er. »Doch bist du zurück, gehörst du als Erstes mir!«

»Gewiss«, hauchte Giulia. »Dann gehöre ich nur Euch allein.«

Er ließ von ihr ab. Rasch verließ Giulia den Saal. Auf dem menschenleeren Gang näherte sie sich heimlich dem Platz Pozzis.

Im Schatten, verborgen hinter einem Vorhang, beobachtete sie den Kardinal. Der Saal war erfüllt von den wollüstigen Schreien der Gäste und dem Applaus der Umstehenden. Pozzi saß wie eine fette Spinne in seinem Sessel und ließ sich Trauben und Wein reichen. Beides verschlang er voller Gier und ohne Maß.

Dann kam der Augenblick, auf den Giulia gewartet hatte.

Einer der Diener hielt Pozzi ein Tablett mit gebratenem Huhn hin. Pozzi stieß es zur Seite und berührte stattdessen den Diener unsittlich. Der Diener wehrte sich, und erst jetzt erkannte Giulia den vermeintlichen Knaben: »Fulvia!«, stieß sie hervor.

Fulvia versuchte mit aller Kraft, sich gegen Pozzis gierige Hände zu erwehren. Schon stand der Kardinal auf, packte Fulvia an den Schultern und zerrte sie mit sich. Und niemand schien Notiz davon zu nehmen.

Pozzi schleppte Fulvia nach hinten in eine dunkle Ecke. Dort öffnete er eine unscheinbare Tür in der Wand und verschwand mit seinem Opfer dahinter.

Giulia musste nun rasch hinterher, um Fulvia vor dem Kardinal zu retten. Es war nicht auszudenken, was geschehen würde, sollte Pozzi den Körper einer Frau unter den Gewändern des Dieners finden.

Im Schutz der Dunkelheit, die in diesem Teil des Festsaales herrschte, schlich Giulia am kalten Mauerwerk entlang der Tür entgegen. Sie atmete dreimal tief durch, dann drückte sie die Klinke hinunter.

Ein leerer, kahler Raum empfing sie. Eine Talglampe baumelte an der Wand und spendete diffuses Licht. Giulia schloss die Tür. Ein schmaler Durchgang vor ihr führte in einen weiteren Raum. Dort strahlte es heller, und an der Wand sah sie den Schattenriss des Kardinals. Und nun hörte sie auch seine unangenehm näselnde Stimme.

»Wehr dich nicht, Bursche«, sagte der Kardinal. »Dann tut es auch nicht weh.«

Aus Fulvias Kehle drang kein Laut. Giulia sah nur den Schatten ihrer Hände, die Pozzis schweren Leib von sich fortzudrücken suchten.

»Hände weg!«, fauchte Pozzi. Seine Stimme verriet seinen maßlosen Zorn über die verzweifelten Versuche des Dieners, ihn, Pozzi, von seinem Vergnügen abzuhalten. Da holte er aus und schlug dem Diener ins Gesicht. Sogleich erstarb dessen Gegenwehr.

Gütiger Gott!, fuhr es Giulia durch den Kopf. Sie muss bewusstlos sein!

In diesem Augenblick spürte sie keine Angst mehr. Sie drang in den Raum ein. An der Seite stand ein schweres Bett, gerade so breit, dass ein Mensch darauf Platz fand. Fulvia lag dort mit geschlossenen Augen und ohne Leben, wie es schien. Ihr hübsches kleines Gesicht war weiß wie Kalk. Pozzi beugte sich über sie und begann, ihr das Wams über den Kopf zu ziehen.

Verzweifelt sah Giulia sich um. In einer Ecke standen einige Kisten und tönerne Karaffen. Giulia hob eine der Karaffen an, doch waren sie gefüllt und zu schwer, um sie zu tragen. Vorsichtig, Pozzi stets im Blick, kippte sie eine Karaffe aus und goss den Inhalt auf den Boden. Endlich konnte sie das Gefäß am Griff anheben. Auf leisen Sohlen ging sie auf Pozzi zu, der noch immer mit Fulvias Wams kämpfte. Sie holte weit aus, zielte auf seinen verschwitzten Schädel und ließ die Karaffe mit aller Kraft hinabsausen.

Es gab einen dumpfen Knall, und unzählige tönerne Scherben flogen berstend in alle Richtungen. Pozzi schrie gequält auf, fiel vornüber und schlug neben dem Bett auf den steinernen Boden auf. Giulia achtete nicht weiter auf ihn, sondern sprang zu Fulvia an das Bett und nahm ihren Kopf in ihre Hände. »Fulvia«, flüsterte sie, und langsam kehrte das Bewusstsein in den Körper der jungen Nonne zurück. Sie schlug die Augen auf.

»Was ist geschehen?«, fragte sie. »Pozzi! Ist er ...«

»Er ist ohnmächtig«, sagte Giulia.

Als hätte er ihre Worte vernommen, stieß Pozzi krächzend

hervor: »Elende Hure!« Benommen wälzte er sich auf dem Boden und versuchte, aufzustehen.

Ohne nachzudenken, stürmte Giulia auf die Karaffen zu, leerte eine weitere und kehrte damit zu Pozzi zurück. In seinen Augen keimte Panik auf, und er hielt schützend die Hände über seinen Kopf. Doch schon sauste die Karaffe auf ihn zu, zersprang auf seinem Kopf, und Pozzi fiel nach hinten.

Ächzend stand Fulvia auf. Sie rieb sich die Schläfen. »Das sollte vorerst reichen. Hilf mir.« Sie zogen Pozzi die Gewänder aus und rissen sie in lange Streifen. Damit knebelten sie ihn, banden ihm Hände und Füße zusammen und verknoteten die Fesseln mit dem Bettgestell.

Giulia entdeckte die silberne Kette um Pozzis Hals, an der zwei Schlüssel baumelten. Sie nahm ihm die Kette ab und hielt sie triumphierend in die Höhe.

Fulvia lächelte. »Wir haben keine Zeit zu verlieren. Auf zu seinem Palazzo!«

Im Saal ging es immer noch hoch her. Giulia und Fulvia stahlen sich im Schatten davon, verließen das Gebäude und gingen über den Laufgang dem Torbogen entgegen, der aus der Burg hinaus führte.

Die Wachen nahmen keine Notiz von ihnen. Wer sich in der Burg aufhielt, musste schließlich zuvor seine Legitimation gezeigt haben.

Die Kutsche, die sie vor Stunden an diesen Ort gebracht hatte, stand noch immer bereit. Giulia und Fulvia stiegen ein. Erst jetzt wagte es Giulia, die Maske abzulegen.

»Wir haben nicht viel Zeit«, sagte Fulvia. Sie lehnte ihren Kopf aus dem Fenster und nannte dem Kutscher ihr Ziel.

Unverzüglich knallte die Peitsche, und die Pferde setzten sich in Bewegung.

»Gib mir die Schlüssel«, sagte Fulvia. Giulia reichte sie ihr, und Fulvia zog zwei kleine Platten aus Ton aus einer Tasche. Sie presste die Schlüssel fest hinein, und es entstand ein sauberer Abdruck.

»Warum tust du das?«, wollte Giulia wissen.

»Wir müssen Pozzi die Schlüssel noch heute Nacht zurückgeben«, sagte Fulvia. »Und wer weiß, ob wir sie nicht erneut benötigen. Hiermit ...«, sie hielt die Tonplatten in die Höhe, »... können wir mühelos neue Schlüssel für unsere Zwecke anfertigen lassen.« Sie gab Giulia die Kette zurück und steckte die Tonplatten wieder ein.

Es dauerte nicht lange, und sie erreichten den wuchtigen Palazzo an der Via Ovidio. Der prächtige Bau lag still im Mondschein. Kein Mensch war auf den Straßen zu sehen. Im Palazzo und den umstehenden Häusern brannte kein einziges Licht. Der Kutscher steuerte sein Gefährt in eine kleine Seitenstraße und hielt an.

»Bist du bereit?«, fragte Fulvia.

»Keineswegs«, gab Giulia zurück. »Aber gehen wir.«

Sie verließen die Kutsche und schlichen im Schutz der Häuser und ihrer Schatten auf den Palazzo zu.

»Die Hintertür«, sagte Fulvia und zog Giulia mit sich.

»Ob das Haus leer ist?«, fragte Giulia und sah an der dunklen Fassade hinauf.

»Gewiss sind Pozzis Diener daheim«, antwortete Fulvia. »Doch es brennt nirgendwo Licht. Vermutlich schlafen sie längst.«

Auf der Rückseite des Hauses lag der Garten. Ein großer, runder Brunnen tauchte vor ihnen auf, in dessen Mitte ein Putto thronte und unentwegt Wasser aus dem Mund spie. Es roch nach Akazien, Rosen und Lavendel. Es war kaum zu glauben, dass ein solcher Teufel an diesem wunderschönen Ort lebte.

Eine schmale Tür mit vergittertem Fenster führte aus dem Garten in das Innere des Palazzos. Fulvia steckte den größeren der beiden Schlüssel in das Schlüsselloch. Sanft drehte sie ihn – und das Schloss war mit einem leisen Knacken entriegelt.

»Jetzt müssen wir leise sein«, flüsterte Fulvia.

Auf Zehenspitzen betraten sie das Haus. Giulias Herz schlug wild. Sie glaubte, ganz Rom könnte es hören. Fulvia schien ihre Aufregung zu spüren und ergriff ihre Hand.

Offenbar befanden sie sich in der Küche. Der Duft von Gewürzen und Gebratenem lag in der Luft. In der Mitte erhob sich die Feuerstelle, und in Regalen ringsum warteten Töpfe und Pfannen darauf, dass man die erlesensten Speisen damit zubereitete.

Vorsichtig durchquerten die nächtlichen Eindringlinge die Küche. Kurz bevor sie die nächste Tür erreichten, geschah es: Fulvia trat gegen einen Eimer. Scheppernd und polternd schlug er gegen die Tür vor ihr. Giulia hielt den Atem an. Rasch liefen sie zurück zur Hintertür und warteten darauf, dass die Diener herbeigestürmt kamen und sie aufgriffen.

Doch nichts dergleichen geschah. Im Haus blieb es ruhig wie auf einem Totenacker. Fulvia gab Giulia ein Zeichen, und sie näherten sich erneut der Tür, die tiefer in den Palazzo hinein führte. Die Nonnen lauschten, dann öffneten sie die Tür und betraten einen langen Gang. Ihre Augen hatten sich längst an die Dunkelheit gewöhnt, und das schummerige Licht, das der Mond durch die Fenster warf, reichte aus, sodass sie Einzelheiten erkennen konnten.

An den Wänden hingen Gemälde, darunter standen kleine Tische mit süßlich duftenden Blumenbuketts. Rechts von ihnen zweigten vier Türen ab, links öffnete sich eine Treppe, die in die oberen Etagen führte.

Giulia und Fulvia gingen vorsichtig an der Wand entlang. Dabei klackten die Absätze ihrer Schuhe auf dem Marmorboden. Noch immer blieb es still im Haus. Keine Tür öffnete sich, kein Diener kam schreiend herbeigelaufen, um die Eindringlinge zu verjagen oder gar zu töten.

Sie erreichten die Treppe und gingen hinauf.

Oben erreichten sie eine Galerie und gelangten in eine Art Kreuzgang, wie er sich in Klöstern fand. Zu beiden Seiten des Ganges führten Türen in die dahinter liegenden Räumlichkeiten.

»Woher sollen wir wissen, hinter welcher Tür Pozzis Schlafgemach liegt?«

»Wir öffnen sie«, sagte Fulvia.

Giulia erschrak. »Und wenn dahinter die Diener schlafen?«

»Keine Angst«, sagte Fulvia, und ihre Stimme klang wie die einer fürsorglichen Mutter, die ihr kleines Kind beruhigt. »Die Diener der hohen Herren haben ihre Kammern in dem Teil des Hauses, das am weitesten von den Privatgemächern des Hausherrn entfernt liegt. Hier oben droht uns keinerlei Gefahr – wenn wir uns ruhig verhalten.«

Giulia nickte.

So öffneten sie jede einzelne Tür und blickten in die Zimmer dahinter. Auf diese Weise fanden sie die Bibliothek, das Ankleidezimmer, den Speisesaal, ein Zimmer voller Schuhe und eine Abstellkammer.

Nachdem sie um drei Seiten herum waren, sahen sie am Ende des Flures eine Wand. Nur noch drei Räume zweigten vor ihnen ab. Der erste war klein und leer. Im zweiten standen unzählige zugehängte Gemälde, goldene Statuetten und andere Kunstgegenstände auf dem Boden.

Vor dem dritten Raum holten sie tief Luft – dann öffneten sie. Sie sahen in das Zimmer und atmeten auf. Endlich hatten sie Pozzis Schlafgemach gefunden.

Im Innern brannte eine wuchtige Kerze auf einem kleinen Tisch langsam herunter und tauchte das Schlafgemach in sanftes Licht. Die vielen Puttenfigürchen verwirrten Giulia. Sie verliehen dem Zimmer einen unheimlichen, unwirklichen Charakter. Es war, als gehörte dieser Raum nicht zu der Welt ringsum, sondern in das abgründige Fantasiegemälde eines wahnsinnigen Künstlers.

Fulvia stieß einen erstickten Schrei aus. »Hier!«

Giulia trat näher, und nun entdeckte auch sie die schmiedeeiserne Truhe an der Wand, direkt neben einem Kabinett aus purem Elfenbein. Sie nahm die Schlüssel in ihre zittrigen Hände und steckte den kleineren von beiden in das Schloss der Truhe. Sie lächelte Fulvia zu und drehte den Schlüssel um. Es knackte vernehmlich. Dann griffen die Nonnen an den schweren Deckel und drückten ihn hoch.

Erwartungsvoll schauten sie hinein. Neben einigen kleinen Säcken mit Gold- und Silberstücken fand sich nichts weiter als ein Bündel Dokumente. Während Fulvia die Dokumente durchsuchte, schaute Giulia unter den Geldsäcken nach, ob sich nicht noch etwas finden ließ.

»Das ist es!«, stieß Fulvia hervor. Sie hielt zwei verschnürte Dokumente in Händen, auf denen das Siegel der spanischen Krone zu sehen war.

»Schau nach, was dort geschrieben steht«, sagte Giulia gespannt.

»Nicht jetzt«, sagte Fulvia. »Wir müssen fort von hier.«

Sie verstauten alles bis auf die beiden Dokumente in der Truhe und schlossen sie wieder ab. Dann verließen sie das Schlafgemach.

Unvorsichtig geworden, achteten sie nicht mehr darauf, leise zu sein. Sie waren nur noch zehn Schritte von der Küche entfernt, als plötzlich eine Tür aufging und ein gähnender Diener auf den Flur trat.

Giulia und Fulvia stießen gleichzeitig einen heiseren Schrei aus. Erst in diesem Augenblick bemerkte der Diener die beiden

Eindringlinge. Mit einem wilden Schrei stürzte er sich auf sie und zerrte an den Papieren. Fulvia hielt mit aller Kraft dagegen. Giulia kam hinzu und versuchte, den Diener an den Schultern von Fulvia wegzureißen.

Plötzlich öffnete sich eine weitere Tür. Drei weitere Diener eilten schreiend herbei.

»Fort!«, rief Giulia. »Nur fort!«

»Aber die Dokumente!«, brüllte Fulvia zurück, sich noch immer gegen den Diener wehrend.

»Es hat keinen Sinn!«, schrie Giulia.

Fulvia sah sie an – und löste die Finger von den Papieren.

Der Diener verlor das Gleichgewicht und stürzte mit den Dokumenten zu Boden. Die anderen Männer waren bis auf wenige Schritte heran.

Giulia raffte ihr Kleid auf und stürmte hinter Fulvia durch die Küche und in den Garten. Hinter ihnen erklangen die Rufe der Diener.

Sie rannten um das Haus, auf die Straße und zur Kutsche hinüber. Noch während sie einstiegen, rief Fulvia dem Kutscher zu, er solle rasch zur Engelsburg zurückfahren.

Pozzis Diener waren zu langsam. Sie standen wild gestikulierend auf der Straße und riefen der Kutsche Flüche hinterher.

»Wir haben versagt«, raunte Giulia. Die Enttäuschung über den Misserfolg verdrängte die gerade eben ausgestandene Todesangst.

»Ja«, meinte Fulvia noch immer atemlos. »Doch wird sich eine andere Gelegenheit bieten, um Pozzi das Handwerk zu legen. Wir müssen nur abwarten.«

»Abwarten?«, echote Giulia. »Das Leben Seiner Heiligkeit ist in größter Gefahr. Wie lange können wir da noch warten?«

Fulvia antwortete nicht. Sie schaute aus dem Fenster auf die verwaisten Straßen und Gassen.

»Wie gehen wir jetzt vor?«, wollte Giulia wissen.

»Ich gebe Capitano Geller Pozzis Schlüssel und er gibt sie ihm zurück«, sagte Fulvia.

»Warum sich dieser Gefahr aussetzen?«, fragte Giulia weiter. »Unser Einbruch ist fehlgeschlagen. Die Diener werden ihrem Herrn davon berichten, sobald er wieder zurück ist. Folglich ist es müßig, unsere Tat zu vertuschen.«

»Mitnichten«, sagte Fulvia. »Erhält Pozzi die Schlüssel zurück, ohne von ihrem Verlust zu merken, weiß er nicht, wie wir in sein Haus gelangt sind.«

»Und wozu soll das gut sein?«

»Liebe Giulia«, seufzte Fulvia, »wenn er weiß, dass wir mit seinem Schlüssel in sein Haus gelangt sind, könnte er die Schlösser auswechseln.«

»Und?«

»Und wir kämen niemals mehr hinein«, erklärte Fulvia. »Doch möglicherweise müssen wir ein weiteres Mal in seinen Palazzo. Dafür habe ich die Abdrücke genommen.«

»Hm«, machte Giulia. Irgendetwas passte hier nicht zusammen. Nur was? »Der Kardinal ist nicht dumm. Weder an den Türen noch an den Fenstern sind Spuren eines gewaltsamen Eindringens zu finden. Und was ist mit der Truhe? Ist es nicht seltsam, dass sie mit einem Schlüssel geöffnet und nicht aufgebrochen wurde? Das muss Pozzi doch auffallen!«

»Nichts auf der Welt ist perfekt«, gab Fulvia zurück. »Wir können nur beten, dass Pozzi doch dümmer ist, als du vermutest.«

Nun war es Giulia, die tief seufzte.

Und schon erreichte die Kutsche den dunklen Winkel nahe der Engelsburg. Fulvia drückte Giulias Hand, dann trat sie hinaus.

Die Wachen ließen sie ungehindert passieren. Nun galt es,

Capitano Geller zu finden, der den letzten Teil ihres Planes ausführen sollte.

In der Burg war es ruhig. Nur die Geräusche aus dem Festsaal drangen bis zu ihnen. Fulvia ging gemächlichen Schrittes den Laufgang hinauf und sah sich dabei ständig nach Geller um. Sie warf einen Blick in das Wachhäuschen auf der zweiten Plattform, fand dort aber nur drei müde Wachen vor, die Karten spielten.

Im Festsaal näherte sich das Fest seinem Höhepunkt. Von Geller fand sich noch immer keine Spur. Und langsam drängte die Zeit. Offensichtlich hatte man Pozzi bisher nicht gefunden. Andernfalls wäre das Spiel längst abgebrochen worden, und man hätte die Burg verriegelt.

Da packte eine Hand Fulvias Arm und zog sie unsanft in eine Nische. »Da seid Ihr endlich«, raunte eine Stimme.

»Capitano«, sagte Fulvia. »Ich suche nach Euch.«

»Gefunden habt Ihr mich«, sagte Geller. »War Euer Vorhaben von Erfolg gekrönt?«

»Nein«, antwortete Fulvia. Mit wenigen Worten berichtete sie von dem Fehlschlag.

»Es finden sich andere Möglichkeiten, die Verschwörung aufzudecken«, sagte Geller. »Wenn es tatsächlich eine gibt. Gott sei gedankt, dass Ihr und Schwester Giulia nicht zu Schaden gekommen seid.«

Fulvia bekreuzigte sich. Sie zog die Schlüssel aus ihrem Wams und reichte sie Geller. »Ihr müsst Euch beeilen«, sagte sie. »Pozzi kann jeden Augenblick gefunden werden.«

Geller nahm die Schlüssel und sagte: »Ihr müsst nun fort. Ich gehe in das Hinterzimmer und muss sogleich Alarm schlagen. Anschließend könnt Ihr die Burg nicht mehr verlassen. Kehrt mit Schwester Giulia in den Petersdom zurück und begebt Euch zur Nachtruhe. Geht nun! Rasch!«

Vorsichtig reckte Fulvia den Kopf aus der Nische, sah nach links und rechts und machte sich dann davon.

Als Geller sicher sein konnte, dass Fulvia die Engelsburg verlassen hatte, ging er hinüber in den Festsaal und öffnete die Tür zum Hinterzimmer. Dort fand er den noch immer bewusstlosen Pozzi. Mit zitternden Fingern legte er dem Kardinal die Schlüssel um den nackten Hals. Anschließend befreite er ihn von den Fesseln und rüttelte ihn, bis Pozzi die Augen aufschlug. »Eminenz«, sagte Geller mit übertrieben besorgter Stimme.

Pozzi sah sich um. »Wo ... wo bin ich?«, stammelte er. »Was ist geschehen?«

»Ihr befindet Euch in der Engelsburg, Eminenz«, sagte Geller. »Ich habe Euch bewusstlos und gefesselt hier vorgefunden. Könnt Ihr Euch an irgendetwas erinnern?«

Pozzi betastete zwei dicke, blutrote Beulen auf seinem Schädel. »Man hat mich niedergeschlagen«, prustete er. »Eine Hure und ein Diener. Sie lockten mich an diesen Ort, ich kämpfte wie ein Löwe, doch sie streckten mich nieder.«

»Warum sollte Euch das jemand antun, Eminenz?«, fragte Geller.

»Ein Anschlag auf mein Leben!«, stieß Pozzi hervor. »Man hat versucht, mich zu meucheln!«

»Gebt mir Eure Hand, Eminenz«, sagte Geller und hielt Pozzi beide Hände hin. »Ich helfe Euch auf.«

Stöhnend kam Pozzi auf die Beine. Er sah sich um, fasste plötzlich an seinen Hals und schien beruhigt zu sein, als seine Finger die Schlüssel griffen. Sein Blick fiel auf Geller. »Ja, was steht ihr hier denn hier noch herum, Capitano? Gebt Alarm! Sperrt die Burg und treibt alle hier oben zusammen! So Gott der Herr will, halten sich die Mordbuben hier noch immer auf!«

Geller eilte in den Festsaal, gab drei Gardisten den Befehl, Alarm zu geben und die Tore zu verschließen. Danach ging er zu den Musikern und gab ihnen ein Zeichen, das Musizieren zu unterlassen. Er baute sich auf der Bühne auf und erklärte den Gästen, wie sie sich verhalten sollten. Er forderte jeden auf, den Saal nicht zu verlassen.

Überall durch die Burg gellten Kommandos. Das Haupttor senkte sich krachend zu Boden und versperrte den Weg hinaus. Die Gardisten spürten jeden auf, der sich nicht mehr im Saal aufhielt, und brachten ihn dorthin zurück.

Nun kam Pozzi mit großem Getue auf die Bühne. Er berichtete von dem feigen Anschlag auf sein Leben, wie er die Mörder bis zum letzten Augenblick mit eisernem Willen und nicht minder eisernen Fäusten bekämpft hatte und wie er letztendlich unterlegen war.

Die Suche nach den Attentätern dauerte bis zum Morgengrauen. Aufzufinden waren sie allerdings nicht.

18

Am nächsten Morgen verrichtete Giulia müde ihren Dienst beim Papst. Es war eine ereignislose Zeit, in der sie mit dem Heiligen Vater kein Wort wechselte. Sixtus schrieb mit Gazettis Unterstützung an einer Predigt. Dabei wirkte der Papst körperlich erschöpft und kraftlos im Geiste. Giulia war verunsichert durch diese Schwäche, denn der Heilige Vater war noch vor wenigen Tagen der kraftstrotzende Mann gewesen, den sie kennengelernt hatte. Sie hoffte, dass es nur eine vorübergehende Erkrankung war, die ihm zu schaffen machte.

Nach dem Mittagsmahl war Giulia entlassen. Der Papst gedachte, den Rest des Tages zu ruhen. Gazetti würde allein für Seine Heiligkeit sorgen.

Giulia durfte mit Fulvia und Pippo in den Gärten arbeiten.

Sie fand beide vor Pippos altem Holzhaus, das mitten in den päpstlichen Gärten stand. Pippo saß zu Fulvias Füßen und jätete Unkraut zwischen den Rosenbüschen. Die Herbstsonne schien mit milder Wärme, und blasse Schleierwolken zogen über die Berge im Osten dahin.

»Ausgeschlafen?«, fragte Fulvia mit einem Lächeln auf den sanft geschwungenen Lippen.

»Ich habe kein Auge zugemacht«, gestand Giulia und setzte sich neben Fulvia auf die Bank aus gelbem Sandstein.

»Es war eine anstrengende Nacht«, stimmte Fulvia zu.

»Es war eine erfolglose Nacht«, meinte Giulia.

»Zugegeben«, sagte Fulvia. »Aber es gibt noch andere Wege, um die Verschwörung aufzudecken.«

»Manchmal habe ich das Gefühl«, sagte Giulia, »du weißt mehr, als du zugibst.«

Fulvia lachte auf. »Ich bin lange genug im Vatikan, um zu wissen, dass sich für gewisse Probleme stets gewisse Lösungen finden lassen.«

»Ich mache mir Sorgen um den Heiligen Vater«, sagte Giulia. »Er wirkt schwach und krank.« Sie dachte nach. Dann erhellte sich ihr Gesicht. »Womöglich lassen die Attentäter von ihrem Vorhaben ab, wenn sie erfahren, dass es ihm nicht gut geht. Vielleicht sparen sie sich die Mühe, ihn zu ermorden, und warten, bis der Herr die Entscheidung fällt, Seine Heiligkeit in das Himmelreich zu holen.«

Fulvia schüttelte den Kopf. »Geduld und Gottvertrauen«, sagte sie, »gehören nicht zu den Eigenschaften dieser Männer. Sie wollen ihr Ziel erreichen, und zwar so schnell wie möglich.«

»Vermutlich hast du recht«, sagte Giulia. »Was können wir nur tun?«

Fulvia legte die Stirn in Falten und schien angestrengt nachzudenken. »Nun«, sagte sie. »Ich denke nicht, dass sie noch einmal hier im Vatikan einen Anschlag auf das Leben des Heiligen Vaters versuchen. Die Garde ist verstärkt und allzeit auf der Hut, die Maßnahmen zur Sicherheit Seiner Heiligkeit sind so streng wie nie zuvor. So werden sie es erneut versuchen, sobald er die schützenden Mauern des Vatikans verlässt.«

Giulia ließ die Worte auf sich wirken. Sie überlegte, wann dies geschehen könnte. Bisher hatte der Papst den Petersdom nur für kurze Zeit verlassen und nur bei stärkster Bewachung durch die Garde. Plötzlich hatte sie eine Idee.

»Der Heilige Vater sagte mir, er wolle noch einmal den Ort seiner Geburt besuchen.«

»Wann soll das geschehen?«

»Ich weiß es nicht«, antwortete Giulia. »Doch sollte sich sein

Gesundheitszustand nicht bessern, schiebt er die Reise gewiss nicht lange auf.«

»Das wäre in der Tat die perfekte Gelegenheit für die Mörder«, sagte Fulvia. »Die Reise wird viele Wochen dauern.«

»So viel Unkraut«, brabbelte Pippo dazwischen.

Fulvia lachte voller Milde und streichelte über den Rücken des alten Mannes. »Es kann deinen geschickten Finger kaum Widerstand leisten, guter Pippo.«

Pippo gab ein kurzes kreischendes Lachen von sich und riss wieder Wurzeln aus dem schwarzen Boden.

»Wir müssen Capitano Geller von unserem Verdacht berichten«, sagte Giulia.

»Sobald es an der Zeit ist«, gab Fulvia zurück. »Ich glaube, im Moment hat er von unseren Eskapaden die Nase voll.«

»Hast du ihn heute gesehen?«, wollte Giulia wissen. Dabei rückte sie ein Stück näher an Fulvia heran.

»Nein.« Ein wissendes Lächeln trat auf ihre Lippen. »Vermisst du ihn?«

»Mitnichten!«, entfuhr es Giulia voller Empörung. Sogleich rückte sie von Fulvia ab.

Fulvia grinste noch immer. »Glaubst du, mir ist entgangen, wie ihr euch anschaut? Einander begehrend und doch so weit entfernt wie Rom vom Rande der Welt.«

»Unsinn!«, sagte Giulia.

»Du liebst ihn«, entgegnete Fulvia.

»Nein!«

»Doch!«

»Nein!«

»Das ist so gewiss wie der Sonnenaufgang am Morgen«, sagte Fulvia.

Da stürzte alles auf Giulia ein. Die Gefahren, denen sie in den vergangenen Wochen ausgesetzt war, die Einsamkeit, die sie jeden Tag spürte, die Kälte der Menschen an diesem Ort. Sie wollte dies alles nicht mehr. Sie wollte nicht mehr in Rom sein, sie wollte nicht mehr dem Oberhaupt der Christenheit dienen. Sie wollte zurück nach Santa Annunziata. Zurück zu ihren geliebten Schwestern und zu Mutter Rufina. Sie wollte den Armen helfen, im Kräutergarten arbeiten, Pilze sammeln und beten. All das, was sie bisher verdrängt hatte, fiel auf sie wie ein schwarzer Schatten und schien sie vollkommen zu bedecken – und sie weinte.

Plötzlich fühlte Giulia eine Hand auf ihrem Bein. Sie sah auf und durch die Tränen erkannte sie Pippo, der ihr einen Strauß dunkelroter Rosen entgegenhielt.

»So schöne Rosen«, sagte Pippo. »Nicht mehr traurig sein.«

Giulia nahm die Rosen und drückte sie fest an sich. »Ach, Pippo«, schluchzte sie und fiel ihm um den Hals. Es tat gut, das warme Gesicht an ihren Wangen zu spüren. Eine Weile saß sie schluchzend vor Rührung und Trauer neben Pippo auf dem sandigen Boden. Er strich ihr so vorsichtig über Kopf und Haar, als hätte er Angst, ihr wehzutun.

»Rom ist kein Ort für dich«, sagte Fulvia irgendwann. »Du musst fort von hier.«

Giulia sah auf. Die Sonne trocknete ihre Tränen. »Ich gehe zurück nach Santa Annunziata«, sagte sie. Ihre Stimme klang nicht mehr so zittrig. »Doch erst, wenn ich den Heiligen Vater in Sicherheit weiß.«

»Das wird er erst in seiner Totengruft in Santa Maria Maggiore sein«, erwiderte Fulvia.

»Sprich nicht so von Seiner Heiligkeit!«, ereiferte sich Giulia.

Betreten sah Fulvia zu Boden. »Verzeih«, sagte sie dann. Sie faltete die Hände. »Und doch habe ich recht. Solange er lebt, ist der Heilige Vater in Gefahr. Er hat zu viele Feinde in Klerus und Adel, die ihm nach dem Leben trachten.«

»Er scheint so krank zu sein«, sagte Giulia. »Warum lässt man ihn nicht einfach in Ruhe seinen letzten Weg gehen?«

»Kranke können genesen«, sagte Fulvia. »Und sie besitzen die schlechte Angewohnheit, nicht zu sterben, wenn andere es von ihnen erwarten.«

Giulia nickte. »Was sollen wir tun?«

»Ich glaube nicht«, sagte Fulvia, »dass die Attentäter einen erneuten Anschlag auf das Leben des Heiligen Vaters wagen. Gewiss ist ihnen längst bekannt, dass er eine letzte Reise in seine Heimat antreten will. Und auf dieser Reise versuchen sie es ein weiteres Mal. Das ist gewiss.«

»Glaubst du, wir können es noch einmal verhindern?«, fragte Giulia.

»Wir sprechen zu gegebener Stunde mit Capitano Geller«, sagte Fulvia. »Er weiß, was zu tun ist. Und zu guter Letzt bist du im Gefolge des Papstes. Du und der Capitano – ihr könnt das Leben Seiner Heiligkeit auf dem Weg in die Mark Ancona retten.«

Giulia ließ die Worte auf sich wirken. Sie dachte an Geller, diesen mutigen, entschlossenen Hauptmann der Schweizergarde. Und während ihre Gedanken um diesen Mann kreisten, erkannte sie, dass sie ihn liebte ...

19

Wenige Tage später, an einem lauen Abend, saß ein Mann in einer Taverne an der Piazza Santa Maria im Viertel Trastevere. Er orderte Wein, Brot und Käse, aß und trank langsam und genussvoll. Er zog seinen schwarzen Hut mit der breiten Krempe tief ins Gesicht und wartete.

Ein Dutzend Gäste gaben sich hier ein Stelldichein – Trunkenbolde, Huren und andere zwielichtige Gestalten. Die Luft war erfüllt von Gelächter, Schweiß, lüsterner Gier und Gewürzen. In einer Ecke stritten zwei betrunkene Spieler um die Würfel. Am Tisch daneben saßen zwei Juden, zu erkennen an den halbkugelförmigen gelben Hüten mit breiter Krempe und einem Knauf auf der Spitze. Vermutlich waren es Kaufleute.

Der einsame Gast beobachtete die Gesellschaft aufmerksam. Hin und wieder überprüfte er den Sitz von Pistole und Dolch unter seinem schwarzen Umhang.

Zu später Stunde öffnete sich die Tür, und ein unscheinbar gekleideter Mann trat ein. Sein Blick wanderte durch die Taverne, bis er auf den schwarz gekleideten Gast fiel. Er ging zu ihm hinüber und setzte sich an dessen Tisch.

»Ihr kommt spät, Eminenz«, sagte der Wartende.

»Nenn mich nicht Eminenz, Carbone!«, raunte der verkleidete Kardinal.

»Wie Ihr wünscht«, sagte Carbone ohne Regung in seinem kantigen Gesicht.

Der Kardinal sah sich um, doch niemand schien mitgehört

zu haben. »Hör mir zu«, sagte er, und Carbone rückte ein Stück näher heran. »Es ist an der Zeit. Noch heute Nacht entledigen wir uns Pozzis.«

Mitten in die Unterredung hinein platzte der Wirt, ein dürrer Geselle mit schütterem Haar und Knollennase. »Seid willkommen«, sprach er den Kardinal an. »Was darf ich Euch bringen? Wein, Bier, Kerbelsuppe, gebratene Ente? Etwas Dinkeleintopf. Den müsst Ihr kosten, sage ich Euch. Ein wahrhaft himmlischer Genuss.«

»Habt Dank«, sagte der Kardinal, ohne den Wirt eines Blickes zu würdigen. »Mein einziger Wunsch ist, nicht gestört zu werden.«

Der Wirt kniff die Augen zusammen. »Wenn Ihr die Gastfreundschaft dieses Hauses genießen wollt, müsst Ihr etwas bestellen!«

Nun sah der Kardinal auf. Kalte, dunkle Augen fixierten den Wirt, sodass dieser unwillkürlich zwei Schritte zurücktrat.

»Hörst du nicht?«, fragte Carbone. Er zog seinen Umhang ein Stück zur Seite und gab den Blick auf seine Waffen preis. »Wir wollen ungestört sein. Nun geh!«

Wie ein geprügelter Hund trollte sich der Wirt hinter seinen Tresen.

»Wie gehen wir vor?«, fragte Carbone.

»Pozzi kann seinem Schicksal nicht mehr entrinnen«, sagte der Kardinal. »Wenn er erfährt, dass all sein Gold und Silber verloren ist, rennt er unweigerlich zu dem einzigen Mann, der ihm noch helfen könnte. Da dieser ihm unter keinen Umständen Unterstützung gewähren wird, kommt es womöglich zu einer Auseinandersetzung, bei der Pozzi jedoch nur der Unterlegene sein kann.«

»Und sollte es nicht so weit kommen«, ergänzte Carbone, »wartet eine schöne Überraschung auf Pozzi, sobald er heimkehrt.«

»So sei es«, sagte der Kardinal mit einem kalten Lächeln. Er zog einen unscheinbaren Schlüssel hervor und reichte ihn Carbone. »Hiermit erhaltet Ihr Einlass in seinen Palazzo.«

Carbone nahm den Schlüssel entgegen und steckte ihn in eine Tasche an seinem Gürtel. »Meine Männer stehen bereit. Sie warten nur noch auf mein Zeichen.«

Der Kardinal beugte sich über den Tisch. »Ihr seid ein treu ergebener Mann, Carbone«, flüsterte er. »Das werde ich nicht vergessen, wenn ich auf dem Heiligen Stuhl sitze.«

Carbone neigte dankbar den Kopf.

Ohne ein weiteres Wort erhob sich der Kardinal und verließ die Taverne.

Carbone wartete noch eine Weile, dann ging auch er.

Kardinal Primo Pozzi wollte sich gerade zur Ruhe begeben, als es an die Tür seines Schlafgemachs klopfte. Ein Diener trat ein.

»Eminenz, ein Herr wünscht Euch zu sprechen«, sagte der Diener.

»Hat er auch einen Namen?«, fragte Pozzi.

»Er nannte sich Carbone, Eminenz.«

»Carbone?«, rief Pozzi. »Führ ihn herein. Eil dich!«

Der Diener verschwand, und kurz darauf betrat Carbone Pozzis Schlafgemach.

Pozzi stürmte auf ihn zu. »Carbone!«, stieß er hervor. »Ich dachte schon, Ihr wolltet mich bis zum Jüngsten Tage warten lassen. Habt Ihr Nachricht von meinem Cousin Don Veneto aus Florenz? Nun sprecht schon!«

Betreten nahm Carbone seinen Hut ab und sah zu Boden. »Ja, Euer Eminenz, ich bringe Nachricht aus Florenz.«

Pozzi starrte auf Carbones Mund, als würden daraus sogleich gebratene Tauben fliegen. »Redet, Carbone! Redet! Was ist mit dem Gold aus der Neuen Welt? Wann kehren die Schiffe endlich zurück?«

»Euer Eminenz«, hauchte Carbone. »Don Veneto hatte für alles gesorgt. Ein Dutzend seetüchtiger Schiffe samt Besatzung und Proviant hat er auf die weite Reise in die Neue Welt geschickt. Doch dann ...«

»Signore Carbone!«, rief Pozzi voller Wut. »Spannt mich nicht auf die Folter! Was im Namen des Herrn ist dann geschehen?«

»Ein Sturm auf hoher See vor Island«, sagte Carbone. Dabei krallten sich seine Finger in die Krempe des Huts. »Das Meer hat sich alle Schiffe und jede einzelne Seele geholt. Es tut mir sehr leid, Eminenz.«

Pozzi fiel rückwärts in einen Sessel. Sein Gesicht war kreidebleich, Schweißtropfen perlten auf seiner Stirn und rannen über das fleischige Gesicht. »Die Schiffe«, murmelte er mit starrem Blick. »Zwölf an der Zahl. Alle fort.«

»Und zweihundertfünfzig Seeleute haben ihr Leben verloren«, ergänzte Carbone.

Pozzi blickte auf. »Was scheren mich die Seelen dieser Männer?« Ächzend erhob er sich und ging auf Carbone zu. Blitzschnell griff er zu und zog Carbone am Kragen zu sich her. »Ich gab Euch einhundertfünfzigtausend Scudi, Signore! Mein gesamtes Vermögen. Und Ihr kehrt zurück mit leeren Händen und nicht minder leeren Worten! Ich könnte Euch auf der Stelle den Hals umdrehen!«

»Euer Eminenz«, presste Carbone hervor. »Ihr gabt all das Gold und Silber nicht mir, sondern Eurem Cousin.«

»Veneto knöpfe ich mir vor, sobald ich mit Euch fertig bin«, polterte Pozzi.

»Euer Eminenz, ich bitte Euch«, keuchte Carbone. »Es gibt eine Lösung. Bitte hört mich an.«

Es sah aus, als wollte Pozzi Carbone mit bloßen Händen den Kopf abreißen. Doch dann hielt er inne, atmete tief durch und ließ von Carbone ab. »Sprecht«, sagte der Kardinal. »Doch hängt es allein von Euren Worten ab, ob Ihr diesen Ort lebend wieder verlasst.«

Carbone richtete seine Kleider und ächzte. Er war ein glänzender Schauspieler. »Don Veneto hat ebenso wie Eure Eminenz viel Geld in den Untiefen der unfügsamen See verloren«, erläuterte er. »Um den Verlust auszugleichen, plant er eine weitere Expedition in die Neue Welt.«

»Die dann erneut zum Scheitern verurteilt ist«, ergänzte Pozzi.

»Mitnichten«, sagte Carbone. »Diese Expedition wird in zwei Gruppen aufgeteilt. Fünf oder sechs Schiffe bilden die Vorhut. Eine Woche später startet der zweite Tross. So Gott es will, erreichen beide Gruppen die Neue Welt, doch wenn eine scheitert, so wird gewiss die andere heil über das Meer gelangen.«

»Zu dieser Jahreszeit nehmen die Stürme zu«, wandte Pozzi ein. »Woher nimmt Veneto die Hoffnung, ein weiterer Vorstoß in die Neue Welt wäre von Erfolg gekrönt?«

»Die erste Expedition«, erklärte Carbone, »nahm die nördliche Route über das Meer, um nicht den Schiffen der spanischen, portugiesischen oder englischen Krone zu begegnen. Dieses Mal fahren die Schiffe zuerst an den Küsten entlang in südliche Richtung. An einem der Stützpunkte an der afrikanischen Küste nehmen sie dann Proviant auf und fahren südlich der herkömmlichen Schifffahrtswege gen Westen, bis sie die Neue Welt erreichen.«

»Gut«, sagte Pozzi. Er war nun sichtlich besser gestimmt. »Sagt Don Veneto, ich erwarte den versprochenen Gewinn, sobald diese Expedition nach Florenz zurückkehrt.«

»Ihr überschätzt Don Venetos finanzielle Möglichkeiten«,

sagte Carbone. »Er verfügt nicht über ausreichend Geld, um auch nur ein einziges Schiff zu entsenden.«

»Was kümmert es mich«, entgegnete Pozzi. »Ich gab Euch alles Gold, das ich besaß.«

»Könnt Ihr irgendwie neues Gold aufbringen, Eminenz?«, wollte Carbone wissen. »Don Veneto trug mir auf, Euch mitzuteilen, dass Ihr für Eure vorangegangene Unterstützung und die abermaligen Aufwendungen den doppelten Gewinn erwarten dürft.«

»Folglich zehn Million Scudi«, sagte Pozzi mehr zu sich selbst und leckte sich über Lippen. »Wie viel will Veneto von mir haben, Signore Carbone?«

»Zweihunderttausend Scudi, Euer Eminenz.«

»Zweihunderttausend?«, wiederholte Pozzi. »Woher soll ich all das Gold nehmen?« Er vergrub das Gesicht in seinen Händen. »Ich bin bankrott. Und der einzige Weg, meine Reichtümer zurückzuerlangen, ist, erneut Gold in Venetos Pläne zu stecken. Was kann ich nur tun?«

»Leiht es Euch, Eminenz«, schlug Carbone vor.

Pozzi sah auf. Seine Augen starrten Carbone ausdruckslos an. »Was sagt Ihr da?«

»Gewiss kennt Ihr Männer, die über das nötige Kapital verfügen«, sagte Carbone.

»Nur wer?«, fragte Pozzi nachdenklich.

Carbone beugte sich vertraulich zu Pozzi vor. »Womöglich eine der ehrwürdigen Eminenzen«, sagte er.

Pozzis Züge entspannten sich. »Carafa!«, stieß er hervor. »Carafa verfügt über mehr Gold und Pfründe als der Heilige Vater höchstselbst.«

»Der Name ist mir nicht bekannt«, sagte Carbone. »Doch wenn dies der einzige Mann ist, der Euch helfen könnte, dann solltet Ihr ihn noch in dieser Nacht aufsuchen. Ich muss vor

Tagesanbruch zurück nach Florenz und Don Veneto das Gold bringen. Die Zeit drängt, Euer Eminenz.«

»Ja«, keuchte Pozzi. »Gewiss.« Er klatschte in die Hände.

Sogleich erschien ein Diener. Pozzi trug ihm auf, ihn anzukleiden und die Kutsche vorfahren zu lassen. Zu Carbone gewandt sagte er: »Trefft mich in zwei Stunden wieder, Signore. Ich bringe Euch das Gold.«

»In einer Stunde, Eminenz«, sagte Carbone, verneigte sich und verließ den Palazzo.

Die Diener kleideten Pozzi in aller Eile an, dann lief er auf seinen kleinen, dicken Beinen in Windeseile die Treppe hinunter und bestieg die wartende Kutsche. »Zum Campo de' Fiori«, rief er dem Kutscher zu.

Pozzi erreichte Carafas Palazzo etwa eine halbe Stunde später. Das riesige Gebäude lag im Dunkeln.

Pozzi sprang aus der Kutsche und hämmerte mit den Fäusten gegen die wuchtige Eingangstür.

Irgendwann erschien das müde Gesicht eines Dieners. »Ihr wünscht?«, fragte er gähnend.

»Führt mich zu Eurem Herrn«, verlangte Pozzi und schickte sich an, den Palazzo zu betreten.

Der Diener hielt ihn zurück. »Seine Eminenz schläft«, sagte er. »Kommt morgen wieder.«

Pozzi rang nach Luft. »Weißt du nicht, wer vor dir steht?«

»Das weiß ich, Euer Eminenz«, antwortete der Diener. »Doch ändert das nichts an der Tatsache, dass Seine Eminenz sich längst zur Ruhe begeben hat.«

»Das darf doch wohl nicht wahr sein!«, zeterte Pozzi.

Da erscholl eine dunkle Stimme aus dem Innern des Palazzos. »Was geht dort unten vor?«

»Callisto!«, rief Pozzi. »Sagt Eurem Diener, er soll mich gefälligst einlassen!«

Carafa erschien in der Tür. Er nickte dem Diener zu, der daraufhin verschwand. »Was wollt Ihr zu dieser späten Stunde von mir, Pozzi?«

»Müssen wir das hier besprechen?«, fragte Pozzi. »Lasst uns hineingehen.«

»Nein«, sagte Carafa. »Sagt, was Ihr zu sagen habt, und dann geht!«

»Ich brauche dringend Eure Hilfe, Callisto«, sagte Pozzi. Mit blumigen Worten und zuckersüßer Stimme berichtete er Carafa von seinem Missgeschick.

Carafa hörte aufmerksam zu, ohne Pozzi ein einziges Mal zu unterbrechen. »Und Ihr erwartet von mir, dass ich Euch zweihunderttausend Scudi gebe?«, fragte er, nachdem Pozzi geendet hatte. »Nachdem Ihr bereits für das gleiche wahnsinnige Unternehmen einhundertfünfzigtausend auf dem Meeresboden versenkt habt? Pozzi, Ihr habt den Verstand verloren.«

»Für Euren Kredit bekommt Ihr das Doppelte zurück«, sagte Pozzi. Erwartungsvoll sah er Carafa an.

»Nicht eine Münze könnt Ihr von mir erwarten, Pozzi«, sagte Carafa.

»Callisto«, sagte Pozzi. Tränen stiegen ihm in die Augen. Er sank auf die Knie und hielt Carafa die gefalteten Hände hin, als würde er vor der großen Marienstatue im Petersdom knien. »Ich bitte Euch! Wir sind doch alte Freunde. Mein ganzes Vermögen ist vernichtet. Ich habe kaum noch ausreichend Geld, um meine Dienerschaft zu bezahlen.«

»Dann entlasst sie«, schlug Carafa vor.

»Wovon soll ich leben?«, fragte Pozzi. »Was soll ich essen und trinken? Wovon soll ich mich kleiden?«

Carafa beugte sich zu Pozzi hinab. Sein Gesicht verzog sich

zu einer Fratze. »Das hättet Ihr Euch überlegen sollen, bevor Ihr all Euer Gold und Silber Eurem nichtsnutzigen Vetter anvertraut habt. Doch Eure Gier war zu groß. Ihr hättet Euren Verstand gebrauchen sollen. Nun kehrt selber den Scherbenhaufen vor Eurer Tür auf.«

Pozzi ballte die Fäuste. »Callisto«, flüsterte er und stand auf. »Ich habe Euch stets als meinen Freund betrachtet. Und in der Stunde größter Not lasst Ihr mich fallen wie eine stinkende Ratte?« Im Nu stürzte er sich auf Carafa und legte ihm die Hände um die Gurgel.

»Pozzi!«, röchelte Carafa. »Seid Ihr des Wahnsinns?« Er versuchte, sich aus dem tödlichen Griff zu befreien, doch Pozzi schien über teuflische Kräfte zu verfügen. Erst ein kräftiger Tritt gegen Pozzis Knie sorgte dafür, dass der Angreifer von ihm abließ.

»Carafa!«, schrie Pozzi mit schmerzverzerrtem Gesicht. »Ich bringe Euch um!«

Gerade wollte Pozzi sich erneut auf Carafa stürzen, als er in den Lauf einer Muskete starrte. Einer der Diener hatte den Lauf auf ihn gerichtet.

Atemlos massierte Carafa seinen Hals. Ungläubig blickte er Pozzi an, der mit gesenktem Kopf vor ihm auf der Treppe stand. Dann drückte er die Muskete zu Boden. »Es ist gut«, sagte er zu dem Diener. Und zu Pozzi gewandt: »Verschwindet, Primo! Und lasst Euch nie wieder in meiner Nähe sehen!«

Gequält schrie Pozzi auf. Dann ging er weinend zu seiner Kutsche und stieg ein. Der Kutscher schwang die Peitsche. Die Pferde wieherten und setzten sich in Bewegung.

Auf der gegenüberliegenden Seite des Campo de' Fiori hatte eine dunkle Gestalt alles mit angesehen. Sie sprang auf ihr Pferd und galoppierte davon.

Der Mond stand hoch am Himmel, als Pozzi zu seinem Palazzo zurückkehrte. Er nahm den massiven Türöffner in Form eines Puttenkopfes in die Hand und schlug damit dreimal gegen die Tür. Er wartete, doch niemand öffnete. Er klopfte erneut. Im Haus blieb es still.

Wütend stampfte er mit dem Fuß auf, zerrte seine Schlüssel unter dem Gewand hervor und stapfte durch den Garten um das Haus.

Auch auf der Rückseite war alles ruhig. Er steckte den Schlüssel in das Schloss der Hintertür, doch diese öffnete sich von allein. »Fausto?«, rief Pozzi in die Dunkelheit hinein, ohne einen Fuß über die Schwelle zu setzen. »Piero?« Keine Antwort.

Mit hocherhobenen Fäusten betrat Pozzi leise die Küche. In der Feuerstelle glomm noch Glut. So entzündete er einen Holzspatel und damit einen vierarmigen Kerzenleuchter. Er schaute sich um.

Die Küche war verwüstet. Töpfe, Pfannen und Kellen lagen überall verstreut. Dazwischen zertretene Tomaten, Gurken und Zucchini.

Vorsichtig schritt Pozzi durch die Küche und betrat den Flur. An dessen Ende lag etwas auf dem Boden. Pozzi ging näher und beugte sich hinab. »Fausto!«, entfuhr es ihm. Er rüttelte den Diener an der Schulter. Dann sah er die Blutlache auf dem weißen Marmor und den tiefen Schnitt quer über Faustos Hals. Entsetzt sprang er zurück.

Schließlich überwand Pozzi sich und stieg über den Toten hinweg. Vor der Treppe, die in das obere Stockwerk führte, fand er noch einen ermordeten Diener. Auf der Treppe lag ein dritter und oben ein vierter.

Schwankend ging Pozzi auf sein Schlafgemach zu. Die Tür war offen. Er trat ein, und der Lichtschein der Kerzen wischte die Dunkelheit fort ... Pozzi schrie voller Entsetzen auf.

In seinem Gemach lagen überall verstreut die leblosen Körper von einem Dutzend Knaben. Sie lagen auf dem Bett, auf dem Boden, vor dem Fenster, auf einem Sessel und auf der gepolsterten Bank. Alle waren nackt. Ihre Kehlen hatte man durchtrennt, und ein See aus Blut hatte sich über den Teppich ergossen.

Pozzi schrie und schrie. Wie ein tollwütiger Hund rannte er in dem Raum umher und untersuchte die Knaben.

Plötzlich hörte er, wie Fäuste gegen die Eingangstür hämmerten. Er ging zum Fenster und schaute hinaus. Wieder schrie er auf. Vor dem Palazzo standen etwa zwanzig bewaffnete Männer. An dem Wappen auf ihrem Wams erkannte er, dass es sich um Soldaten des Stadtpräfekten handelte. »Gütiger Gott«, hauchte er und stürzte zu Boden.

Mit einem gewaltigen Knall verschafften sich die Soldaten Zugang zu Pozzis Palazzo. Kommandos gellten durch das Haus. Die Schritte ihrer Stiefel näherten sich über die Treppe.

Dann erschien das Gesicht eines Soldaten in der Tür. Er sah den blutverschmierten Kardinal winselnd zwischen all den Leichen sitzen. »Herr, erbarme dich!«, stöhnte der Soldat.

Schwer bewaffnete Männer drangen in den Raum. Zwei von ihnen packten Pozzi, legten ihm Fesseln an und führten ihn ab. Der Kardinal leistete keinen Widerstand.

»Euer Eminenz!«, rief ein Diener gepresst. »Wacht auf.«

Schlaftrunken schlug Callisto Carafa die Augen auf. Die Tür zu seinem Schlafgemach stand offen. »Was ist geschehen?«, fragte er und setzte sich auf.

»Kardinal Pozzi«, sagte der Diener. »Ihr müsst auf der Stelle zu ihm.«

Carafa legte sich wieder hin. »Niemals mehr werde ich sein Haus betreten«, knurrte er. »Sag ihm das und schick ihn fort.«

»Das ist es ja eben, Euer Eminenz«, erwiderte der Diener. »Der Kardinal befindet sich in den Verliesen der Stadtpräfektur. Der Präfekt schickt nach Euch.«

Carafa schnellte hoch. »In den Verliesen der ...«, echote er. »Sag dem Präfekten, dass ich unverzüglich komme. Und lass Kardinal Castagna eine Nachricht zukommen.«

Der Diener verneigte sich und verschwand.

Allegra drehte sich auf die Seite. »Callisto?«, fragte sie.

»Schlaf weiter«, sagte Carafa und stand auf.

»Wo willst du zu dieser späten Stunde hin?«

»Pozzi ist wahnsinnig geworden«, erklärte Carafa. »Er sitzt im Kerker. Nun schlaf!«

Er verließ das Schlafgemach und ging in das Ankleidezimmer nebenan. Als seine Diener fertig waren, verließ er seinen Palazzo und stieg in die wartende Kutsche.

Vor der römischen Präfektur am Campo Marzio nahm ihn der Präfekt persönlich in Empfang. Er war ein hagerer Mann mit glattem grauem Haar und großen schwarzen Augen. »Habt Dank, dass Ihr so rasch gekommen seid, Eminenz.«

»Quintino«, sagte Carafa. »Was in Gottes Namen ist geschehen?«

Quintino führte Carafa in das prachtvolle Gebäude der Präfektur. Hinter den massiven Steinwänden klärte er Carafa über die Angelegenheit auf.

»Woher haben Eure Männer gewusst, dass all die Leichen in Pozzis Haus zu finden waren?«, fragte Carafa, während sie über unzählige Stufen und Treppen in die Kerker hinabstiegen.

»Ein Unbekannter warf ein Papier durch ein offenes Fenster des Wachhauses, auf dem die Tat geschrieben stand«.

»Habt Ihr den Unbekannten in Gewahrsam?«

Quintino lächelte spöttisch. »Wäre er uns dann noch unbekannt? Hier entlang bitte, Euer Eminenz.«

Die Wände hier unten waren feucht, die Luft roch modrig. Quintino führte Carafa vorbei an unzähligen Kerkertüren zu einem kleinen, von zwei Fackeln erleuchteten Raum.

Ein Soldat, der Wache hielt, sprang auf, als er die hohen Herren erblickte.

»Bring Seine Eminenz zu Kardinal Pozzi«, befahl Quintino.

Der Soldat brachte Carafa noch ein Stück tiefer in den Kerker hinein. Plötzlich blieb er stehen. Er schloss eine der Türen auf, reichte Carafa eine Fackel und entfernte sich. Carafa betrat das feuchte Verlies.

»Callisto?«, erklang eine wohlbekannte Stimme. »Seid Ihr das?«

»Ja«, sagte Carafa. Der Schein der Fackel fiel auf Pozzi. Er saß zusammengekauert in einer Ecke.

»Dem Herrn sei gedankt!«, rief Pozzi erleichtert. »Nun hat der Spuk ein Ende. Sagt dem Präfekten, dass ich unschuldig bin!«

Carafa kniff die Augen zusammen. »Primo«, sagte er. Seine Stimme klang erschüttert. »Was zum Teufel habt Ihr getan?«

»Ich habe die Knaben nicht getötet«, beteuerte Pozzi. »Ihr müsst mir glauben!«

»Wie kann ich Euch das glauben«, sagte Carafa, »wo ich doch Eure verabscheuungswürdige Neigung kenne?«

»Callisto!«, wimmerte Pozzi. »Ich schwöre Euch im Namen der heiligen Jungfrau Maria, dass ich nicht der Mörder dieser Knaben bin.«

Carafa schüttelte wortlos den Kopf. Er wandte sich um und ging zur Kerkertür.

»Carafa!«, brüllte Pozzi. Carafa wandte den Kopf. »Seit wann bedeuten Euch Menschenleben so viel, dass Ihr einen alten Freund dafür verratet?«

»Ich habe mich nie an Kindern vergriffen«, antwortete Carafa. Dann ging er aus dem Verlies.

Auf dem Gang kam ihm Castagna entgegengeeilt. »Pozzi«,

sagte er atemlos und voller Entsetzen. »Ich habe es soeben gehört. Das kann doch nur ein Scherz sein.«

Carafa legte eine Hand auf Castagnas Arm und zog ihn sanft mit sich. Als sie sicher waren, dass die Wachen sie nicht hören konnten, sagte er: »Pozzi steckt in großen Schwierigkeiten – und wir mit ihm. Heute Nacht erschien er aufgebracht vor meinem Haus und wollte Geld von mir. Sehr viel Geld. Habt Ihr eine Ahnung, welche Pläne er hatte?«

»Keineswegs«, sagte Castagna. »Doch was geschah mit den toten Knaben? Hat Pozzi sie umgebracht?«

»Ich glaube, nicht«, sagte Carafa. »Pozzi ist ein Scheusal, aber er ist nicht so dumm, ein Dutzend Knaben in einer Nacht umzubringen, noch dazu in seinem Palazzo.«

»Habt Ihr eine Ahnung?«, fragte Castagna.

Carafa nickte langsam. »Ein Unbekannter hat dem Stadtpräfekten eine Nachricht über die Vorkommnisse in Pozzis Palazzo zukommen lassen.«

Castagna riss die Augen auf. »Das würde bedeuten ...«

»Das würde bedeuten«, setzte Carafa den Satz fort, »dass irgendwer Pozzi eine Falle gestellt hat.«

»Was sollen wir tun, Callisto?«, fragte Castagna.

»Entweder hat Pozzi bei irgendwem hohe Schulden«, erklärte Carafa, »und dieser Unbekannte will sich an Pozzi rächen. Oder irgendwer ist über unsere gemeinsamen Pläne informiert und will sie zunichte machen.«

Castagna ging aufgebracht hin und her. »Ich habe zu keiner Seele auch nur ein einziges Wort gesagt«, versicherte er. »Doch es gibt außer uns noch andere Kardinäle, die mit dem Papst unzufrieden sind. Womöglich wollen sie uns ausstechen, um ihre eigenen Ziele zu verwirklichen.«

»Dieses Problem lässt sich in dieser Nacht nicht lösen«, sagte Carafa. »Ein anderes dagegen schon.«

»Pozzi«, sagte Castagna.

»Er ist zu einem Risiko geworden«, sagte Carafa. »Ein Risiko für unser Vorhaben, sogar für unser Leben. Nutzen wir die Gunst der Stunde.«

Castagna rieb sich nachdenklich am Kinn. »Ihr habt recht, Callisto«, sagte er nach einer Weile. »Diese Nacht soll Pozzis letzte auf Erden sein.«

Carafa nickte. Gemeinsam gingen sie zu dem kleinen Wachraum, wo der Präfekt noch immer wartete.

»Habt Ihr mit Kardinal Pozzi gesprochen, Eminenz?«, fragte Quintino.

»Das habe ich«, sagte Carafa. »Bereitet alles für die Hinrichtung vor. Er soll noch in dieser Nacht vom Leben zum Tode befördert werden.«

Quintinos Gesicht wurde weiß. »Das ist nicht Euer Ernst«, stieß er hervor.

»In diesen Dingen beliebe ich nicht zu scherzen«, sagte Carafa. »Ihr habt doch eine Richtstätte in der Präfektur, nicht wahr?«

»Ja«, sagte Quintino.

»Ein Scharfrichter ist ebenfalls anwesend?«, wollte Carafa wissen.

»Gewiss.«

»Dann richtet Kardinal Pozzi.«

»Aber …«, stammelte Quintino, »aber Seine Eminenz hat doch das Recht, vor der Rota gehört zu werden.«

Carafa trat zwei Schritte auf Quintino zu. Er überragte den Präfekten um Haupteslänge. »Kardinal Pozzi stellt eine unmittelbare Gefahr für Leib und Leben Seiner Heiligkeit dar. Ich habe Informationen darüber, dass er einen Umsturz plant. Solange Pozzi noch atmet, schwebt der Heilige Vater in Lebensgefahr.«

Quintino wirkte unsicher und eingeschüchtert. »Dennoch glaube ich, dass wir den Heiligen Vater zuvor unterrichten sollten.«

»Als Vizekanzler der heiligen Mutter Kirche«, sagte Carafa, »befehle ich Euch, Quintino, Kardinal Primo Pozzi auf der Stelle hinzurichten, um eine große Gefahr für das gesamte Christentum abzuwenden!«

Castagna trat hinzu. »Als Großinquisitor des Heiligen Offiziums bestätige ich Urteil und Befehl des Vizekanzlers.«

Mit einem blauen Seidentuch wischte sich Quintino den Schweiß von der Stirn. »Also gut«, sagte er. An zwei Wachen gab er die Order, Kardinal Pozzi zur Richtstätte zu führen. Einen weiteren Soldaten schickte er zum Scharfrichter.

Carafa und Castagna folgten den Soldaten, die Pozzi aus seinem Verlies holen sollten. Die Männer gingen in die Zelle und zerrten Pozzi auf den Gang hinaus. Sie banden ihm die Hände auf dem Rücken zusammen und zogen ihn mit sich.

Pozzi sah die Kardinäle an. »Carafa! Castagna!«, rief er. »Was habt Ihr vor? Lasst Ihr mich frei?«

Während Carafa dem entsetzten Blick Pozzis standhielt, starrte Castagna betreten zu Boden. Eine Antwort auf Pozzis Fragen gab keiner von ihnen.

Dem festen Griff der Soldaten hatte Pozzi nur wenig entgegenzusetzen. Stattdessen rief er den ganzen Weg zur Richtstätte nach den beiden Kardinälen. Hin und wieder schaffte er es, den Kopf so weit zu drehen, dass er sie sehen konnte. Doch seine bettelnden Rufe hallten unerwidert von den starken Mauern des Kerkers wider.

Die Richtstätte befand sich oberhalb der Kerker. Ein schmuckloser, kalter Raum ohne Fenster und mit nur einem Zugang. In der Mitte des Raumes stand ein zwei Ellen breiter Richtblock, vor dem ein Weidenkorb aufgestellt war. Daneben standen der maskierte Scharfrichter mit einem breiten zweischneidigen Schwert in den Händen und Präfekt Quintino.

Als Pozzi den Henker sah, schrie und tobte er wie ein Wahnsinniger. Drei Wachen waren nötig, um ihn vor dem Richtblock in die Knie zu zwingen. »Carafa, das ist alles Eure Schuld, Ihr dreimal verfluchter Höllenfürst!«, brüllte er. »Ohne Euch und Eure Intriganz wäre dies alles nicht geschehen! Bindet mich los! Auf der Stelle!«

Carafa rührte sich nicht. Castagna dagegen stellte sich neben Pozzi und sprach leise Gebete.

Pozzi sah Castagna an. »Giambattista«, keuchte er. »Nehmt Euch vor Carafa in Acht. Er hat mir diese Falle gestellt, die mich nun den Kopf kostet. Traut ihm nicht, wenn Euch Euer Leben lieb ist.«

Castagna trat zur Seite, und Carafa gab dem Henker ein Zeichen.

Der Scharfrichter presste Pozzis Kopf auf den Richtblock und holte weit aus. Die schwere Klinge sauste hinab, durchschlug Pozzis Hals und trennte den Kopf vom Körper. Blut spritzte in alle Richtungen. Der Kopf fiel in den Weidenkorb, der noch zuckende Leib neigte sich zur Seite und fiel zu Boden.

»Möge Gott der Vater seiner Seele gnädig sein«, sagte Castagna, woraufhin sich die Anwesenden stumm bekreuzigten.

Auf dem Weg aus der Präfektur hinaus blieb Castagna unvermittelt stehen. »Ihr seid Euch im Klaren darüber«, sagte er, »dass Ihr Euch für die Hinrichtung eines Kardinals vor dem Papst verantworten müsst?«

Carafa lachte auf. »Wieso ich?«, fragte er. »Euer Urteil hat Pozzi ebenfalls den Kopf gekostet.«

Castagna starrte Carafa entsetzt an. »Aber ich . . .«

Carafa legte seinem Gegenüber eine Hand auf die Schulter.

»Kehrt heim, Castagna«, sagte er. »Um den Heiligen Vater kümmere ich mich allein. Sorgt Euch nicht.« Ohne ein weiteres Wort wandte er sich um und verließ mit schnellen Schritten die Präfektur.

20

Am darauffolgenden Morgen versammelten sich die Nonnen in der kleinen Kapelle des Petersdoms zum Frühgebet. Mutter Prudenzia hielt nur eine kurze Predigt. Danach gingen die Nonnen ihren Aufgaben nach.

Giulia hielt nach Fulvia Ausschau, doch diese war nirgends zu finden. Sie begab sich nach oben in die Gemächer des Papstes. Gazetti nahm sie in Empfang, instruierte sie knapp über den Tagesablauf, dann betraten beide die päpstlichen Räume. Giulia richtete die Blumen auf dem breiten Tisch Seiner Heiligkeit, goss Wasser in den goldenen Becher und achtete darauf, dass alles sauber und ordentlich war.

Es dauerte nicht lange, und Sixtus V. erschien. Gazetti ging ihm entgegen, und während der Papst sich setzte, reichte er ihm wie jeden Morgen die Mappe mit den Tagesgeschäften. Der Heilige Vater studierte die Dokumente und brummte dabei vor sich hin. Giulia stand in der hinteren Ecke des Raumes und wartete.

Plötzlich klopfte es. Gazetti eilte zur Tür und steckte den Kopf hinaus. Giulia hörte, wie er leise mit jemandem sprach.

Kurz darauf schloss Gazetti langsam die Tür. Sein Gesicht war blass, seine Bewegungen sahen unbeholfen aus wie die eines schlaftrunkenen Kindes.

Der Papst sah auf. »Was ist mit Euch, Gazetti?«

»Euer Heiligkeit«, hauchte Gazetti. Seine Stimme klang brüchig. »Seine Eminenz Kardinal Primo Pozzi ist heute Nacht in den Kerkern der Stadtpräfektur hingerichtet worden.«

Fast hätte Giulia einen Schrei ausgestoßen. Sie schaffte es gerade noch, die Hände vor den Mund zu schlagen.

Der Papst stand mit aufgerissenen Augen von seinem Stuhl auf. »Was sagt Ihr da?«, polterte er. »Hingerichtet? Auf wessen Befehl? Wie lautete die Anklage?«

»Die Umstände sind mir noch nicht bekannt, Euer Heiligkeit«, sagte Gazetti. »Doch scheint es, als hätten die Kardinäle Carafa und Castagna den Befehl zur Hinrichtung gegeben.«

»Heilige Mutter Gottes!« Der Papst trat zu einem der großen Fenster, schaute eine Weile hinaus und ging dann an seinen Tisch zurück. »Bringt Uns auf der Stelle den Vizekanzler der Kirche und den Großinquisitor des Heiligen Offiziums, Gazetti!«

»Sehr wohl, Euer Heiligkeit«, sagte Gazetti und eilte hinaus.

Nun war Giulia mit dem Papst und den beiden Gardisten, die vor der Tür Wache standen, allein im Raum. Sie beobachtete, wie der Papst sein Glas in einem Zug leertrank. Sie eilte mit der Karaffe zu ihm und wollte nachschenken, aber er hielt sie zurück.

»Bring Uns Wein«, verlangte er.

Giulia lief ins Nebenzimmer, nahm die schwere gläserne Karaffe mit dem dunkelroten Wein und hastete zurück. Sie goss den Becher voll, den der Papst sogleich leer trank, und füllte ihn erneut. Nur allzu gern hätte sie dem Papst von ihrem eigenen Verdacht gegen Pozzi berichtet, von ihrem Eindringen in die Engelsburg und in Pozzis Palazzo. Aber wie würde Seine Heiligkeit darauf reagieren? Gewiss würde er ihr Vorgehen nicht billigen. Sie war nur eine junge, unbedeutende Nonne. Es stand ihr nicht zu, Kardinäle und hohe Herren auszuspionieren und in deren Häuser einzubrechen wie ein ehrloser Spitzbube. Nein, sie musste Schweigen bewahren. Vorerst galt es abzuwarten, was Carafa und Castagna zu berichten wussten.

Gazetti kehrte zurück. Hinter ihm betrat Kardinal Carafa den Raum. Er sah Giulia kurz an und richtete seinen Blick auf den Papst, während er näher trat.

»Wo ist Castagna?«, fuhr der Papst Carafa an. »Wir haben auch nach ihm geschickt.«

»Kardinal Castagna befindet sich in seiner Diözese südlich von Rom, um für die arme, verwirrte Seele von Kardinal Pozzi zu beten, Euer Heiligkeit«, sagte Carafa. »Ich bin gekommen, um Euch Rede und Antwort zu stehen.«

Der Papst brummte verächtlich. »Also dann«, sagte er. »Berichtet Uns, was mit Pozzi geschehen ist.«

Carafa erzählte dem Papst von Pozzis nächtlichem Besuch vor seinem Palazzo, von den in Pozzis Haus gefundenen Knabenleichen und von der Hinrichtung. Er schmückte seinen Bericht mit blumigen Worten und Lobpreisungen des Heiligen Vaters. »Pozzi stellte eine Gefahr für Leib und Leben Eurer Heiligkeit dar«, schloss er. »Darum haben Castagna und ich den Befehl gegeben, ihn auf der Stelle zu richten, um größeren Schaden zu verhindern.«

»Es wäre Zeit genug gewesen«, sagte der Papst, »Uns über die Vorkommnisse zu unterrichten. Allein Wir sprechen das Urteil über Leben oder Tod eines Kardinals. Und nach allem, was Wir wissen, gehört der Heilige Stuhl nicht Euch, Carafa!«

»Euer Heiligkeit«, sagte Carafa mit sanfter, unterwürfiger Stimme, »Ihr selbst habt die Liebe unter Männern unter Todesstrafe gestellt. Wäre Euer gnädiges Urteil ein anderes gewesen als das meinige?«

Der Papst stand auf. »Was fällt Euch ein, Uns einem Verhör zu unterziehen?«, donnerte er. »Welche Urteile Wir fällen oder nicht, obliegt nicht Euren persönlichen Auffassungen. Würde ich jeden Mann, der Männer liebt, hinrichten lassen, wären die Kurienversammlungen so verlassen wie der Circus Maximus.«

Er atmete schwer und setzte sich wieder. »Ihr habt da etwas von einer Gefahr für Unser Leben gesagt, die von Pozzi ausging. Habt Ihr Beweise für Eure Anschuldigungen?«

»In der Tat, Euer Heiligkeit«, sagte Carafa. »Die habe ich. Nach Pozzis Hinrichtung habe ich gemeinsam mit den Soldaten des Präfekten Pozzis Palazzo aufgesucht. Wir haben diese Dokumente dort gefunden.« Er zog ein Bündel Papiere hervor und breitete sie vor dem Papst aus.

Giulia erschrak. Sie erkannte das Siegel der spanischen Krone und wusste sogleich, dass dies die Dokumente sein mussten, die Pozzi damals in Carafas Gemächern so eilig verborgen hatte. Genau die Dokumente, die sie gemeinsam mit Fulvia aus Pozzis Palazzo stehlen wollte. Nun sollte sich zeigen, was es mit diesen Papieren auf sich hatte.

»Was ist das?«, fragte der Papst.

»Dies ist die Korrespondenz zwischen dem spanischen König und seinen Botschaftern Don Olivares und Don Sessa, Euer Heiligkeit«, erklärte Carafa. »Der Inhalt ist nicht weiter von Belang. Wichtig allein ist, wie diese Dokumente in Pozzis Besitz gelangten.«

»Wir hören.«

»Ihr erinnert Euch der beiden Mordbuben, die mit den Papieren der spanischen Botschafter zu Euch vordrangen, um Euch zu töten?«, fragte Carafa.

Der Papst schnaufte. »Wie können Wir das vergessen?«

»Nun, Euer Heiligkeit«, sagte Carafa, »einige Tage nach dem Attentatsversuch erschien Kardinal Pozzi in meinen Gemächern. Er berichtete mir von seinem Plan, Euch zu ermorden, um selbst auf den Heiligen Stuhl zu gelangen. Er sagte mir, dass einige von ihm angeheuerte Männer die spanischen Botschafter getötet hätten, um in den Besitz ihrer Papiere zu gelangen. Als Beweis zeigte er mir die vor Euch liegenden Dokumente, die er den Botschaftern zusammen mit den Legitimationen nach deren Tod abnehmen ließ.«

»Das ist ja ungeheuerlich!«, empörte sich der Papst. »Aus welchem Grunde habt Ihr Uns nicht sogleich darüber unterrichtet?«

»Ich hatte keinerlei Beweise, Euer Heiligkeit«, sagte Carafa. »Hätten Eure Heiligkeit mir geglaubt, ohne diese Dokumente in Händen zu halten?«

»Wir hätten unverzüglich Anweisung gegeben, Pozzis Palazzo zu durchsuchen.«

Carafa lächelte. »Es war keineswegs gewiss, dass Pozzi die Dokumente dort verwahrte. So war es unabdingbar, Pozzi im Glauben zu lassen, seine schändliche Verschwörung hätte noch immer Aussicht auf Erfolg. Nur auf diese Weise vermochte ich ihn unauffällig beschatten zu lassen und letztendlich Euer Leben zu retten, Euer Heiligkeit.« Er kniete vor dem Papst nieder und senkte sein Haupt. »Nun richtet über mich.«

»Carafa«, sagte der Papst nach einer Weile mit seiner tiefen, dröhnenden Stimme. »Wir haben Euch falsch beurteilt. Eure Beweise zeigen Uns, dass es Euer alleiniges Bestreben war, Unser Leben zu schützen. Dafür sind Wir Euch Unseren allergrößten Dank schuldig.«

Bedächtig richtete Carafa sich auf. »Gott der Herr hat in Seiner unergründlichen Weisheit mein Tun gelenkt, Euer Heiligkeit«, sagte er. »Ich war Sein Werkzeug. Wenn Euer Heiligkeit erlauben, ziehe ich mich nun zurück und versuche, die übrigen Verschwörer zu enttarnen.«

»Dafür habt Ihr Unseren Segen. Geht und findet die Männer.«

Carafa verneigte sich und verließ den Raum.

Kaum hatten die Gardisten die Tür hinter Carafa geschlossen, griff sich der Papst ans Herz und sackte mit einem leisen Stöhnen in sich zusammen.

»Euer Heiligkeit!«, rief Gazetti und stürzte auf den Papst zu.

Auch Giulia eilte herbei und goss Wasser nach. Gazetti öffnete die obersten Knöpfe vom Gewand und fächelte dem Heiligen Vater Luft zu. Dessen Gesicht war aschfahl, die Wangen waren eingefallen, sodass er uralt aussah. Gazetti nahm den Becher und schüttete vorsichtig Wasser zwischen die faltigen Lippen. »Holt den Medicus!«, rief er einem Gardisten zu.

Nur langsam erholte sich der Papst. Er schlug die Augen auf und blickte umher. Als er Giulia sah, zeichnete sich ein Lächeln auf seinem Mund ab. Er nahm ihre Hand in die seinen und sprach leise: »Es tut Uns altem Mann gut, in dein liebreizendes, warmes Antlitz zu sehen, mein Kind. Gott sei es gedankt, dass Er dich zu Uns sandte.«

Schon eilte der Medicus herbei. Er stieß Gazetti und Giulia unsanft zur Seite und begann sogleich mit der Untersuchung. »Euer Heiligkeit benötigen Ruhe«, stellte er fest. »Sehr viel Ruhe.«

»Was wollt Ihr damit sagen?«

»Ihr dürft Euer Bett eine Woche lang nicht verlassen, wenn Ihr in zwei Wochen noch leben wollt, Euer Heiligkeit«, sagte der Arzt.

Plötzlich spürte der Papst, wie Kraft und Entschlossenheit zurückkehrten. »Ihr scherzt!«, brummte er.

»Mitnichten, Euer Heiligkeit«, erwiderte der Arzt. »Ihr müsst Euch unbedingt Ruhe gönnen.«

»Das kommt gar nicht in Frage. Zu viel Arbeit wartet auf Uns. Meint Ihr, Wir können die Reformation vom Krankenbett aus aufhalten?«

»Gott der Vater hat auch am siebten Tage geruht«, wandte der Medicus ein. »Dann könnt Ihr es ebenfalls.«

Der Heilige Vater erhob sich zu voller Größe und knöpfte sein Gewand zu. Der Medicus wich unwillkürlich zurück. »Wir wollen die Welt nicht erschaffen«, sagte er mit dröhnender Stimme. »Wir wollen sie erhalten. Also schert Euch zum Teufel!«

Zerknirscht räumte der Medicus das Feld.

»Elender Kurpfuscher!« Der Papst rief Gazetti zu sich. »Was hat der heutige Tag für Uns vorbereitet?«

Und während Gazetti dem Papst den Tagesablauf erläuterte, hatte Giulia Zeit, sich über die neuesten Entwicklungen Gedanken zu machen. Es schien, als hätte sich nicht allein der Papst in Carafa getäuscht. Auch sie selbst, Fulvia und Geller hatten dem Kardinal Unrecht getan. Carafa wirkte zwar kaltblütig und unnahbar, doch durfte man sich davon nicht täuschen lassen. Seine Treue und sein Gehorsam gehörten allein der Kirche und dem Heiligen Vater. Dies hatte er nun unwiderlegbar unter Beweis gestellt.

Wie würde es nun weitergehen? Vermochte Carafa es tatsächlich, die Feinde des Papstes aufzuspüren und unschädlich zu machen? Konnte er das Leben des Heiligen Vaters schützen? Die Zukunft musste es zeigen.

21

Tage vergingen, Wochen, Monate. Die Welt war im Wandel, die Reformation fand stetig neue Anhänger und breitete sich vom Norden des Reiches immer weiter gen Süden aus. Längst waren in der Lombardei die ersten lutherischen Kirchen errichtet. Die Calvinisten verbreiteten ihren Glauben von Genf aus in alle Himmelsrichtungen. Ihre Lehre, dass Jesus Christus nicht am Kreuz gestorben war, um alle Menschen zu erlösen, sondern nur auserwählte Sünder, fand vor allem Gehör bei den einfachen Menschen, den Handwerkern, den kleinen und unfreien Bauern. Die Jesuiten, gründeten mit finanzieller und theologischer Unterstützung des Papstes Ordenshäuser, Schulen und Universitäten in ganz Europa. Von dort aus arbeiteten sie mit aller Macht an einer Gegenreformation. Sie pflegten Predigt und Seelsorge und gingen mit ungewohnter Nachsicht auf die Gläubigen zu. Während sie in vielen Gebieten nur geringe Erfolge zu verzeichnen hatten, gelang es ihnen in Polen, die weit um sich greifende Reformation mit Hilfe des Königshauses und des Adels aufzuhalten und zurückzudrängen.

Von all dem wusste Giulia in Rom kaum etwas. Zwar war sie anwesend, wenn jesuitische Ordensleute bei Seiner Heiligkeit Bericht erstatteten, doch verstand sie nicht viel von dem, was gesagt wurde. Zudem verfügten die Jesuiten über eine eigene Sprache, die voller Bilder und Metaphern war, sodass Giulia irgendwann kaum noch zuhörte.

Die Briefe, die sie von Mutter Rufina aus Santa Annunziata erhielt, gaben Giulia noch immer den Trost, den sie in Rom brauchte. Doch allmählich hatte sie sich an das Leben hier gewöhnt. Es tat ihr gut, dass der Papst sie schätzte und sogar sehr zu achten schien, obwohl ihr diese väterliche Zuneigung zugleich auch Furcht einflößte. Wusste sie doch, dass allzu große Nähe zu den Mächtigen auch eine Gefahr darstellte. Und obwohl sie mitunter glaubte, Seine Heiligkeit gut zu kennen, verblüffte er sie oft mit Unberechenbarkeit und Härte. So ließ er Diebe ohne Anhörung hinrichten, ließ, wenn er gnädig gestimmt war, Lutheraner am Leben und fällte Todesurteile gegen Ehebrecher, Kuppler, Verleumder, Homosexuelle.

Die Gesundheit des Papstes ließ jedoch von Tag zu Tag nach. Oft war er derart kränklich, dass er das Bett nicht verließ. Sein Körper verwelkte wie die Rosen in seinen Gärten im Herbst. Doch sein Geist zeigte sich noch immer rege und stark.

An einem Tag im späten April des Jahres 1590, Giulia war seit nunmehr acht Monaten in Rom, nahm Gazetti sie beiseite, nachdem sich der Papst in sein Schlafgemach zurückgezogen hatte.

»Bereitet Euch auf die Reise nach Grottammare vor, Schwester«, sagte Gazetti.

»Ich verstehe nicht, Monsignore«, sagte Giulia.

»Seine Heiligkeit will seine Heimat noch ein letztes Mal sehen«, erklärte Gazetti. »Es ist an der Zeit für diese letzte Reise.«

Da fiel Giulia ein, dass der Papst ihr selbst vor einigen Monaten von diesem Vorhaben berichtet hatte. »Gut«, sagte sie. »Wann brechen wir auf, Monsignore?«

»In vier Tagen«, sagte Gazetti. »Die Vorbereitungen beginnen schon heute.«

Giulia dachte nach. »Wer begleitet uns?« Sie hoffte, dass auch Fulvia dem päpstlichen Gefolge angehören würde.

»Soldaten der Schweizergarde unter dem Kommando von

Capitano Geller«, sagte Gazetti. »Die Kardinäle Rinaldi und Petit, Ordensleute der Benediktiner und Jesuiten, ausreichend Diener, um für das Wohl Seiner Heiligkeit und der hohen Herren zu sorgen, und wir beide.«

Die Enttäuschung, dass Fulvia nicht mitreisen sollte, überwand Giulia in Gedanken an Geller. Sie wäre am liebsten vor Freude in die Luft gesprungen, als sie hörte, dass der Capitano selbst die Gardisten anführen würde. »Ich bereite alles vor, Monsignore«, sagte sie.

»Noch ein Wort«, sagte Gazetti und hielt sie zurück. »Ich ersuche Euch um allergrößte Verschwiegenheit. Allein Ihr, der Capitano und die mitreisenden Kirchenmänner wissen um die Pläne Seiner Heiligkeit. Niemand darf zu früh davon erfahren.«

»Gewiss, Monsignore«, sagte Giulia. Sie verabschiedete sich und verließ die päpstlichen Gemächer.

Ihr Weg führte sie, wie an fast jedem anderen Tag auch, zu Kardinal Carafa. Seit der von ihm aufgedeckten und vereitelten Verschwörung durch Kardinal Pozzi hatte sie großes Vertrauen zu Carafa gefasst. Obwohl er ihr noch immer unheimlich war, hatte sie beschlossen, sein kühles, unergründliches Auftreten als Eigenart abzutun, die jeder Mensch besaß.

Sie betrat die Räume des Kardinals im Petersdom. Carafa stand grübelnd am Fenster.

»Der Frühling naht«, sagte er, ohne sich umzudrehen.

»Ja«, sagte Giulia und trat näher. »Es ist wunderschön.«

Carafa wandte ihr das Gesicht zu. »Wunderschön?«, echote er und sah wieder hinaus. »Ja, vielleicht ist es das.«

»Ich habe Neuigkeiten zu berichten, Eminenz«, sagte sie.

Erst jetzt richtete Carafa seine Aufmerksamkeit auf die Nonne. »Ich höre.«

Giulia erzählte alles, was sie von Gazetti über die anstehende Reise des Papstes erfahren hatte.

»Wann bricht der Tross auf?«

»Schon in vier Tagen, Eminenz.«

Nachdenklich rieb Carafa über sein kantiges, glatt rasiertes Kinn. »Es ist gut«, sagte er. »Hab Dank, mein Kind.«

»Habt Ihr Order für mich für diese Reise, Eminenz?«, fragte Giulia.

»Nur die eine«, antwortete Carafa. »Schütze das Leben Seiner Heiligkeit, und wenn es dein eigenes Leben kosten sollte. Sei achtsam zu jeder Stunde.«

Giulia nickte, wandte sich um und ging.

Bis in den späten Nachmittag hinein saß Carafa fast unbeweglich da. Dann stand er auf, ließ seine Sänfte bereitmachen und kehrte heim in seinen Palazzo am Campo de' Fiori.

In seinem Schlafgemach wartete Allegra auf ihn. Er beachtete sie kaum, sondern rief nach seinem Diener und ließ sich Straßenkleidung bringen.

Allegra ging auf Carafa zu. Dabei öffnete sie ihr Kleid und zeigte ihre üppigen Brüste. »Du schenkst deinen Dienern mehr Beachtung als deiner Geliebten, Callisto«, sagte sie.

Carafa zog ihr das Kleid bis über die Schultern hoch. »Ich habe keine Zeit für deine Spielchen«, sagte er. Aus einer Schublade zog er zwei Pistolen und lud sie.

Der Diener machte sich daran, Carafa auszuziehen, doch dieser schickte ihn fort.

»Du gehst wieder zu Anatol«, sagte Allegra.

»Ich gehe«, gab Carafa zurück. »Das sollte dir reichen.«

»Hm«, machte Allegra. Sie schlich um Carafa herum. »Das letzte Mal, als du zu Anatol gingst, hat ein Unbekannter zwei Tage später versucht, Seine Heiligkeit zu ermorden.«

Carafa sah sie an. »Was willst du damit sagen?«

»Nichts«, sagte Allegra. »Ich frage mich nur, ob das Leben des Heiligen Vaters erneut in Gefahr ist.«

»Um abschätzen zu können, ob du alsbald die Geliebte des neuen Papstes bist?«, fragte er.

Allegra lächelte. »Wie kommst du darauf?«

»Ich kenne dich und deinen Ehrgeiz, Allegra«, sagte Carafa. »Dir hat es nie gereicht, die Hure des Vizekanzlers zu sein. Du wolltest schon immer höher hinaus. Doch solltest du anderen gegenüber auch nur ein einziges Wort über das verlieren, was hier geschieht, wirst du dir wünschen, tot zu sein.«

Er wartete nicht auf ihre Antwort, sondern verließ den Palazzo und stieg auf sein Pferd.

Im Hurenviertel angekommen, hielt er auf Anatols windschiefes Haus zu. Er band sein Pferd davor an und ging hinein.

Anatol saß an dem kleinen Tisch gegenüber der Tür. Darauf standen zwei leere Flaschen, ein volles Glas und eine Pistole, deren Lauf zur Tür zeigte. »Ihr habt lange nichts von Euch hören lassen«, lallte er.

»Du trinkst zu viel«, meinte Carafa.

»Das Privileg der Sünder«, meinte Anatol.

»Werde nüchtern«, befahl Carafa. »Ich habe einen Auftrag für dich.«

»Bei Eurem letzten Auftrag habe ich um ein Haar mein Leben gelassen«, sagte Anatol. »Könnt Ihr nicht einen anderen Mann auftreiben, der für Euch mordet? Rom beherbergt genügend Schurken.«

Carafa ging ohne ein Wort zu sagen in den Nebenraum. Gleich darauf kehrte er mit einem Eimer voll Wasser zurück und kippte es Anatol mitten ins Gesicht. Dann warf er den Eimer achtlos fort, packte Anatol am Kragen und zog ihn vom Stuhl hoch. »Hör mir genau zu«, zischte er. »Ich habe dir ein Vermögen für deine Dienste bezahlt. Glaubst du, es ist deine Entscheidung, einen Auftrag anzunehmen oder abzulehnen? Du tust, was ich dir sage. Hast du mich verstanden, Trunkenbold?«

Anatol versuchte, sich aus dem Griff zu befreien, doch Carafas Hände waren stärker. Schließlich sackte er in sich zusammen. Tropfnass stand er da und blickte in Carafas rabenschwarze Augen. »Verzeiht«, sagte Anatol. »Das untätige Herumsitzen in diesem Haus und der Wein haben mich geschwächt und irre gemacht. Gewiss tue ich alles, was Ihr mir befehlt.«

Carafa ließ von ihm ab. »Ich will dir deinen Ungehorsam verzeihen.«

»Habt Dank«, sagte Anatol und neigte den Kopf.

»Nun höre, was ich dir zu sagen habe«, sagte Carafa. »In vier Tagen begibt der Papst sich auf eine Reise in seine alte Heimat. Du nimmst ebenfalls an dieser Reise teil.«

»*Ich?*«, fragte Anatol. Verwirrt sah er den Kardinal an. »Wie soll ich zu der erlesenen Gesellschaft stoßen?«

»Du bist noch im Besitz der Gardeuniform?«

»Ja«, sagte Anatol. Dann schien ihm zu dämmern, worauf der Kardinal hinauswollte. »Ihr verlangt von mir, dass ich mich unter die Gardisten mische, die den Papst eskortieren?«

»Genau das«, sagte Carafa.

»Und wenn man mich erkennt?«, fragte Anatol.

»Hast du mir nicht selbst gesagt, dass niemand, der dich gesehen hat, noch unter den Lebenden weilt?«, fragte Carafa.

»Das waren meine Worte«, sagte Anatol. Offenbar wollte er noch etwas hinzufügen, denn er öffnete den Mund. Aber dann schaute er nur zu Boden und schwieg.

»Ich sorge dafür, dass du ordentliche Papiere erhältst«, sagte Carafa. »Begib dich in drei Tagen zu später Stunde in den Petersdom. Trag die Kleider der Garde und such mich in meinen Räumen auf.«

Anatol nickte. »Wann soll ich den Heiligen Vater töten?«

»Den Zeitpunkt wählst du selbst«, erklärte Carafa. »Es ist mir egal, ob du ihn auf der Hinreise, in seinem Heimatort oder auf dem Rückweg nach Rom tötest. Wichtig ist nur, dass er die Stadt nicht mehr lebend betritt.«

»Meine Bezahlung?«, fragte Anatol.

Carafa lächelte kalt. »Ich habe dir zehntausend Scudi für die Ermordung des Papstes gegeben«, sagte er. »Du hast deinen Auftrag nicht erfolgreich abgeschlossen. Hiermit gebe ich dir eine zweite Chance.«

»Ich verstehe«, sagte Anatol.

Carafa wandte sich um und verließ das ärmliche Haus.

Anatol ging in einen Nebenraum, kehrte mit einer vollen Flasche Wein zurück und goss sein Glas voll bis zum Rand.

Am Abend vor der Abreise standen Giulia und Fulvia mitten auf dem staubigen Petersplatz vor dem riesigen Obelisken, der in den römischen Himmel ragte. Es war stockdunkel, allein das Licht des Mondes fiel auf die Gesichter der Nonnen.

»Ich werde dich vermissen«, sagte Fulvia.

»Es ist sehr schade, dass du nicht mit uns reisen darfst«, sagte Giulia. Trauer schwang in ihrer Stimme mit.

Ein schiefes Lächeln zeichnete sich auf Fulvias Gesicht ab. »Ich gehöre nicht zum engsten Kreis Seiner Heiligkeit«, sagte sie. »Aber Capitano Geller leistet dir gewiss Gesellschaft, wenn du dich einsam fühlst.«

Giulia versuchte, Spott auf Fulvias Gesicht zu entdecken, doch es war zu dunkel. »Du verhöhnst mich.«

»Keineswegs«, entgegnete Fulvia. »Doch kannst du nicht verleugnen, dass ihr euch nahesteht. Ach, könnte ich ihm nur so nah sein wie du.«

»Für eine Braut Christi bist du recht keck«, meinte Giulia.

»Ich bin ehrlich«, sagte Fulvia. »Ich gebe zu, dass auch mich in der einen oder anderen Nacht die Fleischeslust überkommt. Nur dass ich nicht in die Zelle einer anderen Schwester schleiche, wie das bei einigen Nonnen üblich ist.«

Giulia glaubte, sich verhört zu haben. »Was hast du gesagt?«, fragte sie mit aufgerissenen Augen.

Fulvia stemmte die Arme in die Hüften. »Willst du mir erzählen, das gäbe es in Santa Annunziata nicht?«

»Gewiss nicht«, sagte Giulia voller Empörung.

Fulvia lachte auf. »Wie auch immer.« Sie hüstelte. »Bist du schon sehr aufgeregt?«

»Wegen der Reise?«

»Weswegen sonst?«

»Nicht sehr«, sagte Giulia. »Meine Sorge gilt allein dem Heiligen Vater. Ich weiß nicht, ob er genügend Kraft für die beschwerliche Reise hat.«

»Wie lange werdet ihr fort sein?«, fragte Fulvia.

»Es heißt, in vier Wochen sind wir zurück in Rom«, antwortete Giulia. »Sollte es dem Heiligen Vater nicht gut ergehen, kehren wir früher zurück.«

»Sorge dich nicht«, sagte Fulvia und legte Giulia sanft eine Hand auf den Arm. »Der allmächtige Vater wird dich, den Papst, Capitano Geller und alle anderen beschützen und euch sicher heim nach Rom führen.«

Giulia bekreuzigte sich. »Amen«, flüsterte sie.

»Gehen wir zurück«, schlug Fulvia vor. »Es wird kühl.«

Auf dem Weg zum Petersdom schwatzten die beiden Nonnen noch über dieses und jenes und wünschten sich auf den Stufen der Basilika eine gute Nacht. Giulia wollte noch Blumen aus den Gärten holen, um dem Heiligen Vater bei dessen Abreise eine kleine Freude zu bereiten.

Aus einem Schuppen am Rande der Gärten holte sie einen

Weidenkorb und ein Messer. Damit ging sie in die Mitte der Rosengärten, wo die ersten Blüten silbrig glänzten. Sie kniete sich auf den Boden, schnitt Stiel um Stiel ab, legte die Blumen vorsichtig in den Korb und hing dabei ihren Gedanken nach.

Der Korb war halb gefüllt, als sie plötzlich hochschreckte. Sie hatte Schritte gehört, und als sie neben sich zwei Beine sah, stieß sie einen Schrei aus. Doch dann atmete sie erleichtert durch, als sie erkannte, dass es Pippo war, der sich jetzt lächelnd neben sie hockte. »Du bist es«, keuchte sie. »Du hast mir einen gehörigen Schrecken eingejagt. Willst du mir helfen, Rosen für den Heiligen Vater zu schneiden?«

Gemeinsam schnitten sie die schönsten Rosen, die sie finden konnten. Giulia war dankbar, dass Pippo bei ihr war. Allein in den großen, dunklen Gärten war ihr doch ein wenig unheimlich zumute gewesen.

»Ich muss mit Euch reden, Schwester Giulia«, sagte plötzlich eine tiefe Stimme neben ihr.

Giulia fuhr zusammen. Woher kamen die Worte? Niemand war hier außer ihr selbst und Pippo. Und Pippo konnte es nicht gewesen sein, der zu ihr gesprochen hatte. Folglich war es Einbildung. Oder nicht? Sie sah Pippo an. Der alte Gärtner schnitt gerade eine Rose von einem Strauch. »Pippo?«, fragte sie. Ihre Stimme klang schwach und brüchig. »Hast du etwas gesagt?«

Pippo antwortete nicht, und Giulia wollte sich schon einen Narren schelten, als die Stimme erneut erklang. »Seid ganz ruhig, Schwester.«

Dieses Mal hatte Giulia aufgepasst. Es waren Pippos Lippen, die diese Worte geformt hatten. Sie erstarrte. »Pippo«, hauchte sie. »Du kannst sprechen wie jeder andere auch?«

Pippo nickte, wobei er ungerührt fortfuhr, Rosen zu schneiden.

»Dann bist du nicht ...« Giulia suchte nach Worten.

»Nein«, flüsterte Pippo. »Ich bin nicht der Trottel, für den mich alle halten.«

»Aber aus welchem Grund verstellst du dich?«, fragte Giulia.

»Ich bin ein Narr unter Narren«, sagte Pippo. »Mit dem Unterschied, dass die anderen Narren nicht wissen, dass sie welche sind. Damit lässt es sich ganz gut leben im Vatikan.«

»Ich kann es kaum glauben«, sagte Giulia. Sie dachte an die vielen Tagen, an denen sie mit Fulvia und Pippo in den Gärten gearbeitet hatte. Und dass sie Fulvia ihr Herz ausgeschüttet hatte, weil sie sicher war, Pippo würde ohnehin kein Wort begreifen. Dann fiel ihr etwas ein. »In der Nacht, als wir aus der Engelsburg geflohen sind, hast du uns das Leben gerettet. Es war kein Zufall, dass du plötzlich um die Ecke kamst, nicht wahr?«

»Keineswegs«, lächelte Pippo. »Ich habe Euch und Schwester Fulvia beobachtet. So habe ich geahnt, dass Ihr Hilfe brauchtet.«

Giulia war noch immer verwirrt. »Warum offenbarst du dich jetzt?«, fragte sie.

»Ihr schwebt in großer Gefahr«, sagte Pippo. »Ihr und der Heilige Vater. Pozzi war nicht der einzige Verschwörer. Da sind noch zwei weitere.«

»Wer ist es?«

»Später«, sagte Pippo. »Jetzt gibt es Wichtigeres.«

Giulia rückte noch ein Stück näher an Pippo heran. »Ich höre«, wisperte sie.

»Als die junge Nonne starb«, berichtete Pippo, »die, deren Platz Ihr nun einnehmt, habe ich ihren Mörder gesehen. Er trug die Uniform der Garde und floh durch die Gärten des Quirinalspalastes vor seinen Verfolgern. Ich war dort. Hinter Büschen versteckt. Er hat mich nicht bemerkt, aber ich konnte im Licht der Fackeln sein Gesicht sehen, bevor er weiterlief. Und dieses Gesicht sah ich heute ein zweites Mal.«

Giulia hielt den Atem an. »Wo, Pippo?«

»Unter den Gardisten, die dem Heiligen Vater morgen das Geleit geben«, sagte Pippo.

»Heilige Jungfrau Maria!«, entfuhr es Giulia. »Und du hegst keinen Zweifel?«

»Nicht den geringsten, Schwester«, sagte Pippo.

Giulia dachte nach. Wenn Pippo recht hatte, und dessen war sie sich sicher, war der Heilige Vater in der Tat in höchster Gefahr. »Was soll ich tun?«, wollte sie von Pippo wissen.

»Geht zu Capitano Geller«, sagte Pippo. »Er ist ein guter Mann. Ihm könnt Ihr bedingungslos vertrauen. Aber das wisst Ihr längst. Sagt ihm, was ich Euch gesagt habe. Er weiß, was zu tun ist.«

»Was geschieht mit dir?«, fragte Giulia.

»Bittet den Capitano um Stillschweigen, was mein kleines Geheimnis betrifft«, bat Pippo. »Ich gehe zurück in mein Haus. Wäre ich noch ein junger Recke, ich würde mich selbst um den Meuchelmörder kümmern. Bei meiner Ehr'.«

Giulia nahm Pippo fest in ihre Arme. Liebevoll streichelte sie über seine Wange, dann verließ sie die Gärten.

Auf dem schnellsten Wege eilte Giulia in das Haus der Garde und fragte nach Geller. Doch niemand wusste, wo sich der Capitano aufhielt. Verzweifelt lief sie durch den ganzen Petersdom, ohne auch nur die kleinste Spur von ihm zu finden. Schließlich hielt sie atemlos unter der großen Kuppel inne und starrte zu der gewaltigen Marienstatue hoch. Heilige Mutter Gottes, betete sie still. Was soll ich nur tun? Plötzlich wusste sie, an wen sie sich wenden konnte. Es gab außer Geller nur einen Mann, dem sie traute und der über die Macht verfügte, die drohende Gefahr abzuwenden: Kardinal Carafa.

Sie hastete durch die Hallen und Gänge, in der Hoffnung,

den Kardinal zu dieser späten Stunde noch in seinen Räumen anzutreffen. Sie hatte Glück. Als sie an den Gardisten vorbei eintrat, saß Carafa noch an seinem Schreibtisch.

Er sah auf. »Ihr wünscht?«

»Euer Eminenz«, sagte Giulia außer Atem. »Ich habe eine wichtige Nachricht für Euch.«

»Kommt erst einmal zu Atem«, sagte Carafa. »Dann berichtet, was Euch derart erregt.«

Aufgeregt erzählte sie Carafa, was sie von Pippo erfahren hatte. Der Kardinal starrte sie fassungslos an.

»Pippo, der Narr?«, fragte er.

»Ich bitte Euch, Eminenz«, sagte Carafa. »Behaltet dieses Geheimnis für Euch. Pippo hat allein zum Schutz Seiner Heiligkeit die Maske vor mir gelüftet.«

»Gut, gut«, sagte Carafa. »Habt Ihr mit Capitano Geller gesprochen?«

»Nein«, antwortete Giulia. »Der Capitano ist wie vom Erdboden verschwunden.«

Carafa wirkte nachdenklich und besorgt. »Ich werde die notwendigen Schritte einleiten«, sagte er. »Begebt Euch in Eure Zelle und ruht Euch aus. Ihr habt den Schlaf bitter nötig.«

»Habt Dank«, sagte Giulia und ging.

Carafa wartete noch eine halbe Stunde. Dann verließ auch er seine Räume. Mit großen Schritten, jedoch ohne übertriebene Hetze, begab er sich zum Gebäude der Schweizergarde. Die Gardisten verstauten soeben ihre Ausrüstung für die anstehende Reise auf mehreren Planwagen – Musketen, Pistolen, Zelte, Pulver, Nahrung.

Carafa ging um das Gebäude herum und fand im Halbschatten den Mann, den er suchte.

Anatol saß auf einem Fass und starrte in den mondhellen Himmel. Sofort zog er seine Pistole.

»Ich bin es«, raunte Carafa ihm zu.

Erschrocken ließ Anatol die Pistole sinken. »Was tut Ihr hier?«, fragte er. »Es ist viel zu gefährlich, wenn man uns zusammen sieht.«

»Das weiß ich selbst«, sagte Carafa. »Du kannst dir denken, dass es einen Grund für mein Kommen gibt.«

»Ich höre.«

Carafa erzählte Anatol, was er zuvor von Giulia erfahren hatte. Bei jedem Wort sackte Anatol noch mehr in sich zusammen. »Und so gibt es doch noch jemanden, der dein Gesicht erkannt hat«, schloss Carafa.

»Ich kann Euch nur um Verzeihung bitten«, sagte Anatol.

»Du bekommst Gelegenheit, deinen Fehler wiedergutzumachen«, sagte Carafa. »Töte den alten Narren. Danach besorgst du dir die Kleider eines der Diener, die mit auf die Reise gehen. Hast du verstanden?«

»Gewiss«, sagte Anatol.

»Gut«, sagte Carafa. Er atmete tief durch. »Warte eine Weile. Dann tu, was zu tun ist.« Er verschwand.

Anatol tat, wie ihm geheißen. Er verließ die dunkle Ecke, ging durch den Petersdom, betrat die Gärten und versteckte sich in einer dunklen Ecke. Von dort aus beobachtete er die Umgebung. Alles war ruhig.

Er zückte sein Messer und lief geduckt im Schutz der Finsternis auf Pippos Haus zu. Dort angekommen, hockte er sich hin und wartete, ob sich etwas rührte. Doch niemand schlug Alarm, kein Mensch ließ sich sehen. So kroch er um das Haus herum, bis er unter ein Fenster gelangte, aus dem schwacher

Lichtschein drang. Blitzartig richtete er sich auf, lugte durch das Fenster und schnellte zurück. Er kroch weiter, bis er die Tür erreichte, und zückte seinen Dolch.

Ganz langsam fuhr Anatols Hand zum Türgriff hoch und drückte ihn vorsichtig herunter. Mit einem leisen Knarren öffnete sich die Tür nach innen. Das Licht, das durch den Spalt kam, blendete ihn für einen Augenblick. Er drückte die Tür ein Stück weiter auf und schlüpfte gebückt hindurch.

In dem Zimmer standen nur ein Bett, ein Tisch und an der Wand eine alte, jedoch blank geputzte Rüstung. Anatol schlich weiter zu einem Durchgang in der Wand gegenüber. Er spähte hindurch und entdeckte Pippo, der mit dem Rücken zu ihm an einem ausladenden Tisch saß und Tierfiguren aus einem dunklen Holzblock schnitzte.

Anatol bekreuzigte sich. Dann betrat er den Raum.

In diesem Moment schien Pippo ihn bemerkt zu haben, denn er legte den Holzblock beiseite und schnellte herum, das Schnitzmesser in der Hand. »Du?«, fragte er. Seine Stimme zeigte nicht ein Quäntchen Furcht.

Anatol richtete sich auf. »Ja, ich, alter Mann«, sagte er. »Du hättest schweigen sollen und weiter den Narren spielen. So hast du nun dein Leben verwirkt.« Er hob den Dolch.

Jetzt erhob sich auch Pippo. Er war einen Kopf größer als Anatol und breiter in den Schultern. »Es ist gut, dass du gekommen bist«, sagte er. »So kann ich dein teuflisches Dasein beenden und die Gefahr für den Heiligen Vater hier und jetzt aus dem Wege räumen.«

Anatol wartete nicht länger, sondern sprang katzenartig auf Pippo zu, holte gleichzeitig aus und stach zu.

Pippo schien den Angriff vorausgeahnt zu haben. Er sprang zur Seite und hieb Anatol die Faust in den Nacken. Anatol schrie auf und torkelte benommen zur Seite. Schon war Pippo bei ihm und versuchte, ihm das Messer in den Hals zu stoßen. Anatol ließ sich fallen, rollte zur Seite weg und trat Pippo in die Kniekehlen, dass dieser vor Schmerz aufstöhnend zu Boden sank.

Wie ein Raubtier schlich Anatol um den alten Gärtner herum. Plötzlich holte Pippo aus und schlug Anatol mit der Faust in die Magengrube. Während Anatol zusammensackte, schlug Pippo ihm mit der anderen Faust zwei Zähne aus. Anatol stürzte quer durch den Raum und blieb vor dem Durchgang liegen.

Ächzend stand Pippo auf und schleppte sich zu dem blutenden Anatol hinüber. Als dieser sah, dass Pippo auf ihn zukam, tat er so, als sei er besinnungslos.

Pippo baute sich vor ihm auf. »Und jetzt fahr zur Hölle!«, fluchte er und holte mit dem Messer aus.

Da schlug Anatol die Augen auf. In einer geschmeidigen Bewegung hob er die Hand mit dem Dolch und durchtrennte die Achillessehne an Pippos rechtem Fuß.

Pippo schrie auf vor Schmerzen. Er verlor den Halt und fiel zu Boden. Mit weit aufgerissenen Augen starrte er seinen Gegner an.

Mühsam kam Anatol auf die Knie hoch. Er schlug Pippo das Messer aus der Hand und beugte sich über ihn. »*Du* fährst zur Hölle, alter Narr!«, keuchte er. Er holte aus und rammte Pippo den Dolch bis zum Heft ins Herz.

Pippo starb, ohne noch einen Laut von sich zu geben. Von einem Augenblick zum anderen wurden seine Augen leblos und verloren ihren Glanz.

Hechelnd ließ Anatol sich neben den Toten fallen. Nur langsam kehrten seine Kräfte zurück. Der Kampf war kurz gewesen, aber unerbittlich. Als sein Atem ruhiger wurde, stand er auf. Er ging durch das ganze Haus, bis er eine große Truhe fand. Darin lagen einige alte Pistolen, Schwerter und allerlei Krimskrams. Er nahm alles heraus und warf es achtlos in eine Ecke. Anschließend schleifte er Pippo dorthin, hob dessen schweren Oberkörper an und wuchtete den Toten in die Kiste. Zum Schluss warf er den Deckel zu und setzte sich auf die Truhe.

Als er sich ausreichend gestärkt fühlte, stand er auf. Er ging hinüber zu dem Tisch, auf dem ein Krug stand. Er roch daran, nahm einen tiefen Schluck und spülte seinen Mund aus. Einen weiteren Schluck ließ er die ausgetrocknete Kehle hinabrinnen.

Nun war es an der Zeit, den zweiten Teil seines Auftrags zu erfüllen. Er verließ das Haus, schlich durch den Garten und betrat wieder den Petersdom.

Er streifte durch die Gänge und Hallen, bis er den Trakt erreichte, in dem die Küchen und Gesindestuben lagen. Plötzlich sah er zwei Diener in samtbraunen Kleidern vor sich auf dem Flur. Anatol folgte ihnen und hörte aus deren Gespräch, dass beide den Papst auf seiner Reise begleiten würden. Die Diener begaben sich in die Küche, und Anatol musste geduldig darauf warten, dass einer oder beide wieder herauskamen.

Endlich war es so weit. Einer der Diener verließ die Küche. Er achtete nicht auf Anatol, der vor einer der Türen stand, als würde er Wache stehen. Anatol folgte dem Diener in sicherem Abstand.

Irgendwann öffnete der Diener eine Tür in einem verlassenen Seitentrakt. Anatol konnte erkennen, dass es sich um einen Lagerraum handelte. Er sah sich noch einmal um, dann betrat er den Raum.

Die Kammer war voller Kissen, Decken, Vorhänge und Stoffe. Der Diener drehte sich nach ihm um. »Was wünscht Ihr, Soldat?«, fragte er mit knabenhafter Stimme. Sein dunkles Haar war glatt und voll, seine Haut so weich wie Seide. Er konnte kaum älter als achtzehn Jahre sein.

»Du gehörst zu der Dienerschaft, die in der Frühe mit Seiner Heiligkeit reist?«, fragte Anatol.

»Ja«, sagte der Diener.

»Bist du im Besitz gültiger Papiere?«, wollte Anatol wissen.

»Gewiss«, antwortete der Diener. »Aber wozu wollt Ihr ...«

»Es ist meine Aufgabe, jeden zu überprüfen, der Seine Heiligkeit begleitet«, erklärte Anatol. »Die Sicherheit Seiner Heiligkeit hat oberste Priorität.« Er streckte die Hand aus.

Der Diener zog seine Papiere hervor und reichte sie Anatol.

Anatol faltete das Dokument auseinander. »Wie lautet dein Name«, fragte er.

»Lino Leopolo«, sagte der Diener.

Anatol überprüfte die Angabe anhand des Dokuments. »Gut«, sagte er und betrachtete Lino vom Scheitel bis zur Sohle. »Deine Kleider werden mir passen.«

Lino wich einen Schritt zurück. »Ich verstehe nicht«, sagte er. »Was wollt Ihr von mir?«

»Deine Kleider«, sagte Anatol und tat zwei Schritte auf Lino zu. »Nur deine Kleider, mein Freund.«

Lino versuchte, die Tür zu erreichen, aber Anatol war schneller. Er sprang Lino von hinten an, woraufhin dieser der Länge nach zu Boden fiel. Anatol packte Lino an den Schultern und drehte ihn auf den Rücken. Seine Finger legten sich um Linos schlanken Hals und drückten zu. Aus Linos Kehle drang ein verzweifeltes Glucksen, seine Augen waren panisch auf Anatol gerichtet. Er schlug mit Armen und Beinen um sich, aber Anatols Griff lockerte sich nicht. Linos Gesicht wurde blassblau, dann erstarb seine Gegenwehr. Anatol drückte noch immer zu, obwohl Lino längst tot sein musste. Erst allmählich lockerte er die tödliche Umklammerung und horchte an Linos Brust.

Zufrieden richtete Anatol sich auf. Er entkleidete den Toten und sich selbst und schlüpfte in Linos Hosen und Wams. Zum Schluss setzte er die braune Kappe des Dieners auf. Die Papiere verstaute er in einer Tasche. Suchend sah er sich um, bis er einen Haufen alter Decken fand. Er zog den toten Leib hinüber zur Wand und bedeckte ihn mit den Decken.

Dann verließ er die Kammer. Er zog sich in einen ruhigen Winkel des Petersdoms zurück, wo er schlief, bis der Morgen graute.

22

Die Nacht war viel zu schnell vorüber. Schwester Regina weckte Giulia nach dem ersten Hahnenschrei. Noch missgelaunter und wortkarger als üblich, vermutlich aus Neid, weil sie nicht an der päpstlichen Reise teilnehmen durfte, sagte sie Giulia, sie solle sich ankleiden und sich umgehend vor dem Petersdom einfinden. Beten solle sie zwischendurch.

Die Aufregung in Giulias Brust wuchs mit jedem Augenblick. Nach so langer Zeit würde nicht nur der Heilige Vater seine Heimat wiedersehen, sondern auch sie selbst. Zwar gab sie sich keinerlei Hoffnungen hin, das Kloster Santa Annunziata besuchen zu dürfen, doch freute sie sich auf die Wälder, Berge und Seen in der Mark Ancona. Nirgendwo sonst roch die Luft so würzig und blumig zugleich, war das Wasser blauer, waren die Menschen freundlicher. Auf all dies freute sie sich so sehr, dass sie am liebsten den mächtigen Petersdom umarmt hätte.

Giulia trat aus der Basilika ins Freie. Sie blickte die Stufen hinab auf den Petersplatz und fand die Reisegesellschaft versammelt vor. Zehn Kutschen, etwa drei Dutzend mit Gepäck beladene Pferdewagen, ebenso viele Ochsenkarren, auf denen unzählige Hühnerkäfige befestigt waren, zweihundert Gardisten zu Fuß und zu Pferde sowie mindestens einhundert Diener füllten einen Großteil des Platzes aus.

Direkt vor den Stufen standen zwei Kardinäle und drei Bischöfe in ein Gespräch vertieft, ein Stück weiter unterhielten sich die Kutscher. Die Diener hielten sich in gebührendem Abstand von den hohen Herrschaften in der Mitte des Platzes auf.

Dann entdeckte sie Capitano Geller auf seinem Pferd an der Spitze der Gardisten. Er trug die volle Rüstung, bestehend aus goldenem Brustharnisch, goldenen Arm- und Beinschützern und dem prachtvollen glänzenden Helm mit weißer Feder. Sie lief die Treppe hinab auf den Capitano zu.

Als Geller sie sah, stieg er vom Pferd. »Schwester Giulia!« Er lächelte und verneigte sich. »Euer Anblick ist reizender als die aufgehende Sonne.«

Giulia erwiderte das Lächeln. Ihre Wangen glühten rosig. »Hat Kardinal Carafa mit Euch gesprochen, Francesco?«, sagte sie schnell, um ihre Verlegenheit zu überspielen.

»Nein«, antwortete Geller. »Doch noch gestern Abend gab er die Anweisung, alle Gardisten, die für die Reise ausgewählt worden waren, zu ersetzen. Habt Ihr eine Ahnung, was den Kardinal zu dieser Entscheidung bewogen hat, Schwester?«

Giulia fiel ein Stein vom Herzen. Folglich hatte Carafa Pippos Hinweis ernst genommen. Nur wollte sie Geller in diesem Augenblick nichts von Pippos wahrer Natur erzählen. Obwohl sie Pippos Einverständnis dazu hatte, wollte sie einfach nicht, dass mehr Menschen als nötig davon erfuhren. Die Gefahr war gebannt, nun sollte er selbst entscheiden, wem er sich offenbarte. »Es gab wohl den Verdacht, einer der Gardisten plane einen Anschlag auf das Leben des Heiligen Vaters«, sagte sie.

Geller fiel die Kinnlade herunter. »Einer *meiner* Männer?«, fragte er. »Dabei kann es sich nur um einen Irrtum handeln.«

Giulia zuckte mit den Achseln. »Ich denke, Kardinal Carafa wollte nur ganz sichergehen.« Sie sah sich um. »Wann brechen wir auf?«

»Sobald Seine Heiligkeit erscheint«, sagte Geller.

In diesem Augenblick tönten Fanfaren über den Platz. Schon bogen zehn Gardisten in silberstrahlenden Plattenpanzern zu

Pferde um die Ecke des Petersdoms auf den Platz ein. Dahinter marschierten rund zwei Dutzend Diener. Dann erblickte Giulia die pompöse *Sedia gestatoria*. Die Sänfte des Papstes bestand aus einem reich verzierten Thronsessel, der auf einer Plattform stand. Zu beiden Seiten befanden sich armdicke Stangen, die auf den Schultern von sechs Männern ruhten, den hochgeschätzten *Sediari pontifici*. Die Sediari trugen lange rote Gewänder aus Damast. Links und rechts der Sedia stolzierten Diener, die mit hoch erhobenem Haupt und ernster Miene die *Flabelli* trugen, große Fächer aus weißen Federn. Und auf dem Thron saß der Mann, dem sich nun alle Blicke zuwandten: Papst Sixtus V. Er posierte auf dem Thron, als hätte ein Maler ihn porträtiert. Gekleidet war er in eine weiße Soutane mit weißer *Mozzetta*, auf der Brust das an einer goldenen Kette befestigte *Pectorale*. Darüber trug er einen langen roten Umhang. Auf dem Kopf saß die glanzvolle weiße Tiara knapp über den buschigen weißgrauen Augenbrauen.

Im Gleichschritt trugen die Sediari den Thron in die Mitte des Petersplatzes. Wie auf ein geheimes Kommando stiegen die Geistlichen in die Kutschen. Geller gab der Garde den Befehl zum Aufsitzen. Hinter den Reitern nahmen die Fußsoldaten Aufstellung. Die Diener sammelten sich. Gazetti und Giulia stiegen in die päpstliche Kutsche, die der Heilige Vater nutzen würde, wenn Wind und Wetter die Reise auf der Sedia nicht mehr zuließen oder er aus anderen Gründen dies wünschte.

Geller ritt an die Spitze des Trosses. Ihm folgten rund dreißig Gardisten zu Pferde und zehn zu Fuß. Dahinter reihte sich die Hälfte der Dienerschaft ein und schließlich die mächtige Sedia mit dem Papst. Dann kamen die Kutschen, erneut Gardisten, die Pferdewagen und Ochsenkarren, die restliche Dienerschar und zum Schluss die übrigen Gardisten. Geller blickte sich um.

Als alles bereit war, hob er die Hand und ließ sie wieder sinken. Langsam setzte sich der päpstliche Hofstaat in Bewegung.

Giulia beobachtete Gazetti ihr gegenüber, der gleich wieder die Nase in Dokumente gesteckt hatte. »Wann werden wir Grottammare erreichen, Monsignore?«, fragte sie.

Gazetti sah auf. »So Gott will, in zwei Wochen, Schwester«, antwortete er und setzte das Studium der Schriftstücke fort. Dabei verzog er hin und wieder die Mundwinkel oder schüttelte unwillig den Kopf.

Giulia seufzte leise. Gazetti war ein guter Mann. Kein Falsch war in seinem Herzen. Doch mit ihm als Begleiter würde sich die Reise überaus eintönig gestalten. Sie zog den Vorhang beiseite und sah, wie die Häuser Roms an ihr vorüberzogen. Die Menschen blieben stehen und starrten die Gesellschaft mit aufgerissenen Augen an. Als sie den Papst erblickten, bekreuzigten sie sich und fielen auf die Knie. Ein paar Kinder liefen lachend neben der päpstlichen Kutsche her. Dann überquerte der Tross den Tiber über die Ponte Margherita. Die Bebauung wurde spärlicher, es standen kaum noch Schaulustige an der Straße.

Sie verließen Rom nach Norden. Weizenfelder und Olivenhaine empfingen den Papst und sein Gefolge. Giulia lehnte sich zurück, betrachtete die Bäume, die wie riesige Schatten auftauchten und wieder verschwanden, und dachte an Pippo und Fulvia, die in diesem Augenblick wahrscheinlich gemeinsam in den Gärten oder im Arboretum arbeiteten.

Der päpstliche Tross kam nur langsam voran. Doch das lag weder am Wetter, das kaum besser sein konnte, noch an den Straßen, die seit der Zeit der Römer in tadellosem Zustand waren. Vielmehr gaben die Sediari das Tempo vor. Mit dem schweren Papstthron auf ihren Schultern konnten sie keine schnellen

Schritte machen. So bewegte sich die Gesellschaft wie ein gewaltiger, jedoch äußerst schwerfälliger Tausendfüßler durch die bunte, nach süßlichem Frühling duftende Landschaft der Campagna.

Giulia las in der Bibel. Monsignore Gazetti war irgendwann sanft entschlummert. Ab und zu blickte sie auf und konnte sich ein Grinsen schlecht verkneifen. Gazetti saß da, die Dokumente fest in den Händen, den Kopf im Nacken, und schnarchte leise. Ein blasser Speichelfaden lief ihm aus dem Mundwinkel über das schmale Kinn auf die schwarze Soutane. Immer wenn die Kutsche in ein Schlagloch geriet, wurde er kurz wach, sah sich hechelnd um – und war kein Augenzwinkern später wieder eingeschlafen.

Zur Mittagszeit hörte Giulia das Getrappel von Hufen. Gleich darauf tauchte Capitano Gellers Gesicht vor ihrem Fenster auf. Er ritt gemächlich neben der Kutsche her. »Wie geht es Euch?«, fragte er. Sein Blick fiel auf den schlafenden Gazetti, und er lächelte mild.

Giulia, dankbar für die kurze Abwechslung, sagte: »Es geht mir gut. Sind wir schon weit?«

Geller schüttelte den Kopf. »Wir erreichen in einigen Stunden Bagni.« Er zögerte.

»Was habt Ihr?«, fragte Giulia.

»Ich mache mir Sorgen um Seine Heiligkeit«, sagte Geller. »Die Reise scheint ihn schon jetzt viel Kraft zu kosten. Er sitzt nur müde und teilnahmslos auf der Sedia. Auf seinem Antlitz ist kaum noch Leben zu finden.«

»Was gedenkt Ihr zu tun, Francesco?«, fragte Giulia.

»Noch vor Bagni legen wir eine Rast ein«, sagte er entschlossen. »Wenn Seine Heiligkeit dann keine Erholung findet, spreche ich mit den Kardinälen, damit er von der Sedia in die Kutsche umsteigt.«

Giulia nickte.

»Ich hoffe, diese Reise erweist sich nicht als großer Fehler«, sagte Geller, trat seinem Pferd in die Flanken und stob davon.

Kurz darauf gellten Kommandos am Tross entlang. Soldaten, Diener, Kutschen und Karren schwenkten vom Weg ab auf ein großes Feld. Achtlos trampelten sie die grünen Keimlinge in den lehmigen Boden. Mitten auf dem Feld hielt der Zug an. Die Diener schwärmten aus, um Zelte und Feuerstellen zu errichten, Hühner zu schlachten und Wasser aus einem nahen Bach zu schöpfen. Die Gardisten bildeten einen schützenden Kreis um den gesamten Tross.

Giulia, froh darüber, wieder festen Boden zu betreten und die Glieder ausstrecken zu können, ging sogleich zum Heiligen Vater. Der nun weitaus munterere Gazetti folgte ihr auf dem Fuße.

Die Sediari stellten die päpstliche Sänfte in der Mitte der Reisegesellschaft ab. Ununterbrochen fächelten die Diener dem Heiligen Vater kühlende Luft zu. Andere Diener bauten ein großes weißes Zelt neben der Sedia auf.

Der Papst sah in der Tat sehr schwach aus. Zwei Sediari mussten ihn stützen, damit er von der Sänfte heruntersteigen konnte. Gazetti ging zu ihm und sprach einige leise Worte mit ihm. Der Heilige Vater schien ihm kaum Beachtung zu schenken. Er schaute an Gazetti vorbei, sah Giulia und winkte sie zu sich.

Giulia trat zügig näher und machte einen Knicks.

»Begleite Uns«, sagte der Papst und deutete auf das Zelt.

»Wie Ihr wünscht, Euer Heiligkeit«, sagte Giulia.

Gazetti schickte sich an, ihnen zu folgen, aber der Papst hielt ihn zurück. »Ihr habt gewiss zu arbeiten«, sagte er mit Blick auf die Dokumente in Gazettis Händen und betrat das Zelt. Giulia folgte ihm.

Dort war es angenehm kühl. Die emsigen Diener hatten bereits ein gemütliches Kanapee, einen Kastensitz mit hoher Lehne sowie einen breiten Tisch aufgestellt. Auf dem Tisch standen eine Karaffe Wasser und zwei Gläser. Giulia goss Wasser in ein Glas und reichte es dem Papst, der sich ächzend auf dem Kanapee niederließ. Giulia sah ihn an.

»Wohl bemerken Wir die Sorge in deinem Blick«, sagte er, nachdem er das Glas in einem Zuge geleert hatte.

Giulia schenkte nach. »Ich kann meinen Kummer kaum verhehlen, Euer Heiligkeit«, gab sie zu.

Ein schwaches Lächeln erschien auf seinem Gesicht. Er nestelte mit den Fingern am Verschluss seines Umhangs. »Befrei Uns von diesem fürchterlichen Ding.«

Giulia öffnete die Schleife unter dem Hals des Papstes und legte den Umhang auf den Sitz.

Befreit atmete der Papst auf. »Nun sag, was dich grämt«, bat er.

Giulia errötete. »Euer Heiligkeit«, stammelte sie. »Es steht mir nicht zu, Euch ...«

»Sprich!«

»Ich sorge mich«, sagte Giulia, »dass Eure Heiligkeit diese Reise womöglich nicht übersteht. Wir sind kaum einen halben Tagesmarsch von Rom entfernt, und der Weg scheint Euch sehr anzustrengen.«

Der Heilige Vater lachte heiser auf. »Ich vertrete Christus, unseren Herrn, auf Erden«, sagte er. »Und wanderte der Heiland nicht vom See Genezareth nach Kapharnaum? Von Kapharnaum nach Magdala, Bethsaida und Chorazim? Ging er nicht in rastloser Wanderschaft, das heilige Wort Gottes auf den Lippen und im Herzen, nach Nazareth, und von dort nach Kana und Nain? Er durchstreifte das karge Land bei Gerasa, Tyros und Sidon. Und haben Johannes, Jakobus oder der gute

Simon Petrus zu ihm gesagt, er solle innehalten und sich schonen?«

»Mit Verlaub, Euer Heiligkeit«, sagte Giulia, »aber Christus war jung und kräftig.«

Der Papst wollte sich erheben, sackte aber wieder zurück auf das Kanapee. »Vielleicht hast du recht«, sagte er, »und Wir sind ein törichter alter Narr mit nichts als Flausen im Kopf.«

Giulia kniete vor ihm nieder. »Bei Gott«, hauchte sie. »Das seid Ihr ganz gewiss nicht, Euer Heiligkeit. Euer Wunsch, die geliebte Heimat noch einmal zu sehen, verleiht Euch ungeahnte Kräfte. Doch die Reise ist noch lang, und Rom erwartet Euch lebendig und vor allem gesund zurück. Die Menschen brauchen Euch.«

Gütig lächelte er. »Was sollen Wir deiner Meinung nach tun?«, fragte er müde. »Umkehren?«

Giulia schüttelte den Kopf. »Mitnichten, Euer Heiligkeit«, sagte sie. »Ich bitte Euch nur, fortan in der päpstlichen Kutsche zu reisen. Auf der Sedia seid Ihr Wind und Sonne ausgesetzt. Beides schwächt Euch zu sehr.«

Der Heilige Vater nahm Giulias Hand in seine großen, warmen Hände. »Gott hat dich schon im Augenblick deiner Geburt gesegnet«, sagte er. »Das sehen wir so klar wie Moses den heiligen Berg Sinai. Gut, wir reisen fortan in der Kutsche.«

Giulia fühlte große Erleichterung. »Ich danke Euch, Euer Heiligkeit«, stieß sie hervor.

Drei Diener betraten das Zelt. Einer hielt ein silbernes Tablett mit einem gebratenen Hühnchen darauf, ein anderer brachte einen Korb mit Brot und Käse, der dritte trug einen Krug Wein. Sie stellten alles auf dem Tisch ab und verließen das Zelt.

Giulia half dem Papst auf die Beine und stützte ihn, bis er sich auf dem Stuhl niederlassen konnte. Bedächtig, jedoch mit Appetit, begann er, das Mahl einzunehmen.

Danach rülpste und furzte er, und ein befreiendes Lächeln trat auf seine Lippen.

Giulia streckte den Kopf aus dem Zelt und gab Anweisung, die päpstliche Kutsche vorfahren zu lassen. Kaum war diese vorgefahren, half sie dem Papst aus dem Zelt. Gazetti eilte herbei, warf Giulia einen dankbaren Blick zu und führte gemeinsam mit ihr den Heiligen Vater in die Kutsche.

Kurz darauf gellten wieder Kommandos. Die Diener verstauten in aller Eile, was sie zuvor von den Karren genommen hatten. Der Tross setzte die Reise fort.

Da die Sedia auf Geheiß des Papstes nicht nach Rom zurückgesandt wurde, kam die päpstliche Reisegesellschaft auch jetzt nicht schneller voran. Drei Tage später erreichten sie Tivoli. Danach streiften sie Vicovaro, Licenza und Orvinio. Vorbei an den Hängen zwischen den Monti Sabini und dem Monte Nuria drangen sie in karges, unberührtes Land vor. Tagelang bezwangen sie Hügel, Täler und Flüsse, umreisten dichte Nadelwälder, durchquerten staubige, ausgetrocknete Flussbetten zwischen unendlich hohen Felswänden. Hinter Schluchten warteten Geröllhalden, hinter Geröllhalden Sumpflandschaften voll gieriger Moskitos. Peitschender Regen wechselte mit sengender Sonne und schneidenden Winden. Dabei hatte man die Route so gewählt, dass der Papst, die Kardinäle und die Bischöfe so oft wie möglich in einem Kloster nächtigen konnten.

Nach zwei Wochen waren alle am Ende ihrer Kräfte. Allein der Papst schien bei jedem Schritt, den er näher an die geliebte Heimat herankam, neue Kraft zu schöpfen. Seine Wangen röteten sich, die Leichenblässe verschwand aus seinem Gesicht. Die Augen schauten nun lebhafter, die schmalen Lippen lächelten oft, und auch seine ihm eigene Schwatzhaftigkeit trat wieder zutage. Ab und zu ließ er es sich nicht nehmen, auf ein Pferd zu steigen.

Giulia empfand Freude und Dankbarkeit über die Verwandlung des Heiligen Vaters. Gleichwohl ahnte sie, dass diese Verwandlung sich umkehren würde, sobald er seine Heimat wieder gen Rom verließ. Doch bis dahin blieb noch Zeit.

An diesem Tag sollten sie Velino erreichen, ein Kloster der Benediktiner.

Giulia saß mit dem Heiligen Vater und Monsignore Gazetti in der Kutsche, in der die warme Luft sich wie ein schwerer Mantel auf sie legte und sie zu erdrücken drohte. Noch nie war der Wunsch in ihr so groß gewesen, sich das weiße Wimple mitsamt dem darüber liegenden schwarzen Schleier vom Kopf zu reißen. Ihre Augen brannten und waren müde. Wie so oft sah sie aus dem Fenster. Gerade fuhr die Kutsche an einem winzigen Dorf vorbei. Es bestand nur aus wenigen Häusern, dazu eine Schmiede, eine Töpferei und ein alter Stall neben einer zerfallenden Scheune.

Auf einmal hörte Giulia Schreie. Sie streckte den Kopf hinaus und blickte sich suchend um. Da entdeckte sie neben einem Hügel unweit des Weges mehrere Gestalten. Auf dem Hügel standen sechs Bäume. An drei Bäumen baumelten Männer an Stricken. Drei anderen Männern wurden gerade die Galgenstricke um den Hals gelegt. Dem vorbeiziehenden Tross schenkten die Menschen auf dem Hügel kaum Beachtung.

Giulia überkam eine furchtbare Ahnung. Sie schob sich noch ein Stück weiter aus dem Fenster und rief dem Kutscher zu, sein Gefährt anzuhalten. Sofort kam der gesamte Tross zum Stehen. Gazetti und der Papst schauten sie fragend an. »Verzeiht, Euer Heiligkeit«, sagte sie so schnell, dass ihre Worte Purzelbäume schlugen. »Ich glaube, an diesem Ort geschieht ein großer Frevel.« Sie öffnete die Tür und sprang hinaus.

»Gazetti«, sagte der Papst, »seht nach, was in die Schwester gefahren ist.«

Giulia eilte die wenigen Schritte bis zum Hügel. Drei Männer mit Heugabeln und Äxten bemerkten sie und stellten sich ihr in den Weg. »Lasst mich unverzüglich durch!«, befahl sie den Männern.

»Das geht Euch nichts an, Schwester«, sagte einer der Männer, ein hagerer Kerl mit dümmlichem Gesicht. Der Tross mit Hunderten Menschen schien ihn nicht zu beeindrucken. Noch weniger schien ihn zu kümmern, wer dort durch die Lande reiste.

Gazetti kam zu ihr. »Monsignore«, flehte Giulia, »befehlt diesen Männern, uns vorbeizulassen. Ich bitte Euch!«

Gazetti blickte an Giulia und den Männern vorbei zum Hügel. Ebenso wie sie schien er zu begreifen, was dort geschah, denn Kummer zeichnete sich auf seinem Gesicht ab. »Wir können nichts tun, Schwester«, sagte er. »Diese Männer handeln rechtens.«

Giulia war fassungslos. Sie baute sich vor den drei Männern auf. »Gebt den Weg frei!«

Die Männer hoben ihre Äxte und Heugabeln. »Ihr habt gehört, was der Monsignore gesagt hat. Hindert uns nicht daran, Gottes Werk zu verrichten.«

In diesem Augenblick ertönte Hufgetrappel. Capitano Geller und zwei Gardisten ritten heran. Geller richtete seine Pistole auf die Männer. »Tut, was die Schwester Euch befohlen hat!«, sagte er.

Giulia drängte sich an ihnen vorbei und lief den Hügel hoch. Vier Männer hielten die drei Delinquenten fest. Es schien, als hätten sie den Vorfall beobachtet und wollten ihre Opfer nun in aller Eile richten. Giulias Blick fiel auf die Gehenkten, zwei Männer und eine Frau. Ihre Körper baumelten im leichten Wind, und auf ihren Gesichtern lagen Leid und Anklage zugleich. Sie trugen Schilder um den Hals. Auf dem der toten Frau stand geschrieben: *Ich war eine elende Lutherhure*. Auf einem anderen stand in großen Lettern: *Der Teufel Luther ist in mich gefahren*. Giulias Verdacht bestätigte sich. Es waren Protestanten, die hier von der aufgebrachten Meute gerichtet wurden.

Ein Mann trat ihr entgegen. Er trug die einfachen erdfarbenen Kleider eines Bauern. »Warum haltet Ihr uns auf?«, fragte er. »Ihr, ein ehrwürdiges Mitglied der einzig wahren Kirche.«

»Es ist Unrecht, was hier geschieht!«, stieß Giulia hervor.

Der Bauer zog die Augenbrauen hoch. »Unrecht, Schwester?«, fragte er. »Seine Heiligkeit Papst Sixtus V. höchstselbst hat jedem Katholiken das Recht gegeben, die verdammten Lutherböcke zu richten. Wann, wo und wie auch immer.«

Hilfesuchend blickte Giulia zu Geller hoch, der in diesem Augenblick neben ihr auftauchte. »Er hat recht, Schwester«, sagte Geller, und tiefes Bedauern schwang in seiner Stimme mit. »Wir können nichts dagegen tun.«

Giulia wandte sich wieder dem Bauern zu. »Wenn der Heilige Vater euch das Recht gab«, sagte sie, »dann vermag er es euch auch wieder zu nehmen!« Sie machte auf der Stelle kehrt und lief an Gazetti vorbei zurück zur päpstlichen Kutsche.

»Was ist nur mit dir, mein Kind?«, fragte der Heilige Vater, als Giulia ihr gerötetes, verschwitztes Gesicht durch die Kutschentür steckte.

»Euer Heiligkeit«, sagte sie schnell. »Dort auf dem Hügel sollen unschuldige Menschen gerichtet werden. Ihr müsst diesem Treiben Einhalt gebieten. Ich bitte Euch!« Sie faltete die Hände und starrte den Papst flehend an.

»Hm«, machte dieser. »Wer sind diese Menschen, die man hängen will?«

»Protestanten«, sagte Giulia. »Doch haben sie niemandem ein Leid zugefügt.«

»Protestanten?«, echote der Papst. Sein Blick verfinsterte sich. »Dann erfordert es ihr frevlerischer Glaube, dass sie unverzüglich sterben.«

»Euer Heiligkeit«, beschwor Giulia den Heiligen Vater, »es sind Christen wie wir. Sie glauben an dieselben Worte in der Heiligen Schrift, glauben an die Erlösung durch Jesus Christus, glauben an …«

»Schweig!«, herrschte der Papst sie an. »Wir rühren keinen Finger, um das Leben dieser Ketzer zu retten! Sie verdienen den Tod, so wie die Mörder Christi Tod und ewig währendes Höllenfeuer verdienten.«

Giulia fiel vor der Kutsche auf die Knie und weinte. Gazetti kam hinzu, half ihr auf und schob sie in die Kutsche.

Der Tross setzte sich wieder in Bewegung, und Giulia schaute durch tränennasse Augen hinaus. Auf dem Hügel wurden gerade die Kisten unter den Füßen der Lutheraner weggestoßen. Die Stricke spannten sich, die Delinquenten strampelten mit den Beinen in der Luft. Den Tod der armen Männer sah sie nicht mehr. Die Kutsche folgte der Biegung des Weges in einen Wald hinein.

Als am Abend die Sonne hinter den Kuppen der Berge zu versinken begann, erreichten sie das am Rande eines Hanges stehende Kloster Velino. Während der ganzen Fahrt dorthin hatte der Papst Giulia keines Blickes oder gar Wortes gewürdigt. Allein Gazetti hatte ihr hin und wieder ein aufmunterndes Lächeln gezeigt. Giulia war froh, dass sie der Enge der Kutsche und der bedrückenden Nähe des Heiligen Vaters entfliehen konnte.

Mönche strömten aus dem Kloster. Der Abt nahm den Papst unterwürfig und voll strahlender Freude in Empfang. Danach begrüßte er Gazetti, die Kardinäle und die Bischöfe. Gemeinsam betraten sie das Kloster. Mit dumpfem Grollen schlossen sich die schweren, eisenbeschlagenen Tore hinter ihnen.

Als Frau war es Giulia verboten, das Kloster zu betreten. So beobachtete sie, wie eifrige Diener ihr ein Zelt auf dem kargen, steinigen Untergrund unweit des Klosters und neben den Zelten der Garde und Dienerschaft aufbauten. Sie verspürte keine Müdigkeit. Kurz vor dem Kloster hatte sie einen kleinen Bergsee entdeckt. Dorthin wollte sie gehen, um Kontemplation zu suchen.

Auf dem Wasser des Sees spiegelten sich im Westen die letzten dunkelroten Strahlen der Sonne und im Osten das silberne Licht des Mondes. Der Nordwind pustete mit sanfter Kraft kleine Wellen an den Rand des Sees. Im angrenzenden Wald erklangen die Rufe von Eulen und das wütende Zetern von Raben in den Baumwipfeln.

Giulia ließ sich auf einem weißen Felsen nieder, der die Form eines Eis hatte. Sie blickte über den See und fühlte im gleichen Augenblick die Ruhe des Wassers in Geist, Körper und Seele strömen.

Plötzlich hörte sie ein Knacken hinter sich. Sie fuhr herum. »Wer da?«, fragte sie in die Dunkelheit.

»Ein Freund«, kam die Antwort. Es war Gellers Stimme. Er trat neben den Felsen, auf dem Giulia saß, und legte seinen Helm daneben. Sein Blick glitt über das silbrige Wasser. »Einen schönen Ort habt Ihr da aufgetan, Schwester.«

Giulia nickte. »Es ist himmlisch ruhig hier«, sagte sie, ohne Geller anzusehen.

»Oh!« Er hob eine Hand. »Ich wollte Euch nicht stören. Es ist besser, ich gehe wieder.«

»Nein, nein«, beeilte sich Giulia zu sagen. »Bitte, bleibt doch und setzt Euch zu mir.«

Der Fels bot ausreichend Platz für zwei, so ließ Geller sich neben Giulia nieder.

Eine Zeitlang saßen sie schweigend nebeneinander und schauten über das Wasser. Giulia genoss Gellers Nähe, und sie musste sich gestehen, dass er der einzige Mensch war, den sie in diesem Augenblick in ihrer Nähe wünschte.

»Fühlt Ihr Euch ein wenig besser, Schwester?«, fragte Geller irgendwann.

Giulia wusste, worauf er anspielte. »Der Tod dieser armen Menschen war unnötig. Und noch mehr: Er war in höchstem Maße unchristlich.«

»Sie waren Feinde der Kirche«, sagte Geller.

Giulia sah ihn entsetzt an. »Sie waren Menschen, Francesco!«, rief sie. »Und sie glaubten an denselben Gott wie Ihr und ich.«

»Ich verstehe Euch«, sagte Geller in sanftem Ton. »Wir leben in einer Zeit des Wandels. Angst breitet sich aus. Die Angst vor einem großen Krieg zwischen Katholiken und Protestanten. Ihr müsst dem Heiligen Vater vergeben. Er glaubt, in bester Absicht zu handeln.«

Giulia beruhigte sich wieder. »Wer bin ich, dass ich dem Heiligen Vater irgendetwas zu vergeben hätte?«

»Er achtet Euch sehr«, sagte Geller. »Oft hörte ich ihn von Euch sprechen. Dabei waren seine Worte stets voller Respekt und Zuneigung.«

Giulia lächelte. »Ich danke Euch«, sagte sie. Sie wollte nicht weiter über den Vorfall reden, so fragte sie: »Wann, glaubt Ihr, werden wir in Grottammare sein?«

Geller überlegte. »Wir haben die Hälfte des Weges hinter uns«, sagte er. »Ihr sehnt Euch nach Rom zurück?«

»Vielleicht«, sagte Giulia. »Ihr Euch nicht?«

»Nun«, sagte Geller gedehnt, »die Reise ist beschwerlich. Ich schlafe in einem Zelt, das nachts eher an eine Eishöhle erinnert. Jeden Tag die gleichen Mahlzeiten, die gleichen Moskitos, die gleiche Hitze. Könnte es in Rom etwas Besseres für mich geben, Schwester?«

Giulia lachte. »Womöglich wartet eine schöne Tochter Roms auf Eure Rückkehr?«

»Mitnichten«, sagte Geller.

»Gibt es niemanden, dem Euer Herz gehört?«, fragte Giulia weiter.

Geller sah zu Boden. Im schwachen Schein des Mondes wirkte er auf einmal schwermütig. »Ihr wisst, wem mein Herz gehört«, flüsterte er.

Giulia schwieg. Sie wollte unbedingt ihren Namen aus Gellers Mund hören. Doch nun, da sie spürte, dass dieser Augenblick näher rückte, überkam sie Angst.

»Es gibt nur die Eine, an die ich unentwegt denke«, fuhr Geller fort. »Ihr allein gehört mein Herz, meine Seele, meine Liebe.«

»Bitte«, hauchte Giulia. »Sprecht nicht weiter, Francesco.«

Geller wandte sich Giulia zu. »Ihr wisst doch längst, von wem ich rede. So sagt mir, dass Ihr mich auch liebt. Sagt, dass ich hoffen kann. Sagt mir, dass meine Träume wahr werden könnten.«

Die Angst breitete sich in Giulia aus wie das Feuer in einem Heuschober. Sie sprang auf. »So dürft Ihr nicht reden!«, rief sie aus. »Ich bin eine Nonne, eine Braut Christi. Ich kann niemals die sein, die Euch in Euren Träumen begegnet.« Tränen strömten aus ihren Augen. Es waren Tränen der Verzweiflung, denn

Gott allein wusste, wie sehr sie sich danach sehnte, Geller um den Hals zu fallen, um ihm ihre Liebe zu gestehen.

Geller stand auf und breitete die Arme aus. »Giulia ...«, sagte er.

»Lasst mich!«, schluchzte sie. Wimmernd stolperte sie an Geller vorbei, zurück zum Kloster. Dort flüchtete sie in ihr Zelt und weinte, bis der Schlaf sie erlöste.

23

Zur selben Zeit in Rom

Am dunklen Ufer des Tiber standen zwei Männer und blickten auf das schwarze Wasser, das träge dahinfloss. Sie trugen schwarze Hüte und Umhänge. Ihre Pferde grasten hinter ihnen. Einer der Männer war ein verkleideter Kardinal, der andere hieß Carbone.

»Carbone«, sagte der Kardinal. »Es ist an der Zeit. Der Papst befindet sich auf einer weiten Reise und kehrt erst in einigen Wochen nach Rom zurück.«

»Ihr habt recht«, sagte Carbone. »Die Zeit könnte günstiger nicht sein.«

Der Kardinal nickte. »Nachdem Pozzi nicht mehr unter uns weilt, gilt es nun, Carafa zu vernichten.«

Carbone knurrte. »Ich kann es kaum erwarten«, sagte er. »Wie lautet Euer Plan?«

»Carafa besitzt neben seiner unstillbaren Gier nach Macht die unersättliche Begierde nach schönen Frauen«, erklärte der Kardinal. »Vornehmlich denen reicher Adliger. Seine zügellose Leidenschaft soll sein Verhängnis sein.«

»Gewiss gibt es jemanden, den Ihr im Auge habt«, sagte Carbone.

»Ihr kennt mich zu gut, Carbone«, sagte der Kardinal anerkennend.

Carbone antwortete nicht. Stattdessen rückte er ein Stück näher an den Kardinal heran.

»Unter den Baronen Roms gibt es einen, der gewiss als Carafas erbittertster Gegner bezeichnet werden kann«, sagte der

Kardinal. »Der Name dieses Mannes lautet Conte Patrizio Mattei. Seit langem verspricht Carafa dem Conte große, ertragreiche Güter der Campagna für dessen Dienste im Kampf gegen die Reformation. Selbstverständlich hält Carafa sich nicht im Geringsten an seine Versprechen. Mattei und mit ihm viele andere Barone Roms nehmen Carafa diesen Wortbruch recht übel. Hinzu kommt, dass der Conte ein äußerst eifersüchtiger Geselle ist; und seine Frau eine wahre Schönheit.«

»Ich glaube zu verstehen«, sagte Carbone. »Ihr wollt Carafa mit der schönen Contessa bekanntmachen, damit der Conte ihn in seiner zügellosen Eifersucht tötet.«

»Carbone, Ihr überrascht mich stets aufs Neue«, sagte der Kardinal. »Ich sehe eines Tages Großes auf Euch zukommen.«

»Ihr seid zu gütig«, entgegnete Carbone.

»Es ist Eure Aufgabe«, fuhr der Kardinal fort, »Carafas Augenmerk auf die Contessa zu lenken.«

»Dabei werde ich kaum leichtes Spiel haben«, wandte Carbone ein.

Der Kardinal kicherte. »Sie wird sich Carafa nicht aus freien Stücken hingeben«, sagte er. »Doch höre mir zu ...«

In wenigen Worten erläuterte der Kardinal seinem Begleiter den Plan. Dann trennten sich ihre Wege, während die schwarzen Wasser des Tiber weiter stromabwärts flossen.

Torrita, Ceppo, Valle Castellana – das waren die Namen der Orte, an denen die päpstliche Reisegesellschaft in den folgenden zwölf Tagen vorüberzog. Als Giulia die schneebedeckten Gipfel des Monte dei Fiori vor sich aufragen sah, wusste sie, dass sie der Heimat ganz nah war. Und als sie Ascoli und Acquaviva hinter sich ließen, umwehte sie die salzig herbe Luft der Adria.

Die letzte Nacht vor der Ankunft in Grottammare verbrachten sie auf einer großen Bergwiese. Die Laune des Papstes war bestens, er schien vor Kraft zu strotzen. Seine Begleiter, ob Geistlicher, Soldat oder Diener, waren dagegen am Ende ihrer Kräfte. Kaum einer redete noch, das letzte Lachen war irgendwo zwischen Amatrice und Venarotta zu hören gewesen. Die Pferde, abgemagert und erschöpft wie ihre Reiter, ließen ebenso den Kopf hängen wie diese.

Dann, nach dreiunddreißig heißen, kalten und stets qualvollen Tagen, erreichten sie Grottammare, den Geburtsort Seiner Heiligkeit Papst Sixtus V.

Grottammare erwies sich als trostloses, winziges Fischerdorf. In jedem Winkel stank es nach Fisch, Seetang und den verfaulenden Innereien der Fische. Die ärmlichen Fischerhütten benötigten dringend Ausbesserungen an Dächern und Wänden, die Boote und Netze erweckten den Anschein, als wäre man damit bereits zu Zeiten Julius Cäsars auf Fang gegangen.

Und der Ort war auf die Ankunft von über zweihundert Männern nicht vorbereitet, noch viel weniger auf das Erscheinen Seiner Heiligkeit höchstselbst.

Zuerst erblickten weit aufgerissene Kinderaugen auf einer Düne außerhalb des Dorfes den gewaltigen Tross, der da ihr Dorf heimsuchte, das doppelt so viele Menschen zählen mochte wie der heranrückende Tross. Vier mutige Knaben lösten sich von ihren Freunden und gingen Capitano Geller entgegen, der wie immer am Kopf des Tausendfüßlers ritt. Die anderen rannten, nach ihren Müttern schreiend, in das verschlafene Dorf. Geller stieg von seinem Pferd und lächelte den Knaben zu. Einer von ihnen streckte die Hand aus, um den glänzenden Brustharnisch zu berühren. Geller ließ ihn gewähren, und als die anderen merkten, dass ihr Freund keinen Schaden nahm, berührten auch sie das in der Sonne blitzende Metall. Geller tätschelte die Köpfe der Knaben, dann gab er das Zeichen, weiterzugehen.

In der päpstlichen Kutsche versuchte Gazetti unterdessen mit sanftem Nachdruck, den Papst daran zu hindern, sich weit aus dem Fenster zu lehnen.

»Lasst Uns, Gazetti!«, rief dieser und schlug nach den Händen des Monsignore, die an seiner schneeweißen Soutane zerrten.

»Euer Heiligkeit«, flehte Gazetti. »Ich bitte Euch!«

Papst Sixtus zog den Kopf zurück. »Bringt die Sedia«, befahl er Gazetti, wobei er ihn strafend ansah.

Gazetti verließ die Kutsche, um die Sedia anzufordern.

Giulia betrachtete den Papst mit einer Mischung aus Belustigung und Rührseligkeit. »Ihr müsst sehr glücklich sein an diesem Tage, Euer Heiligkeit«, sagte sie.

Die Augen des Heiligen Vaters strahlten. »Das sind Wir«, bekräftigte er. »Hilf Uns aus der Kutsche, mein Kind.«

Giulia stieg aus. Sie streckte eine Hand aus, und der Heilige Vater ergriff sie. Er nahm die beiden ausklappbaren Stufen in einem Satz und betrat den Boden, der ihm Kindheit und Heimat bedeutete.

Im Laufschritt eilten die Sediari mit der Sänfte auf ihren Schultern herbei. Sie ließen den Thron auf den gelbsandigen Boden ab. Aufrecht, mit erhabenen Schritten, bestieg der Papst die Sedia und setzte sich.

Da erklang eine Stimme von der päpstlichen Kutsche her. »Euer Heiligkeit«, rief jemand.

Giulia und Gazetti wandten sich gleichzeitig um. Da stand einer der Diener mit der päpstlichen Tiara und dem Pallium in den Händen.

Der Diener trat näher und kniete mit gesenktem Haupt nieder. »Ihr habt dies vergessen, Euer Heiligkeit«, sagte er.

Gazetti nahm die Insignien entgegen. Er legte dem Papst das Pallium um die Schultern und reichte ihm die Krone, die der Papst sich selbst auf das Haupt setzte.

»Du scheinst Uns ein recht aufmerksamer Bursche zu sein«, sagte der Papst von seinem Thron aus. »Wie lautet dein Name?«

»Lino, Euer Heiligkeit«, sagte der Diener. »Lino Leopolo.«

Sixtus nickte wohlwollend. »Begleite Uns, während wir in die Stadt einziehen, Lino Leopolo. Wir schulden dir Dank.«

Lino, dessen wahrer Name Anatol lautete, verneigte sich tief.

Giulia betrachtete das Gesicht des Dieners. Es sah aus wie eine Mischung aus Wolfshund und Echse. Die Augen kalt, der Körper unter steter Anspannung, als erwarte er jeden Moment einen Angriff, die Bewegungen mal linkisch, mal geschmeidig. Sie mochte ihn nicht. Und er machte ihr Angst.

Auf ein Zeichen des Papstes hoben die Sediari die Sänfte an. Geller, der den Aufbruch beobachtet hatte, gab das Kommando zum Weiterziehen. Angeführt vom Capitano, betraten die ersten Gardisten das Dorf, um für die Sicherheit des Heiligen Vaters Sorge zu tragen.

Mittlerweile waren alle Männer, Frauen, Kinder und Hunde in Grottammare auf den Beinen. Sie kamen aus den Hütten, von den Stränden und Weiden herbeigelaufen und säumten die langen schmalen Gassen und die breite Straße, die durch das Dorf auf den Kirchplatz führte. Irgendwo schrien Säuglinge nach der Brust ihrer Mütter, ansonsten herrschte Grabesstille. Hunderte stumme Augen hefteten sich auf den Papst und sein Gefolge, das durch ihr Dorf zog wie eine unwirkliche, geisterhafte Erscheinung.

Der Heilige Vater schien sich nicht im Geringsten daran zu stören, dass der Jubel ausblieb, der ihm gewöhnlich beim Einzug in einer Stadt entgegenbrandete. Er schwebte über den

Köpfen der Umstehenden in den Ort seiner Geburt ein, blickte verzückt über die Häuser, als suche er nach Altbekanntem.

Zwei Männer schritten der Sedia von der Kirche her entgegen. Der eine ein Pfaffe mit beschmutzter Soutane, der andere vermutlich der Bürgermeister von Grottammare. Der rundliche Pfaffe hielt die Hände gefaltet; der kleine, schlaksige Bürgermeister breitete die Arme weit aus. Vor den Männern hielten die Sediari inne und ließen die Sänfte langsam und vorsichtig auf den Boden gleiten. Gestützt von Giulia, unter den Augen von Gazetti und Geller, entstieg Sixtus der Sedia. Die umstehenden Diener fächelten ihm mit den langen Flabelli kühle Luft zu. Der Papst reichte dem Diener Lino das goldene Kreuz, das dieser sogleich davontrug.

Der Bürgermeister und der Priester knieten vor Sixtus nieder. »Euer Heiligkeit«, sagte der Bürgermeister, »mein Name ist Silvano Nardi. Ich bin der Bürgermeister dieses Eures Geburtsortes. Hätten wir doch nur von Eurer Ankunft erfahren, wir hätten Euch einen Empfang bereitet, der Eurer würdig wäre.«

»Ich bin Reverendo Toldo, Euer Heiligkeit«, sagte der Priester. »Eure Gegenwart ist eine unsagbare Ehre für uns.«

Der Papst bedeutete Nardi und Toldo, sich zu erheben. »Habt Dank«, sagte er. »Wir sind den weiten Weg aus Rom gekommen, um den Ort Unserer Geburt zu besuchen. Das Blut der Mark Ancona, das durch Unsere Adern und Unser Herz fließt, ist das Eure. Unsere Lungen lechzten in der Ferne danach, noch einmal die Luft der Adria zu atmen, so wie Unser Antlitz sich sehnte, von dieser Sonne, die kaum an einem Ort strahlender scheint, gewärmt zu werden. Nun sind Wir hier. Der Herr im Himmel hat in Seiner grenzenlosen Güte Unseren innigsten Wunsch erfüllt.«

»Euer Heiligkeit«, sagte Nardi, »wohl ist mein Haus bescheiden, doch wäre es eine Ehre für mich und mein Weib, würdet Ihr es für die Zeit Eures Aufenthaltes bewohnen.«

»Gewiss wünschen Euer Heiligkeit, auf geweihtem Boden zu ruhen«, warf Toldo ein. »Selbstverständlich stehen Euch Kirche und Pfarrhaus zur Verfügung.«

»Signori!«, sprach Geller laut dazwischen. »Aus Gründen der Sicherheit wird Seine Heiligkeit in unserem Lager außerhalb des Dorfes Quartier beziehen.«

Voller Zorn starrten Nardi und Toldo einander an.

»Wir wollen in die Kirche gehen!«, sagte der Papst mit dröhnender Stimme.

Toldos Kopf ruckte herum. »Gewiss, Euer Heiligkeit. Ihr werdet sie noch so erkennen, wie sie früher einmal war. Leider fehlte der Gemeinde bislang das nötige Geld, um sie in angemessener Weise pflegen zu können.« Er neigte sein Haupt.

»Wir lassen Euch das nötige Geld zukommen«, versprach der Heilige Vater und setzte sich in Bewegung.

Bis zur Kirche waren es rund einhundert Schritte. Und bei jedem Schritt überschlugen sich Nardi und Toldo mit Lobpreisungen des Heiligen Vaters und gleichzeitigen Hinweisen auf die finanzielle Bedürftigkeit von Dorf und Gemeinde. Doch der Papst schien ihnen kein Gehör mehr zu schenken. Sein Blick kreiste unentwegt. Hier entdeckte er am Ende einer Gasse eine Wiese, auf der er als Knabe Löwenzahn gestochen hatte, dort erspähte er den Wald, in dem er dereinst Feuerholz gesammelt oder die Schweine durchgetrieben hatte.

Die kleine Kirche war in der Tat heruntergekommen. Auf dem Kirchturm fehlten Ziegel; über dem Schiff hingen morsche, teilweise von Winden und Stürmen zerborstene Balken, und an der Glocke fehlte das Seil. Die beiden grauen Stufen vor der Kirchentür waren brüchig, und um das gesamte Gebäude herum wucherte Unkraut.

Nardi öffnete die Tür und machte eine einladende Handbewegung.

»Wir gehen allein«, sagte der Heilige Vater auf der Schwelle. Er sah Giulia an. »Nur du begleitest Uns, liebes Kind.«

Giulia ging an Nardi und Toldo vorbei und folgte dem Papst in das kühle Innere der Kirche. Sie spürte die neidvollen Blicke des Bürgermeisters und des Reverendos in ihrem Rücken. Bedächtig schloss sie die Tür; nun war sie mit dem Heiligen Vater allein.

Zu beiden Seiten stand zehn Reihen uralter Bänke, die von unzähligen Holzwürmern zerfressen waren. Vor ihnen ragte der Altar auf. Dahinter stand ein großes Kreuz mit der Figur Jesu, die ein recht minderbegabter Künstler vor langer Zeit erschaffen hatte. Durch zum Teil zerbrochene Butzenscheiben, die ein Bildnis der Jungfrau Maria zeigten, fiel Licht auf das Kreuz und in die Apsis.

Hinter dem Papst durchschritt Giulia die Kirche. Vor dem Altar bekreuzigten sie sich, knieten nieder und beteten. Nach dem Gebet nahm der Papst auf der ersten Bank Platz und bedeutete Giulia, sich neben ihn zu setzen.

Eine Weile saßen sie schweigend da. Während der Blick des Papstes auf den Gekreuzigten gerichtet war, fragte sich Giulia, wie lang Seine Heiligkeit in der Kirche zu verweilen gedachte. Ihre Kehle war ausgedörrt, und die moderige Luft in diesem feuchten Gemäuer verursachte ihr Hustenreiz.

»Im Angesicht dieses Kreuzes«, sagte der Papst plötzlich, »sind Wir getauft worden. Hier haben Unsere Eltern vor Gott den Heiligen Bund der Ehe geschlossen. Dort vorn standen die Särge meiner Schwester, meines Bruders – und meiner Mutter. Ihr Name lautete Marianna.«

»Ein schöner Name, Euer Heiligkeit«, sagte Giulia verlegen. Als der Papst schwieg, sah sie ihn an und entdeckte Tränen, die ihm über die Wangen liefen. »Euer Heiligkeit? Ist Euch nicht wohl?«

Da schlug der Heilige Vater die Hände vors Gesicht und weinte bitterlich. »Oh Herr, vergib mir!«, schluchzte er. »Herr, lass mein Bekenntnis und meine Reue vom Heiligen Geist beseelt sein. Mein Schmerz sei ehrlich und tief. Und wenn ich in Demut die Schuld der Vergangenheit betrachte und mein Gedächtnis ehrlich reinige, dann führe mich auf den Weg wahrer Umkehr.«

Giulia fühlte sich hilflos. Was war nur in den Heiligen Vater gefahren? Und was sollte sie nun tun?

»Herr«, fuhr der Heilige Vater weinend fort, »Lass mich auf Jesus blicken, der unser Herr ist und unser Friede. Gib, dass ich bereuen kann, was ich in Worten und Taten gefehlt habe. Manchmal habe ich mich leiten lassen von Stolz und Hass, vom Willen, andere zu beherrschen, von der Feindschaft gegenüber den Anhängern anderer Überzeugungen, die schwächer waren als ich. Vom Heiligen Geist bewegt, kehre ich mit reumütigem Herzen zu Dir zurück. Schenke mir Dein Erbarmen und die Vergebung meiner Sünden. Darum bitte ich durch Christus unseren Herrn.« Er sank tränenüberströmt auf die Knie und faltete die Hände.

»Euer Heiligkeit!«, rief Giulia und stürzte zu ihm, um ihm wieder auf die Bank zu helfen.

Der Papst weinte noch immer. Nur langsam kehrten Ruhe und Verstand in ihn zurück. Zuweilen schluchzte er noch, schniefte und seufzte – dann starrte er nur still vor sich hin. »Mein liebes Kind«, hauchte er nach einer Weile, »mein Herz ist unsagbar schwer an diesem Ort. Wohl habe ich hier einst schöne Tage erlebt, doch dann gab es wieder Tage, die waren die Hölle.«

Erst in diesem Moment erkannte Giulia, dass er plötzlich von sich in der ersten Person sprach. Dieser Ort musste eine ungeheuerliche Veränderung im Heiligen Vater bewirkt haben. Sie wusste nicht, was sie sagen sollte, und blieb still.

»Meine Mutter war eine kluge und starke Frau mit einem Herzen aus reinem Gold«, sagte der Heilige Vater. »In harten Zeiten verzichtete sie auf Brot und Käse, um mich und meine drei älteren Geschwister satt zu machen. Mein Vater, sein Name war Piergentile, arbeitete schwer an jedem Tag, den Gott werden ließ. Dann starb mein Bruder, ein Jahr später meine geliebte Schwester. Die Welt um uns herum wurde düster. Um des Schmerzes Herr zu werden, verprasste mein Vater das wenige Geld, das wir hatten, in der Taverne. Oft kam er betrunken heim, rief meine Schwester Camilla und mich mit den Namen der toten Geschwister, schlug uns und unsere Mutter. Er quälte die Tiere, stach Schweinen vor Wut die Augen aus, zerschmetterte den Gänsen den Hals mit Fußtritten und ertränkte die Welpen der Hunde im nahen Bach.« Er zögerte und holte tief Atem, während ihm erneut Tränen in die Augen traten. »Eines Tages kehrte er trunken vom Wein nach Hause zurück. Wir hörten, wie er meine Mutter beschimpfte, es gab ein großes Gezeter, ein Krachen – dann Stille. Wir gingen hinunter und fanden meine Mutter aus Mund und Nase blutend am Boden liegen. Kein Leben war mehr in ihrem Körper. Mein Vater stand noch immer vor Wut keuchend mit erhobenen Fäusten neben ihr.«

»Euer Heiligkeit«, flüsterte Giulia. Sie war zutiefst betroffen von den Schilderungen des Papstes. »Welch furchtbare Zeit musstet Ihr durchstehen.«

Der Papst nickte. »Den Leuten erzählte mein Vater, meine Mutter wäre gestürzt und dabei ums Leben gekommen. Dort vorn …« Er deutete auf eine Steinplatte vor dem Altar, drei Schritte von ihm entfernt. »Dort hat er gestanden, Trauer und Gram heuchelnd.«

»Und doch habt Ihr dies alles hinter Euch gelassen, Euer Heiligkeit«, versuchte Giulia, ihn zu trösten. »Gott hat Sein

Licht auf Euch scheinen lassen und Euch zu Christi Liebe geführt. Auf dass Ihr nicht der Mann werdet, der Euer Vater einst war.«

Der Papst sah Giulia tief in die Augen. Er nahm ihre Hand in die seine. »Und doch bin ich der Mann geworden, der ich nie sein wollte. Ich sehe nun, dass mehr von meinem Vater in meinem Geist, meinem Herzen und meiner Seele ist, als ich je wahrhaben wollte.«

»Euer Heiligkeit«, sagte Giulia, und sie glaubte zutiefst, was sie nun sagte, »das ist nicht wahr. Ihr seid der Stellvertreter Christi auf Erden. Gott hätte Euch niemals auf den Heiligen Stuhl gehoben, würde er nicht an Euch glauben. So vertraut doch dem Herrn auf die gleiche Weise.«

»Höre, was ich zu berichten habe«, sagte der Heilige Vater, »dann fälle dein Urteil erneut.«

Giulia nickte.

»Als ich ein Knabe von zwölf Jahren war«, erzählte er weiter, »nahm mein Onkel, der ein Franziskanermönch war, mich in seinem Konvent auf. Froh darüber, dem Vater entkommen zu sein, gelobte ich, für seine Sünden einzustehen, indem ich ein gottgefälliges Leben führte. Ich studierte eifrig und mit Gottes Liebe im Herzen. Im Alter von fünfunddreißig Jahren ernannte mich Seine Heiligkeit Papst Paul IV. zum Inquisitor der Republik San Marco. Nun, mit päpstlicher, fast gottgleicher Macht ausgestattet, sah ich den Unrat in den Menschen. All ihre kleinen, frevelhaften Unzulänglichkeiten, ihre Schwächen im Geiste und ihre Fleischeslust. Ich verfolgte Hexen und Hexenmeister – und in jedem Gesicht glaubte ich die Sünde meines Vaters zu erkennen. So folterte und tötete ich sie, um mein Leid und das Leid der Welt zu mindern. Einer Frau ließ ich bei lebendigem Leibe das ungeborene Kind aus den Eingeweiden schneiden, einen Mann ließ ich an den Füßen aufhängen und aus vielen kleinen Wunden ausbluten wie ein Schwein.« Er vergrub sein Gesicht in den Händen. »Doch jeder Tote schürte den Hass auf die Unvollkommenen noch mehr. Und so verfolgte, quälte und verbrannte ich sie alle, bis jegliches menschliche Gefühl in mir endlich erstarb.«

Erschüttert legte Giulia eine Hand auf seinen Arm. Der Heilige Vater schwieg nun, und so suchte sie nach Worten, die ihm helfen könnten. »Aber Ihr habt als Papst so viel Gutes bewirkt, Euer Heiligkeit«, sagte sie. »Ihr habt das Banditenwesen eingedämmt, die Landwirtschaft gefördert und die Brotpreise niedrig gehalten, auf dass auch die Armen sich ernähren konnten. Sogar den Juden gabt Ihr die Rechte wieder, die Eure Vorgänger ihnen entzogen haben. Die Menschen lieben Euch.«

»Die Katholiken lieben mich – vielleicht«, sagte der Papst, »aber die Protestanten hassen mich. Als Stellvertreter des Teufels bezeichnen sie mich, und Rom nennen sie die Hölle. Mein Kind, ein Krieg kommt auf uns zu. Nicht heute und nicht morgen, aber er wird kommen. Es wird ein langer, verlustreicher Krieg werden, in dem Christ gegen Christ kämpft. Und ich habe nicht genug getan, den Protestanten den wahren Glauben zurückzugeben, um diesen Krieg zu verhindern. Unzählige Menschenleben werden mein Vermächtnis an die Welt sein.«

»Was geschehen ist, Euer Heiligkeit, kann niemand mehr ungeschehen machen«, sagte sie, wobei sie jede einzelne Silbe betonte. »Gott hat Eure Pein gesehen, Eure Verzweiflung, Eure Sehnsucht, Liebe zu geben und zu finden. Schließlich hat er Euch auf den Heiligen Stuhl gehoben, damit Ihr und mit Euch die ganze Welt Hoffnung und Liebe findet.«

Der Heilige Vater tätschelte die Hand auf seinem Arm. Ein leichter Glanz kehrte in seine Augen zurück. Er lächelte schwach. »Ich bin hierher zurückgekommen, um das unschuldige Kind zu finden, das ich einst war. Aber gefunden habe ich nur dunkle Schatten. Doch du hast mir Freude und Zuversicht geschenkt, mein Kind. Dafür schulde ich dir Dank bis ans Ende meines Lebens. Wann immer du einen Wunsch hast, sage ihn mir, und er geht in Erfüllung. Das verspreche ich dir hier im Angesicht des Herrn.« Er sah zum Kreuz hinauf.

Jetzt lächelte auch Giulia. »Mein größter Wunsch ist es, Euch zu dienen, Euer Heiligkeit. Sagt, fühlt Ihr Euch stark genug, die Kirche wieder zu verlassen? Dunkelheit und Feuchtigkeit tun Euch gewiss nicht gut.«

Er nickte und stand auf. Giulia stützte ihn am Arm, und so traten sie aus der Kirche.

Die gleißende Sonne blendete. Kaum waren sie die Stufen hinabgeschritten, stürzten sich Nardi und Toldo auf den Heiligen Vater und bestürmten ihn mit Lobpreisungen und Bitten. Giulia warf Geller einen Blick zu. Der verstand und schirmte den Papst mit vier Gardisten ab, bis Giulia ihn zurück zur Sedia geführt hatte. Sie trat zurück, während der Papst auf dem gepolsterten Stuhl Platz nahm. Die Sediari hoben die Sänfte an. Der Tross geriet in Bewegung, verließ das Dorf und bezog auf einer großen Weide Quartier.

24

Zur selben Stunde auf einem Anwesen in Frascati, südöstlich von Rom gelegen

Es war ein ungewöhnlich heißer Tag. Die schöne Contessa Marisa Mattei beschloss, den in der Mitte gelegenen Palazzo zu verlassen, um durch die ausgedehnten Gartenanlagen ihres Besitztums zu streifen. Der würzige Duft von Akazien, Olivenbäumen und Pinien, das lieblich süße Aroma der Lilien, Hyazinthen und der kräftige, dumpfe Geruch der Margeriten hüllten sie ein. Besonders stolz war die Contessa auf die Sonnenblumen, deren Samen Seefahrer aus der Neuen Welt mitgebracht hatten. Der Gärtner hatte die Samen um den großen Brunnen inmitten des Gartens gesät, und so ragte der Wasser speiende Löwenkopf auf dem Brunnen um Haupteslänge über die strahlend gelben Blüten, als würde er in der Savanne auf Opfer lauern.

Die Contessa schlenderte über den breiten Weg, vorbei an Böschungen, Wiesen und kleinen Seen. Um sie herum summten und surrten Bienen, Hummeln und Schmetterlinge. Der Schirm aus weißem Seidenstoff spendete ihr Schatten.

Marisa ließ sich gerade auf einer Bank aus grauem Marmor nieder, als sie auf einem kleinen Hügel eine Bewegung in Richtung des Palazzos wahrnahm. Die Gestalt kam rasch näher, und schon erkannte sie einen der Diener. Die Contessa stand auf, um ihm entgegenzugehen.

»Contessa!«, rief der Diener schon von Weitem. Beinahe wäre er über seine eigenen, krummen Beine gefallen.

»Luigi«, sagte Marisa, »was gibt es Dringendes?«

Keuchend und prustend stemmte Luigi vor der Contessa die Hände auf die Oberschenkel. »Ein Signore wünscht …« Er stockte hechelnd.

Marisa lachte auf. »Luigi«, sagte sie. »So hol doch erst einmal Luft.«

Luigi winkte ab. »Ein Signore wünscht Euch zu sprechen, Donna Mattei.«

Marisa hob die Brauen. »Ein Signore?«, fragte sie. »Wie lautet sein Name?«

»Sein Name?«, echote Luigi. »Ich glaube, der ist mir entfallen.« Dann hellte sich sein Gesicht auf. »Carbone! Das ist der Name, den er mir nannte, Donna.«

»Carbone?«, murmelte Marisa. »Ich kann mich nicht erinnern, diesen Namen je zuvor gehört zu haben. Wo ist er, Luigi?«

»Er wartet im Haus«, antwortete Luigi.

Marisa stand auf. »Gehen wir zurück«, sagte sie. Dann gewahrte sie in der Ferne einen hochgewachsenen Mann mit schwarzem Hut, der strammen Schrittes über einen grünen Hügel auf sie zukam. »Ich glaube, wir können uns den Weg sparen, Luigi. Signor Carbone bemüht sich selbst.«

Luigi drehte sich um. »Ja, das ist er, Donna.«

Als Carbone die Contessa und ihren Diener erreicht hatte, zog er seinen Hut und verneigte sich tief. »Contessa«, sagte er mit wohlklingender Stimme, »mein Name lautet Carbone. Es ist mir eine Ehre, dass Ihr mich empfangt.«

Marisa lächelte bittersüß. »Mir scheint, Ihr habt Euch selbst eingeladen, Signor Carbone.«

Ungerührt erwiderte Carbone das Lächeln der Contessa. »Es war mein Wunsch, Euch den Weg zu ersparen. Zudem lässt es sich in diesem herrlichen Garten wunderbar plaudern.«

»Wohlan«, sagte Marisa. »Was führt Euch zu mir?«

Carbone warf einen Blick auf Luigi. »Was ich Euch zu sagen habe, geht nur Euch und mich etwas an, Donna Marisa.«

Misstrauisch starrte Luigi den Fremden an. »Ich bleibe in der Nähe, Donna«, sagte er und entfernte sich ein Stück.

»Setzt Euch doch bitte«, sagte Marisa und nahm wieder auf der Bank Platz.

Carbone folgte der Einladung. Er legte seinen Hut neben sich und sagte: »Es handelt sich um eine etwas delikate Angelegenheit, Donna Marisa.«

»Ich höre«, sagte sie.

»Gewiss habt Ihr vernommen, dass es um die Gesundheit des Heiligen Vaters nicht gut bestellt ist«, sagte Carbone.

Marisa nickte. »Man spricht davon.«

»Obwohl Seine Heiligkeit noch nicht vom allmächtigen Vater abberufen wurde«, fuhr Carbone fort, »versuchen gewisse Kräfte, seine Nachfolge vorab zu regeln. Kräfte, die zerstörerisch und in höchstem Maße unchristlich sind. Ihrem Treiben Einhalt zu gebieten, bin ich hier.«

Marisa runzelte die Stirn. »Ich verstehe nicht, Signore Carbone. Warum erzählt Ihr mir das?«

»Nun«, sagte Carbone, »ich vertrete Männer, die den Heiligen Stuhl nicht in den Händen des Teufels sehen wollen. Ehrbare Männer, die sich der Liebe Christi und der Güte Gottes verschrieben haben.«

»Das ist äußerst löblich, Signore«, sagte Marisa. »Doch was habe ich damit zu tun?«

»Was hat die Sonne mit dem Mond zu tun, Donna?«, fragte Carbone. »Alles und doch nichts.«

»In Gottes Namen sprecht deutlicher!«, forderte Marisa.

Carbone ließ sich nicht aus der Ruhe bringen. »Ihr, Donna Marisa, seid die Einzige, die Rom, die die ganze Welt zu retten vermag.«

Zuerst sah Marisa Carbone ausdruckslos an. Dann lachte sie schallend. »Ihr müsst verrückt sein, Signore Carbone. Wie soll ich in der Lage sein, Rom oder die Welt zu retten?«

»Sagt Euch der Name Callisto Carafa etwas, Donna?«, wollte Carbone wissen.

Marisas Gesicht verdüsterte sich. »In der Tat.«

Carbone rückte näher an Marisa heran. »Alles, was Ihr tun müsst, um die Welt zu retten«, flüsterte er, »ist mit Carafa das Bett zu teilen.«

Marisa sprang auf. »Ihr seid wahnsinnig!«, rief sie. »Ich lasse Euch unverzüglich von meinem Gut werfen!«

Carbone blieb gelassen sitzen. »Dann erfährt der Heilige Vater von den Besuchen Eurer protestantischen Sippschaft aus Frankreich.«

»Pah!«, machte Marisa und zuckte mit den Schultern. »Auch der Papst kann es nicht verbieten, wenn man seine Verwandten empfangen will.«

Carbone wiegte den Kopf hin und her. »Womöglich habt Ihr recht«, sagte er. »Doch würde er auch die vielen Golddukaten gutheißen, die Ihr Eurer hugenottischen Sippe für den Kampf gegen die französische Krone zukommen lasst?«

Um Marisas Kinn zuckte es. »Was sagt Ihr da?«

»Leugnen hat keinen Zweck, Donna«, sagte Carbone. »Wir sind über alles im Bilde.« Er machte eine kunstvolle Pause. »Ich habe Eure Töchter gesehen. Bildhübsche Mädchen. Und ich frage mich, wie es ihnen wohl in den Kerkern der Engelsburg ergehen würde. Natürlich nur, bis sie auf dem Scheiterhaufen neben Euch und Eurem Gemahl Erlösung finden.«

»Wer in Gottes Namen seid Ihr?«, ächzte Marisa. »Der Teufel?«

»Ich glaube«, sagte Carbone, »Ihr seid nun ein wenig aufgeschlossener, was mein Anliegen anbelangt.«

»Was zur Hölle wollt Ihr?«, fragte Marisa, den Tränen nah.

Carbones Mund formte ein dünnes Lächeln. »Ich sagte es Euch bereits.«

»Das kann ich nicht tun«, schluchzte Marisa und verbarg ihr Gesicht in den Händen.

Carbone erhob sich und wandte sich zum Gehen. »Das tut mir sehr leid, Donna«, sagte er, ohne sie anzusehen. »Auch für Eure Töchter.«

Mit einem Aufschrei hielt Marisa ihn zurück. »Also gut«, keuchte sie. »Ich tue, was Ihr verlangt. Nur verschont meine Kinder. Sie haben niemandem ein Leid zugefügt.«

»Ihr seid so klug, wie Ihr schön seid, Donna«, sagte Carbone. »Ich schicke Euch einen Boten, wenn die Zeit gekommen ist. Ich denke, den Hinweis, gegenüber Eurem Gemahl Stillschweigen über mein Hiersein zu bewahren, kann ich mir ersparen.« Ohne ein weiteres Wort ging er davon.

Zurück blieb die vor Angst und Qual zitternde Contessa Marisa Mattei.

25

Auch zwei Tage später noch befand sich der Heilige Vater mit seinem gewaltigen Gefolge auf dem ausgedehnten Feld vor Grottammare. Aus der Ferne sahen die zahllosen Zelte aus wie spitze, viereckige Pilze aus einem unbekannten Land. Dazwischen huschten Diener, Gardisten und Geistliche hin und her wie Ameisen.

Es war ein kühler, wolkenverhangener Abend. Der Papst saß in seinem Zelt auf einem Stuhl und hörte Gazetti zu. Giulia stand stumm neben dem verschlossenen Vorhang am Eingang. Sie dachte an Francesco Geller, mit dem sie seit der Nacht am See kaum ein Wort gewechselt hatte. Seitdem gingen sie sich aus dem Weg, obwohl Giulia auffiel, dass Geller ihr bei jeder Gelegenheit heimliche, schüchterne Blicke zuwarf. Wie gern wäre sie zu ihm gegangen, um mit ihm zu plaudern. Längst hatte sie sich eingestanden, dass sie ihn liebte. Doch der Ring an ihrem Finger und das Kreuz über ihrer Brust zogen sie fort von der geliebten Seele. Sie wollte weinen, aber noch stach der Schmerz zu stark in ihrem Herzen. Tränen brauchten Schwäche, um ungehindert fließen zu können. Vielleicht würde die Einsamkeit ihrer Zelle im Vatikan sie entkräften und die Mauer, die sie jetzt noch schützte, hinfortreißen. Dann würde sie weinen können. Francesco, dachte sie. Bitte, verzeiht mir.

»Euer Heiligkeit«, sagte Gazetti. »Dringende Angelegenheiten in Rom erfordern Eure Rückkehr. Fünf Wochen sind wir nun fort. Ihr habt Eure Heimat gesehen, habt Euer Geburtshaus besucht, seid durch die geliebten Wälder gestreift. Nun bitte ich Euch inständig, lasst uns umkehren.«

»Sind Wir tot, muss Rom auch ohne Uns auskommen«, erwiderte der Papst.

»Euer Heiligkeit!«, sagte Gazetti in dem Tonfall, in dem eine Mutter ihr störrisches Kind ermahnt.

Der Papst winkte ab. Er blickte Giulia an. »Was sagst du, liebes Kind?«, fragte er. »Wir und du sind aus ein und demselben Stamm geschnitzt. Sollen wir dieses von Gott mit vollkommener Schönheit und erhabener Ruhe gesegnete Land verlassen, um in den stinkenden Moloch Roms zurückzukehren?«

Giulia schrak auf. »Nun, Euer Heiligkeit«, sagte sie langsam, um ihre Gedanken zu sammeln, »zwar muss ich zugeben, dass es auch meine Seele erfreut, an diesem wundervollen Ort zu verweilen, doch gebe ich dem Monsignore recht. Euer Platz ist in Rom – und der Weg zurück lang und beschwerlich.«

»So sei es«, murmelte der Heilige Vater. »Morgen nach Sonnenaufgang brechen wir auf.«

Dankbar lächelte Gazetti. »Ich lasse alles vorbereiten, Euer Heiligkeit«, sagte er und verließ das Zelt.

Der Heilige Vater sah zu Giulia hinüber. »Dein Körper ist hier«, sagte er. »Doch scheint Uns, dein Geist befindet sich in weiter Ferne. Woran denkst du, mein Kind?«

»Ich frage mich, ob Ihr gefunden habt, wonach Euer Herz sich sehnte, Euer Heiligkeit?«, log Giulia.

Lange starrte der Papst sie an. Gerade als er den Mund öffnete, erscholl eine Stimme vor dem Zelt. Es war der Diener Lino Leopolo. Giulia erkannte ihn sofort. Sie mochte Lino nicht. Sie spürte jedes Mal wieder Unbehagen, sogar Angst in seiner Nähe, wobei sie nicht zu sagen vermochte, woher diese Gefühle kamen. Zudem mochte sie seinen undurchsichtigen Charakter nicht, der stets hinter einer kriecherischen, mit falscher Freundlichkeit bemalten Maskerade zu stecken schien. Doch womöglich war sie nur eifersüchtig darauf, dass der Heilige Vater ihm ähnlich viel Aufmerksamkeit schenkte wie ihr selbst.

Lino betrat das Zelt. In der Hand hielt er einen großen silbernen Becher, aus dem es heiß dampfte. »Euer Heiligkeit«, sagte er und verneigte sich. »Ich bringe Euch frischen Brennnesseltee. Ich selbst habe die Brennnesseln an dem Bach gepflückt, in dem Ihr einst schwimmen lerntet.« Er trat näher und reichte dem Papst den Becher.

Dieser blies die Schwaden fort. »Wir danken dir, guter Lino«, sagte er und leckte sich über die Lippen.

»Haltet ein!«, rief Giulia und rannte zum Heiligen Vater. »Bitte erlaubt.« Sie nahm seinen Becher und goss einen Teil des Tees in einen anderen Becher. Diesen reichte sie Lino. »Trink!«

Linos Augen verengten sich. Es schien, als wollte er Giulia an die Kehle springen. Dann aber entspannte sich seine Haltung und er nahm einen tiefen Schluck des Gebräus.

Giulia musterte den Diener eindringlich. Als er nach einer Weile noch immer keine Anzeichen einer Vergiftung zeigte, gab sie den Becher dem Papst zurück. »Verzeiht mir, Euer Heiligkeit. Wir können nicht vorsichtig genug sein.«

Papst Sixtus schien Giulia ihr Eingreifen nicht übelzunehmen, sondern trank genüsslich von dem Tee.

Giulia schaute zu Lino hinunter. Sie überragte ihn um eine halbe Haupteslänge. »Gewiss brauchen Seine Heiligkeit nun Ruhe«, sagte sie zu ihm.

Linos Gesichtszüge verzerrten sich zu einer Fratze, die wohl ein Lächeln zeigen sollte. »Gewiss«, sagte er und entschwand.

»Ich wünsche Euch eine gute Nacht, Euer Heiligkeit«, sagte Giulia und verließ ebenfalls das Zelt. Ihre eigene kleine Behausung aus dünnem Stoff lag nicht weit entfernt. Sie begab sich dorthin, entkleidete sich und schlief bald darauf ein.

Später in der Nacht war die Luft erfüllt vom Gesang der Zikaden und den Rufen der Käuzchen. Gardisten patrouillierten im Lager und außen herum. Aus den Zelten drang Schnarchen.

Anatol lag wach in seinem Zelt. Gerade ging ein Gardist draußen vorbei. Er wartete, bis sich die Schritte entfernten, dann zog er seinen langen Dolch unter der Decke hervor und richtete sich auf. Er steckte den Kopf hinaus in die kühle Luft und schaute umher. Als weiterhin alles ruhig blieb, verließ er seine Unterkunft und schlich in die Nähe des großen Papstzeltes.

Etwa fünfzig Schritte entfernt legte er sich flach auf den Boden und bewegte sich kriechend weiter. So erreichte er die Rückwand des Zeltes. Er klopfte ein paar Mal an den Stoff. Kein Laut drang von drinnen an sein Ohr. Langsam zückte er den Dolch und durchstach zwei Ellen über dem Boden vorsichtig die Zeltwand. Wieder wartete er, ob jemand das Geräusch vernommen hätte. Er nahm den Schaft des Dolches fest in beide Hände, schnitt den Stoff bis auf den Boden auf und wartete erneut. Noch immer blieb alles still. Dann kroch er durch den Spalt. Linker Hand erklang das brummende Schnarchen des Papstes.

Anatol richtete sich auf. Auf Zehenspitzen schlich er hinüber zu der Schlafstatt des Heiligen Vaters. Der Papst lag vor ihm auf dem Rücken, die Hände über der Brust gefaltet. Schweißperlen traten auf Anatols Stirn, liefen ihm in die Augen und trübten seinen Blick. Er hob den Dolch über seinen Kopf, bereit, die kalte Klinge zum tödlichen Stich in das Herz des Papstes zu stoßen. Doch seine Hände wollten dem Befehl des Verstandes nicht folgen. Er ließ den Dolch sinken und atmete einige Male tief ein und aus. Dann holte er erneut aus. »Ich bin des Teufels«, flüsterte er. »Gottes Strafe ist mir sicher. Dafür werde ich tausend mal tausend Jahre im Höllenfeuer brennen. Für alle Ewigkeit.«

Wieder ließ er den Dolch sinken und trat zwei Schritte zurück. Kalter Angstschweiß kroch über seinen Körper, rann seinen Rücken hinab. »Ich kann es nicht tun«, wisperte er.

Doch schließlich siegte die Gier nach Geld und die Gewissheit, von Carafa die Absolution zu erhalten. Er baute sich ein weiteres Mal vor dem Schlafenden auf.

Plötzlich schlug der Papst die Augen auf. Schlaftrunken sah er umher und entdeckte Anatol, der an seinem Bett stand. »Wer ist da?«, fragte er.

Anatols Finger krampften sich um den Griff des Dolches. »Stirb!«, sagte er und stieß zu.

Sixtus warf sich geistesgegenwärtig zur Seite. Der Stoß fuhr dicht neben seinem Kopf in das Kissen. Daunen stoben herum. Sixtus versetzte Anatol einen Tritt in die Magengegend und schrie nach Hilfe.

Noch einmal versuchte Anatol, dem Papst das Messer in den Leib zu rammen. Aber Sixtus rollte sich von seinem Bett auf den Boden und entging dem tödlichen Stoß.

In diesem Moment stürmten die beiden Gardisten, die vor dem Eingang Wache gestanden hatten, in das Zelt. Sie sahen den Heiligen Vater, der hinter einem Stuhl kauernd um Hilfe schrie, und an der Rückwand den Eindringling, der gerade durch einen Riss in der Zeltwand zu fliehen versuchte. Ohne zu zögern legten sie ihre Musketen an und schossen. Die Kugeln peitschten den Boden um Anatol auf. Der Rauch des Schießpulvers nahm den Gardisten die Sicht.

Anatol richtete sich keuchend auf und rannte geduckt durch das Lager in Richtung des nahen Waldes.

Von einem Augenblick zum anderen herrschte Aufruhr im Lager. Kommandos gellten durch die Nacht, Schüsse knallten durch die Dunkelheit.

Vom Lärm geweckt, trat Capitano Geller aus seiner Unterkunft, die unweit der des Papstes lag. Einer seiner Gardisten eilte auf ihn zu. »Johann!«, rief Geller. »Was in Gottes Namen ist geschehen?«

»Capitano!«, rief Johann zurück. »Jemand hat versucht, Seine Heiligkeit zu ermorden. Der Täter flüchtet in Richtung der Wälder.«

Geller fragte nicht. Es war hier und jetzt unnötig, mehr Details zu erfahren. Er holte seinen Gürtel mit Pistole und Degen aus seinem Zelt, band diesen um und rannte in die Richtung, aus der die Schüsse kamen.

Die gesamte Gesellschaft war nun auf den Beinen. Die Gardisten befahlen den Dienern, wieder in ihre Zelte zu gehen, und brachten die Geistlichen mit sanfter Gewalt zurück in ihre Unterkünfte.

Geller traf auf einen Trupp Gardisten, die soeben ihre Musketen nachluden. Zwei von ihnen schossen auf einen dunklen Schemen etwa einhundert Schritte entfernt. »Ist er das?«, fragte Geller seine Männer.

»Ja, Capitano«, sagte einer der Männer. »Das ist der verfluchte Bursche.« Er legte an und schoss.

Doch in diesem Augenblick erreichte der Attentäter den Wald und verschwand zwischen den Bäumen.

»Hinterher!«, befahl Geller. Zusammen mit einem Dutzend Gardisten verfolgte er den Flüchtenden.

In einer langen Reihe liefen sie in den Wald hinein. Die Hälfte der Soldaten trug Fackeln. Die Äste und Stämme der Bäume warfen bizarre Schatten. Die Verfolgung zu Pferde war in diesem Dickicht unmöglich.

»Da!«, brüllte ein Gardist und deutete tiefer in den Wald.

Geller sah einen Schatten zwischen den Bäumen dahinrasen und zog seine Pistole. »Vorwärts!«, rief er seinen Männern zu.

Zweige brachen unter den Füßen der Gardisten, Vögel stoben aufgeschreckt aus den Baumwipfeln davon, und eine Horde Wildschweine brach aus dem Unterholz aus und floh.

Geller, der in der Mitte der Kette aus Soldaten ging, verlangsamte seinen Schritt, weil er befürchtete, der Mörder könnte sich in einer Mulde verkriechen, darauf wartend, dass seine Verfolger weiterzogen.

»Hierher!«, schrie plötzlich ein Gardist am linken Ende der Kette. Dann ein Schuss und ein schmerzerfüllter Schrei.

»Jost!«, rief Geller, der die Stimme erkannt hatte. »Jost, antworte!«

»Er ist tot, Capitano«, kam die Antwort eines anderen Gardisten.

»Verdammt!«, fluchte Geller. Er rannte weiter, sprang über Wurzeln und Gräben.

Da erscholl ein qualvoller Schrei von der rechten Seite. Geller hielt inne.

»Er hat Kaspar erwischt!«, rief ein Soldat.

Voller Wut hieb Geller auf einen Baum ein. Keuchend zwang er sich zu klaren Überlegungen. Wie konnte der Attentäter derart rasch von einem Ende der Kette zum anderen gelangen, ohne dass die Gardisten in der Mitte ihn bemerkten? Hatten sie es hier mit einem Geist zu tun? Wohl kaum.

Wieder starb einer seiner Männer, dessen Namen ein anderer durch die Nacht rief.

Und dann traf Geller die Erkenntnis wie ein Schlag. Der Attentäter war nicht vor ihnen – er befand sich in ihrem Rücken und schlich hinter ihnen her. Sofort ging er in die Knie. Das Licht der Fackeln reichte aus, um die Umgebung zu erkennen. Seine Männer waren nun zwanzig Schritte vor ihm. Er blickte über die Büsche und an den Bäumen vorbei.

Eine Weile nahm Geller nichts wahr außer den Geräuschen,

die seine Männer verursachten, während sie sich langsam von ihm entfernten. Da plötzlich huschte eine Gestalt von rechts rund zehn Schritte vor ihm in geduckter Haltung vorbei. Geller zog den Abzug seiner Pistole vorsichtig nach hinten und folgte dem Mann auf leisen Sohlen durch das Unterholz.

Der Attentäter folgte einem unsichtbaren Halbkreis, der ihn wieder an das linke Ende der Gardisten führte. Geller blieb ihm auf den Fersen, bis er sah, wie der Unbekannte neben einem Baumstumpf stehen blieb. Er legte an, zielte und feuerte. Der Attentäter fiel zu Boden.

Geller konnte nicht erkennen, ob er getroffen hatte. Er steckte seine Pistole in den Gürtel und zog seinen Degen. Behutsam näherte er sich dem Baumstumpf.

Aber dort war niemand mehr. Noch während Geller überlegte, ob er sein Ziel verfehlt hatte, traf ihn ein harter Schlag am Hinterkopf, und er stolperte durch das Gestrüpp. Der Degen fiel aus seinen Händen und blieb irgendwo in der Dunkelheit liegen.

Geller hatte kaum Zeit, sich aufzurichten. Der Attentäter warf sich auf ihn und versuchte, ihm seinen Dolch in die Brust zu treiben. Im letzten Augenblick gelang es Geller, den Hieb abzuwehren. Der Mörder über ihm keuchte und stöhnte. Schweiß tropfte auf Gellers Gesicht. Mit aller Kraft drückte Geller den Mann von sich, holte mit der Rechten blitzschnell aus und versetzte seinem Gegner einen Schlag auf die Schläfe. Der schrie voller Schmerz auf und stürzte zur Seite.

Gerade wollte Geller sich aufrichten, da traf der Dolch seinen Arm, drang durch das Wams und stach tief in das Fleisch. Geller brüllte vor Wut und Schmerz. Er schlug wild um sich. Aus den Augenwinkeln sah er, wie der Attentäter erneut auf ihn zustürmte. Er warf sich zur Seite und stieß ihm einen Fuß in den Bauch. Der Mörder wurde rücklings zu Boden geschleudert.

Dieses Mal kam Geller schneller auf die Beine. Er sah seinen Gegner auf dem Rücken liegen und nach Luft schnappen und stürzte sich auf ihn. Doch der Attentäter war schneller. Er rollte sich zur Seite, und Geller sprang ins Leere. Einen Wimpernschlag später saß der Fremde auf Gellers Brust und holte aus. Geller schloss die Augen.

Da peitschte ein Schuss durch die Nacht. Der Körper über ihm erschlaffte und fiel zur Seite. Schlagartig öffnete Geller die Augen und sah seinen Angreifer neben sich auf dem feuchten Waldboden liegen. Aus einem münzgroßen Loch in seiner Stirn strömte Blut.

Atemlos ließ Geller seinen Kopf auf das Moos sinken. Gleich darauf packten zwei Gardisten ihn und halfen ihm auf.

»Wie geht es Euch, Capitano?«, fragte Johann.

Geller befühlte seinen Arm. Warmes Blut tropfte über seine Finger auf seine Stiefel. »Ich bin wohlauf«, sagte er. »Hast du geschossen, Johann?«

Johann nickte grinsend.

Geller klopfte ihm auf die Schulter. »Zurück in Rom gehen wir fortan gemeinsam auf die Jagd«, sagte er. Er blickte auf den Toten hinab. »Schafft ihn ins Lager.«

Die überlebenden Gardisten trugen ihre toten Kameraden. Vier Männer hatte der Attentäter umgebracht, bevor Johanns Kugel ihm selbst den Tod gebracht hatte.

Im Lager liefen der Gruppe weitere Gardisten entgegen. Sie umringten Geller und bestürmten ihn mit Fragen.

»Francesco!«, rief eine aufgebrachte Frauenstimme. Gleich darauf drängte sich Giulia durch die Menge. Sie lief auf Geller zu und umarmte ihn. »Ich bin so froh, Euch wohlauf zu sehen.«

Sanft drückte Geller sie von sich. »Es geht mir gut, Schwester«, sagte er.

Da entdeckte sie seine Wunde. »Ihr seid verletzt!«

»Nur ein kleiner Stich«, sagte er. »Ich würde mir den Arm abschneiden, um noch einmal auf diese Weise von Euch empfangen zu werden.«

Sie räusperte sich und schaute sich um. Aber niemand hatte Notiz von ihnen genommen. Ihr Blick fiel auf den Toten, dessen Gesicht im Schein der unzähligen Fackeln deutlich zu erkennen war. Ein Schrei des Entsetzens fuhr aus ihrer Kehle. »Das ist Lino!«

Gellers Kopf ruckte nach unten. »In der Tat!«, sagte er. »Das ist der Diener Lino Leopolo!«

Einer der Umstehenden drängte sich nach vorn. Es war einer der Diener. Er beugte sich zu dem Toten und sagte: »Das ist nicht Lino Leopolo, Capitano.«

»Ich verstehe nicht«, sagte Geller.

»Lino Leopolo nahm gar nicht an der Reise teil, Capitano«, sagte der Diener.

Geller riss die Augen auf. »Was sagst du da?«

»Ich kenne ihn gut«, sagte der Diener. »Daher weiß ich, dass er nicht unter uns war. Schon am Tag der Abreise suchte ich ihn vergebens.«

»Warum hast du dich nicht früher zu Wort gemeldet?«, wollte Geller wissen. Seine Stimme war laut und wütend.

»Ich wusste, dass die gesamte Schweizergarde noch in der Nacht vor der Abreise ausgetauscht wurde«, sagte der Diener. »So dachte ich mir, dass wohl auch einige der Diener zurückbleiben müssten.«

»Aber wenn das nicht Lino war«, sagte Giulia, »wer war es dann?«

Auf diese Frage wusste niemand eine Antwort.

Der Leibarzt des Papstes kam zu Geller, um dessen Wunde zu untersuchen. »Ihr habt großes Glück gehabt, Capitano«, sagte er. Er holte Nadel und Faden aus einer Tasche.

»Geht schlafen«, sagte Geller zu Giulia. »Es wäre mir peinlich, würdet Ihr mit ansehen, wie ich vor Schmerzen heule wie ein kleines Kind.« Er lachte.

Giulia nickte, drückte seinen gesunden Arm und verschwand.

Der Medicus reinigte die Wunde, setzte die Nadel an und stach durch die Haut. Dann verband er den Arm.

Kurz darauf erhellte das Licht der Sonne die Landschaft. Diener verscharrten die Leiche Anatols irgendwo tief im Wald. Die anderen verstauten Zelte, Decken, Schlafmatten und alle anderen Dinge auf den Ochsenkarren und den Kutschen.

Geller bestieg sein Pferd und ritt an die Spitze des Trosses. Er hob die Hand und schnalzte, damit sein Pferd sich in Bewegung setzte. Die weite Reise zurück nach Rom begann.

Kardinal Callisto Carafa saß in der Bibliothek seines Palazzos und las. Neben seinem bequemen Stuhl stand ein Beistelltisch, darauf eine Karaffe mit Wein und drei silberne, verzierte Becher. Unzählige Kerzen sorgten für ausreichend Licht. Am Nachmittag hatte es stark geregnet, sodass die Luft geschwängert war von drückender Feuchtigkeit.

Es klopfte, und ein Diener kündigte den Besuch einer Dame an.

Carafa senkte das Buch seufzend auf die Knie. »Wer ist es?«, fragte er.

»Sie nannte ihren Namen nicht, Eminenz«, antwortete der Diener. »Doch scheint sie in dringender Angelegenheit zu kommen.«

»Gut«, sagte Carafa. »Führ sie herein.«

Gleich darauf erschien Carafas Besucherin in der Bibliothek. Sie trug ein Kleid aus dunkelrotem Brokat mit tiefem Ausschnitt und auf dem Kopf ein großes weißes Barett über der Kalotte.

Carafas Augen weiteten sich. Er stand auf und verneigte sich vor der Unbekannten. »Callisto Carafa«, stellte er sich vor. »Mit wem habe ich das Vergnügen?«

»Contessa Mattei«, sagte Marisa.

»Oh«, entfuhr es Carafa, und er zog die Augenbrauen hoch. Er machte eine einladende Handbewegung zu einem Stuhl auf der anderen Seite des Tischchens.

»Habt Dank«, sagte die Contessa und setzte sich.

»Nun«, sagte Carafa. Er schenkte Wein in einen Becher. »Was verschafft mir die Ehre Eures Besuches, Donna? Ich gebe zu, Ihr kommt recht unerwartet.«

Marisa nahm den Becher und trank ihn in einem Zug, was ihr einen anerkennenden Blick von Carafa einbrachte. »Ich bin mir durchaus bewusst, dass mein Erscheinen in Eurem Hause eine Überraschung für Euch bedeutet. Vorab möchte ich sagen, dass mein Gemahl nicht weiß, dass ich hier bin.«

»Es soll unser Geheimnis bleiben, Donna«, sagte Carafa. »Wie kann ich Euch zu Diensten sein?« Er schenkte den Becher wieder voll.

Betreten sah Marisa zu Boden. Mit fahrigen Händen nahm sie Barett und Kalotte ab und legte beides neben sich. Dann trank sie ein weiteres Mal ihren Becher leer. »Ihr müsst wissen«, sagte sie, »mein Gemahl hasst Euch.«

Carafa lachte auf. »Das ist mir wohlbekannt.«

»Ich mache mir große Sorgen um ihn«, fuhr Marisa fort. »Erst kürzlich sagte er mir, dass er und die anderen Barone Roms Eure Weigerung, ihnen die Campagna zurückzugeben, nicht länger dulden wollen.«

»Ich wüsste nicht«, sagte Carafa, »was die Barone Roms dagegen unternehmen sollten. Das Land gehört der heiligen Mutter Kirche. Und in den Augen der Kirche haben sie ihren Teil der Vereinbarung bislang nicht erfüllt.«

»Eben das ist es, was mir Sorgen bereitet«, sagte Marisa. »Mein Gemahl ist entschlossen, seinen Willen mit Waffengewalt durchzusetzen.«

Mit offenem Mund lehnte Carafa sich vor. »Ihr scherzt, Donna Mattei.«

»Mitnichten«, sagte Marisa. »Er bereitet den Waffengang vor. Zwar wird es noch Monate dauern, bis genügend Truppen bereitstehen, doch ist es mein Bestreben, diesen Krieg zu verhindern.«

»Die Barone könnten niemals obsiegen«, meinte Carafa. »Der Schutz des Kaisers ist der Kirche gewiss. Zudem haben wir genügend Männer unter Waffen, um die Campagna auch ohne die Hilfe des Reichs verteidigen zu können.«

»Das weiß ich«, sagte Marisa.

Carafa schüttelte den Kopf. »Verlöre der Conte sein Leben nicht auf dem Schlachtfeld, würde ihm der Galgen drohen. Ich kann kaum glauben, dass er seines Lebens derart überdrüssig ist.«

Mit zitternden Fingern zog die Contessa ihre Ärmel hinunter, sodass die Schultern entblößt waren. »Ich bin bereit, alles zu tun, was nötig ist. Wirklich alles.«

In Carafas Augen trat der Glanz lüsterner Gier. Er strich sich nachdenklich über das Kinn. »Wie könnte ich einer so schönen Frau, wie Ihr es seid, einen Wunsch abschlagen?«, sagte er.

»Dann besteht Hoffnung, Eminenz?«, fragte Marisa mit heiserer Stimme.

Carafa stand auf und trat hinter sie. Sanft legte er seine Hände auf ihre schmalen Schultern. »Es gibt Gebiete in der Campagna«, sagte er, »die für die Kirche von geringem Interesse sind. Sümpfe, Ödland, ausgetrocknete Seen. Ich könnte dem Conte diese Areale anbieten.«

»Das würde in der Tat sein kochendes Blut beruhigen«, sagte Marisa. »Wie kann ich Euch dafür nur danken, Eminenz?«

Carafa beugte sich nieder und küsste ihren Nacken. »Das finden wir beide heraus, schöne Contessa.«

Und während Carafas Hände ihren Körper erforschten, die Verschlüsse ihres Kleides öffneten, während sein Atem schneller ging und immer heißer wurde, schloss Marisa die Augen.

Die Reise zurück nach Rom verlangte den Männern und den Tieren der päpstlichen Reisegesellschaft die letzten Kräfte ab. Der italienische Sommer zeigte sich in diesem Jahr besonders heiß und unbarmherzig. Selbst in den Nächten fanden sie keinerlei Erholung von der brütenden Hitze des Tages. Die Luft über den Wegen und Wiesen schien zu kochen. Einige der Diener waren so erschöpft, dass man den Ballast auf den Ochsenkarren abwerfen musste, um die Entkräfteten darauf zu transportieren. Das Wasser wurde knapp, denn die Hitze hatte viele Bäche ausgetrocknet, und in den wenigen Seen, an denen sie vorüberkamen, schwammen die Fische mit dem Bauch nach oben. Seinen Durst wollte mit diesem Wasser niemand löschen.

Nach drei Wochen war nicht einmal die Hälfte des Weges zurückgelegt. Ein jeder hing seinen trübsinnigen Gedanken nach, beschäftigte sich allein mit dem nächsten Schritt, der ihn Rom näher brachte.

Als sie das kleine Städtchen Vicovaro hinter sich gelassen hatten, besserte sich die Stimmung im Tross. Rom und damit die Erlösung von diesen Qualen war nun nicht mehr fern. Sogar die schwächsten unter den Männern verspürten neuen Mut und frische Kraft.

Und dann, nach so vielen qualvollen Tagen und Wochen, erblickten sie die Kirchtürme Roms von einem der vielen

Hügel nordöstlich der Stadt. Lachen und befreite Rufe drangen durch die Reihen der Männer.

Noch weit vor Sonnenuntergang erreichte der Tross den Petersplatz. In aller Eile schafften die Diener das Gepäck fort, die Gardisten gingen in ihre Unterkünfte, während der Papst und Gazetti im Petersdom verschwanden.

Giulia sah ihnen nach, wobei sie gleichzeitig Ausschau nach Geller hielt. Doch der Capitano war mit seinen Männern längst verschwunden. So stieg sie die Treppen des Petersdoms hinauf und machte sich auf den Weg zu ihrer Zelle. Sie verspürte nur noch den Wunsch, einen ganzen Ziegenschlauch Wasser zu trinken und dann tagelang zu schlafen.

Gerade ging sie an der kleinen Kapelle vorbei, um auf den Gang zu ihrer Zelle zu biegen, da hätte Fulvia sie um ein Haar umgerannt. Giulia richtete Habit und Schleier und sah die Freundin lächelnd an. »Es ist schön, dich nach so vielen Tagen wiederzusehen, Fulvia«, sagte sie. »Doch müssen wir uns vor Freude nicht gleich den Hals brechen.«

Fulvia lachte nicht. Nein, auf ihrem Gesicht lag der Ausdruck unsäglicher Trauer. »Endlich seid ihr zurück«, keuchte sie.

Voller Sorge fragte Giulia: »Was in Gottes Namen hat dich so aufgebracht?«

»Pippo!«, stieß Fulvia hervor. »Er ist tot. Jemand hat ihn in der Nacht vor eurer Abreise kaltblütig ermordet!«

Der Schreck durchzuckte alle Glieder in Giulias Körper und ließ sie zurückfahren. »Was sagst du da?«, stöhnte sie. »Pippo? Tot? Das ist unmöglich! Sag, dass das nicht wahr ist!«

»Es ist, wie ich sage«, gab Fulvia zurück. Sie vergrub ihr Gesicht in den Händen und weinte.

Giulia fiel in Fulvias Wehklagen ein. Die Tränen in ihren Augen verwischten den Anblick der Freundin wie Regentropfen auf einer Fensterscheibe. »Wer könnte so etwas Grausames tun?«, schluchzte sie. »Pippo hat niemandem etwas zuleide getan.«

»Man kennt den Täter nicht«, sagte Fulvia und wischte sich mit einem Ärmel über das Gesicht. »Die Garde hat den Mord noch am selben Tag untersucht, aber wenig Eifer gezeigt. Er war halt nur ein alter Narr, kein Bischof oder gar ein Kardinal.«

Giulia legte Fulvia eine Hand auf die Schulter. »Nein«, flüsterte sie, »er war alles andere als ein Narr.« Sie überlegte kurz, ob sie Fulvia die Wahrheit über Pippo verraten sollte, entschied sich aber dagegen. Dafür blieb später noch Zeit.

»Die Garde sagte, man hätte dich und Pippo am Abend vor eurer Abreise zusammen gesehen«, sagte Fulvia. »Kannst du dich an irgendetwas erinnern, das den Mord erklären könnte?«

Giulias Gedanken rasten. So viel war seit diesem Abend vor vielen Wochen geschehen. Sie erinnerte sich sehr genau an das Gespräch mit Pippo. Sie erinnerte sich an den klaren Glanz in seinen Augen und an das große Geheimnis, das über Jahrzehnte dahinter verborgen gelegen hatte. Und sie erinnerte sich, dass sie Kardinal Carafa von Pippos Verdacht berichtet hatte. Und zwar nur dem Kardinal allein. So setzte sich in ihrem Kopf das Mosaik Stück für Stück zusammen, und sie erkannte, dass *sie* den Fehler begangen hatte, der Pippo das Leben kostete. Sie schloss die Augen. »Hält sich Kardinal Carafa im Petersdom auf, Fulvia?«, wollte sie wissen.

»Ich sah ihn vor Kurzem in die Krypta hinabsteigen«, antwortete Fulvia. »Warum willst du zu ihm? Weißt du, wer Pippo ermordet hat?«

»Später«, sagte Giulia. Sie wandte sich um ohne ein weiteres Wort. So schnell ihre Beine sie zu tragen vermochten, eilte sie durch die Gänge und Hallen, bis sie die Vierung unterhalb der riesigen Kuppel erreichte. Vor dem schmalen Eingang zur Krypta standen zwei Gardisten Wache. Eine enge Treppe führte in die Vatikanischen Grotten unterhalb des Petersdoms hinab. Vorsichtig, um den Halt nicht zu verlieren, stieg Giulia hinunter. Kühle, moderige Luft hüllte sie ein. Die wenigen Kerzen und Fackeln tauchten die Umgebung in düsteres Licht, in der ein Dutzend Päpste und der deutsche Kaiser Otto II. ihre letzte Ruhestätte gefunden hatten. Der nackte Fels zeigte noch deutlich die Spuren der Äxte, die die Krypta vor Ewigkeiten in den Stein getrieben hatten. Der Untergrund war uneben, die Decke so niedrig, dass Giulia kaum aufrecht stehen konnte.

»Ich habe dich erwartet«, sagte plötzlich eine Stimme, die ebenso düster und kalt war wie die Krypta selbst.

Giulia erschrak und fuhr herum. Carafa trat aus einer Kammer, in der die Gebeine Papst Gregors V. ruhten. Wut stieg in Giulia auf und verdrängte die Angst, die sie vor diesem Mann empfand. »Ihr habt den guten Pippo meucheln lassen«, entfuhr es ihr. »Ihr allein könnt die Verantwortung für diesen Mord tragen!«

Carafa schien unbeeindruckt. Er lehnte sich an die Wand und verschränkte die Arme. »Du hast gewiss Beweise.«

»In der Tat«, sagte Giulia. »Nur Ihr wusstet aus meinem Munde, dass Pippo unter den Gardisten den Mann erkannt hatte, der vor einem Jahr versucht hat, den Heiligen Vater zu ermorden.«

Carafa lachte heiser auf. »Das ist kein Beweis.«

Giulia trat auf Carafa zu. »Ihr habt die Garde austauschen lassen, um mich zu beruhigen«, fuhr sie fort. »Ihr habt Eurem Mordbuben den Auftrag gegeben, in der Verkleidung eines Dieners den Heiligen Vater zu begleiten. Doch ich muss Euch enttäuschen. Euer Plan schlug fehl, Euer Handlanger ist tot. Seine Heiligkeit lebt!«

Erst jetzt zeigte Carafa eine Regung. Sein Körper spannte sich. Es schien, als wollte er sich auf Giulia stürzen. »Das Wort einer Nonne steht gegen das eines Kardinals«, sagte er. »Wem, denkst du, schenkt man mehr Glauben?«

»Er hat Euren Namen genannt, bevor er qualvoll starb«, log Giulia.

»Das ist nicht wahr!«, zischte Carafa und langte mit seinen Fingern nach Giulias Hals.

Mit einem Sprung zur Seite rettete Giulia sich vor Carafas Griff. Hinter einem Sarkophag suchte sie Schutz. »Nun habt Ihr Euch selbst verraten«, rief sie. »Der Heilige Vater soll alles von mir erfahren.«

Wütend schlug Carafa mit der Faust auf den Deckel des Sarkophags. »Niemals«, keuchte er. Er wandte den Kopf zurück zur Treppe. »Wache!«

Giulia zuckte zusammen. »Was habt Ihr vor?«, fragte sie. Sie fürchtete, Carafa würde sie auf der Stelle erschießen lassen.

Sofort erklang das Trampeln von Stiefeln. Die beiden Gardisten eilten herbei und sahen Carafa fragend an.

Mit ausgestrecktem Arm zeigte Carafa auf Giulia. »Ergreift sie!«, befahl er. »Sperrt sie in die Engelsburg!«

»Wessen wollt Ihr mich anklagen?«, fragte Giulia, während sich die Wachen ihr von beiden Seiten näherten.

»Ketzerei«, antwortete Carafa, ohne mit der Wimper zu zucken.

»Ketzerei?«, echote Giulia. »Das könnt Ihr nicht wagen. Niemand ...« In diesem Moment packten die Wachen Giulia an den Armen und hielten sie fest. Sie schrie und trat um sich.

»Knebelt die Ketzerin!«, befahl Carafa.

Ein Gardist zog ein Tuch aus seinem Wams und stopfte es Giulia in den Mund, sodass diese nur noch dumpfe, unverständliche Laute stammeln konnte.

Carafa nickte zufrieden. »Ab mit ihr in die Engelsburg«, ordnete er an.

Die Gardisten zogen Giulia fort. Carafa folgte ihnen.

Giulia hatte kaum noch Kraft, sich zu wehren. Die Strapazen der langen Reise, die hinter ihr lagen, hatten ihren Körper geschwächt. Sie hoffte nur, dass Geller oder Fulvia mit ansahen, wie man sie unschuldig fortschaffte.

Die Gardisten führten ihre Gefangene aus dem Petersdom hinaus und geradewegs in die Engelsburg. Hier, vor den Toren der Burg, bäumte Giulia sich noch einmal auf. Sie wand sich und zerrte, trat um sich und stieß unartikulierte Laute durch den Knebel aus.

Doch vergebens. Zwei Gardisten aus der Engelsburg kamen ihren Kameraden zu Hilfe. Zu viert schleppten sie Giulia durch das Tor, über den Vorplatz und hinein in die Burg. Sie erkannte die dunklen Gänge mit den langen Reihen der Kerkertüren. Eine davon schloss ein Gardist auf. Ein anderer nahm ihr auf Carafas Geheiß den Knebel aus dem Mund und stieß sie in das finstere, feuchte Loch. Knarrend schloss sich die Tür und wurde verriegelt.

Carafa glotzte durch das auf Augenhöhe angebrachte Gitter in der Kerkertür. Er lächelte triumphierend. »Wie geht es dir nun?«, fragte er.

Giulia baute sich vor der Tür auf. Voller Abscheu starrte sie Carafa an. »Kein Mensch in Rom wird Euch Eure Lügen glauben«, sagte sie. »Niemand wird mich als Ketzerin verurteilen. Stellt mich vor ein Gericht, und Ihr selbst werdet der Angeklagte sein.«

Carafa trat noch näher an die Gitterstäbe. »Was glaubst du, mit wem du hier redest?«, fragte er. »Sollte dir auch nur ein einziges Wort gegen mich über die Lippen kommen, töte ich alle Menschen, die du je geliebt hast. Bei Capitano Geller fange ich an, danach haucht die junge Fulvia ihr kurzes Leben aus. Ich denke, am Ende lasse ich deiner verehrten Mutter Rufina einen Besuch abstatten.«

Übelkeit überkam Giulia. Es kostete sie übermenschliche Beherrschung, sich nicht auf der Stelle zu übergeben. »Das wagt Ihr nicht!«, schrie sie voller Pein.

Carafa lachte meckernd. »Du weißt, dass mir das Leben dieser Leute nichts bedeutet«, sagte er. »Schweig, und du stirbst allein. Rede, und viele werden den Tod finden. Es ist allein deine Entscheidung.« Sein Gesicht vor dem Gitter verschwand, seine Schritte entfernten sich.

Schwer atmend schleppte Giulia sich in eine Ecke des Verlieses. Sie lehnte sich an die Wand und glitt langsam daran herunter, auf das feuchte Stroh auf dem eiskalten Boden. Schmerz und Entsetzen schwollen an, bis eine gnädige Ohnmacht sie endlich erlöste.

26

Contessa Marisa Mattei besuchte Carafa einmal in der Woche in seinem Palazzo, um ihm Liebesdienste zu erweisen. Üblicherweise fanden diese amourösen Abenteuer am Montag in den Abendstunden statt. Der Tag, nachdem die Kerker der Engelsburg Giulia verschluckt hatten, war ein Montag.

Am Abend fuhr die Kutsche der Contessa vor. Marisa stieg aus und klopfte an die Tür des Palazzo. Ein Diener ließ sie ein und führte sie in das Schlafgemach des Kardinals.

Carafa wartete bereits auf seinen Besuch, ein Glas voll blutroten Weines in der Hand. Er lächelte und stellte das Glas ab. »Worte vermögen nicht auszudrücken, wie sehr mich mein Verlangen nach Euch verzehrt hat, schöne Contessa«, sagte er. Er ging auf sie zu, nahm ihr Hut und Mantel ab und begann, sie zärtlich im Nacken zu streicheln. Seine Finger fuhren durch ihr schwarzes Haar, strichen über Gesicht und Hals, bis sie über ihren Brüsten innehielten.

Marisa sagte kein Wort, sondern schloss wie immer die Augen und ließ alles über sich ergehen. Sie wehrte sich nicht, als Carafa sie mit sanfter Gewalt hinüber zum Bett führte, sie bis auf die nackte Haut entkleidete und auf die mit Entenfedern prall gefüllten Decken und Kissen drückte. Er bedeckte jede Stelle ihres Körpers mit Küssen. Als er sich auf sie legte, liefen heimliche, stumme Tränen aus ihren Augen und fielen auf die seidene Bettwäsche. Körper und Atem Carafas vereinten sich im Takt seiner Begierde, steigerten sich zu einem triumphalen Stakkato und ebbten schließlich wieder ab. Dann rollte er sich von ihr auf die andere Seite des Bettes, streckte sich und atmete schwer.

Während Carafa entspannt und ermattet dalag, wischte Marisa sachte, dennoch sorgfältig mit einer Decke die Spuren seiner Wollust von ihrem Körper. »Gestattet Ihr eine Frage, Eminenz?«, sagte sie nach einiger Zeit in die Stille.

Carafa lachte heiser. »Warum noch immer diese Förmlichkeit?«, wollte er wissen. »Nenn mich doch bitte Callisto.«

»Wie Ihr wünscht«, sagte Marisa. »Wir teilen nun seit einigen Wochen das Bett. Wann gedenkt Ihr, meinem Gemahl die versprochenen Güter zu übergeben, Callisto?« Sie wusste sehr wohl, dass Carafas Versprechen sie in keinster Weise von der Erpressung Carbones befreite, doch wollte sie für das erduldete Leid eine Gegenleistung erhalten.

»Bald, Liebste«, sagte Carafa. »Sehr bald. Ich habe bereits meinen Advokaten den Auftrag gegeben, die Rückgabe im Rahmen des Kirchen- und Lehnsrechts zu prüfen.«

Marisa richtete sich auf. »Mit Verlaub!«, rief sie. »Unsere Abmachung enthielt kein Wort über ein Lehen. Vielmehr ging es um die Übergabe des Eigentums besagter Ländereien.«

»Es steht dir frei«, sagte Carafa mit frostiger Stimme, »dich bei deinem Gemahl über mich zu beschweren.«

Gerade wollte Marisa eine Entgegnung hervorbringen, als im Flur vor dem Schlafgemach eine zeternde Frauenstimme erklang.

»Ihr habt kein Recht, hier einzudringen«, war einer der Diener zu vernehmen.

»Wo ist er?«, keifte die Frau. »Ich will auf der Stelle zu ihm.«

Schon öffnete sich die Tür zum Schlafgemach. Carafa sprang auf. »Allegra!«, rief er. »Woher nimmst du die Dreistigkeit, hier einzudringen?« Er sprang aus dem Bett und kleidete sich an.

Wie eine angriffslustige Löwin trat Allegra näher, gefolgt von zwei Dienern. Sie warf einen Blick auf Marisa, die eine Decke bis unter ihr Kinn gezogen hatte. Dann bedachte sie Carafa mit einem bitterbösen Blick. »Die Gerüchte stimmen also«, sagte sie. »Ich hörte, dass du dir eine neue Gespielin gesucht hast. Wer ist die Hure?« Sie deutete auf Marisa.

Carafa holte aus und schlug Allegra mit der flachen Hand ins Gesicht. Sie taumelte und stürzte zu Boden. »Verlasse sofort mein Haus!«, donnerte er.

Allegra rieb sich über die getroffene Wange. Der Schmerz und das Entsetzen in ihrem Gesicht verwandelten sich in unbändigen Zorn. Stöhnend stand sie auf. »Bin ich dir nicht mehr gut genug?«, fragte sie. »Bist du meiner überdrüssig, dass du dir so einen billigen Ersatz in dein Bett holst?« Sie weinte.

»Verschwinde, Allegra!«, befahl Carafa. »Und kehre nie wieder hierher zurück.« Er wandte sich seinen Dienern zu. »Schafft sie fort von hier!«

Allegra riss die Augen auf. »Nein!«, rief sie. »Das kannst du nicht tun!«

»Wie du siehst«, erwiderte Carafa und gab den Dienern ein Zeichen, seinen Befehl endlich auszuführen.

Die Diener packten Allegra und zogen sie hinaus. Sie versuchte, sich strampelnd und keifend zur Wehr zu setzen. Kaum war sie aus der Tür und aus dem Blick verschwunden, schrie sie: »Ich weiß alles über dich, Callisto! Hörst du? Du kannst mich nicht einfach fortjagen wie einen tollen Hund! Ich weiß von deinen Plänen – und von Giulia!«

Carafa erstarrte. »Bringt sie zurück!«, rief er seinen Dienern hinterher. Zu Marisa sagte er: »Würdest du uns bitte entschuldigen? Wir haben etwas zu besprechen.«

Hastig sprang Marisa aus dem Bett, schlüpfte in ihre Kleider und verließ das Schlafgemach.

Allegras triumphierendes Gesicht erschien. »Wusste ich

doch, dass du es dir anders überlegst«, sagte sie. »Nun können wir auf Augenhöhe miteinander sprechen.«

Ohne auf ihren überheblichen Ton einzugehen, gab Carafa zurück: »Was weißt du von Giulia? Rede!«

Sie befreite sich aus dem Griff der Diener und baute sich vor Carafa auf. »Einfach alles«, sagte sie. »Ich habe mit angehört, wie du und deine Bundesgenossen eure verschwörerischen Pläne geschmiedet habt. Es war höchst aufschlussreich.« Sie lächelte. »So erfuhr ich, dass du eine Tochter hast.«

Carafas Gesicht verzerrte sich zu einer Fratze. »Du bist verrückt!«, keuchte er.

»Ich frage mich«, sagte Allegra, »ob der Heilige Vater deine Auffassung teilen wird.«

»Was willst du, Allegra?«

»Nun kommen wir der Sache näher.« Sie grinste spöttisch. »Zuerst will ich, dass du dein Bett fortan allein mit mir teilst. Sobald du dein Ziel erreicht und deinen Platz auf dem Heiligen Stuhl eingenommen hast, will ich zudem einen eigenen Palazzo mit Dienerschaft und eine ausreichende Apanage. Sagen wir einhunderttausend Scudi im Jahr. Das sollte dir die Stellvertreterschaft Christi und meine ewige Liebe wert sein.«

Die Arme verschränkt, blickte Carafa zu Boden. »Wer sagt mir, dass du dein Versprechen halten wirst?«

»Ich liebe dich, Callisto«, antwortete sie. »Trotz all deiner Abscheulichkeiten liebe ich dich von ganzem Herzen. Meine Liebe soll deine Gewähr sein.«

Nachdenklich ging Carafa im Zimmer auf und ab. Schließlich blieb er stehen. Aus hasserfüllten Augen schaute er Allegra an. »Hast du wirklich geglaubt, du könntest mich erpressen, Allegra?«

Sein kalter Blick und seine kämpferische Haltung ließen Allegra zurücktaumeln. »Was hast du vor, Callisto? Willst du mich ermorden?«

Er schüttelte den Kopf. »Mitnichten«, sagte er. »Du warst mir stets eine treue Gefährtin, und ich bin durchaus geneigt, dies anzuerkennen. Doch kann ich dir nicht gestatten, mich mit deinem Wissen unter Druck zu setzen. Ich muss dich bestrafen, und für Huren gibt es nur eine Strafe.«

Allegra schrie auf. Sie war leichenblass. »Nicht die Sfregia! Callisto, das kannst du nicht tun!«

Ungerührt erwiderte Carafa: »Ich verstoße dich aus meinem Haus. Meine Diener vollziehen die Strafe noch heute Nacht an dir. Zeit deines Lebens wird kein Mann mehr Gefallen an dir finden, denn sie werden dir ansehen, dass du eine bestrafte Hure bist. Die dunkelsten Ecken in den dreckigsten Gassen sollen von nun an deine Heimstatt sein.« Er winkte seine Diener herbei.

»Nein!«, brüllte Allegra voller Pein. »Ich bitte dich inständig, tu das nicht!«

Die Diener packten sie und schleiften sie fort.

»Solltest du dennoch versuchen, mich zu verraten«, rief Carafa ihr hinterher, »spüre ich dich auf. Die Strafe, die du dann zu erwarten hast, wird noch viel fürchterlicher sein.«

Mit gnadenloser Härte zerrten die Diener die schreiende und um sich tretende Allegra mit sich. Sie brachten sie über die Treppe ins Erdgeschoss und durch eine kleine Tür noch weiter hinunter ins Kellergewölbe. Hier banden sie Allegra mit Stricken auf einem Stuhl fest. Ihre Gegenwehr erstarb jäh, als die Schnüre festgezogen wurden.

Einer der Männer verschwand und kam kurz darauf mit einem Messer zurück. Allegra schrie panisch auf, als sie die Klinge erblickte. Weinend bettelte und flehte sie die Diener an, sie gehen zu lassen. Aber ihre Beschwörungen fanden in den Ohren der Diener keinen Widerhall.

Ein Diener stellte sich hinter Allegra und hielt mit beiden

Händen ihren Kopf fest. Der andere führte die Klinge. Als die Klinge in die Haut ihrer Stirn schnitt, brüllte sie vor Schmerzen. Blut tropfte in ihre Augen und nahm ihr die Sicht. Dann schnitt der Diener von ihrer Schläfe über die Wange bis zum Kinn. Auf der anderen Seite verfuhr er ebenso. Der nächste Schnitt verlief von einer Seite des Gesichts über die Nase auf die andere Seite. Allegras Schreie erstarben in dem Blutstrom, der in ihren Mund lief. Der Diener setzte noch weitere Schnitte kreuz und quer in ihrem Gesicht.

Schließlich löste sich der Griff um ihren Kopf und die Diener befreiten sie von den Fesseln. Der Ohnmacht nah, sank Allegra vom Stuhl. Ihr Kleid, ihre Arme und ihre Hände, der Boden – alles war rot von ihrem Blut. Einer der Diener zog sie auf die Beine, während der andere ihr ein Tuch gab, das sie auf ihre klaffenden Wunden presste.

Wortlos führten die Diener Allegra nach oben und stießen sie hinaus auf die Straße. Wimmernd und stöhnend lief Allegra in den Schutz der Dunkelheit hinein.

Seit sechs Tagen saß Giulia nun in dem feuchtkalten Verlies im Bauch der Engelsburg. Vor drei Tagen war Capitano Geller kurz bei ihr erschienen, um ihr Beistand zu gewähren. Er berichtete, dass Kardinal Carafa keiner Seele gestattete, sie zu sehen. Selbst er als Hauptmann der Garde unterlag der Anordnung. Aber er hatte ihr versprochen, sie zu besuchen, wann immer es möglich wäre. Seitdem wartete sie.

Die Zeit verging quälend langsam. Die einzige Abwechslung in ihrem Dasein war die Wache, die morgens Wasser und Brot durch einen Spalt in der Kerkertür schob. Doch wenn sie den Kerkermeister ansprach, erhielt sie keine Antwort. Sie wusste nicht einmal, ob er überhaupt sprechen konnte. Den Rest des

Tages saß sie da, lehnte an der Wand oder lag auf dem nackten Boden, denn das feuchte Stroh war nicht sehr einladend. Große Angst verspürte sie nicht. Noch nicht. Sie vertraute auf die Fähigkeiten ihrer Freunde und auf die Macht des Heiligen Vaters. Hatte er ihr doch versprochen, er würde ihr stets jeden Wunsch erfüllen. Und, so viel war gewiss, der Heilige Vater würde sie nicht den Machenschaften Carafas ausliefern. Seine Heiligkeit wusste, dass sie nie und nimmer eine Ketzerin war. Er würde nicht zulassen, dass man sie vor ein Gericht stellen und aburteilen würde. Nein, es war nur eine Frage der Zeit, bis die Garde sie auf Geheiß des Papstes aus dem Verlies befreien würde.

Giulias Geist weilte gerade in der wohltuenden Sphäre zwischen Wachen und Schlaf, als Licht aus dem Gang durch das vergitterte Fenster in der Tür ihre geschlossenen Augen streifte. Sofort war sie hellwach.

»Schwester Giulia«, erklang Gellers flüsternde Stimme. Gleich darauf blickten seine Augen suchend durch das Gitterfenster.

»Francesco!«, rief Giulia, sprang auf und lief mit großen Schritten zur Tür. Ihre Finger griffen nach den seinen. Es tat so gut, die Wärme seiner Hände zu spüren. Zuversicht keimte in ihr auf.

»Monsignore Gazetti ist bei mir«, sagte Geller. Er trat ein Stück zur Seite.

Gazettis Gesicht erschien. »Schwester Giulia«, sagte er. »Wie geht es Euch?«

»Ich bin wohlauf, Monsignore«, antwortete Giulia. »Habt Dank, dass Ihr gekommen seid.«

»Seine Heiligkeit schickt mich«, sagte Gazetti. »Er hat von den ungeheuerlichen Anschuldigungen des Vizekanzlers gehört. Nun soll ich die Wahrheit herausfinden.«

Giulia atmete tief aus. Der Heilige Vater hatte sie also nicht vergessen.

»So sagt mir«, bat Gazetti, »ob Ihr eine Ketzerin seid.« Er sah sie forschend an.

Der Drang, dem Monsignore die Wahrheit zu sagen, überkam Giulia mit aller Macht. Zwar hatte sie gehofft, der Heilige Vater würde sie ohne Federlesen aus dem Kerker holen lassen, doch ein einziges Wort von ihr genügte, um sie zu befreien. Dann aber sah sie in die von trauriger Verzweiflung gezeichneten Augen Gellers und dachte an die Warnung Carafas. Sollte sie Gazetti die Wahrheit offenbaren, würde Carafa den Capitano ermorden lassen – und mit ihm alle anderen, die sie liebte. Sie schluckte schwer und schwieg.

»Schwester Giulia«, flehte Geller, »sagt dem Monsignore, dass Carafas Anschuldigungen erlogen sind. Sagt, dass Ihr keine Ketzerin seid. Ich bitte Euch!«

»Das ... das kann ich nicht«, stammelte sie.

»Der Kardinal hat bereits das Inquisitionsverfahren gegen Euch eingeleitet«, erklärte Gazetti. »Allein der Heilige Vater kann Euch noch davor bewahren. Ein Wort von Euch genügt.«

»Monsignore«, flüsterte Giulia mit gesenktem Blick, »ich habe Euch nichts zu sagen.«

Plötzlich erklang von einem Ende des Ganges eine dröhnende Stimme. »Was hat das zu bedeuten?«

Giulia erkannte die Stimme sofort: Es war die Stimme Carafas. Gleich darauf erschien das Gesicht des Kardinals vor der vergitterten Öffnung.

»Gazetti!«, donnerte Carafa. »Was treibt Ihr hier? Erklärt Euch unverzüglich! Und Ihr, Capitano Geller? Was habt Ihr hier verloren?«

Gazetti wirkte wenig beeindruckt. »Ich statte der von Euch eingekerkerten Schwester einen Besuch ab.«

»Ich habe Befehl gegeben, dass niemand sich der Ketzerin nähern darf«, dröhnte Carafa. »Das gilt ebenso für Euch!«

»Ich unterstehe nicht der Jurisdiktion irgendeines Kardinals«, sagte Gazetti, »sondern allein Seiner Heiligkeit höchstselbst. In Seinem Auftrag bin ich hier.«

»Soso«, murmelte Carafa. Dann lauter: »Und hat die Angeklagte die Vorwürfe bestritten?«

»Nein!«, rief Giulia dazwischen. »Kein Wort kam über meine Lippen, Eminenz!«

Carafa nickte lächelnd. »Das sollte Euch genügen«, sagte er zu Gazetti und Geller. »Alles Weitere wird das Verfahren zeigen, das in wenigen Wochen beginnt. Seine Heiligkeit wird gewiss überrascht sein. Und nun verlasst das Verlies!«

»Wir tun alles, was in unserer Macht steht, um Euch zu retten«, raunte Geller Giulia eilig zu. Dann ging er mit Gazetti fort. Giulia war mit Carafa allein.

»Deine Freunde können dir nicht mehr helfen«, sagte er. »Mach dir keine Hoffnung.«

Giulia verspürte den Drang, Carafa mitten in sein hässliches Gesicht zu spucken. »Niemals lässt der Heilige Vater zu, dass Ihr mich als Ketzerin verurteilt.«

Carafa lachte auf. »Er wird sogar dein Todesurteil unterzeichnen.«

»Nie und nimmer!«, sagte Giulia.

Kopfschüttelnd trat Carafa näher an das Gitter. »Glaubst du, er sei dein Freund?«, fragte er. »Glaubst du wirklich, dein Leben hätte mehr Bedeutung für ihn als das Leben eines widerlichen Insekts? Die Päpste denken nicht in den Bahnen, in denen du oder das übrige Geschmeiß denkt. Ihr Geist, ihr Wirken ist von der irrigen Annahme gelenkt, der allmächtige Vater im Himmel hätte ihnen den Auftrag gegeben, Sein Werk auf Erden zu verrichten, in Seinem Namen zu handeln. Und da meinst du, einer dieser von Gott gesegneten Männer würde sich um dich scheren, wo der Herr ihnen doch die ganze Welt geschenkt hat?«

Giulia antwortete nicht. Sie dachte nach. Schließlich fragte sie: »Warum ich? Aus welchem Grund habt Ihr ausgerechnet mich nach Rom geholt? Nur, um mich schließlich zu richten? Das kann nicht der wahre Grund sein. Also sagt mir, welche Rolle ich in Eurem teuflischen Stück spiele.«

Carafa hüstelte. »Du hast mir keinerlei Befehle zu erteilen.«

Wütend sprang Giulia an das Gitter und rüttelte daran. »In Gottes Namen!«, schrie sie außer sich. »Ihr erwartet von mir, dass ich für Eure Machtgelüste sterbe. Dann verlange ich von Euch, dass Ihr mir den Grund hierfür nennt. Sprecht endlich!«

Carafa war zwei Schritte zurückgewichen. Überrascht gaffte er sie an. Er öffnete den Mund, schloss ihn wieder, um ihn ein weiteres Mal zu öffnen. »Weil du den Tod verdient hast«, sagte er und wischte sich über die Stirn.

Giulia konnte nicht glauben, was sie da hörte. »Was sagt Ihr da? Ich? Den Tod verdient? Habt Ihr den Verstand verloren? Bis vor einem Jahr kanntet Ihr nicht einmal meinen Namen.«

»Du hast den einzigen Menschen getötet, den ich je geliebt habe«, sagte Carafa. »Damit hast auch du den Tod verdient.«

Giulia glaubte, Carafa sei dem Irrsinn verfallen. Ein Wahnsinniger, der über ihr Leben entschied. »Bei Gott«, stöhnte sie. »Ich habe noch nie einen Menschen getötet.«

»Was hat Mutter Rufina dir über deine Mutter berichtet?«, fragte er.

»Meine Mutter?«, wiederholte Giulia. Sie schüttelte wild den Kopf, als hätte sie Wasser in den Ohren und sich aus diesem Grunde verhört. »Sie starb bei meiner Geburt. Aber warum in Gottes Namen fragt Ihr?«

»Ihr Name war Liana«, sagte Carafa. »Sie war mein Herz, mein Heiligtum. Dann gab sie ihr Leben, um dir das deine zu schenken.«

Giulia zog die Augenbrauen hoch. »Ihr kanntet meine Mutter?«

»Sie war meine Gefährtin über viele Jahre«, sagte Carafa in schwärmerischem Ton. Dann wurde er wieder ernst. »Aus unserer Liebe erwuchs eine Leibesfrucht unter ihrem Herzen. Du.«

Die Worte hallten in Giulias Geist wider, bis sie schließlich mit brachialer Gewalt auf sie niederfuhren. Sie taumelte zurück in die Dunkelheit ihres Verlieses. »Nein!«, hauchte sie. »Das ist unmöglich! Ihr seid nicht mein Vater. Niemals!« Die letzten Silben hatte sie herausgeschrien.

»Deine Mutter hat dich in der Kirche von Giulianova in einer regnerischen Nacht im Beisein eines Geistlichen und einer Nonne geboren«, fuhr Carafa fort. »Gleich nach deiner Geburt starb sie. Der Geistliche hat dich in der Obhut der Nonne belassen und ihr den Auftrag gegeben, dich *Giulia* zu nennen und zu erziehen. Dann verschwand er für immer. Der Geistliche war ich.«

Wimmernd wand Giulia sich hin und her. Es gab auf Erden nur zwei Menschen, die von den Geschehnissen ihrer Geburt unterrichtet waren. Im Alter von zwölf Jahren hatte Mutter Rufina ihr die Geschichte ihrer Geburt erzählt. Nur ihr allein. Und sie hatte Giulia verboten, jemals ein einziges Wort darüber zu sagen. Carafa konnte diese Einzelheiten nur wissen, wenn er selbst dabei gewesen war. Er war in der Tat ihr Vater. Aber das konnte nicht sein. Es durfte nicht sein! Sie schrie gequält auf.

Carafa beachtete ihr Leid nicht. »Als wir nach einem Spion suchten«, sagte er, »der jung und unbedarft genug war, um im inneren Kreis des Papstes nicht aufzufallen, kamst du mir in den Sinn. Wohl war ich mir bewusst, dass dein Leben auf dem Spiel stand, aber wie du nun weißt, bedeutet es mir nicht mehr als das Leben einer Fliege.«

Unfähig, auch nur einen klaren Gedanken zu fassen, kauerte

Giulia im hintersten Winkel des Kerkers. »Warum seid Ihr so böse?«, wollte sie wissen. »Ihr, ein Mann der Kirche. Tragt das Wort Jesu in die Welt, ohne auch nur irgendetwas davon zu verstehen.«

Carafa schnaufte verächtlich. »Jesus Christus bedeutet mir noch viel weniger als das Leben einer Fliege.« Dann rief er: »Genug geschwatzt! Bist du willens, die Vorwürfe, die dir vor Gericht zur Last gelegt werden, einzuräumen?«

»Welche Wahl habe ich?«, fragte Giulia mit allem Sarkasmus, zu dem sie in diesem Augenblick fähig war.

»Gut«, sagte Carafa. »Somit bleibt dir das peinliche Verhör erspart. Der Prozess soll nicht lange dauern. Am Ende steht deine Verurteilung zum Tod auf dem Scheiterhaufen im Hof der Engelsburg. Ich wünsche eine gute Nacht.« Er wandte sich um und ging.

Giulia blieb allein zurück. Langsam, dann immer schneller hämmerten ihre Fäuste auf die dicken Steine unter ihren Füßen. Aus Trauer und Ohnmacht wurde irgendwann unbändiger Zorn und schließlich der überwältigende Wille, um nichts in der Welt aufzugeben.

27

Auf der Piazza della Rovere, unweit des Petersdoms am Ufer des Tiber gelegen, stand ein schlanker Mann mit grauem Bart, die Ellenbogen auf eine Mauer gestützt. Er trug unscheinbare bunte Kleider, bestehend aus einem roten Wams mit bauschigen gelben Ärmeln, einer grünen Strickhose, und auf dem Kopf eine rote Kappe. Die wenigen Menschen an diesem Abend, die über die Piazza schlenderten, beachteten die unauffällige Erscheinung kaum. Er selbst nahm ebenfalls keine Notiz von ihnen. Sein Blick war auf das andere Ufer des Tiber gerichtet, wo verliebte Paare im blassrosa Licht der untergehenden Sonne über grüne Wiesen flanierten. Ihr verhaltenes Kichern zog über den Fluss wie morgendliche Nebelschwaden. Sein Gesicht zeigte keinerlei Regung.

Plötzlich sagte eine Stimme in seinem Rücken: »Habt Dank, dass Ihr gekommen seid.«

Er wandte sich um. Vor ihm stand eine junge Nonne, die ihn lächelnd ansah. »Fulvia«, sagte er, »du weißt, dass ich solche Treffen nicht schätze.«

In Fulvias Gesicht zuckte es. »Ich weiß«, sagte sie. »Doch umso mehr schätze ich, dass Ihr erschienen seid.«

Er schnaufte. »Also, was willst du?«

»Schwester Giulia«, sagte Fulvia.

»Ich dachte es mir.«

Fulvia hob flehend die Hände. »Sie braucht Eure Hilfe«, sagte sie. »Nur Ihr allein könnt sie vor dem Scheiterhaufen bewahren.«

Er hob eine Augenbraue. »Was erwartest du von mir?«

»Sprecht mit Kardinal Carafa«, bat Fulvia. »Sagt ihm, er soll die Anklage gegen sie fallen lassen.«

Er räusperte sich vernehmlich. »Glaubst du, ein Mann, der seine eigene Tochter richten lässt, hört auf meine Worte?«

»Dann sprecht sie frei«, sagte Fulvia. »Ihr seid der Großinquisitor des Heiligen Offiziums und somit oberster Richter dieses Prozesses. Es obliegt Eurer Entscheidung, ob sie verurteilt wird oder nicht.«

»So einfach ist das nicht«, sagte er und schüttelte den Kopf. »Wie ich hörte, will Carafa eindeutige Beweise vorbringen, dass die junge Giulia der Ketzerei schuldig ist. In diesem Fall habe ich keine andere Wahl, als sie dem Feuer zu überantworten. Carafa hat dies alles mit äußerster Sorgfalt geplant.«

Ein Ausdruck grenzenloser Verzweiflung trat in Fulvias Augen. »Ohne ihre Hilfe hättet Ihr Euch Pozzis nicht entledigen können«, erinnerte sie ihn. »Giulia hat den Tod nicht verdient!«

»Wer hat das schon?«, fragte er.

Fulvia ließ die Schultern hängen. »Ich bitte Euch«, flüsterte sie. »Es muss doch eine Möglichkeit geben, sie zu retten.«

»Hm«, machte er und sah an Fulvia vorbei einem Mann in dunkler Kleidung und mit einem altmodischen Hut entgegen, der sich ihnen näherte. »Vielleicht gibt es in der Tat eine Chance für das Leben deiner Freundin.«

Der Mann mit dem breitkrempigen schwarzen Hut trat näher. Er machte eine leichte Verbeugung.

»Carbone«, sagte Fulvias Gegenüber. »Da seid Ihr endlich. Was habt Ihr zu berichten?«

Carbone zögerte und blickte zu Fulvia.

»Sprecht frei heraus«, sagte der Alte.

»Es ist alles bereit«, sagte Carbone. »Morgen Abend soll es geschehen.«

»Morgen schon?«, fragte der Alte und rieb sich die Hände. »Ausgezeichnet.« Er wandte sich Fulvia zu. »Bete, dass unser Plan gelingt. Bete, dass Carafa den morgigen Tag nicht überlebt und durch seinen Tod das Leben seiner Tochter rettet.«

Fulvia faltete die Hände. »Das werde ich«, sagte sie. »Ich danke Euch, Vater.«

Er sah sie ernst an. »Du bist eine Castagna, vergiss das nie!«

Fulvia nickte stumm. Dann machte sie auf dem Absatz kehrt und verließ mit schnellen Schritten die nun in vollkommene Dunkelheit gehüllte Piazza.

28

Am frühen Abend des folgenden Tages ritt ein Mann auf einem Rappen und in einen schwarzen Umhang gehüllt auf das Anwesen des Conte Mattei in Frascati. Eine von Kastanien gesäumte Allee führte von der Straße hinauf zu dem weiß schimmernden Palazzo.

Noch bevor der Reiter den Palazzo erreicht hatte, hielten zwei mit Musketen und Degen bewaffnete Männer ihn auf. »Halt!«, rief einer. »Wer seid Ihr und was wollt Ihr hier?«

»Mein Name ist Carbone«, sagte der Besucher. »Ich habe Nachricht für den Conte.«

»Der Don ist nicht zu sprechen«, sagte der Soldat. »Macht kehrt und zieht Eures Weges.« Er legte eine Hand auf den gemaserten Schaft seiner Pistole.

Carbone lächelte dünn und nahm seinen Hut ab. »Signori«, sagte er, »ich bitte Euch. Geht zum Conte und stellt ihm nur eine einzige Frage. Wenn er dann noch immer nicht mit mir sprechen will, verlasse ich sogleich seinen Grund und Boden.«

»Und welche Frage soll das sein?«, fragte der Soldat.

»Sie ist recht simpel«, antwortete Carbone. »Fragt ihn, ob er weiß, wo die bezaubernde Contessa sich derzeit aufhält. Das ist alles.«

Die Wachen sahen sich an. Dann sagte einer zum anderen: »Warte hier. Ich gehe zum Don.« Daraufhin lief er hinauf zum Palazzo.

Carbone musste nicht lang warten. Conte Mattei, ein starker Mann in der Blüte seines Lebens, lief seinem Untergebenen voran auf Carbone zu. Der stieg vom Pferd, zog seinen Hut und machte eine tiefe Verbeugung.

Obwohl er so schnell gelaufen war, erweckte der Conte nicht den Anschein, als sei er außer Atem. Aus zusammengekniffenen Augen starrte er den unbekannten Besucher an. »Ihr seid der Mann, der sich Carbone nennt?«

»Das bin ich, erlauchter Don«, sagte Carbone.

»Was schwatzt ihr da von meiner Gemahlin?«, fragte Mattei. »Erklärt Euch auf der Stelle! Wo ist sie?«

»In Rom«, sagte Carbone.

Mattei stampfte voll wütender Ungeduld auf den Boden. »Das weiß ich!«, rief er. »Sagt mir etwas, das ich nicht weiß, oder verschwindet!«

»In diesem Augenblick teilt sie das Bett mit Kardinal Callisto Carafa«, gab Carbone zurück. Aufmerksam beobachtete er den Conte.

Mattei riss den Mund auf und taumelte einige Schritte zurück. »Was sagt Ihr da?«, keuchte er. »Woher wollt ihr das wissen?«

»Ich weiß es«, sagte Carbone. »Das sollte Euch genügen.«

Mattei zog seinen Degen und richtete ihn blitzschnell auf Carbones Kehle. »Ihr lügt, Signore Carbone!«, sagte Mattei. »Sagt mir auf der Stelle, wo sich meine Gemahlin aufhält, oder meine Klinge durchbohrt Euren Hals wie einen Sack Mehl!«

Ungerührt stand Carbone da und betrachtete den aufgebrachten Conte. »Das sagte ich Euch bereits, erlauchter Don.«

Mattei ließ den Degen sinken. »Wer seid Ihr?«, fragte er.

»Ein Freund der Barone Roms«, erklärte Carbone. »Und ich meine, Kardinal Carafa hat Euch bereits zu viele Schwierigkeiten bereitet.«

»Wieso sollte ich Euch Glauben schenken?«

»Überzeugt Euch selbst«, sagte Carbone. »Er und Eure Gemahlin halten sich in der Taverna Antonina an der Piazza di

Firenze auf. Eilt Euch, und Ihr werdet sie in flagranti bei ihrer Sünde ertappen.«

Mattei steckte den Degen zurück in die Scheide. »Fleht um Gottes Gnade, wenn Eure Geschichte nicht wahr ist, Signore Carbone«, sagte er. Dann schaute er zu seinen Soldaten hinüber. »Ruft die Männer zusammen und sattelt die Pferde. Wir brechen unverzüglich nach Rom auf.«

Gleich darauf herrschte auf dem Anwesen hektische Betriebsamkeit. Zwei Dutzend schwer bewaffnete Reiter brachen aus den Stallungen hervor. Sie sammelten sich um ihren Herrn und um Carbone. Mattei ließ sich eine Pistole geben und steckte sie mit entschlossener Miene in seinen Gürtel. Dann bestieg er sein Pferd. Es folgte ein kurzes Kommando aus seinem Mund, und die Horde stob davon.

Carbone sah der aufsteigenden Staubwolke nach. Dann klopfte er seinem Pferd auf die Flanke, setzte einen Fuß in das Steigeisen und schwang sich in den Sattel. Gemächlichen Schrittes verließ auch er das Anwesen in Richtung Rom.

Aus einem Zimmer im oberen Stockwerk der Taverna Antonina drang das aufdringliche Quietschen eines Bettes. Der schwitzende Körper Callisto Carafas bewegte sich rhythmisch wie die Pumpe einer Zisterne. Unter ihm lag Marisa Mattei mit geschlossenen Augen, den Kopf so weit zur Seite geneigt, dass er sich tief in das Betttuch aus weißem Linnen grub. Die Luft in dem Zimmer war heiß und stickig.

Plötzlich stockte Carafa. Dicke Schweißperlen tropften von seiner Stirn auf Marisas schwarzes Haar. »Du liegst da wie ein Sargbrett!«, beschwerte er sich. »Ich weiß, dass dir die Stunden mit mir keine Freude bereiten. Doch kannst du nicht zumindest den Anschein erwecken?«

Marisa öffnete nicht die Augen, als sie antwortete: »Ihr bekommt, was Ihr begehrt: Meinen Körper. Meine Seele gehört mir allein.«

Carafa kniff die Lippen zusammen. »Damit sehe ich unsere Abmachung weiterhin als nicht erfüllt an«, sagte er und rollte sich zur Seite.

Marisa stützte sich auf ihre Unterarme. »Was sagt Ihr da? Ihr gedenkt nicht, Euer Wort zu halten?«

»Du verlangst große Ländereien für deine Dienste«, sagte er. »Ich habe Huren in meinem Bett gehabt, die für einen Golddukaten Besseres geboten haben.«

»Warum seid Ihr nur ein solches Ungeheuer?«, fragte Marisa. Sie ließ den Kopf auf das Kissen sinken, zog die Decke über ihren Körper und starrte auf den Holzbalken an der getäfelten Zimmerdecke.

»Du solltest wissen ...«, begann er, doch weiter kam er nicht, denn in diesem Moment ertönten Hufgetrappel und das Wiehern unzähliger Pferde, die aus dem Galopp innerhalb weniger Augenblicke zum Halt gezwungen wurden. Dazu erklangen die Rufe vieler Männer. »Was ist das?«, sagte Carafa mehr zu sich selbst und stand auf. Er schaute aus dem Fenster auf die Straße hinab. »Verdammt!«, stieß er hervor.

»Was seht Ihr?«, fragte Marisa und stand ebenfalls auf. Weil Carafa nicht antwortete, verschaffte sie sich selbst Klarheit. Ein erstickter Schrei drang aus ihrer Kehle, als sie die bewaffneten Männer vor der Taverne sah. »Patrizio!«

Ohne zu zögern, griff Carafa nach seinen Kleidern und zog sich an. »Woher weiß dein Gemahl, dass wir hier sind? Hast du es ihm erzählt?«

Blankes Entsetzen sprach aus ihrem Gesicht. »Mitnichten!«, erwiderte sie.

Carafa schlüpfte in seine schwarzen Lederstiefel mit dem

hohen Schaft, legte seinen Gürtel um und steckte die beiden Pistolen hinein. »Du lügst!«, schrie er. »Damit ist unser Handel geplatzt!«

»Nein!«, schrie Marisa. Ihre Gedanken waren bei ihren Kindern, bei Carbone und seiner scheußlichen Erpressung. »Er wird Euch kein Leid zufügen. Ihr seid ein Kardinal. Er hat nicht das Recht, Euch zu töten.«

Carafa stieß ein höhnisches Krächzen aus. »Die Barone Roms haben mehr Macht, als du dir vorstellen kannst. Und ein Kardinal, der die Sünde des Ehebruchs begeht, findet selbst beim Papst kein Gehör.«

Sie ließ sich weinend zu Boden sinken und umfasste seine Beine. »Ich verspreche Euch«, schluchzte sie, »ich werde Euch fortan eine vollkommene Geliebte sein. Die beste, die Ihr je hattet. Nur löst unsere Abmachung nicht auf. Ich flehe Euch an.«

»Fort mit dir, schwaches Weib!«, bellte Carafa und riss sich von ihr los. Er setzte seinen Hut auf.

Der Lärm der Männer des Conte Mattei erfüllte nun die Taverne. Auf der Treppe war ein Poltern zu hören.

»Verflucht!«, ächzte Carafa. Unschlüssig stand er in der Mitte des Zimmers. Schließlich lief er zum Fenster und schaute hinaus. Dann öffnete er es, blickte noch einmal wütend zu der schluchzenden Contessa und stieg hinaus. Ein breiter Holzsims, der um die Taverne herumlief, gab seinen Füßen Halt.

Kaum war Carafa aus Marisas Blickfeld entschwunden, flog die Tür auf und der vor Wut schnaubende Conte stürmte mit seinen Männern herein. »So stimmt es also«, sagte er zu Marisa, die noch immer auf den Dielen saß. »Wo ist der elende Ehebrecher? Ich weiß alles über euer Treiben. Sprich!«

Marisa antwortete nicht. Sie krümmte sich zusammen und wimmerte.

Der Conte sah das offene Fenster, stürzte darauf zu und

schaute hinaus. »Da ist er!«, rief er, zog seine Pistole und schoss. »Verdammt!« Er gab einem seiner Männer die Waffe und ließ sie nachladen. »Er ist auf dem Dach. Ihr geht nach unten und versucht, ihn einzukreisen. Schießt ohne Warnung. Ihr vier folgt mir.« Er setzte ein Bein durch das Fenster auf den Sims.

»Nein!«, rief Marisa. »Du weißt nicht, was du tust!«

Mattei beachtete sie nicht. Er hangelte sich hinaus, dicht gefolgt von seinen Männern.

Derweil rannte Carafa in geduckter Haltung über das flache Dach der Taverne, die erbosten Flüche des Conte im Nacken. Suchend schaute Carafa umher. Das am nächsten gelegene Haus, eine Schlachterei, befand sich gut zehn Schritt neben der Taverne und lag etwas tiefer. Gerade wollte er zum Sprung ansetzen, als er das Gesicht des Conte erblickte.

»Bleibt stehen!«, rief Mattei. Er legte die Hände auf den First und zog sich ächzend auf das Dach. Ohne ein weiteres Wort zu verlieren, zog er seine Pistole und richtete den Lauf auf Carafa.

Der Kardinal zögerte nicht mehr. Er beugte den Oberkörper vor und rannte auf das Ende des Daches zu. Mattei schoss, die Kugel sauste an Carafas Kopf vorbei. Carafa stieß sich ab und landete gleich darauf auf dem Dach der Schlachterei. Vier Männer tauchten neben dem Conte am Rand des Daches der Taverne auf und legten ihre Musketen an. Die Kugeln schlugen links und rechts zu Carafas Füßen ein, verfehlten ihn jedoch. Er lief weiter. Direkt an die Schlachterei war ein weiteres Haus gebaut, und Carafa kletterte hinauf. Hinter ihm hatten die Männer ihre Waffen nachgeladen. Sie feuerten ihm noch eine Salve hinterher. Dann sprangen auch sie auf das Dach der Schlachterei.

Während Carafa auf das nächste Dach zurannte, fielen von der Straße her Schüsse. Sofort warf er sich auf den Bauch und spähte vorsichtig über den First. Da standen über ein Dutzend Schwerbewaffnete und zielten auf ihn. Er hob den Kopf etwas und ließ ihn sogleich wieder sinken. Die Männer feuerten, trafen ihn jedoch nicht. Die Zeit, die sie für das Nachladen benötigten, nutzte er. Den Conte und seine vier Gefolgsleute im Blick, kroch er über das Dach auf die Rückseite des Hauses. Er schaute kurz hinunter – und sprang. Er landete in einem Busch, rollte sich darunter hervor und blickte nach oben.

»Er ist hinuntergesprungen!«, rief einer der Männer des Conte.

»Worauf wartet ihr noch?«, brüllte Mattei. »Folgt ihm!«

Carafa lief weiter. Er durchquerte den Garten, hangelte sich über eine Mauer und duckte sich atemlos dahinter nieder. Seine Verfolger hatten seine Fährte nicht verloren. Ihre Stimmen kamen näher. Hechelnd richtete er sich auf. Vor ihm führte links und rechts eine Gasse entlang. Er entschied sich, nach links zu laufen.

Carafa hatte kaum zwanzig Schritte zurückgelegt, da hörte er hinter sich vier Musketenschüsse und warf sich zu Boden. Gehetzt starrte er nach allen Seiten, aber in dieser Gasse fügte sich Hauswand an Hauswand. Es gab keine Möglichkeit, zu fliehen, es gab nur die Flucht nach vorn. Er sprang auf und wollte weiterlaufen, doch Matteis Stimme hielt ihn zurück.

»Gebt endlich auf!« Die Pistole in Matteis Hand war auf Carafa gerichtet. Die vier Männer neben ihm luden ihre Musketen nach.

Carafa wandte sich um und blieb ruhig stehen.

»So ist es gut«, rief Mattei. Langsam ging er auf Carafa zu, während dieser zurückwich. »Bleibt stehen oder ich erschieße Euch!«

Carafa lächelte kühl, doch er hielt keineswegs inne. Dann schoss Mattei. Die Kugel pfiff durch die Luft, streifte Carafas Wange und flog weiter. Blut lief ihm über das Gesicht. Doch der Schmerz schien ihn kaum zu beeindrucken. Er lachte auf, machte auf der Stelle kehrt und rannte weiter.

Gerade als die vier Soldaten ihre Musketen geladen hatten, erreichte Carafa eine Querstraße. Er bog um die Ecke, gleich darauf schlugen die Kugeln in das Gemäuer neben ihm ein. Etwa dreißig Schritte entfernt entdeckte er einen Pferdestall. Er beschleunigte seinen Schritt und rannte darauf zu. In dem Moment, als Mattei und seine Leute die Querstraße erreichten, schlüpfte er durch die Tür in den Stall. Vor ihm standen vier Pferde, und an der Rückwand des Stalls lag eine große Fuhre Heu. Er nahm Anlauf und sprang mit einem Satz in das Heu. Dann wartete er atemlos keuchend.

»Wo ist der Lump?«, hörte Carafa Matteis Stimme dumpf durch das Heu.

»Er muss hier irgendwo sein«, sagte einer der Soldaten. »Von hier aus kann er nicht entkommen.«

Hufgetrappel und die Rufe vieler Männer drangen an Carafas Ohr.

»Durchsucht die ganze Umgebung!«, befahl Mattei seinen Männern.

Die Tür zum Stall wurde aufgestoßen, und Schritte kamen näher. »Hier ist niemand!«, rief ein Soldat und ging wieder.

Allmählich erstarben die Laute der Verfolger, sie zogen weiter, die nächsten Häuser zu durchsuchen.

Wie eine Ratte in ihrem gut versteckten Nest wartete Carafa noch eine Weile. Schließlich befreite er sich aus dem Stroh. Auf leisen Sohlen ging er zur Tür, öffnete sie und spähte hinaus. Vorsichtig schob er sich durch den Spalt, horchte in den Abend hinein und machte sich auf den weiten Weg zu seinem Palazzo.

Im Kloster Santa Annunziata speisten die Nonnen gerade zu Mittag. Es herrschte Stille, nur die monotone Stimme von Schwester Orchidea erfüllte das Refektorium. Sie saß an einem eigenen kleinen Tisch am Ende der Tischreihen und las Psalmen aus der Heiligen Schrift vor. Während des Mittagsmahls mussten die Nonnen schweigen. Allein mittels Zeichensprache war es ihnen gestattet, sich untereinander auszutauschen. Wollten sie Käse gereicht bekommen, pressten sie die Hände aufeinander, bei Fisch vollführten sie kleine Schwimmbewegungen. Auf Brot wiesen sie, indem sie mit Daumen und Zeigefinger einen Kreis formten, nach Essig verlangten sie, indem sie mit einem Finger auf ihre Kehle zeigten.

Nach dem Mahl verstummte Schwester Orchidea. Mutter Rufina gab ein Zeichen, und die Nonnen erhoben sich, um ihre Beschäftigungen wieder aufzunehmen. Sie gingen in die Kräuter- und Gemüsegärten, ins Scriptorium, putzten die Latrinen oder unterrichteten in der Novizenschule. Drei Nonnen räumten die Tische ab und schafften das Geschirr in die angrenzende Küche. Kurz darauf ertönte von dort das Geklapper der Teller, Töpfe und Becher.

Mutter Rufina erhob sich von ihrem Platz. Sie sah aus dem Fenster auf die alte Klosterkirche, deren Spitze alle anderen Gebäude des Klosters überragte, und seufzte leise. Sie wandte sich um und verließ das Refektorium. Vor ihr lag der Kreuzgang. Sie hielt sich links, bis sie über eine Treppe in den Klosterhof gelangte. Durch ein Tor in der inneren Klostermauer gelangte sie in den Bereich des Klosters, den auch Menschen besuchen durften, die nicht zum Orden gehörten. Meist Pilger, die in der Pilgerherberge übernachteten, oder die jungen Töchter reicher Adliger und Patrizier, die die äußere Schule besuchten. Die Nonnen unterwiesen sie im Lesen, Schreiben, Rechnen, in Latein und lateinischer Dichtung. Da viele Adelige diese Disziplinen für ihre Töchter als unnötig erachteten, hatten die Nonnen selten mehr als drei oder vier Schülerinnen. Gegenüber von Pilgerherberge und äußerer Schule befand sich das Armenhaus. Hier fand jeden Tag nach dem Mittagsmahl der Nonnen eine Armenspeisung statt, zu der jeder Bedürftige kommen konnte. Quälte irgendwen ein körperliches Leiden, nahmen sich die Nonnen fürsorglich seiner an.

Mutter Rufina betrat das Armenhaus und sah sich um. Die Zeiten waren schlecht, viele Menschen hatten auch heute den Weg hierher gefunden, um sich an den Speisen des Klosters zu laben. Sie ging an den Tischen und Bänken vorbei. Die Gäste, wie sie die Armen nannte, hoben den Kopf und lächelten sie dankbar an. Rufina erwiderte das Lächeln, während ihr Weg sie in den hinteren Teil des Hauses führte, wo die Speisen ausgegeben wurden. Sie beugte sich über die fast leeren Töpfe. »Reicht es?«, fragte sie die junge Schwester Rossana.

Rossana nickte. »Wenn niemand mehr kommt, haben wir alle satt bekommen, ehrwürdige Mutter.«

»Sollten noch mehr Seelen hier erscheinen, holt Nachschub aus der Küche«, sagte Rufina. »Niemand soll in diesem Kloster abgewiesen werden.«

»Ehrwürdige Mutter«, sprach eine andere junge Nonne Rufina an. Es war Schwester Liliana. Ihr hübsches kleines Gesicht drückte Kummer aus.

»Ja, mein Kind«, sagte Rufina.

»Habt Ihr schon Nachricht von Schwester Giulia?«, fragte Liliana.

Bedrückt schüttelte Rufina den Kopf. »Seit Wochen gelangt keine einzige Zeile von ihr zu uns«, sagte sie. »Auf meine Briefe erhalte ich keine Antwort. Ich mache mir große Sorgen.«

»Glaubt Ihr, der Schwester ist etwas zugestoßen?«, fragte Liliana weiter.

»Ich weiß es nicht«, seufzte Rufina. Sie dachte an die vielen Briefe von Giulia, in denen sie über all die Schwierigkeiten und Gefahren im Vatikan berichtet hatte.

Rossana legte die Schöpfkelle in einen der Töpfe und trat zu ihnen. »Giulia hat versprochen, regelmäßig zu schreiben, ehrwürdige Mutter«, erinnerte sie. »Bis vor wenigen Monaten hat sie ihr Versprechen auf das Genaueste eingehalten. Dann kommt plötzlich kein Wort von ihr mehr hierher. Etwas muss geschehen sein. Etwas Furchtbares.«

»Schwester Rossana hat recht«, stimmte Liliana zu. »Schwester Giulia würde nie und nimmer ohne besonderen Grund aufhören, uns von ihrem Leben in Rom zu berichten, ehrwürdige Mutter.«

Rufina gestand sich ein, dass sie den jungen Nonnen beipflichten musste. Und in ihr kam ein Gedanke hoch, der schon seit Wochen in ihrem Herzen auf den richtigen Augenblick gewartet hatte. Dieser Augenblick schien nun gekommen.

»Wir müssen etwas tun, ehrwürdige Mutter«, sagte Rossana. »Irgendetwas.«

»Und wir werden etwas tun«, sagte Rufina heiser. »Das heißt: *Ich* werde etwas tun.«

»Was, ehrwürdige Mutter?«, fragten Rossana und Liliana wie aus einem Munde.

Rufina hob das Kinn an. »Ich fahre nach Rom«, sagte sie. »Dort will ich mir selbst ein Bild von Schwester Giulias Befinden machen.«

Fassungslos starrten die Schwestern Rufina an, als stünde die Heilige Mutter Gottes höchstselbst vor ihnen. Rossana war die Erste, die ihre Sprache wiederfand. »Nehmt uns mit«, bat sie.

»Ja, ehrwürdige Mutter«, sagte Liliana. »Bitte, lasst uns mit Euch gehen.«

Rufina schüttelte den Kopf. »Auf keinen Fall. Der Moloch

hat bereits einen meiner Schützlinge verschlungen. Das genügt. Ich gehe allein.«

»Aber die Reise ist weit, ehrwürdige Mutter«, wandte Rossana ein.

»Ich nehme den Weg über die Berge«, sagte Rufina. »Die Pferde sind jung und stark. In wenigen Tagen kann ich in Rom sein, so Gott will.«

»Ihr wollt unverzüglich aufbrechen?«, fragte Liliana.

»Gewiss«, sagte Rufina bestimmt. »Schwester Rossana, spann sogleich die Pferde an. Schwester Liliana, besorg ausreichend Proviant und verstau ihn auf dem Wagen.«

Die Schwestern eilten davon. Rufina ging in das Abthaus und klaubte ein paar Habseligkeiten zusammen, die sie in eine große braune Tasche packte. Obendrauf legte sie ihre Bibel und verschloss die Tasche. Vor dem großen Kreuz in ihrem Schlafgemach kniete sie nieder und betete leise. Dann bekreuzigte sie sich, stand auf und verließ ihre Heimstatt.

Vor der äußeren Klostermauer stand der Wagen bereit. Zwei kräftige Schimmel waren davorgespannt und schnaubten. Als Mutter Rufina auf der Sitzbank Platz nahm, strömten plötzlich alle Nonnen des Konvents durch das Tor. Aus einigen Gesichtern sprach Sorge, aus anderen Bewunderung. Rufina lächelte ihnen aufmunternd zu. Dann ergriff sie die Zügel, schlug mit der Gerte auf die Flanken der Rösser, und schon stoben die Pferde davon. Rufina hob eine Hand und winkte den Nonnen in ihrem Rücken grüßend zu. Vor ihr lag Rom.

29

Die Zeit ist ein seltsam Ding. Verbringt man einen Tag mit einem geliebten Menschen, lacht, tanzt und läuft mit ihm voller Freude barfuß durch weiches Gras und über bunte Wiesen im Sommerwind, erscheint der Tag wie ein Wimpernschlag. Doch schmachtet man einen Tag in einem kalten, feuchten Verlies in den Eingeweiden einer uralten Burg, fühlt es sich an wie eine Woche oder gar wie ein Monat.

So erging es Giulia. Sie vermochte nicht zu sagen, wie lange sie schon hinter diesen Mauern eingesperrt war wie ein Tier. Zwei Wochen? Drei? Sie wusste nicht einmal, ob es gerade Tag war oder Nacht. Sie vertrieb sich die Zeit, indem sie die Strohhalme unter ihren Füßen zählte oder Bibelverse aufsagte. Sie schlief, und manchmal hockte sie in einer Ecke und weinte. Die Mahlzeiten waren karg, ständig verspürte sie bohrenden Hunger. Doch noch viel schlimmer war der Durst. Sie erhielt jeden Tag nur einen halben Krug Wasser, das stank wie Jauche. Wenn sie trank, hielt sie sich die Nase zu und stürzte es hinunter. Es kostete sie unglaubliche Willenskraft, es nicht wieder auszuspeien.

Vor einiger Zeit, es mochte zwei oder drei Tage her sein, war Francesco Geller vor der Tür ihres dunklen Verlieses erschienen. Er berichtete nichts Gutes. Der Heilige Vater hatte den Inquisitionsprozess gegen Giulia als statthaft erklärt. Offenbar war es Carafa gelungen, ihn davon zu überzeugen, dass Giulia schuldig war. Es konnte nun nicht mehr lange dauern, bis der Prozess begann. Damit starb Giulias letzte Hoffnung. Der Heilige Vater hatte ihr seinen Schutz versagt. Sein Glaube an Carafas Beweise war stärker gewesen als sein Vertrauen in Giulia. Diese abgrundtiefe Enttäuschung steckte in Giulias Herzen wie die Klinge eines Degens, und aus der Enttäuschung wurde Wut. Zwar wusste sie, dass dieses Gefühl gegen den Stellvertreter Christi auf Erden einer Nonne nicht geziemte, womöglich war es gar eine Sünde, doch die Erbitterung und der brennende Kummer erfüllten jede Faser ihres Seins. Sie wollte gegen das Unrecht aufbegehren, das insbesondere Seine Heiligkeit in ihren Augen mit seiner hartherzigen Tatenlosigkeit begangen hatte, doch sie konnte ihren Zorn allein mit ihren Fäusten in die steinerne Wand hämmern. Früher, als der Papst für sie nur die unscharfe Form einer mystischen Sagengestalt besessen hatte, da glaubte sie noch, das Licht und die Liebe der ganzen wunderbaren göttlichen Schöpfung hätten sich in diesem heiligen Manne vereint. Nun war sie in dem vergangenen Jahr diesem Mann so nah gewesen wie kaum ein anderer Mensch auf Erden. Und mit der Bitternis einer Todgeweihten musste sie erkennen, dass auch die Päpste nur Menschen waren. Noch dazu Menschen, die eine Moral und eine Tugend pflegten, die weniger christlich nicht hätte sein können. Der fröhliche Hund des Bäckermeisters Barsini, mit dem sie oft durch die Wälder um Santa Annunziata gestreift war, trug mehr christliche Liebe in sich als all die Männer, die auf dem Heiligen Stuhl gesessen hatten, denn in seinem Herzen war kein Falsch.

Ihren trübsten Gedanken nachhängend, saß Giulia mit dem Rücken an der Mauer, während die Kälte in ihren Körper kroch. Doch sie spürte es kaum. Stiefel, die im Gleichschritt gingen, erklangen, und das hohle Klappern eherner Harnische. Rasch zog sie ihren völlig verdreckten und klammen Schleier auf und schob die Haarsträhnen über der Stirn und hinter den Ohren darunter. Dann sprang sie auf und lief zur Kerkertür. Der winzige Ausschnitt, den das Gitter erlaubte, zeigte ihr nur die Fackel an der gegenüberliegenden Mauer. Sie presste ihren Kopf ganz dicht an die Gitterstäbe und spähte in die Richtung, aus der die Schritte kamen. Dann rückte das Gesicht Gellers in ihren Blick. »Francesco!«, stieß sie hervor.

Geller sah sie bedrückt an. »Es ist so weit, Schwester«, sagte er mit belegter Stimme. Er winkte den Kerkermeister herbei, der mit klirrenden Schlüsseln die Tür aufschloss.

Giulia stand reglos vor der Schwelle. »Wo bringt Ihr mich hin, Francesco?«

»In den Gerichtssaal«, antwortete Geller mit brüchiger Stimme. Er räusperte sich. »Die Rota ist zusammengetreten und erwartet Euch.«

Giulia atmete tief ein und trat aus dem Verlies auf den Gang hinaus. Vier Gardisten nahmen sie in die Mitte. Geller versuchte, zuversichtlich zu lächeln, doch es gelang ihm nicht.

Angeführt von Geller, eskortiert von den Gardisten, durchquerte Giulia die düsteren, verschlungenen Gänge der Kerkeranlage. Schließlich führte eine Treppe hinauf zu einer Tür. Als Giulia zum ersten Mal seit zahllosen Tagen im gleißenden Licht der Sonne stand, schloss sie geblendet die Augen. Sie presste ihre Lider so fest zusammen, dass Tränen hervortraten. Sie vermochte die Umgebung kaum wahrzunehmen, doch die Wärme tat ihrem Körper und ihrer Seele gut.

Die Männer führten sie aus der Engelsburg hinaus in den nah gelegenen Petersdom. Erst hier gewöhnten sich Giulias Augen an das ungewohnte Licht. Noch etwas verschwommen sah sie Nonnen und Geistliche, die bei ihrem Anblick innehielten und sie anstarrten. Einige unter ihnen bekreuzigten sich.

Der Gerichtssaal der Römischen Rota befand sich im hinteren Teil des Petersdoms. Der Weg dorthin führte durch altbekannte Gänge und Hallen. Giulia hatte die meisten der Marmorplatten, die ihre Füße berührten, mit eigener Hand blank geputzt. Vor einem gewaltigen ovalen Portal aus massiven dunklen Holzbohlen, das bis unter die hohe Decke reichte, hielt die Gruppe an. Ein riesiges Kreuz ragte an dem Portal empor. Davor standen zwei Gardisten. Jeder von ihnen öffnete einen Flügel des Portals. In der Mitte des Kreuzes entstand ein Spalt, der sich stetig weitete und den Blick in das Innere des Gerichtssaals freigab. Geller schritt hindurch, seine Männer und Giulia folgten dicht dahinter.

Der Saal war kreisrund. In der Mitte befand sich eine ebenfalls runde Tischanordnung, die einen Durchmesser von etwa fünfzehn Schritten hatte. An dem Tisch saßen mehr als ein Dutzend Auditoren, die Richter im Range eines Prälaten, in schwarzen Gewändern. Neben ihnen befanden sich auf Rädern laufende Gestelle, auf denen dicke Gesetzesbücher ruhten. In der Mitte der Runde stand ein einsamer Stuhl. Am Tisch gegenüber erkannte Giulia Kardinal Castagna. Der Stuhl neben ihm, etwas größer und prächtiger als die anderen, blieb frei. Giulia ahnte, dass dies der Platz des Heiligen Vaters sein musste. So hatte Seine Heiligkeit nicht einmal genug Mut aufgebracht, ihrem Todesurteil beizuwohnen. Auf der anderen Seite Castagnas saß der Aktuar. Hinter den Auditoren hatte sich das Publikum versammelt. Kardinäle, Bischöfe, Monsignori und einige Nonnen, darunter die verhärmte Gestalt Mutter Prudenzias und das liebreizende Gesicht Fulvias. Die junge Nonne hob ermutigend die Hand, als Giulia eintrat.

Zwischen Publikum und Richtertisch war eine schmale Gasse belassen worden, durch die Geller Giulia auf den Stuhl der Angeklagten führte. Bedächtig nahm sie auf dem einfachen Stuhl Platz. Geller entschwand ihrem Blick.

Da öffnete sich in der Rückseite des Saales eine schmale Tür. Mit großen Schritten kam Carafa hereinstolziert. Er ging im

Rücken der Auditoren um den runden Tisch herum in die kleine Gasse hinein und baute sich vor Giulia auf, ohne sie auch nur eines einzigen Blickes zu würdigen. Er breitete die Arme aus und sagte: »Ehrwürdige Auditoren der Römischen Rota, wir haben uns heute an diesem Ort versammelt, um heiliges Recht über die schändlichen Vergehen eines Weibes zu sprechen, dass dereinst unserem Herrn Jesus Christus ewige Treue und Liebe versprochen hat.« Gleichzeitig deutete er mit dem Finger hinter sich auf Giulia. Mit dem Zeigefinger der anderen Hand wies er an die Decke, als wolle er andeuten, dass selbst der himmlische Vater seine Aufmerksamkeit auf dieses Verfahren richtete. »Am Ende dieses Inquisitionsprozesses wird das Tribunal zu der Gewissheit gelangen, dass dieses Weib eine Ketzerin ist, die dem teuflischen Gedankengut der Reformation anhängt, und darüber hinaus eine Spionin, mit dem Auftrag, den Vatikan, gar den Heiligen Vater höchstselbst zu bespitzeln, auf dass es zum Schaden der gesamten Christenheit sei.«

Ein Raunen ging durch den Saal. Auf einigen Gesichtern zeigte sich ungläubiges Staunen, auf anderen Mienen spiegelte sich Empörung über die Schändlichkeit der angeklagten Nonne.

»Steht der Angeklagten kein Advokat zur Seite?«, fragte einer der Auditoren.

»Im vollen Bewusstsein ihrer Vergehen hat die Angeklagte aus freien Stücken auf einen Advokaten verzichtet«, erklärte Carafa.

Aus freien Stücken, dachte Giulia. Was für ein Hohn! Carafa hatte sie nicht einmal über die Durchführung der Verhandlung unterrichtet, geschweige denn, sie über ihre Rechte aufgeklärt.

»Nennt der Rota Euren Namen«, forderte Castagna Giulia auf.

»Schwester Giulia aus dem Kloster der Benediktinerinnen Santa Annunziata«, sagte Giulia. Der Aktuar schrieb jedes Wort mit Gänsekiel und Tinte auf.

»Fahrt fort, Kardinal Carafa«, sagte Castagna und lehnte sich zurück.

Schwungvoll wandte Carafa sich zu Giulia um. »Angeklagte«, sagte er, »ist es wahr, dass Ihr der Ketzerei schuldig seid, indem Ihr dem satanischen Glauben Luthers huldigt?«

Giulia sah dem Mann, der ihr eigener Vater war, entschlossen in die Augen – und schwieg. Zwar durfte sie, um das Leben ihrer Lieben zu schützen, seinen Anschuldigungen nicht widersprechen, doch wollte sie es ihm so schwer wie möglich machen. Und aus irgendeinem ihr unbekannten Grunde spürte sie noch immer Hoffnung. Die Hoffnung, dass der Heilige Vater oder irgendwer auf Erden diesem Treiben, dieser unfassbaren Ungerechtigkeit im Angesicht Gottes, ein Ende setzte. Daher wollte sie so viel Zeit wie möglich gewinnen.

Carafa grinste. »Euer Schweigen ist das Eingeständnis Eurer Schuld«, zischte er.

»Die Rota erkennt das Schweigen der Angeklagten nicht als Beweis ihrer Schuld an«, sagte einer der Auditoren, ein alter Mann mit spitzbübischem Gesichtsausdruck und haarlosem Schädel. »Gewiss habt Ihr Beweise für Eure Anschuldigung, Eminenz.«

»In der Tat«, sagte Carafa. Er gab den Gardisten, die vor dem Portal Wache standen, ein Zeichen, woraufhin diese die Türflügel öffneten und jemandem dahinter etwas zuriefen.

Giulia hörte in ihrem Rücken Schritte, die sich ihr mit festem Tritt näherten. Sie wandte den Kopf zur Seite. Ein kalter Schauer lief ihr über den Rücken. Sie erkannte den Mann auf der Stelle, der da in den Kreis trat und sich neben sie stellte. Es war Pater Piola. Der Mann, den sie auf ihrer Reise nach Rom vor einem Jahr wegen der Verbrennung von Lutheranern zur Rede gestellt hatte. Sein voller schwarzer Bart war noch immer so ungepflegt und schmutzig wie seine Soutane. Die Schadenfreude über das unverhoffte Wiedersehen schien aus allen Poren seines dreckigen Leibes und seiner schmutzigen Seele zu dringen.

»Nennt Euren Namen«, forderte Castagna den Pater auf.

»Mein Name lautet Pater Angelo Piola, Euer Eminenz«, sagte Piola.

Der Gänsekiel des Aktuars kratzte über das Papier.

»Berichtet, was sich mit der Angeklagten zugetragen hat«, verlangte Castagna.

»Gern, Euer Eminenz«, lächelte Piola. »Vor etwa einem Jahr kamen Reisende durch unser Dorf, für dessen seelisches und geistiges Wohlergehen zu sorgen ich die Ehre habe. Es war ein ungewöhnlich heißer Tag, und gerade, als ich dem Müller Santo die heilige Segnung der Eucharistie brachte, kam der kleine Sergio herbeigelaufen. Euer Eminenz müssen wissen, dass der gute Knabe einen Unfall hatte, bei dem ...«

Castagna hieb mit dem Gerichtshammer auf den Tisch. »Schwatzt nicht!«, rief er aus. »Kommt auf das Wesentliche zu sprechen!«

Piola war zusammengezuckt. »Wie Ihr wünscht, Euer Eminenz«, sagte er, den Kopf zwischen die Schultern gezogen. »Nun, die Reisenden suchten Obdach in einem Gasthaus. Schnell fanden wir heraus, dass es allesamt verfluchte Lutherböcke waren. So taten wir, was eines jeden wahren Christen Pflicht ist. Wir errichteten Scheiterhaufen und übergaben sie den reinigenden Flammen, auf dass ihre Seelen zum wahren Glauben zurückzufinden vermochten.«

Castagna schürzte die Lippen. »Was hat die Angeklagte mit Eurer Geschichte zu tun?«

»Sie stellte uns zur Rede, Euer Eminenz«, sagte Piola. »Glücklicherweise befanden sich die Lutheraner längst in der Obhut Gottes – oder des Teufels.«

»Sagt der Rota, wie die Angeklagte dem Tod der Ketzer begegnet ist«, forderte Carafa den Pater auf.

»Sie zeigte sich äußerst entrüstet«, erklärte Piola. »Sie behauptete, die Ketzer würden an denselben Gott glauben wie Ihr oder ich. Aus ihren Worten sprach eindeutig tiefes Mitgefühl mit den Lutheranern. Mir und den guten Christen meiner Gemeinde kam sogleich der Verdacht, sie selbst hänge dem teuflischen Glauben an. Wir wollten ihr die gleiche Strafe auferlegen wie ihren Glaubensbrüdern, doch leider hielt man uns mit Waffengewalt zurück.« Auf Piolas Gesicht trat ein Ausdruck von Trauer. Er faltete die Hände und senkte demütig den Kopf.

Castagna räusperte sich. »Ihr sagt also, dass die Angeklagte in Euren Augen in der Tiefe ihres Herzens und ihrer Seele eine Lutheranerin sei?«, wollte er von Piola wissen.

Piola nickte heftig. »Daran besteht nicht der Hauch eines Zweifels«, sagte er. »Gott soll mich auf der Stelle bestrafen, wenn ich vor Euch die Unwahrheit spreche.« Er hob beschwörend die Hände und richtete den Blick nach oben.

Erneutes Raunen ging durch die Menge der Zuschauer. Sie sahen einander kopfschüttelnd an.

»Es ist gut«, sagte Castagna. »Ihr könnt gehen.«

Piola verneigte sich tief. »Ich danke Euch und der gesamten Römischen Rota, dass Ihr mich angehört habt, auf dass dem Treiben der Ketzerin Einhalt geboten werde, Euer Eminenz.« Geleitet von einem Gardisten verließ er den Gerichtssaal.

»Habt Ihr diesen Anschuldigungen etwas entgegenzusetzen?«, fragte der kahlköpfige Auditor Giulia.

»Nein, Monsignore«, antwortete Giulia. Was hätte sie auch erwidern sollen?

»Habt Ihr weitere Beweise, die die Schuld der Angeklagten untermauern?«, fragte Castagna.

»Die habe ich«, sagte Carafa und stellte sich dicht vor den Tisch der Auditoren. Er deutete auf einen Kardinal, der hinter ihnen in den Reihen der Zuschauer saß. »Kardinal Foni«, sprach Carafa ihn an, »Ihr habt an der Reise des Heiligen Vaters in seine Heimat teilgenommen?«

Foni, ein alter, gebeugter Mann mit wackelndem Kopf und zittrigen Händen, erhob sich, gestützt von seinen Nachbarn. »Das ist richtig, Kardinal Carafa«, sagte er mit brüchiger Stimme.

»Könnt Ihr bezeugen«, sagte Carafa, »dass die Angeklagte auf dieser Reise einmal mehr versucht hat, die Hinrichtung lutherischer Ketzer zu verhindern?«

»Das kann ich«, sagte Foni heiser. »Doch lasst mich hinzufügen, dass ihr Handeln den Anschein reiner Menschenliebe erweckt hat, nicht zur Vereitelung der ...«

»Danke, das genügt«, sagte Carafa und wandte sich von Foni ab, um wieder in die Mitte zurückzukehren. »Halten wir fest, dass es nunmehr zwei erwiesene Versuche der Angeklagten gab, die Durchsetzung heiligen Rechts zu verhindern. Ich sage Euch, ihr Herz schlägt im Takt der ketzerischen Reformation, ihr ganzes Sein ist beseelt vom diabolischen Geiste Luthers.«

»Ihr hüllt Euch noch immer in Schweigen?«, wollte Castagna von Giulia wissen.

Übelkeit kroch in Giulia hoch. Die Hoffnung, aus der sie ein letztes Fünklein Kraft geschöpft hatte, zerbrach wie ein Glas auf einem Steinboden. Niemand konnte sie mehr retten. Man würde sie schuldig sprechen und sie schließlich bei lebendigem Leibe verbrennen. Sie begann am ganzen Körper zu zittern. Ihr Blick zog sich zusammen, als starre sie in einen unendlich langen schwarzen Tunnel, an dessen Ende ein winziges Licht glomm. Ihr Atem ging schwer, dann wurde er schneller und immer schneller. Sie wollte etwas sagen, doch ihre Kehle war ausgedörrt.

Die Welt um sie herum drehte sich in rasendem Kreis. Und auf dem Höhepunkt der wilden Fahrt wurde sie ohnmächtig und sank vom Stuhl.

Giulia schien durch einen Traum zu schweben. Unter sich, als wäre sie ein Adler in kreisendem Fluge, sah sie das geliebte Kloster Santa Annunziata. Sie entdeckte die Schwestern Rossana, Liliana und Ada, die lachend mit Körben voller Pilze durch das Klostertor kamen. Und sie sah sich selbst mit einem Strauß Blumen, den sie für Mutter Rufina gepflückt hatte. Sie fühlte sich frei von allen Zwängen, voller Glück und auf das Beste behütet. Es war wunderschön. Sie lachte laut, während sie durch die warmen, sonnigen Lüfte dahinzog. Ein Eimer voll kalten Wassers holte sie zurück in die Wirklichkeit.

»Sie kommt zu sich«, sagte irgendeine unbekannte Stimme.

Blinzelnd schaute Giulia umher. Vor ihr stand ein Gardist mit einem leeren Eimer. Er reichte ihr die Hand und half ihr auf.

»Wir setzen die Verhandlung morgen fort«, sagte Castagna.

»Morgen?«, echote Carafa. »Die Angeklagte ist erwacht und durchaus in der Lage, die Verhandlung fortzusetzen.«

»Morgen!«, erwiderte Castagna und schlug mit dem Hammer auf den Tisch.

Wutentbrannt verschwand Carafa durch die Tür im hinteren Teil des Gerichtssaals.

Geller eilte herbei. »Schwester Giulia«, sagte er, »geht es Euch gut?«

»Es geht schon«, sagte Giulia. »Bringt mich zurück in die Engelsburg.«

Geller winkte seine Gardisten heran. Gemeinsam traten sie den Rückweg zur Engelsburg an.

Nachdem Giulia in ihr Verlies gesperrt war, schickte Geller seine Männer fort. Er selbst blieb vor der Tür stehen und schaute sie voller Kummer an. »Geht es Euch wirklich gut?«

Giulia nickte stumm.

»Ich habe gehört, was man Euch vorwirft«, sagte er, »und dass Ihr beharrlich schweigt. Aus welchem Grund? Es wäre ein Leichtes, die vorgebrachten Anschuldigungen zu entkräften.«

»Nein«, sagte Giulia, »das wäre es nicht. Ihr wisst das, Francesco.«

Geller wiegte den Kopf hin und her. »Ihr habt recht«, flüsterte er. »Aber Euer Schweigen könnte als Zeichen Eures schlechten Gewissens betrachtet werden. Warum im Namen des Herrn sprecht Ihr nicht?«

»Ich darf nicht, Francesco.«

Geller lachte verzweifelt auf. »Wer sollte es Euch verbieten, Schwester?«

Giulia sah zu Boden und schwieg.

»Ihr verheimlicht etwas«, sagte Geller. »Warum wollt Ihr es mir nicht sagen? Bedroht Euch jemand?«

»Ja«, hauchte Giulia.

»Wer ist es?«, fragte Geller. »Nennt mir den Namen und ich töte ihn, noch bevor die Sonne untergeht!«

»Ihr könnt ihn nicht töten, Francesco«, entgegnete Giulia. »Würde ich Euch seinen Namen nennen, wäre Euer Leben verwirkt. Und das Leben all derer, die ich liebe.« Sie holte tief Luft. »Ihr müsst mich vergessen, Francesco. Euch steht ein glückliches Leben bevor. Findet eine Frau, die Euch liebt so wie Ihr sie, gründet eine Familie und führt ein gutes Leben.«

Tränen traten in Gellers Augen. »Ihr seid die, die ich liebe. Euch allein gehört mein Herz.« Er zögerte, sein Gesicht erhellte sich. »Ich habe die Schlüssel zu diesem Verlies. Noch heute Nacht komme ich, Euch zu holen. Gemeinsam fliehen wir aus Rom, aus diesem ganzen gottverdammten Land. Wir könnten nach Frankreich gehen. Oder nach England. Die Kirche hat dort keinerlei Einfluss mehr. Wir bewirtschaften ein Stück Land. Fernab von allen Ungerechtigkeiten.«

Giulia trat an die Tür und ergriff Gellers Hände. »Gott allein weiß, wie sehr ich mir ein solches Leben wünsche, Francesco«, sagte sie. »Doch wenn ich mein Leben durch Flucht rette, werden andere das ihre verlieren.«

»Das kann nicht sein«, presste Geller hervor. »Das muss ein böser Traum sein. Bitte, sagt, dass Ihr mit mir flieht. Ich bitte Euch.« Mit jeder Silbe wurde seine Stimme verzagter.

Einem unbändigen Drang folgend, streckte Giulia ihre Arme durch die Gitterstäbe, nahm seinen Kopf in ihre Hände und zog ihn heran, bis ihre Lippen die seinen berührten. Überrascht zögerte Geller, dann nahm er ihr Gesicht in seine Hände und erwiderte den zärtlichen Kuss.

Nur langsam gelang es Giulia, sich von Geller zu lösen. »Versprecht mir eines«, flüsterte sie.

»Was immer Ihr wollt.«

»Seid bei meiner Hinrichtung nicht zugegen«, bat sie. »Behaltet mich so in Erinnerung wie in diesem Augenblick.«

Er sagte nichts. Tränen liefen ihm über das Gesicht. Sanft streichelte er ihre Wange, die halb unter dem Schleier verborgen war. Seine Mund formte ein Lächeln, doch aus seinen Augen sprach die tiefe Traurigkeit, die nur Liebende zu empfinden vermochten, die wussten, dass ihre Liebe keine Zukunft hatte. Er wandte sich ab und ging.

Giulia wartete noch, bis sie hörte, wie die Tür am Ende des Ganges zufiel. Langsam und zitternd trat sie an die Rückwand ihres Verlieses. Dort ließ sie sich zu Boden fallen und schrie ihr ganzes Leid heraus, bis ihre Lungen schmerzten und aus ihrer Kehle kein Laut mehr kam.

30

Eine Reise von sechs Tagen lag nun hinter Mutter Rufina. Sie war müde und spürte jeden einzelnen Knochen ihres Leibes von den vielen Stunden auf der nur leicht gepolsterten Sitzbank des Wagens. Seit ihrer Abreise hatte sie nur wenig Schlaf gefunden. Meist schlief sie auf der Pritsche ihres Wagens mitten im Wald oder auf einem Pass in den Bergen. Ohnehin waren die Berge die größte Beschwerlichkeit. Zuerst erreichte sie die Monti della Laga. Dahinter lagen die Abruzzen. Hier überquerte sie die Monti Reatini. Über diese gelangte Rufina nach Latium, bevor die Gipfel der Monti Sabini das letzte natürliche Hindernis vor Rom darstellten. Die Pferde, obgleich junge, starke Hengste, waren den steilen Anstieg und das nicht minder steile Gefälle nicht gewohnt. Daher musste Rufina ihnen in den Bergen mehr Ruhe gönnen. Sie selbst war längst am Ende ihrer Kräfte.

In der Nacht passierte sie Tivoli, wo sie beschloss, eine Herberge aufzusuchen, um Körper und Geist vor der Ankunft in Rom zu stärken. Sie nahm das günstigste Zimmer, wo sie auf einer schmalen Pritsche eine unruhige Nacht verbrachte. Noch vor Sonnenaufgang reiste sie nach dem einsamen Morgengebet weiter.

Dann, am Morgen des siebten Tages, erblickte sie im Westen, angestrahlt von der Morgensonne in ihrem Rücken, die glänzenden Kirchtürme Roms. Die alles überragende Kuppel des Petersdoms war selbst aus dieser Entfernung zu erkennen. Sie lenkte den Wagen dorthin.

Die Räder klapperten über die Pflastersteine der breit gebauten Via Tiburtina, die noch aus der Zeit der alten Kaiser stammte. Die Straße führte auf geradem Wege nach Rom hinein. Rufina fuhr vorbei an prächtigen Palästen, an großen Plätzen und kleinen Kirchen. Die Fahrt durch die riesige Stadt erschien ihr weitaus länger als die Route über die Pässe.

Nachdem sie die Ponte Margherita überquert hatte, hielt sie sich südlich und fuhr am westlichen Ufer des Tiber entlang. So gelangte sie an der Engelsburg vorbei, und als sie aus deren Schatten kam, ragte über ihr der Petersdom auf wie ein weißer, in göttlicher Vollkommenheit erschaffener Berg. Das Herz schlug ihr bis zum Hals, und sein Pochen hämmerte in ihrem Kopf. Nun sollte sie endlich erfahren, was mit ihrem Schützling geschehen war. Tief in ihrem Inneren hoffte Rufina, dass das Ausbleiben von Giulias Briefen eine ganz harmlose Erklärung finden würde. Womöglich hatte ihre Arbeit sie davon abgehalten, regelmäßig zu schreiben. Obwohl sie, wenn sie darüber nachdachte, kaum daran zu glauben vermochte. Rasch schob sie alle Gedanken beiseite.

Auf dem Petersplatz angekommen, griff sie in die Zügel, und die Pferde kamen zum Stehen. Sie stieg ab, richtete Habit und Schleier und schritt die Stufen zum Petersdom hinauf.

Drinnen empfing sie angenehme Kühle. Sie hatte Rom schon einige Male in ihrem Leben bereist, und so beeindruckte sie der Pomp im Petersdom kaum. Der Teil der Basilika, in dem die hier tätigen Nonnen lebten, war ihr bekannt. Sie hielt sich links, schritt durch eine unscheinbare Tür im Seitenschiff und betrat einen langen Gang, der an einer kleinen Kapelle vorbeiführte. Rufina blickte hinein und sah eine rundliche Nonne mittleren Alters, die Gebetsbücher einsammelte.

Die Nonne musste sie gehört haben, denn sie wandte sich um. »Wer seid Ihr?«, wollte sie wissen.

»Mutter Rufina aus Santa Annunziata«, antwortete Rufina und ging näher. »Und Ihr?«

»Ich bin Schwester Regina.« Regina stutzte, Rufinas Worte schienen in ihrem Kopf nachzuhallen. Dann blieb ihr der Mund offen stehen. »Sagtet Ihr Santa Annunziata?«

»Eben das waren meine Worte«, sagte Rufina. »Ihr habt diesen Namen schon einmal gehört?«

»Gewiss«, sagte Regina und fuhr fort, die Gebetsbücher zusammenzusuchen.

»Dann kennt Ihr mein Mündel Schwester Giulia?«, fragte Rufina weiter. Regina schien sie nicht weiter beachten zu wollen. »Seht mich an, wenn ich mit Euch spreche!«, befahl Rufina mit eiserner Stimme.

Regina schrak zusammen. Sie legte die Bücher auf eine Bank. »Ja, ich kenne die Schwester.«

Rufina war nicht gewillt, weitere Geringschätzigkeiten durchgehen zu lassen. »Seid Ihr die Äbtissin hier?«, fragte sie.

»Nein«, gab Regina widerspenstig zurück. »Das ist Mutter Prudenzia.«

»Dann habt Ihr mich gefälligst mit ›Mutter‹ anzusprechen«, herrschte Rufina sie an. »Oder glaubt Ihr, die Nähe zum Heiligen Vater gewähre Euch eine Bevorzugung im Hause des Herrn?«

»Nein, Mutter«, sagte Regina kleinlaut. »Verzeiht mir.«

Rufina machte eine wegwerfende Handbewegung. »Also«, sagte sie, »wo hält sich Schwester Giulia auf?«

»Nun ... Mutter«, stammelte Regina.

»Sprecht endlich!«

»Sie befindet sich vor der Römischen Rota, ehrwürdige Mutter«, erklärte Regina und sah betreten zu Boden.

Rufina glaubte, sich verhört zu haben. »*Vor* der Römischen Rota? Ihr meint gewiss, sie verrichtet ihren Dienst bei einer Verhandlung?«

»Nein«, entgegnete Regina. »Man macht ihr in diesem Augenblick den Prozess.«

Der Boden unter Rufinas Füßen schien zu schwanken. Giulia? Als Angeklagte vor der Rota? Das war unmöglich! »Welche Vergehen legt man ihr zur Last?«, wollte sie wissen.

»Ketzerei, Mutter«, antwortete Regina.

»Ketzerei?«, brach es aus Rufina hervor. »Ihr müsst Euch irren. Schwester Giulia ist nie und nimmer eine Ketzerin. Beim heiligen Kreuze unseres Heilands!« Sie fasste sich an die Brust.

»Es ist die Wahrheit, ehrwürdige Mutter«, sagte Regina, ohne dabei ein besonderes Maß an Mitgefühl in die Stimme zu legen.

Rufina wusste, wo die Räumlichkeiten der Römischen Rota im Petersdom lagen. Sie strafte Regina mit einem zornigen Blick und drängte sich wortlos an ihr vorbei.

Etwa zur gleichen Zeit stand Francesco Geller am oberen Punkt der Hauptfassade zwischen Heiligenfiguren und schaute über den Petersplatz. Zu beiden Seiten standen Gardisten, die den Platz von hier oben aus bewachten. Neben Geller befand sich sein Stellvertreter Johann. Auf dem Platz war alles ruhig. Einige Geistliche schlenderten ins Gespräch vertieft vorüber, eine Gruppe Nonnen überquerte ihn in aller Eile mit Körben voller Gemüse. Doch Geller nahm sie alle kaum wahr. Seine Gedanken waren im Gerichtssaal, wo Giulia in diesem Moment auf ihre Verurteilung wartete, und er konnte nichts tun, um ihr zu helfen. Verzweifelt trat er gegen den Standfuß einer Heiligenfigur.

»Ich sehe Euch, doch Ihr seid nicht hier, Capitano«, sagte Johann.

Mit einem Lächeln, das allein die Lippen formten, legte Geller Johann eine Hand auf die Schulter. »Du hast recht, alter Freund«, gab er zu.

»Glaubt Ihr wirklich, die Rota wird sie verurteilen, Capitano?«

»Ja, Johann«, sagte Geller. »Daran besteht kein Zweifel.«

»Aber wie ist dies Unrecht nur möglich?«, fragte Johann. »Ein jeder weiß, dass Schwester Giulia keine Ketzerin ist.«

»Wie lange bist du schon in Rom?«

»Seit acht Jahren, Capitano.«

»Dann solltest du wissen«, sagte Geller, »dass dies kein Ort ist, dem es darum geht, Gut von Böse zu scheiden, Johann.«

»Ja – doch ...«, sagte Johann und stockte. Sein Blick glitt über den Petersplatz zu einer Staubwolke, die sich in der Ferne auftürmte. »Was ist das, Capitano?«

Geller folgte Johanns Blick. Die Staubwolke kam näher. Langsam erkannte er einige Einzelheiten. »Reiter!«, stieß er hervor.

»Reiter?«, wiederholte Johann. »Wenn Ihr recht habt, müssen das Hunderte oder gar Tausende sein, Capitano.«

»Alarmiert die gesamte Garde!«, rief Geller einem Soldaten zu. »Alle Männer sollen vor dem Petersdom Aufstellung nehmen. Schafft Kanonen und Musketen her. Eil dich!«

Der Gardist rannte davon.

»Wer zum Teufel nimmt sich die Dreistigkeit heraus, mit solch einem gewaltigen Heer auf den Vatikan zuzuhalten?«, flüsterte Geller.

»Wenn das ein Angriff auf den Heiligen Vater ist«, meinte Johann, »haben wir ihm mit unseren zweihundert Mann kaum etwas entgegenzusetzen.«

»Abwarten!«, zischte Geller. »Gehen wir hinunter.«

Sie verließen den oberen Teil der Fassade und stiegen über schmale dunkle Treppen hinab. Vor dem Petersdom hatten die Gardisten inzwischen Stellung bezogen. Zwischen ihnen glänzten die schwarzen Rohre der Kanonen. Es handelte sich um leichte, kleinkalibrige Geschütze, die von zwei Mann bewegt werden konnten.

Geller stellte sich hinter die Reihen seiner Gardisten. Er ließ sich ein Fernrohr geben und blickte hindurch. Durch die Linse entdeckte er die Reiter, die da schnell näher kamen – und er erkannte die Fahnen, die einige trugen. »Barone Roms!«, stieß er hervor.

»Was sagt Ihr da, Capitano?«, fragte Johann. Geller reichte ihm das Fernrohr, und er warf einen Blick hindurch. »Heilige Mutter Gottes! Was haben die vor?«

»Ich weiß es nicht«, sagte Geller. »Doch wir werden es bald erfahren.«

Näher und immer näher kam die Armee der Barone. Die Gardisten vor den Stufen des Petersdoms sahen einander an. Einige hielten die ganze Zeit über ihre Musketen auf die Reiter gerichtet.

»Runter mit den Waffen!«, befahl Geller, der fürchtete, einer der nervösen Finger könnte den Abzug ziehen und ein Unglück auslösen.

Als der Aufmarsch der Barone nur noch etwa einhundert Schritte entfernt war, erkannte Geller die Gesichter an der Spitze. Er sah die Conti Volpato, Bertoli, Cugnoni und Sansolini. Mit stolz erhobenem Haupt ritten sie ihren Soldaten in gemächlichem Schritt voran, ihrer Unbesiegbarkeit vollauf bewusst. Und in der Mitte der Barone ritt der Conte Patrizio Mattei in goldenem Harnisch und Helm auf einem weißen Schlachtross.

Als die Armee noch dreißig Schritt von der Linie der Schweizergarde entfernt war, ließen die Kommandeure ihre Soldaten innehalten. Anschließend ritten die Barone allein weiter, bis sie drei Pferdelängen vor den Gardisten ebenfalls hielten.

»Erlauchte Dons«, rief Geller ihnen zu. »Aus welchem Grund brecht ihr den heiligen Frieden des Petersplatzes?«

»Wir verlangen Genugtuung!«, rief der Conte Bertoli zurück. »Die Ehre von Don Patrizio muss wiederhergestellt werden.«

Jetzt sind sie völlig wahnsinnig geworden, dachte Geller. »Wer in diesem Hause Gottes hat Eurer Ehre geschadet, Don Patrizio?«, fragte er.

»Kardinal Callisto Carafa«, war die Antwort Matteis, und sie fuhr so scharf durch die Luft wie die Klinge eines Degens aus der spanischen Hofschmiede.

Ungläubig starrte Geller den Conte an. »Was hat Seine Eminenz getan, um Eure Ehre zu verletzen?«, fragte er.

»Er hat meine Gemahlin verführt«, rief Mattei. »Nun liefert den Ehebrecher aus!«

»Das kann ich nicht zulassen, erlauchte Dons«, sagte Geller. Er begann zu schwitzen.

»Wollt Ihr und Eure erbärmliche Schar uns aufhalten?«, fragte Sansolini.

Geller dachte fieberhaft nach. Schließlich kam er zu einem Entschluss. »Don Patrizio«, rief er, »begleitet mich in den Petersdom. Nur Ihr allein, damit wir diese Angelegenheit aufklären können.«

Patrizio Mattei lächelte, stieg vom Pferd und ging zu Geller hinüber.

Derweil saß Giulia auf ihrem Stuhl vor den Auditoren und hörte die verleumderischen Anschuldigungen Carafas. Längst hatte sie alle Hoffnung aufgegeben. Der Tod war ihr gewiss, daran bestand für sie kein Zweifel mehr. Noch heute würden die Flammen des Scheiterhaufens sie verzehren, und niemand auf Erden könnte das noch verhindern.

Kurz zuvor hatte Carafa einen Gardisten hereingerufen, damit dieser Zeugnis gegen Giulia ablege. Der junge Gardist stand zwischen Giulia und Castagna und ließ seinen Blick über die Auditoren schweifen.

»Nenn der Rota deinen Namen«, verlangte Carafa.

»Jakob Fleckenstein«, sagte der Gardist.

»Ehrwürdige Römische Rota«, sagte Carafa feierlich. »Dieser Mann kann bezeugen, dass die Angeklagte für die Lutheraner den Heiligen Vater bespitzeln sollte, um diesem und der einzig wahren Kirche großen Schaden zuzufügen.«

»Fahrt fort, Kardinal Carafa«, sagte Castagna.

»Wo warst du am Abend des dreißigsten Juli des vergangenen Jahres?«, wollte Carafa von Fleckenstein wissen.

»Ich verrichtete meinen Dienst auf der Engelsburg, Euer Eminenz«, antwortete Fleckenstein.

»Was fand an besagtem Abend auf der Engelsburg statt?«, fragte Carafa weiter.

»Ein Fest.«

»Wer nahm an diesem Fest teil, Gardist Fleckenstein?«

»Hohe Herren Roms und der Kirche«, erklärte Fleckenstein.

Giulia war sich sicher, dass Carafa dem Gardisten zuvor alle Worte in den Mund gelegt hatte. Daher erwartete sie nicht, dass die Sprache auf die widerwärtigen Schamlosigkeiten an diesem Abend kommen würde. Zugleich ahnte sie, was nun folgen würde.

»Berichte der Rota, was sich an diesem Abend zugetragen hat«, forderte Carafa den Gardisten auf.

»Während die Feierlichkeiten der hohen Herren auf ihrem Höhepunkt angelangt waren«, sagte Fleckenstein, »gellte der Alarm durch die Engelsburg. Ich begab mich von meinem Posten auf der Spitze der Burg hinab in die alten Papstgemächer, wo die Feier stattfand. Es hieß, zwei Nonnen hätten sich in die Burg geschlichen. Meine Kameraden und ich nahmen sogleich die Verfolgung auf. Wir entdeckten die Nonnen auf dem Laufgang vor den Kasematten und jagten sie weiter hinab.«

»Was geschah weiter?«, fragte Carafa.

»Gerade wollten sie hinunter zu den Kerkern fliehen, um den *Passetto* zu erreichen«, sagte Fleckenstein, »als eine von ihnen sich umwandte.«

»Aha!«, machte Carafa. »Warst du in der Lage, das Gesicht dieser Hure Satans zu erkennen?«

»Das war ich, Euer Eminenz.«

»Ist sie heute hier anwesend?«

»Ja, Euer Eminenz.«

Carafa stemmte die Hände in die Hüften. »Dann zeige auf sie und nenne der Rota ihren Namen.«

Fleckenstein streckte einen Arm aus und deutete auf Giulia. »Das ist sie«, sagte er. »Schwester Giulia.«

Laute Rufe nach dem Tod der Angeklagten erklangen aus der Zuschauermenge. Wütende, wild fuchtelnde Fäuste erhoben sich drohend.

»Ich halte fest«, sagte Carafa, »dass der Gardist Fleckenstein die Angeklagte eindeutig erkannt hat. Somit ist erwiesen, dass sich die Angeklagte an besagtem Tage auf die Engelsburg geschlichen hat, wo die hohen Herren Roms und der Kirche bei einem Fest zusammenkamen. Der Grund für ihr heimliches Erscheinen liegt auf der Hand: Sie wollte Informationen sammeln. Sie wollte erfahren, worüber die Anwesenden sich unterhielten, um ihren Hintermännern alles Wissenswerte berichten zu können. Sie ist eine Spionin der Lutheraner!«

Um der aufkommenden Unruhe im Saal Herr zu werden, schlug Castagna mit dem Hammer heftig auf den Tisch.

»Fehlt nur noch eine Kleinigkeit«, fuhr Carafa fort. »Wer war ihre Komplizin bei dieser schändlichen Tat?«

»Der Rota genügt der Schuldbeweis der Angeklagten«, rief

Castagna dazwischen. »Wir glauben nicht, dass die Angeklagte ihr bisheriges Schweigen brechen wird.«

»Die Rota verlangt nach vollkommener Aufklärung, Euer Eminenz«, warf einer der Auditoren ein. Zu Carafa gewandt, sagte er: »Fahrt fort.«

Carafa drehte sich Giulia zu. »Nennt der Rota den Namen Eurer Mitverschwörerin.«

Giulia sah ihn nicht an. Niemals würde sie Fulvias Namen verraten. Keine Drohung könnte sie dazu bewegen.

»Sprecht endlich!«, befahl Carafa.

Giulia schwieg weiter.

»Nennt den Namen oder Ihr werdet der peinlichen Befragung unterzogen!«, fauchte Carafa. »Wenn Euch mit glühenden Zangen die Fingernägel aus dem Fleisch gerissen werden, sagt Ihr uns ohnehin alles, was wir wissen wollen.«

Übelkeit stieg in Giulia auf. Sie wusste, dass der Wille eines jeden Menschen mit den Mitteln des peinlichen Verhörs gebrochen werden konnte. Was sollte sie nur tun? Dann plötzlich kam ihr der rettende Einfall. »Schwester Tiziana«, sagte sie. »Es war Schwester Tiziana, die mich auf die Engelsburg begleitet hat.«

Carafa fuhr herum »Was sagt Ihr da?«

»Ihr habt es gehört«, erwiderte Giulia.

»Schwester Tiziana ist vor drei Monaten einer schweren Krankheit erlegen«, sagte Castagna. »Damit dürfte diese Frage sich erübrigt haben, Kardinal Carafa.«

Es hatte den Anschein, als wollte Carafa Giulia mit bloßen Händen erwürgen. Er streifte um sie herum wie ein Löwe um seine Beute. Giulia beeindruckte die Haltung Carafas nicht mehr. Ihr Leben war verwirkt, der Schuldspruch müsste sogleich folgen.

In eben diesem Augenblick erreichte Rufina das Portal des Gerichtssaales. Zwei Gardisten hielten Wache. Vor ihnen stand eine Gestalt, die in einen langen braunen Mantel gehüllt war. Die Kapuze hatte sie weit über den Kopf ins Gesicht gezogen.

Rufina trat näher. Sie hörte die wimmernde Stimme einer jungen Frau unter der Kapuze. »Warum weint Ihr?«, fragte Rufina die Frau.

»Hinter diesen Türen geschieht großes Unrecht«, sagte die junge Frau.

Rufina versuchte, das verhüllte Gesicht zu erkennen, doch die Frau wandte sich von ihr ab. »Ich weiß, mein Kind.«

»Ich bin gekommen, es zu verhindern«, fuhr die Frau fort. »Doch die Wachen lassen mich nicht ein.«

Rufina schaute die Gardisten an, die ihrem strengen Blick ausdruckslos begegneten. »Warum lasst Ihr die junge Dame nicht ein?«, wollte sie wissen.

»Es ist ihr nicht gestattet, der Verhandlung der Römischen Rota beizuwohnen«, antwortete der Gardist.

»Aus welchem Grunde nicht?«

»Sie ist keine Angehörige der Kirche.«

»Sie ist gewiss eine gute Katholikin«, sagte Rufina.

»Das bin ich«, sagte die junge Frau.

»So lasst uns ein«, verlangte Rufina erneut.

»Sie ist keine Geistliche«, erwiderte der Gardist.

Rufina schnaufte. »Dies dürfte auf mich wohl kaum zutreffen«, sagte sie. »Also öffnet endlich dieses Portal. Ich bürge für die Dame.«

Jetzt kam der andere Gardist seinem Kameraden zur Hilfe. »Wir haben Anweisung, niemanden einzulassen. Zudem dürfte die Verhandlung jeden Augenblick mit dem Schuldspruch beendet sein. Wartet bis dahin.«

Wie ein Racheengel baute sich die kleine, schmal gebaute

Rufina vor den Gardisten auf. »Jetzt hört mir einmal zu!«, zischte sie. »Wenn Ihr uns nicht unverzüglich ...« Weiter kam sie nicht, denn ein weiterer Gardist kam herbeigelaufen.

»Was treibt ihr hier?«, fragte er seine Kameraden atemlos.

»Wir stehen Wache«, war die Antwort. »Was soll die Frage?«

»Habt ihr den Alarm nicht gehört?«

»Gewiss«, sagte eine der Wachen. »Doch unser Befehl lautet, die Verhandlung der Rota zu hüten.«

Der hinzugekommene Gardist schlug sich mit der flachen Hand an die Stirn. »Ihr Narren!«, rief er. »Auf dem Petersplatz sind Hunderte Soldaten der Barone Roms aufmarschiert. Wir müssen den Heiligen Vater schützen. Folgt mir auf der Stelle!«

Die Gardisten nahmen ihre Hellebarden auf. »Ihr rührt Euch nicht«, befahl er Rufina. »Solltet Ihr durch diese Türen gehen, ist Euch der Tod gewiss.« Er unterstrich seine Worte mit einer eindeutigen Geste an seiner Kehle. Dann rannten die Gardisten fort, als wäre der Leibhaftige hinter ihren Seelen her.

Rufina sah ihnen nach. »Wie lautet Euer Name?«, fragte sie die junge Dame.

»Allegra«, sagte diese.

Rufina lächelte. »Gut, Allegra. Seid Ihr bereit, an diesem Orte Gerechtigkeit walten zu lassen? Auch wenn dies eine Gefahr für Euer Leben bedeuten würde?«

»Das bin ich«, sagte Allegra.

Entschlossen legten sie ihre Hände auf den Griff der Flügeltüren.

Indessen ging die Verhandlung ihrem Ende entgegen. Carafa hatte der Rota, wenn auch erlogene, doch unwiderlegliche Beweise für Giulias Schuld vorgetragen. Die Aussagen der Zeugen hatten seine Anschuldigungen untermauert. Giulia wartete auf den Schuldspruch, der ihrem Leben ein Ende setzen würde.

»Angeklagte«, sagte Castagna, »die Römische Rota sieht Eure Schuld als erwiesen an. Wollt Ihr noch immer schweigen? Ihr habt nun die Gelegenheit, ein letztes Mal zu den Vorwürfen Stellung zu nehmen.«

»Euer Eminenz«, sagte Giulia. »Ihr habt meine Schuld bereits festgestellt. Was erwartet Ihr von mir?«

Einer der Auditoren meldete sich zu Wort. »Bekennt Eure Schuld«, sagte er, »und Euch wird die Milde der Erdrosselung gewährt. So wird allein Euer toter Leib dem Feuer überantwortet.«

Giulia dachte nach. Der Auditor hatte recht. Der Scheiterhaufen war ihr längst gewiss. Würde man sie zuvor erdrosseln, wäre das in der Tat eine Gnade, die Ketzern selten zuteil wurde. Ihre Knie zitterten, als sie aufstand und den Mund öffnete. »Ehrwürdige Römische Rota«, sagte sie gedehnt, »hiermit ...«

»Halte ein, mein Kind!«, rief da eine Stimme in Giulias Rücken, die sie unter Tausenden erkannt hätte.

Giulia fuhr herum. »Mutter!«, stieß sie hervor, und Tränen flossen aus ihren Augen. Mutter Rufina stand mit erhobenen Fäusten im Eingang zum Gerichtssaal. Es musste ein Traum sein!

Durch die schmale Gasse stürmte Rufina auf Giulia zu. Da erblickte die Äbtissin das Gesicht Carafas und blieb abrupt stehen, als wäre sie gegen eine unsichtbare Wand gelaufen. »Ihr?«, fragte sie ungläubig.

Carafa fuhr zurück. »Nein!«, stöhnte er auf. »Das ist unmöglich!«

Rufina schien sich schnell zu fangen. Sie ließ ihren Blick

über die Runde der Auditoren schweifen und deutete auf Carafa. »Ehrwürdige Römische Rota«, sagte sie mit klarer Stimme, »dieser Mann ist ein Betrüger. Ein Dieb und Mörder.«

»Sie lügt!«, brüllte Carafa. »Sie ist eine Hure Satans!«

»Vor zwanzig Jahren fand ich ihn und seine Gefährtin in einer Kirche in Giulianova«, fuhr Rufina unbeirrt mit lauter Stimme fort. »Bevor sie in meinen Armen starb, gebar sie ein Kind. Dieser Mann, der heute vor Euch in den Kleidern eines Kardinals steht, trug damals die Soutane eines einfachen Priesters. Er gab das Kind in meine Obhut und verschwand. Noch in derselben Nacht erschienen Soldaten des Landvogts. Sie suchten einen Mann, der sich als Priester ausgab, und seine Gefährtin. Die beiden hatten Kirchenschätze im ganzen Land geraubt und dabei sogar zwei Geistliche getötet, von denen sie auf frischer Tat ertappt worden waren.«

Carafa war kreidebleich. »Glaubt ihr kein Wort«, stammelte er. »Sie lügt!«

Unruhe kam im Gerichtssaal auf. Einige Kardinäle und Bischöfe waren aufgestanden. Die Auditoren steckten die Köpfe zusammen und flüsterten miteinander.

Jetzt hielt Giulia den Moment für gekommen, ihr Schweigen zu brechen. »Ehrwürdige Rota«, rief sie, um das Stimmengewirr im Saal zu übertönen. »Kardinal Carafa holte mich vor einem Jahr nach Rom, damit ich in seinem ureigenen Auftrag den Heiligen Vater bespitzele. Er versicherte mir, dass es allein zum Schutze Seiner Heiligkeit geschehen sollte, doch heute weiß ich, dass es ihm darum ging, Hinweise aus der nächsten Umgebung des Heiligen Vaters zu erhalten, Hinweise, die ihm helfen sollten, Papst Sixtus V. zu ermorden, um selbst den Heiligen Stuhl besteigen zu können.«

»Ihr wollt der verurteilten Ketzerin doch keinen Glauben schenken?«, rief Carafa.

»Ich kann das bereits Vorgebrachte unter Eid bestätigen«, erklang plötzlich die feste Stimme einer jungen Frau.

»Nein!«, keuchte Carafa. »Nicht du!«

Giulia fuhr herum. Eine in einen Mantel gehüllte Gestalt, die Kapuze tief in das Gesicht gezogen, betrat den inneren Kreis und stellte sich neben sie. Die Frau nahm mit einer Hand ihre Kapuze und zog sie in den Nacken. Ein Aufschrei ging durch die Menge, als sie das Gesicht sahen. Es war völlig entstellt. Noch nicht verheilte Wunden zogen sich wie rostbraune, mäandernde Flüsse durch das ganze Antlitz. Giulia erkannte sie trotz der Wundmale. Sie hatte sich ihr, Giulia, als Contessa di Contini vorgestellt, nachdem sie einander in Carafas Gemächern begegnet waren.

»Mein Name lautet Allegra«, sagte sie. »Einst war ich die Hure dieses Mannes, den Ihr als Kardinal Carafa kennt. Und ich sage Euch, es ist alles wahr. Er plante eine Verschwörung mit dem Ziel, den Heiligen Vater zu ermorden. Mich bestrafte er mit der Hurenstrafe, als ich drohte, ihn zu verraten.«

Gehetzt blickte Carafa sich um. Stimmen wurden lauter, die forderten, ihn zu verhaften. Die Auditoren verharrten in ungläubiger Starre. Nur Castagna schlug unentwegt mit dem Hammer auf den Tisch.

Plötzlich war deutlich das Scheppern einer Rüstung zu vernehmen. Giulia schaute zum Eingang und erkannte Geller, der mit einem aufgebrachten edlen Herrn in goldener Rüstung den Saal betrat. Der nahm Anlauf und stürmte in den inneren Kreis.

»Mattei!«, rief Carafa. »Was habt Ihr hier verloren?«

»Elender Ehebrecher!«, brüllte Mattei und schlug zu.

Der Hieb traf Carafa am Kinn. Er taumelte zurück, fing sich dann jedoch wieder. Mit gesenktem Kopf stürzte er sich auf Mattei, prallte gegen den Brustharnisch und stolperte zurück.

Plötzlich hielt er die Pistole, die zuvor in Matteis Gürtel gesteckt hatte, in der Hand. »Sterbt, verfluchter Bastard!«, rief er aus.

Im selben Augenblick warf Mattei sich zu Boden. Carafa zog den Abzug, es gab einen Knall, Pulverdampf hüllte die Umgebung ein. Jemand schrie. Es war Allegra. Die Kugel hatte Mattei verfehlt und war stattdessen in ihre Brust eingedrungen. Ein Faden dunkelroten Blutes sickerte aus ihrem Mund. Anklagend und zugleich traurig schaute sie Carafa an. Dann wurden ihre Augen starr, leblos sank sie nach hinten.

»Capitano!«, brüllte Castagna Geller an und fuchtelte wild mit den Armen. »Erschießt den Betrüger!«

Carafas Kopf ruckte zu Castagna herum. »Ihr dreimal verfluchter ...« Er packte die Pistole am Lauf und schleuderte sie auf Geller, der soeben seine eigene Waffe gezogen hatte. Geller musste ausweichen. Das verschaffte Carafa gerade genügend Zeit, um neben Castagna über den Tisch zu springen, auf die kleine Tür an der Rückwand zuzulaufen und hindurchzuschlüpfen. Einen Wimpernschlag später schlug die Kugel aus Gellers Pistole an der Stelle ein, an der sich eben noch Carafa befunden hatte.

Geller folgte Carafa. Er versuchte, die Tür zu öffnen, aber es gelang ihm nicht. »Er hat sie von innen verriegelt«, rief er Castagna zu.

»Sucht ihn!«, schrie Castagna außer sich. Speichel sprühte aus seinem verzerrten Mund. »Findet ihn und tötet ihn auf der Stelle!«

Durch die Menge der entsetzten Zuschauer rannte Geller auf das große Portal zu. Da erschien Giulia an seiner Seite. »Ich komme mit Euch, Francesco.«

»Wartet hier«, erwiderte Geller. »Es ist zu gefährlich für Euch.«

»Nie und nimmer bleibe ich hier«, sagte Giulia.

»Ich komme ebenfalls mit!«, rief Mattei. »Lasst mich diesen Bastard eigenhändig töten.«

Gemeinsam durchquerten sie die Hallen und Gänge des Petersdoms, bis sie den mächtigen Eingangsbereich der Basilika erreichten. Dort standen noch immer die Gardisten vor den Soldaten der Barone in Stellung. In wenigen Worten klärte Geller seine Männer auf, während Mattei die seinen unterrichtete.

»Wohin führt die Tür, durch die Carafa geflohen ist?«, fragte Giulia.

»Durch mehrere Kammern gelangt man in die Gärten«, sagte Geller. »Von dort aus kann er in alle Richtungen fliehen.« Er befahl einem Dutzend Gardisten, links um den Petersdom herumzugehen, ein weiteres Dutzend schickte er nach rechts. Dreißig Männern befahl er, ihm zurück in den Petersdom zu folgen. Der Rest sollte sich überall verteilen und das Gelände abriegeln.

Unterdessen setzten die Barone ihre Soldaten in Marsch. Auch sie teilten sich und folgten den Gardisten zu Hunderten mit lautem Waffengeklirr.

Sie rannten zurück durch den Petersdom. Giulia wich nicht von Gellers Seite, auch wenn es ihr schwerfiel, in ihrem unbequemen Habit Schritt zu halten. Auch Don Patrizio hielt sich dicht hinter Geller.

So erreichten sie die Gärten. Von Carafa keine Spur. Unwillkürlich dachte Giulia an Pippo, den guten, alten Mann, den Carafa kaltblütig hatte ermorden lassen.

»Wo ist er hin?«, fragte Mattei.

»Ich weiß es nicht«, sagte Geller, während er seinen Blick schweifen ließ.

»Capitano!«, kam der Ruf eines Gardisten aus dem hintersten Winkel des Gartens.

Sie folgten dem Ruf und kamen an die rückwärtige Mauer des Gartens. Davor türmten sich zwei hölzerne Kisten.

»Seht!«, sagte der Gardist. »Dort oben.« Er deutete auf einen purpurnen Fetzen, der sich im Mauerwerk verfangen hatte.

Geller stieg auf die Kisten und schaute über die Mauer. Er zeigte nach links. »In dieser Richtung ist nur ebene Erde«, erklärte er. »Kein einziger Baum schützt ihn hier vor der Entdeckung. Er muss in die andere Richtung geflohen sein. Zur Engelsburg!« Er stemmte sich mit den Händen auf die Mauer und schwang sich hinauf. Dann half er Giulia hoch.

Nach und nach versammelte sich die Truppe auf der anderen Seite. Nun erschienen auch die Gardisten, die Geller um den Petersdom herumgeschickt hatte, gefolgt von den Soldaten der Barone. Gemeinsam liefen sie zur Engelsburg; ein mächtiger Tross, bewaffnet mit Musketen, Pistolen, Degen und Hellebarden.

Vor der Engelsburg hielten zwei Gardisten Wache. Sie erschraken, als sie die kleine Armee auf sich zustürmen sahen, und wichen zurück.

Geller trat auf die beiden zu. »Habt ihr Kardinal Carafa gesehen?«, wollte er wissen.

»Ja, Capitano«, antwortete der eine. »Er erschien hier vor Kurzem und sagte, es habe einen Umsturzversuch gegeben. Sein Leben sei in Gefahr. Zehn Gardisten befahl er, ihm zu folgen und sein Leben zu schützen.«

»Verdammt!«, fluchte Geller und stampfte mit dem Fuß auf den Boden. »Wo ist er hin?«

»Dort entlang«, sagte der Gardist. »Zur Ponte Cavour.«

»Er will über den Fluss!«, polterte Mattei.

»Ist es wahr, dass es einen Umsturzversuch gab, Capitano?«, fragte der zweite Gardist.

»Ja«, sagte Geller, »nur dass Carafa der Verräter ist. Wenn ihr ihn ein weiteres Mal seht, erschießt ihn ohne Vorwarnung.«

Die beiden Gardisten bestätigten den Befehl mit erschütterter Miene.

»Weiter!«, rief Geller und lief Richtung Ponte Cavour davon.

Im Laufschritt ging es am Tiber entlang zur Brücke. Auf der anderen Seite lag die Piazza Porta Ripetta. Der Platz, obwohl er sehr groß war, vermochte die gesamte Truppe nicht zu fassen. Ein Teil der Männer blieb auf der Westseite des Tiber zurück, während es sich auf der Brücke staute und diejenigen, die schon auf der Piazza waren, in die Seitenstraßen gedrückt wurden. Jeder, der die anstürmende Meute sah, nahm Reißaus.

Mitten auf der Piazza fanden sich Geller, Giulia und Mattei wieder.

»Habt Ihr einen Plan?«, fragte Mattei.

Geller sah sich um. »Wir können mit so vielen Männern nicht durch ganz Rom stürmen«, sagte er. »Seht, wie die Menschen vor lauter Angst um ihr Leben laufen.«

Mattei drehte sich einmal um seine eigene Achse. »Also, was schlagt ihr vor, Capitano?«

»Wir müssen uns trennen«, sagte Geller. »In kleinen Gruppen sind wir in der Lage, jede Gasse abzusuchen. Ihr, Don Patrizio, lasst Eure Männer nach Norden und Osten ausschwärmen. Meine Gardisten und ich gehen nach Süden.«

»Das hört sich nach einem guten Plan an«, sagte Mattei. Er legte die Stirn in Falten. »Doch wehe Euch, wenn Ihr Carafa entkommen lasst.«

Geller antwortete nicht. Er gab seinen Gardisten ein Zeichen, sich um ihn zu scharen, und erläuterte ihnen kurz, was er vorhatte. Anschließend teilte er die Gardisten in Gruppen zu zehn Mann ein.

»Ich gehe mit Euch«, sagte Giulia.

Geller lächelte kurz. »Ich habe nicht angenommen, Ihr würdet Euch jetzt zurückziehen, Schwester.«

Die Soldaten der Barone und der Schweizergarde schwärmten aus. Vorbei am Rohbau des Palazzo Borghese in die schmale Via della Lupa und weiter zum Campo Marzio. Zwei- bis dreistöckige Wohnhäuser säumten die schmalen Gassen. Über den Köpfen der Gardisten schlossen die Bewohner geschwind die Fensterläden. Kein Bürger ließ sich mehr auf der Straße blicken.

Sie erreichten das gewaltige Grabmal von Kaiser Octavian, das aus drei verschieden großen Stockwerken bestand. Das Dach war mit einer dicken Schicht Erde bedeckt. Vor dem mächtigen dunklen Eingang des Grabmals hielt Geller ein weiteres Mal inne.

»Warum bleibt Ihr stehen?«, fragte Giulia. Sie schnappte nach Luft.

»Weil wir ohne Verstand durch die Stadt laufen, Schwester«, keuchte Geller, beugte sich vor und stemmte die Hände auf die Knie.

»War dies nicht Euer Plan?«

»Gewiss«, sagte Geller. »Doch ist Rom zu groß, um es auf diese Weise abzusuchen. Vornehmlich war es meine Absicht, mir den Conte vom Hals schaffen.«

»Und was gedenkt Ihr nun zu unternehmen?«, fragte Giulia.

»Ich weiß es nicht«, gab Geller zu. »Ich denke, wir müssen weitersuchen.«

»Hm«, machte Giulia. »Was würdet Ihr tun, wenn Euch Hunderte schwerbewaffnete Soldaten auf den Fersen wären?«

Geller lachte auf. »Ich würde mich in die Lüfte erheben und fortfliegen.«

»Fortfliegen, sagt Ihr?«, meinte Giulia wie zu sich selbst. Dann entstand eine Idee in ihrem Geist. »Nun, wenn dem Kardinal keine Flügel wachsen können, um *vom* Erdboden zu verschwinden, dann verschwindet er womöglich *im* Erdboden.«

Verständnislos sah Geller sie an. »Wie darf ich das verstehen, Schwester?«

»Nur eine Vermutung«, sagte Giulia, »aber mindestens ebenso gut oder schlecht, wie planlos durch Rom zu irren. Folgt mir!« Sie lief los.

Geller schüttelte den Kopf. »Es geht weiter!«, rief er seinen Männern zu und hastete Giulia hinterher.

Sie hielten sich weiter in den schmalen Gassen und erreichten zur Mittagszeit die ausgedehnte Piazza Venezia. Es war Markt. Die Falschspieler waren durch ihr engmaschiges Netz von Informanten als Erste über den Ansturm der Gardisten informiert und klaubten ihre Sachen zusammen. Gleich darauf packten die Händler ihre Waren ein und suchten unter ihren Marktständen Schutz. Der Rest stob auseinander wie ein Taubenschwarm. Frauen schrien, Kinder riefen lauthals nach ihren Müttern. Die Gardisten kümmerte das wenig. Sie rannten, angeführt von Giulia, quer über die Piazza Richtung Forum Romanum weiter.

An der Piazza Tuscolo hielt Giulia inne. In der Mitte des Platzes stand ein Brunnen, in den aus drei großen Fischköpfen Wasser sprudelte. Alle liefen sie darauf zu und tranken, bis ihre ausgedörrten Kehlen und Körper ausreichend erfrischt waren.

Geller tauchte den Kopf tief in das Wasser des Brunnens. Dann zog er ihn wieder heraus und warf sein nasses Haar schwungvoll nach hinten, sodass es nach allen Seiten spritzte. »Schwester«, sagte er und wischte sich die Tropfen aus den Augen. »Bei Eurer außergewöhnlichen körperlichen Verfassung wünschte ich, Ihr wäret Mitglied der Garde.«

»Ihr wünschtet, ich wäre ein Mann?«, fragte Giulia mit spitzbübischem Lächeln.

Das Gesicht Gellers bekam eine rötliche Färbung. »Nun, so war das nicht gemeint. Ich ...«

Lachend warf Giulia den Kopf in den Nacken. »Lasst es gut sein, Francesco.«

Geller blinzelte. »Also, wollt Ihr mir verraten, warum Ihr uns nach Tuscolano geführt habt?«

»Nicht weit von hier führt die Via Appia entlang«, erklärte Giulia.

»Und?«

»Dort liegt einer der Eingänge zu den Katakomben Roms.«

Verstehen leuchtete in Gellers Augen auf. »Ihr glaubt«, sagte er, »Carafa hätte sich in die Katakomben geflüchtet?«

»Das glaube ich«, sagte Giulia. »Er hält sich in den Katakomben versteckt, bis die Nacht hereinbricht und er aus Rom zu fliehen vermag.«

»Und wenn Ihr Euch irrt?«

»Dann können wir nur hoffen, dass er den anderen Patrouillen über den Weg läuft.«

Geller stutzte. »Euch scheint sehr viel daran zu liegen, Carafa nicht entkommen zu lassen«, sagte er.

»In der Tat.«

»Aus welchem Grund?«, fragte Geller. »Gewiss, er hat Euch nach dem Leben getrachtet. Doch seid Ihr nicht die Art Mensch, die auf Rache sinnt.«

»Mir liegt auch nichts daran, ihn tot zu sehen«, gab Giulia zurück.

»Was bewegt Euch dann, Schwester?«, fragte Geller weiter.

Giulia sah an ihm vorbei. Grenzenlose Traurigkeit überfiel sie. Alles, wonach ihr Herz verlangte, war, noch einmal mit dem Mann zu sprechen, der ihr Vater war. Sie hatte noch so viele Fragen, und sie erwartete Antworten. Nicht mehr, aber auch nicht weniger. »Später, Francesco«, wisperte sie. »Später.«

Geller nickte stumm. Er hob die Hand, um den Befehl zum

Aufbruch zu geben. Augenblicke darauf setzten Giulia und die Gardisten die Jagd durch Rom fort.

Schließlich erreichten sie die Via Appia. Die breite Straße zog sich gen Süden durch die Stadt. Giulia kannte den Weg zu den Katakomben gut, denn sie war oft mit Fulvia hier gewesen, um den Aussätzigen Nahrung und Kleidung in ihre enge, finstere Behausung zu bringen.

Schon von Weitem erkannte sie die vermummte Gestalt, die vor dem Eingang zu den Katakomben stand. Der leuchtend rote Schal um den Kopf war unverkennbar. Es war Antonio Brosio, der dort Wache hielt. Er schien Giulia zu erkennen, denn er kam ihnen entgegen.

Auf halbem Wege trafen sie einander. »Antonio!«, rief Giulia und winkte.

»Schwester Giulia«, sagte Antonio, von dessen Gesicht allein die Augen zu sehen waren. »Wir haben Euch vermisst.« Misstrauisch beäugte er die Gardisten.

»Sie sind nicht hier, um Euch Schaden zuzufügen«, sagte Giulia. »Wir sind auf der Suche nach Kardinal Carafa. Habt Ihr ihn gesehen, Antonio?«

»Carafa, sagt Ihr?«, fragte Antonio. »Was hat Seine ehrwürdige Eminenz denn verbrochen, dass die halbe Garde nach ihm sucht, Schwester?«

»Die ganze Garde sucht ihn«, warf Geller ungeduldig ein. »Nun sagt endlich, ob Ihr etwas wisst!«

Giulia hob mahnend die Hand gegen Geller. »Lieber Antonio«, sagte sie sanft, »der Kardinal hat ein schweres Vergehen begangen. Es ist wichtig, dass wir ihn finden. Wir vermuten, dass er sich in den Katakomben versteckt.«

»In den Katakomben?«, fragte Antonio. »Die sind endlos. Doch wenn einer etwas darüber weiß, dann Giannozzo.«

»Bitte, führe uns zu ihm«, bat Giulia.

»Folgt mir«, sagte Antonio mit einem vorwurfsvollen Blick zu Geller.

Sie stiegen die schmalen Stufen zu den Katakomben hinab. Von einem Augenblick zum anderen empfing sie kühle Dunkelheit. Es roch moderig. Fackeln an den Wänden zeigten ihnen den Weg. Es ging kreuz und quer, und jemand, der sich in diesem Gewirr von Gängen, kleinen Hallen und Grüften nicht auskannte, musste rettungslos verloren sein.

Im gespenstischen Schattenwurf der Fackeln lagen die Gräbernischen im braunen Tuffgestein. Einige waren bunt ausgemalt mit frühchristlichen Bildern. An den hohen gewölbten Decken prangten Bilder von Petrus und dem guten Hirten. Einige der Malereien erzählten die Geschichte von Jonas oder der wundersamen Vermehrung der Fische und Brote. Da, wo die Gänge sich gabelten, konnten sie hier und da die vier Ebenen sehen, die die frühen Christen in das Vulkangestein geschlagen hatten. Auf uralten Altären standen noch immer hölzerne Kreuze. Immer wieder stieß die Gruppe auf Aussätzige, die sich durch die engen Gänge an ihnen vorbeidrängten.

Unter Antonios Führung gelangten sie schließlich in eine geräumige Kammer. Ein Dutzend Aussätzige saßen hier auf Kisten oder lagen auf dem Boden und schliefen. An der Rückwand, auf der größten der Kisten, thronte Giannozzo, der König der Aussätzigen. Er saß auf einem schmutzigen Tierfell. Als er Giulia sah, stand er auf und schritt ihr entgegen. Die Anwesenheit der Gardisten schien ihn weniger zu stören als Antonio zuvor.

»Es freut mich, Euch zu sehen, Giannozzo«, begrüßte ihn Giulia.

Giannozzo verneigte sich tief. »Die Freude liegt ganz bei mir, Schwester«, sagte er durch das Tuch vor seinem Gesicht hindurch, das seine Stimme dämpfte, als stünde er hinter einem dicken Vorhang. »Was führt Euch und die Garde hier herunter?«

Giulia erklärte es ihm in wenigen Worten.

»Carafa auf der Flucht?«, fragte Giannozzo. Er klatschte in die Hände. »Ich danke Gott, dass er mich dies erleben lässt.« Hastig schlug er ein Kreuz.

»Wisst Ihr etwas über seinen Verbleib, guter Giannozzo?«, fragte Giulia.

»Noch nicht«, antwortete Giannozzo. »Doch wenn er hier unten ist, werden wir es bald erfahren.« Er rief einen jungen Mann von kräftiger Statur zu sich. »Das ist Pietro. Der schnellste Mann zwischen Rom und Paris. Er soll unsere Freunde in den anderen Teilen unserer dunklen Heimat besuchen, um zu erfahren, wie wir Euch weiterhelfen könnten.« Er gab Pietro ein Zeichen, woraufhin dieser verschwand.

»Wie lange müssen wir nun warten?«, fragte Geller.

»So lange, bis Pietro zurückkommt«, sagte Giannozzo, und seine Stimme klang so, als ob er unter dem Tuch lächelte. »Ihr habt gewiss Hunger und Durst. Setzt Euch und lasst Euch von uns bewirten.«

Geller winkte schnell ab. »Habt Dank«, sagte er. »Ich bin nicht hungrig.« Er setzte sich an die Wand neben den Eingang.

»Aber Eure Männer sind es bestimmt«, wandte Giannozzo ein.

»Die ebenfalls nicht«, beeilte sich Geller zu sagen. Heftiges Nicken der Gardisten bestätigte seine Worte.

Böse sah Giulia Geller an. Dann sagte sie zu Giannozzo: »Mich dagegen dürstet sehr, lieber Giannozzo. Und Hunger spüre ich auch. Ich habe seit Langem keinen Bissen mehr gegessen.«

»Fabelhaft!«, rief Giannozzo aus. Er winkte eine Frau heran, die Giulia einen Krug Wasser und eine Schale mit Brot reichte. Giulia aß und trank mit Genuss. Dabei behielt sie eine Kerze an der Wand neben Giannozzo im Blick. Nun hieß es, auf Pietros Rückkehr zu warten.

31

Anhand der Kerzenlänge vermochte Giulia ungefähr abzuschätzen, wie lange sie bereits warteten. Etwa eine Stunde musste vergangen sein. In dieser Zeit hatte Giannozzo viel mit ihr geschwatzt, während Geller und die Gardisten schweigend und ermattet dasaßen. Es war schön, mit Giannozzo zu plaudern, doch Giulias Gedanken schweiften ab. Sie fragte sich, ob sie Carafa in den Katakomben finden würden. Und sie fragte sich, wie er sich gebärden würde, wenn er ihr noch einmal begegnete.

Plötzlich brach im Gang vor der Kammer Unruhe aus. »Pietro ist zurück!«, rief eine Stimme von draußen.

Gleich darauf erschien Pietro, atemlos, dennoch lächelnd. »Er ist hier!«, hechelte er. »Carafa ist in den Katakomben.«

Giulia und Geller sprangen gleichzeitig auf. »Wo steckt er?«, wollte Geller wissen.

»Etwa eine halbe Stunde Fußmarsch von hier entfernt in einem kaum genutzten Teil der Katakomben«, erklärte Pietro. »Er hat sich hinter eingestürztem Mauerwerk verschanzt. Etwa ein Dutzend Gardisten sind bei ihm.«

»Was sagst du da, Pietro?«, rief Giannozzo. »Gardisten?« Er sah Geller an. »Ihr habt gesagt, er wäre auf der Flucht vor Euch. Aus welchem Grund sind dann Gardisten bei ihm, Capitano?«

»Es ist nicht, wie Ihr denkt, Giannozzo«, warf Giulia ein. »Er hat diese Männer belogen, damit sie ihm folgen. Sie wissen nichts von seinem Verrat.«

Giannozzo zog das Tuch vor seinem Gesicht zurecht. »Gut«, sagte er. »Ich glaube Euch, Schwester.«

»Brechen wir auf«, sagte Geller und gab seinen Männern ein Zeichen. »Bitte, gestattet Pietro, uns zu führen«, bat er Giannozzo.

»Er geht mit Euch«, sagte Giannozzo. »Er und noch einige andere. Ich will Euch ebenfalls begleiten.«

»Auf keinen Fall«, sagte Geller. »Es ist zu gefährlich für Euch.«

Giannozzo winkte ab. »Ich will dabei sein, wenn Ihr den Mann fangt, der uns zu diesem entsetzlichen Dasein hier unten verdammt hat.«

Geller stöhnte auf. »Gibt es irgendeine Seele in Rom, die keine Rechnung mit Carafa offen hat?« Als er keine Antwort erhielt, sagte er zu Giannozzo: »Nun gut, dann kommt eben mit.«

Giannozzo rief einem Mann am Eingang einen Befehl zu, woraufhin dieser verschwand. Kurz darauf erklang das Klirren von Waffen aus dem Gang. Drei Männer erschienen, die alte, rostige Schwerter hereintrugen. Eines davon reichten sie Giannozzo, die übrigen gaben sie an die anderen Männer weiter. Giannozzo wog die Waffe in der Hand. »Wir sind bereit«, erklärte er.

Pietro lief voran durch die unergründlichen Gänge und Schächte. Die Gardisten und Giannozzos Männer blieben dicht hinter ihm.

Nach einer Weile kamen sie an eine Gabelung, an der zwei Vermummte standen und ihnen zuwinkten.

Giannozzo drängte sich an Geller vorbei und ging auf die beiden zu. »Was habt ihr zu berichten?«

»Sie sind dort vorn«, sagte einer der Männer und deutete in den Gang hinein auf einen Haufen Gestein. »Dahinter liegt ein Querstollen. Da stecken sie.«

»Haben sie euch bemerkt?«, fragte Geller.

»Ich glaube nicht.«

»Und ihr seid euch sicher, dass sie noch immer dort sind?«, fragte Geller weiter.

»Ja«, sagte der andere Vermummte. »Wir haben Posten auf allen Seiten. Unbemerkt kommt hier niemand mehr heraus.«

»Ihr habt gute Arbeit geleistet«, sagte Geller anerkennend.

»Wie gehen wir vor?«, fragte Giannozzo.

Geller sah in den Gang. »Ihr wartet hier«, sagte er. Gleich darauf lief er los, stieg vorsichtig über den Geröllhaufen und spähte um die Ecke in den Querstollen. Nicht minder behutsam kletterte er wieder zurück und schlich zu der wartenden Gruppe.

»Was habt Ihr gesehen?«, fragte Giulia. Das Herz schlug ihr bis zum Hals.

»Nicht viel«, antwortete Geller. »In dem Stollen ist es stockdunkel. Aber ich habe leises Flüstern vernommen. Sie müssen in der Tat dort drinnen hocken.«

»Holen wir uns den Mistkerl«, sagte Giannozzo und hob sein Schwert.

»Bewegt Euch leise!«, verlangte Geller. Er ging der Gruppe voran. Einige seiner Männer ließ er vor dem Gesteinshaufen zurück. Die anderen stiegen sachte darüber.

Giulia hielt sich dicht hinter Geller. Seine Nähe minderte die Angst vor der Begegnung mit ihrem Vater.

An der Ecke zum Querstollen blieb Geller stehen. Er presste seinen Körper an die Wand und atmete tief ein. Dann rief er: »Kardinal Carafa! Wir wissen, dass Ihr in diesem Stollen steckt. Es gibt keinen Ausweg für Euch. Ergebt Euch und kommt heraus!«

Ein erstickter Fluch drang aus dem Gang. Dann folgte ein kurzer, tadelnder Befehl, der von Carafa stammen musste.

Geller zog seine Pistole. »Kardinal Carafa!«, rief er erneut. »Im Namen Gottes: Legt die Waffen nieder und tretet vor, um noch mehr Blutvergießen zu vermeiden!«

»Ich ergebe mich niemandem, der die Kirche verraten hat!«, rief Carafa zurück. »Ihr müsst schon kommen und mich holen!«

Giulia sah Geller fragend an. Der erwiderte den Blick mit einem vielsagenden Hochziehen der Augenbrauen. Er drehte den Kopf wieder zum Stolleneingang. »Gardisten! Hört ihr mich?«

»Ja, Capitano«, erscholl der Ruf eines jungen Gardisten.

»Heinrich?«, fragte Geller. »Bist du das?«

Der Gardist bestätigte.

»Männer!«, rief Geller in den Gang hinein. »Hört mir zu! Es gab keinen groß angelegten Umsturzversuch im Vatikan. Der wahre Verräter befindet sich in eurer Mitte. Kardinal Carafa hat versucht, den Heiligen Vater zu ermorden, um selbst auf den Heiligen Stuhl zu steigen.«

Carafa lachte wild. »Glaubt Ihr, mit Euren Lügen die ehrbaren Männer der Garde täuschen zu können?«

»Gardisten!«, rief Geller. »Ich befehle euch, den Kardinal auf der Stelle festzunehmen!«

Keine Antwort. Stattdessen wieder das Lachen Carafas. »Seht Ihr, Capitano«, sagte er. »Eure Männer glauben Euch Eure Heucheleien nicht mehr.«

»Was wollt Ihr tun?«, flüsterte Giulia. »Ihr dürft das Leben Eurer unschuldigen Männer nicht aufs Spiel setzen.«

Geller antwortete nicht. Er steckte die Pistole in den Gürtel und stand auf.

Angst beschlich Giulia. »Was habt Ihr vor?«

Noch immer schenkte Geller ihr keine Beachtung. »Gardisten!«, rief er seinen Männern zu. »Ich habe euch nie belogen. Ich komme nun zu euch.« Er ließ sich eine Fackel reichen, trat einen Schritt zur Seite und stand im dunklen Stolleneingang. Dann ging er langsam vorwärts.

»Bleibt, wo Ihr seid!«, polterte Carafa. »Verschwindet oder ich lasse auf Euch schießen.«

»Meine Männer schießen nicht auf mich«, erwiderte Geller und ging ruhig weiter.

Giulia kroch über den Boden und spähte um die Ecke in den Gang hinein. Im Lichtschein der Fackel war der rund fünf Fuß hohe Gesteinshaufen gut zu erkennen. Dahinter steckten behelmte Köpfe und die Läufe von Musketen, die auf Geller gerichtet waren. Er hatte sich auf etwa zehn Schritt genähert.

Da zogen die Gardisten ihre Musketen zurück, die Läufe verschwanden. Einer von ihnen stand langsam auf. »Wir glauben Euch, Capitano«, sagte er. Giulia erkannte, dass es Heinrichs Stimme war.

Plötzlich erhob sich ein dunkler Schatten hinter der Reihe der Gardisten. Carafa! »Törichter Narr!«, stieß er hervor. Er wollte Heinrich die Muskete aus der Hand reißen, doch der junge Soldat ließ nicht los. Es gab ein wildes Gerangel, ein Schuss löste sich dröhnend und hallte von den hohen Wänden wider. Die Wucht der Kugel aus dem nahen Abstand schleuderte Heinrich mitten auf den Gesteinshaufen, wo er stöhnend liegen blieb.

»Nein!«, schrie Geller und stürmte los.

Zugleich schlug Carafa einem der anderen, völlig erstarrten Gardisten den Schaft der Muskete gegen den Schädel. Carafa nahm dem auf dem Boden Liegenden die noch geladene Muskete ab und rannte tiefer in den Gang hinein.

»Erschießt ihn«, brüllte Geller. »Erschießt den Kardinal!« Er sprang auf den Haufen und feuerte.

Die Gardisten lösten sich aus der Starre. Sie fuhren herum, legten an und schossen ebenfalls. Das Feuer aus ihren Läufen erhellte den Gang für einen Wimpernschlag, als hätte ein Blitz eingeschlagen. Carafa war von einem Moment zum anderen verschwunden.

Giulia, Giannozzo und die übrigen Männer folgten Geller in den Gang hinein. Sie brachten weitere Fackeln, die den Gang weithin erleuchteten.

Geller hielt Heinrich in den Armen. Der Gardist hatte die Augen geschlossen. Sein Atem ging flach und stoßweise. »Er stirbt«, flüsterte Geller.

Giulia kniete sich neben die Männer nieder. Sie legte eine Hand auf Heinrichs Stirn, die mit kaltem Schweiß bedeckt war, und betete leise.

Das Leben wich rasch aus Heinrichs Körper. Noch bevor Giulia das Vaterunser beenden konnte, erschlaffte der junge Leib. Sie bekreuzigte sich. Die umstehenden Gardisten nahmen ihren Helm ab, während die Aussätzigen kurz ihren Hut lüfteten.

»Verdammt!«, zischte Geller. Liebevoll strich er die Strähnen aus Heinrichs Gesicht. »Er war viel zu jung zum Sterben.«

Giulia streichelte über Gellers Arm. Sie schwieg, denn es gab keine Worte, die die Trauer des Capitanos zu lindern vermochten.

In die kummervolle Stille sagte Giannozzo: »Euer Verlust tut mir leid, Capitano. Doch wenn wir den Mord sühnen wollen, müssen wir weiter.«

Langsam ließ Geller den toten Heinrich zu Boden gleiten. »Ihr habt recht«, sagte er. Dann gab er zwei Gardisten den Befehl, den Leichnam an die Oberfläche und in den Vatikan zu schaffen. »Brechen wir auf«, sagte er und sah den Männern hinterher.

»Nur, wo ist Carafa hin?«, fragte Giulia.

Geller kratzte sich ratlos unter seinem Helm. »Ich weiß es nicht«, sagte er. »Plötzlich war er wie vom Erdboden verschluckt.«

»Vielleicht hat sich die Hölle aufgetan und ihn verschlungen«, warf Giannozzo ein. »Dies ist ohnehin sein Schicksal.«

Geller beachtete ihn nicht. »Wir gehen weiter!«, befahl er. »Er kann sich kaum in Luft aufgelöst haben.«

Rund zehn Schritte weiter kniete ein Gardist nieder und besah den Boden unter seinen Füßen. »Capitano!«, rief er Geller zu und deutete auf einen dunklen Fleck im Sand.

Geller kniete sich neben ihn. Er fasste mit einem Finger in den Fleck. »Blut«, stellte er fest. »Zumindest eine Kugel hat ihr Ziel nicht verfehlt.«

»Nun ist alles noch schlimmer«, sagte Giannozzo. »Fortan haben wir es mit einem verwundeten Tier zu tun.«

»Nein«, erwiderte Geller. »Wir haben es mit einem verletzten Kardinal zu tun. Nicht mehr und nicht weniger.«

Giannozzo zuckte mit den Schultern. »Wollen wir hier weiter stehen und Maulaffen feilhalten?«

»Hierher«, rief einer der Aussätzigen ein Stück weiter hinten im Gang.

Die Gruppe erreichte den Mann. Er deutete nach unten, wo ein Spalt klaffte. Etwa zehn Fuß darunter verlief ein Quergang.

»Da muss er hinunter sein«, meinte Geller und sprang. »Hier ist ebenfalls Blut!«, rief er kurz darauf zu den anderen hinauf.

Ohne zu zögern sprangen die Gardisten hinterher. Ihnen folgten Giannozzo und die Aussätzigen. Zum Schluss setzte sich Giulia auf den Rand der Spalte und schwang die Füße über den Abgrund. Geller stellte sich unter ihr hin und breitete die Arme aus. Sie ließ sich langsam immer weiter über den Rand gleiten, bis sie fiel. Geller fing sie auf, noch bevor ihre Füße den Boden berührten. Für einen Augenblick verschmolzen ihre Blicke miteinander. Verlegen schaute Giulia zur Seite und löste sich aus seinen Armen.

Sie befanden sich auf einer kleinen Gabelung, von der drei Gänge abzweigten. Sogleich strömten sie aus, um nach weiteren Blutspuren auf dem Boden Ausschau zu halten. Gleich darauf war es so weit. Zwei Gardisten fanden in dem Gang, der nach links führte, frische Blutstropfen des Flüchtenden.

Die etwa sechzig Männer und Giulia liefen in den Gang hinein. Vorbei an uralten vielfarbigen Bildern an Wänden und Decken und an den bleichen Gebeinen der Toten in den Wandnischen zu beiden Seiten. Immer tiefer brachte ihr Weg sie in die Katakomben. Weder Giulia noch einer der Gardisten wäre in der Lage gewesen, sie wieder an die Oberfläche zu führen. Ohne Giannozzo und seine Männer wären sie in diesem jahrhundertealten Irrgarten hoffnungslos gefangen gewesen.

Seit einer Ewigkeit mussten sie jetzt schon den Blutstropfen gefolgt sein. Ein jeder schnaufte erschöpft bei jedem Schritt.

Dann spürte Giulia Zugluft über ihr Gesicht gleiten. »Wo kommt der Luftstrom her?«, fragte sie Giannozzo.

»Wir befinden uns nicht weit vom nördlichen Aufgang«, erklärte dieser.

»Beeilung!«, rief Geller. »Wenn Carafa den Aufgang erreicht, entkommt er womöglich für immer.«

Nach einem anstrengenden Marsch kamen sie an eine weitere Gabelung. Aus einem der Gänge, die hier zusammenliefen, drang schwacher Lichtschein. Sie bogen um die Ecke und sahen zweihundert Schritt entfernt die untersten Stufen einer Treppe, die aufwärts führte.

Geller nahm seinen Helm ab und lehnte sich an die Wand. »Es ist vorbei«, sagte er tonlos. »Carafa ist geflohen.«

Die Gardisten traten mit dem Fuß gegen herumliegende Kiesel. Einige von ihnen taten es dem Capitano gleich, andere setzten sich einfach dort nieder, wo sie gerade standen.

Giulia fühlte sich unendlich erschöpft und niedergeschlagen. »Ich kann es kaum glauben«, hauchte sie.

Zwei Aussätzige gingen auf den Aufgang zu. Etwa zwanzig Schritt von der Gruppe entfernt hielten sie inne. »Seltsam«, sagte einer der beiden. Die Wände trugen seine Stimme zu den übrigen.

»Was meinst du?«, wollte Giannozzo wissen.

Der Vermummte deutete auf den Boden zu seinen Füßen. »Das Blut«, sagte er, »es führt bis an diesen Punkt und nicht weiter.«

Gellers Kopf ruckte herum. Er schien plötzlich wieder hellwach zu sein. »Was sagst du da?« Er löste sich von der Wand und drängte sich durch die Umstehenden nach vorn.

»Die Blutspur endet hier«, wiederholte der Aussätzige.

Gerade wollte Geller zu ihnen, als aus einem Loch in der Decke über den beiden ein wilder Schrei erklang. Dann sauste Carafa auf die Aussätzigen nieder, die Muskete in den Händen. Der Aufprall schlug die Männer bewusstlos. Aus funkelnden Augen starrte Carafa Geller an. Langsam hob er den Lauf der Muskete an.

Geller stockte im Lauf und warf sich herum. Er hob eine Hand und brüllte: »Bereit zum Feuern!«

Die Gardisten richteten ihre Musketen und Pistolen auf den Kardinal.

»Nein!«, schrie Giulia. Sie stellte sich zwischen Carafa und die schussbereiten Gardisten. »Nicht schießen!« Sie streckte die Arme nach oben.

»Schwester«, rief Geller. »Was tut Ihr da? Geht aus der Schusslinie!«

Giulia beachtete ihn nicht. Sie wandte sich zu dem Mann um, der ihr Vater war. »Vater«, sagte sie. »Ich bitte Euch. Gebt endlich auf.«

»Vater!«, schnaufte Carafa. »Nimm dieses Wort nicht in den Mund!« Die Muskete in seinen Händen zielte auf Giulias Herz.

»Willst du mich erschießen?«, fragte Giulia mit sanfter Stimme. Sie verspürte keinerlei Angst.

»Ich sagte dir, dass du den Tod verdient hast«, zischte Carafa.

»Ich habe dir vergeben, Vater.«

»Ich dir keineswegs«, kam die Antwort, die voller Hass und zugleich voller Trauer war.

»Wenn du mich erschießt, war das Opfer meiner Mutter vergebens«, sagte Giulia.

»Was weißt du schon?«, rief Carafa. »Glaubst du, sie hätte sich geopfert, um dir das Leben zu schenken?«

Giulia nickte. »Ja, das glaube ich.«

Carafa lachte verächtlich auf.

»Wenn du mich erschießt«, fuhr Giulia unbeirrt fort, »heilt das den Schmerz in deinem Herzen nicht. Leg die Waffe nieder, damit wir miteinander über deine Trauer, deine Qual und deine Sehnsucht sprechen können, Vater.«

Carafa schüttelte den Kopf, als wolle er sich von irgendetwas befreien. Giulia glaubte, Tränen in seinem Gesicht zu erkennen. Sie ging einen Schritt näher und streckte die Hände aus.

»Bleib stehen!«, befahl Carafa.

Giulia sagte nichts, sondern ging langsam weiter auf ihn zu.

Carafa hob die Muskete und legte an.

»Nein!«, brüllte Geller in Giulias Rücken. Er stürmte auf sie zu, packte sie an den Schultern und riss sie herum. Ein Schuss knallte durch den Gang. Geller schrie auf und sackte über Giulia zusammen.

Gleichzeitig holte Giannozzo aus und warf das Schwert mit voller Wucht. Die Klinge fuhr Carafa in den Bauch. Fassungslos starrte der Kardinal auf das Schwert in seinem Leib. Dann fuhr er herum und schleppte sich schwankend dem Aufgang zu.

Mit einem Mal erschienen an den Wänden des Aufgangs die Schatten von unzähligen Männern, die die Stufen hinunterrannten: die Soldaten der Barone. Noch mitten auf der Treppe sahen sie Carafa, legten an und schossen. Im gleichen Augenblick feuerten auch die Gardisten in Carafas Rücken auf den Flüchtenden. Von Dutzenden Kugeln getroffen, stürzte er zu Boden und blieb reglos liegen.

Giulia wand sich unter Geller hervor, der mit schmerzverzerrtem Gesicht über ihr lag. Sie drehte ihn vorsichtig auf den Rücken und sah, dass er aus einer Wunde am Bein blutete.

»Es ist nicht schlimm«, sagte Geller und versuchte, ein zuversichtliches Lächeln aufzusetzen.

Zwar verstand Giulia nicht viel von Schussverletzungen, doch war die Kugel in Gellers Kniekehle eingeschlagen, und sie machte sich große Sorgen um ihn.

Die tiefe Stimme Matteis erscholl im Gang. Er baute sich neben Carafas totem Leib auf und stieß ihn mit dem Fuß an. »Ist der Bastard tot?«, fragte er Giannozzo, der danebenstand.

»So tot wie das Vermächtnis Christi«, antwortete der König der Aussätzigen.

Mattei trat zu Giulia und Geller. »Habt wohl gedacht, den ganzen Spaß für Euch allein zu haben, Capitano?« Er lachte dröhnend.

»Wir wollten soeben nach Euch schicken, Don Patrizio«, antwortete Geller.

Mattei stutzte. Dann brach er in schallendes Gelächter aus, das den Gang erfüllte. »Oben warten Pferde auf Euch, Capitano. Ihr solltet unverzüglich einen Medicus aufsuchen«, sagte er und verschwand.

Giulia und ein Gardist halfen Geller auf. Er stützte seine Arme auf die helfenden Schultern und humpelte mit den beiden gen Aufgang.

Neben dem Toten hielten sie inne. Giulia betrachtete das blutverschmierte Gesicht mit einer Mischung aus Trauer und Vergebung. Ihr Zorn war verflogen. Letztendlich lagen vor ihr die sterblichen Überreste eines Mannes, den die düstersten Gefilde in seiner Seele zu dem gemacht hatten, was er war. Sie hatte nicht das Recht, über ihn zu richten. Dies würde nun an einem anderen Ort geschehen.

Als sie die Oberfläche erreichten, ging die Sonne gerade unter. Gardisten brachten Geller zu einem Pferdewagen und legten ihn auf die Pritsche. Giannozzo war ihnen hierher gefolgt. Aufmerksam beobachtete er das Treiben der gewaltigen Armee, die hier aufmarschiert war.

»Wir sind Euch zu tiefstem Dank verpflichtet, Giannozzo«, sagte Giulia. »Ich bin mir sicher, Eure Verbannung in die Katakomben hat mit Eurem Edelmut und dem Eurer Männer nun ein Ende gefunden. Ohne Euch …«

»Er ist ein guter Mann«, sagte Giannozzo mit Blick auf Geller, ohne auf Giulias Worte einzugehen. »Ich wünsche Euch ein glückliches Leben, verehrteste Schwester Giulia.« Damit wandte er sich um und verschwand in den Eingeweiden des römischen Bodens.

Nachdenklich sah Giulia ihm nach. Um sie herum bereiteten die Soldaten der Barone und die Gardisten den Aufbruch vor. Sie selbst setzte sich auf die Kante von Gellers Pritsche, riss einen breiten Streifen aus ihrem Habit und verband seine

Wunde. Die Pferde zogen an, der Wagen setzte sich in Bewegung. Solange der Weg es ihr erlaubte, starrte sie auf die finstere Öffnung, die in die Katakomben hinunterführte. Dorthin, wo ihr Vater den Tod gefunden hatte.

32

Als sie den Petersdom erreichten, stand der Mond am dunklen Firmament. Der Petersplatz war in den Schein Hunderter Fackeln gehüllt. Die Gardisten, die von den Baronen ein Pferd erhalten hatten, stiegen ab und gingen müde von dannen. Die übrigen würden erst viel später hierher zurückkehren.

Der Wagen mit Giulia und Geller hielt vor den Stufen des Petersdoms. Sie half ihm herunter, wobei er leise stöhnte. Da hörte Giulia jemanden ihren Namen rufen. Sie schaute die Stufen hinauf. »Mutter Rufina!«, rief sie und winkte freudig mit der freien Hand.

Rufina lief ihr ebenfalls winkend entgegen. Die beiden nahmen sich fest in die Arme. Rufina weinte vor Freude. »Mein armes Kind«, schluchzte sie und drückte Giulia an sich.

Da konnte auch Giulia ihre Tränen nicht mehr zurückhalten. »Liebe Mutter«, hauchte sie. »Es gibt so viel zu erzählen ...«

Liebevoll sah Rufina sie an und wischte ihr die Tränen fort. »Später, mein Kind«, sagte sie. »Lass uns zuerst den tapferen Capitano zu einem Medicus schaffen.«

Die Frauen brachten Geller in den Petersdom. Dort trafen sie auf Gazetti, der sie zum Leibarzt des Heiligen Vaters führte.

Vor der Tür des Medicus blieb Geller stehen. »Seht Ihr«, sagte er zu Giulia. »Es hat sich alles zum Guten gewendet. Wie ich es Euch versprochen habe.«

Giulia lächelte und gab ihm einen flinken Kuss auf die Wange. »Geht, Francesco«, sagte sie. »Eure Wunde muss behandelt werden.«

Er nickte Rufina zu und verschwand hinter der Tür.

Gazetti hatte viele Fragen an Giulia, doch Rufina erklärte ihm, dass diese warten müssten. Gemeinsam gingen die Frauen in den Bereich der Basilika, in dem die Zellen der Nonnen lagen.

Vor der Tür zu Giulias Zelle hielt Rufina inne. »Carafa?«, fragte Rufina.

»Er ist tot«, antwortete Giulia.

Rufina blickte zur Seite und nickte langsam. »Es ist gut«, sagte sie. »Ich bleibe im Petersdom, bis wir gemeinsam diesen Ort verlassen, um nach Santa Annunziata zurückzukehren. Und nun schlaf, mein Kind.«

»Gute Nacht, Mutter«, sagte Giulia und betrat ihre Zelle. Sie schleppte sich zu dem kleinen Tisch, schlüpfte aus dem schmutzigen Habit, den sie nun schon so lang getragen hatte. Er roch noch immer nach den feuchten, modrigen Kerkerwänden. Die vielen Tage im Verlies und die heutigen Ereignisse machten sich erst jetzt bemerkbar. Unsagbare Müdigkeit übermannte sie. Sie schaffte es gerade noch bis zu ihrem Bett. Kaum hatte sie den Kopf niedergelegt und die Augen geschlossen, schlief sie auch schon ein.

Giulia schlief drei Tage und drei Nächte. Dann, am Morgen des vierten Tages, schreckte sie schreiend aus einem düsteren Traum auf. Nassgeschwitzt fuhr sie hoch und blickte umher. Die Sonne schien durch das kleine Fenster ihrer Zelle, auf dem Tisch stand frisches Wasser. Sie stand auf, trank in großen Zügen und kleidete sich an. Jeder Knochen und jede Faser ihres Körpers schmerzten. Es würde noch Wochen, wenn nicht

Monate dauern, bis ihr Leib und ihre Seele von den ausgestandenen Strapazen Erholung finden konnten.

Sie gähnte, streckte ihre Glieder und verließ die Zelle. Draußen auf dem Gang, gleich neben der Tür, fand sie Mutter Rufina schlafend auf einem Stuhl vor. Giulia lächelte beim Anblick des vertrauten Gesichts, das sie so vermisst hatte. Noch vor wenigen Tagen hätte sie nicht geglaubt, die geliebte Mutter noch einmal wiederzusehen. Nun saß diese vor ihr und schnarchte leise. Liebevoll streichelte sie Rufina über die Wange. »Mutter«, flüsterte sie. »Wacht auf.«

Rufina schlug die Augen auf. Sie blinzelte müde, doch als sie Giulia erkannte, war sie auf der Stelle hellwach. »Mein liebes Kind!«, stieß sie hervor. »Du bist aufgewacht. Dem Herrn sei gedankt.«

»Habe ich denn lang geschlafen, Mutter?«, fragte Giulia. Sie glaubte, sie hätte nur eine einzige Nacht in ihrer Zelle verbracht.

»Am Abend vor drei Tagen hast du dich zur Ruhe gelegt«, antwortete Rufina. »Wir dachten, du wachst gar nicht mehr auf.«

»Und Ihr habt die ganze Zeit vor meiner Tür gesessen, Mutter?«

»In jedem Augenblick, mein Kind«, sagte Rufina. Sie stand auf und griff sich mit schmerzverzerrter Miene in ihr Kreuz.

Giulia rieb Rufina sanft über den Rücken. »Wie geht es dem Capitano?«, wollte sie wissen.

»Die Kunst der Ärzte vermochte sein Bein zu retten«, sagte Rufina. »Doch wird es wohl bis ans Ende seiner Tage steif bleiben.«

Die Nachricht betrübte Giulia. Aber sie tröstete sich mit dem Gedanken, dass Geller trotz allem wohlauf war. »Ist es mir erlaubt, ihn zu besuchen, Mutter?«

»Gewiss«, sagte Rufina. »Aber das kann warten.« Sie sah betreten zu Boden. »Eine andere Seele bedarf nun deines Trostes.

Monsignore Gazetti erwartet dich in den päpstlichen Gemächern, mein Kind.«

»Monsignore Gazetti?«, wiederholte Giulia. »Was ist geschehen, Mutter?«

Rufina winkte ab. »Geh«, sagte sie. »Und eil dich!« Sie schob Giulia sanft von sich.

Nur widerwillig konnte Giulia sich von Rufina trennen. Langsam zuerst, dann immer schneller lief sie durch die Gänge und Hallen, bis sie zu den Gemächern des Heiligen Vaters im oberen Stockwerk gelangte. Die Gardisten vor der Tür ließen sie sogleich ein. Gazetti stand, Dokumente studierend, neben dem Tisch des Papstes. »Monsignore«, sagte sie.

Gazetti sah müde und traurig aus. Als er aufblickte und Giulia sah, hellte sein Blick sich auf. »Schwester Giulia«, sagte er mit schleppender Stimme. »Wie geht es Euch?«

»Gut«, sagte Giulia. »Ihr habt mich rufen lassen.«

»Seine Heiligkeit«, sagte er. »Ich fürchte, es geht zu Ende. Die Ärzte können nichts mehr für ihn tun.«

Giulia erschrak. »Ihr meint, er liegt im Sterben.«

Gazetti nickte. »Vor zwei Tagen hat er nach Euch schicken lassen«, sagte er. »Er sprach davon, dass dies sein letzter Wunsch sei. Doch seit gestern Abend nimmt er seine Umgebung kaum noch wahr.«

»Ich gehe zu ihm«, sagte Giulia. »Wo ist er?«

Gazetti deutete auf die Tür hinter ihm. »Gleich dort. Bitte, folgt mir.«

Gazetti führte sie durch den angrenzenden Raum, in dem einige Sessel und gepolsterte Liegen zum Ausruhen einluden. Auf der anderen Seite des Zimmers war eine weitere Tür. Davor blieb Gazetti stehen. »Ein Medicus ist bei ihm«, sagte er. »Geht nur hinein, Schwester.«

Bedächtig drückte Giulia die Klinke hinunter und betrat den

Raum. Die Vorhänge vor den großen Fenstern waren zugezogen. An der Wand stand ein großes, mit Gold veredeltes Bett. Hoch darüber hing ein Baldachin aus Goldbrokat. In dem Gewühl aus Decken und Kissen sah Giulia das eingefallene, aschfahle Gesicht des Heiligen Vaters.

Neben dem Bett saß ein Medicus auf einem einfachen Stuhl. Als er Giulia sah, stand er auf.

»Wie geht es Seiner Heiligkeit?«, fragte Giulia.

»Es besteht keinerlei Hoffnung mehr«, erklärte der Medicus. »Es liegt nun allein in Gottes Hand, wann Er den Heiligen Vater in das ewige Himmelreich holen wird.« Er ging an Giulia vorbei und schloss die Tür hinter sich.

Sie trat näher an das Bett, bis ihre Knie den Rahmen berührten. Der Heilige Vater hielt die Augen geschlossen, sein Atem ging schwer und rasselnd. Giulia glaubte nicht, dass er sich ihrer Anwesenheit bewusst war. Sein Geist schien längst in anderen Gefilden angekommen. Regungslos schaute sie ihn an. Ein Jahr lang hatte sie diesem Mann gedient, und viele Einzelheiten kamen ihr in den Sinn. Seine sprichwörtliche Schwatzhaftigkeit, sein Jähzorn, sein heftiges Temperament. Nun lag er vor ihr, klein, krank, sterbend. Am Ende seiner Reise ist doch jeder Mensch gleich, ob Papst oder Bauer. Die Reise nach Grottammare fiel ihr ein. Die Beichte des Papstes in der winzigen Kirche. *Wann immer du einen Wunsch hast, sage ihn mir, und er geht in Erfüllung. Das verspreche ich dir hier im Angesicht des Herrn.* Das waren seine Worte gewesen. Von welch kurzer Dauer das Versprechen des Papstes doch gewesen war. Kaum hatte sie seiner Hilfe bedurft, vertraute zutiefst darauf, wandte er sich von ihr ab, um das Gesicht zu wahren. Ein Wort des Heiligen Vaters hätte genügt, sie aus dem Kerker zu befreien, und niemand hätte gewagt, ihm daraus einen Vorwurf zu machen. Doch er war gewillt, sie auf dem Scheiterhaufen zu opfern. Glaubte er wirklich, sich durch seine Beichte in Grottammare von allen Sünden reinwaschen zu können? Dachte er, sie, Giulia, könnte ihm die Absolution erteilen und seine Gräueltaten als Folge seiner kindlichen Erfahrungen entschuldigen? Nein, die Grausamkeit seines Vaters war eine Erklärung, doch sie konnte ihn nicht von seinen eigenen Sünden reinwaschen. Und Giulia hatte keinen Beweis dafür gefunden, dass der Heilige Vater seit Grottammare gewillt gewesen war, seine Fehler wiedergutzumachen. Obschon er wusste, dass Giulia sterben sollte, hatte er sich feige und gleichgültig gezeigt. Nun sollte Gott über ihn richten. Giulia war nicht mehr fähig, Mitleid mit diesem Mann zu empfinden. Sie sann nicht auf Rache, sie war nur zutiefst enttäuscht.

Plötzlich schlug der Papst die Augen auf. Sein Blick klärte sich etwas, die schmalen Lippen zuckten. Da bemerkte er Giulia neben seinem Bett. Er schien etwas sagen zu wollen, doch die Stimme versagte ihm. Dann hob er langsam eine Hand. Die Finger zitterten und reckten sich Giulia entgegen.

Sie sah ihn ohne jegliche Regung an. Eine Elle von ihr entfernt verharrte die Hand in der Luft. Es wäre ein Leichtes gewesen, sie zu umfassen. Verzweifeltes Flehen schien von den Fingern Besitz ergriffen zu haben. Ein Flehen, das sich auch in den Augen des Heiligen Vaters widerspiegelte.

Brüsk wandte Giulia sich ab. In ihrem Rücken hörte sie, wie der Arm zurück auf die Decke sackte. Sie öffnete die Tür, schlüpfte hindurch, ohne den Heiligen Vater eines letzten Blickes zu würdigen.

Gazetti schritt ihr entgegen. »Betet für ihn, Schwester«, sagte er mit gefalteten Händen.

»Gewiss«, sagte Giulia. Sie verließ die Gemächer und machte sich auf den Weg zum Lazarett, das in einem kleinen Nebengebäude lag.

Das Lazarett bestand nur aus einem großen Raum. Giulia

fand Geller am Ende des Saales in einem Bett liegend. Freude ergriff sie, und sie ging schneller.

»Schwester Giulia!«, rief Geller ihr fröhlich entgegen.

»Francesco«, sagte sie, als sie bei ihm war. »Es tut gut, Euch zu sehen. Wie fühlt Ihr Euch?«

Er grinste. »Nun, da Ihr bei mir seid, wundervoll.«

Sie lächelte. »Und wenn ich nicht bei Euch bin?«

Geller zeigte auf den Verband um sein Knie, durch den Blut gesickert und getrocknet war. »Carafas Kugel ist in meine Kniekehle gedrungen und hat das Knie zerschlagen. Sollten wir noch einmal jemanden durch die Katakomben jagen, muss ich mir die Sänfte des Heiligen Vaters leihen.«

Die scherzhafte Bemerkung erheiterte Giulia nicht im Mindesten. »Seid Ihr in der Lage, Euren Dienst bei der Garde wieder aufzunehmen?«

Geller schüttelte den Kopf. »Nein«, sagte er niedergeschlagen. Doch dann blitzte es in seinen Augen. »Aber hört: Noch am Tage von Carafas Tod hat mir der Heilige Vater ein großes Stück Land in der Campagna geschenkt und mir den Titel eines Conte verliehen.« Er richtete sich auf und sagte mit förmlicher Stimme: »Vor Euch liegt der Conte di Aquilani.« Er stöhnte leise und sank zurück in sein Kissen.

»Erlauchter Don«, sagte Giulia lachend und verneigte sich.

»In seiner unendlichen Großzügigkeit hat der Papst auch Giannozzo und den Aussätzigen ein Stück Land geschenkt«, sagte Geller. »Nun müssen sie nicht mehr länger in den dunklen Eingeweiden Roms ihr Dasein fristen.«

»So?«, sagte Giulia. »Hat er das?«

Er nickte. »Sagt, Schwester«, sagte er eine Spur ernster. »Kardinal Carafa – er war Euer Vater?«

»Ja«, antwortete Giulia.

»Meine Gardisten haben in den vergangenen Tagen umfangreiche Nachforschungen angestellt«, erklärte Geller. »Sie waren auch in Carafas Palazzo. Aus den dort gefundenen Aufzeichnungen, den Schilderungen der ehrwürdigen Mutter Rufina und einiger Kardinäle ergab sich ein umfassendes Bild über das Leben dieses Mannes.«

Giulia horchte auf. »Bitte, sprecht weiter, Francesco.«

»Sein wahrer Name lautete Luigi Donati«, sagte Geller. »Er bestritt seinen Lebensunterhalt, indem er unter dem Deckmantel eines ehrenhaften Priesters gemeinsam mit Eurer Mutter Kirchen ausraubte. Nach Eurer Geburt und seiner Flucht aus Giulianova kam er irgendwann nach Rom. Hier gab er sich als Neffe des verstorbenen Papstes Paul IV. aus. Schnell stieg er in der Hierarchie auf, bis er schließlich in den Kreis der Porporati aufgenommen wurde. Und hättet Ihr seine Pläne nicht durchkreuzt, hätte man ihn zum nächsten Papst gewählt. Das ist gewiss.«

»Hm«, machte Giulia. »Pippo sprach von weiteren Verschwörern. Wisst Ihr mehr darüber?«

»Sicher ist nur, dass Kardinal Pozzi der Verschwörung angehörte«, sagte Geller.

Pippo sagte etwas von drei Verschwörern, dachte Giulia. Wer mochte der Dritte sein?

»Was denkt Ihr, Schwester?«, fragte Geller.

»Nichts«, sagte Giulia schnell. »Habt Ihr Fulvia gesehen?«

»Das letzte Mal sah ich sie bei Eurer Verhandlung«, antwortete Geller. Er stockte. »Was gedenkt Ihr nun zu tun? Bleibt Ihr in Rom?«

Giulia hatte geahnt, dass Geller diese Frage stellen würde. Eine unsichtbare Hand schien nach ihrem Herzen zu greifen. Längst hatte sie sich entschieden, doch es fiel ihr so unsagbar schwer, die richtigen Worte zu finden. »Gewiss wünscht Mutter Rufina, dass ich mit ihr nach Santa Annunziata zurückkehre.«

»Werdet Ihr diesem Wunsch entsprechen?«, fragte Geller. Er

kratzte sich verlegen am Kopf. »Wisst Ihr, mein Land ist sehr groß. Ich wäre für jede Hilfe dankbar. Damit will ich nicht sagen, dass ...«

Giulia unterbrach ihn lachend. »Glaubt Ihr wirklich, ich würde mich auf einem Acker gut machen, Francesco?«

Mit gespieltem Vorwurf sah er sie an. »Bei meiner Seel', Schwester!« Dabei schlug er mit der Faust auf sein Bett.

Giulia lächelte schwach, schüttelte den Kopf und beugte sich zu ihm hinab, um ihm einen Kuss auf die Wange zu geben. »Lebt wohl«, hauchte sie in sein Ohr. Sie richtete sich auf und ging.

»Ich werde auf Euch warten, Giulia!«, rief Geller ihr nach. »Und wenn es bis ans Ende meiner Tage dauern soll.«

Sie hielt kurz inne. Doch anstatt sich noch ein letztes Mal umzudrehen, öffnete sie die Tür und ging hinaus. Sie wollte nicht, dass Geller ihre Tränen sah.

33

Noch am selben Tag brachte man Papst Sixtus in den von ihm drei Jahre zuvor erworbenen Quirinalspalast. Dort starb er zwei Tage später, am 27. August im Jahre des Herrn 1590. Alle Glocken Roms erklangen zur Stunde seines Todes und kündeten vom Ableben des Heiligen Vaters.

Am Morgen darauf zogen sich die stimmberechtigten Kardinäle in das Konklave in der nach Papst Sixtus IV. benannten Sixtinischen Kapelle zurück.

Gespannt warteten Kleriker und Bürger Roms auf das Ende des Konklaves. Viele versammelten sich Tag für Tag auf dem Petersplatz, um auf die Entscheidung der Kardinäle zu warten und zu beten.

Dann, am 15. September, war es so weit. Weißer Rauch stieg weithin sichtbar aus dem Schornstein der Sixtina auf. Kurz darauf erklangen die Glocken des Petersdoms für ganz Rom.

Giulia befand sich gemeinsam mit Mutter Rufina unter den Wartenden auf dem Petersplatz. Sie hatte Rufina überredet, bis zur Papstwahl in Rom zu bleiben, bevor sie gemeinsam zurück nach Santa Annunziata reisten. Nun blickten die beiden Nonnen zusammen mit Tausenden Gläubigen unverwandt auf das Fenster, das sich direkt über dem Hauptportal des Petersdoms befand.

Nach einer Weile öffnete sich das Fenster. Zwei Kardinäle traten heraus, dann betrat Monsignore Gazetti den kleinen Balkon und stellte sich zwischen sie. Er hielt eine geöffnete Bibel in den Händen und rief mit glasklarer Stimme über den Platz: »Annuntio vobis gaudium magnum, habemus Papam!«

Eine in Weiß gekleidete Gestalt erschien hinter Gazetti. Langsam schritt der neue Papst auf den Balkon.

»Kardinal Giovanni Battista Castagna!«, rief Gazetti. »Seine Heiligkeit Urban VII.«

Die Wahl Castagnas zum Papst war für Giulia keine Überraschung, hatte sie doch damit gerechnet, dass der einflussreiche Kardinal die Nachfolge von Papst Sixtus V. antreten würde. Gleichwohl hatte sie gehofft, einen gemäßigteren Mann als neuen Papst zu sehen.

»Giulia«, sagte plötzlich eine Stimme hinter ihr.

Sie fuhr herum und schaute in das Gesicht Fulvias. Dann stutzte sie. Fulvia trug nicht den Habit einer Nonne, sondern ein farbenfrohes Kleid mit weitem Ausschnitt und eine modische gelbe Haube auf dem Kopf. »Fulvia? Wieso ...«

Fulvia lachte auf. Die grenzenlose Überraschung in Giulias Gesicht schien sie zu erheitern. Sie sah an Giulia vorbei auf den Petersdom. »Ist es nicht großartig?«, fragte sie. »Kardinal Castagna ist der nächste Heilige Vater.«

Verwirrt schüttelte Giulia den Kopf. »Du scheinst dich sehr darüber zu freuen.«

»Gewiss«, sagte Fulvia. »Er ist mein Vater.«

Giulia glaubte, sie habe nicht recht gehört. »Du bist die Tochter von Kardinal Castagna?«, fragte sie.

»Fortan Papst Urban VII.«, gab Fulvia zurück.

Da wusste Giulia, wer der dritte Verschwörer war. »Eine Nonne scheinst du zumindest nicht zu sein«, meinte sie mit Blick auf Fulvias Kleider.

»Mitnichten«, sagte Fulvia. »Mein Vater wusste von Carafas Plänen. Da hat er mich geschickt, dir zu helfen.«

Wut über Fulvias Maskerade und über die Täuschung überkam Giulia. »Wohl eher, um sich selbst zu helfen«, sagte sie.

»Bitte, sei mir nicht böse«, sagte Fulvia.

Giulia beachtete sie nicht. Sie wandte sich Rufina zu. »Mutter«, sagte sie, »es ist Zeit. Lasst uns Rom für immer den Rücken kehren.«

Rufina legte einen Arm um Giulias Schultern und ging mit ihr in den Petersdom, um ihre Habseligkeiten zu packen.

Die Reise zurück nach Santa Annunziata dauerte sieben Tage. Noch bevor Giulia und Rufina das Kloster erreichten, hatte sich ihre Rückkehr bei den Nonnen herumgesprochen. Die Schwestern Ada, Rossana und Liliana liefen dem Pferdewagen jubelnd entgegen. Sie schwangen sich auf die Pritsche, umarmten Giulia auf das Herzlichste, küssten ihr die Stirn und bestürmten sie mit Fragen, bis Rufina ihnen Einhalt gebot.

Vor dem Kloster hatte sich der gesamte Konvent versammelt. Einige der Nonnen hatten bunte Blumensträuße gepflückt, die sie Giulia freudestrahlend überreichten.

Es tat Giulia gut, die geliebten Schwestern und die vertraute Umgebung wiederzusehen. Hier war sie aufgewachsen, und hier fühlte sie sich sicher und geborgen.

Ada, Rossana und Liliana waren derart außer sich vor Freude, dass Rufina sie fortschicken musste. Sie brachte Giulia in ihre Zelle und stellte das Gepäck neben die Tür.

Langsam betrat Giulia ihre angestammte Unterkunft. Es roch noch immer so, wie sie es in Erinnerung behalten hatte. Nach altem Holz, nach würzigen Kräutern aus dem Garten und nach den Zedern im nahen Wald. Sie sah aus dem Fenster. Nun, da sie zurück war, spürte sie eine Leere in ihrem Herzen. Es fühlte sich an, als hätte sie in Rom einen Teil ihrer Seele zurücklassen müssen.

Rufina trat zu ihr und schaute über ihre Schulter durch das kleine Fenster. »Was willst du nun tun, mein Kind?«, fragte sie.

Giulia rührte sich nicht. Sie wusste, dass Rufina ihre Gefühle erraten hatte. Niemand unter Gottes Sonne kannte sie besser als Rufina, die wie eine wahre Mutter für sie war. Und weitaus mehr als das. »Ich weiß es nicht, Mutter«, flüsterte sie und vergrub ihr Gesicht in beide Hände.

Rufina strich Giulia über den Kopf. »Du liebst diesen Mann«, sagte sie.

»Ich bin eine Braut Christi«, erwiderte Giulia.

»Christus hat ausreichend Bräute«, sagte Rufina. »Er wird gewiss auf dich verzichten können.«

»Aber ich kann nicht auf Euch verzichten, Mutter«, hauchte Giulia. »Ich liebe Euch so sehr.«

Rufina küsste Giulia auf den Schleier über ihrem Haar. »Und unserer Liebe können wir allzeit sicher sein, mein liebes Kind«, sagte sie leise. »Doch manchmal muss man Altes aufgeben, um Neues zu gewinnen.« Sie löste sich von Giulia und ging zur Tür. Auf der Schwelle stehend sagte sie: »Der Wagen ist bereit, dich dorthin zu bringen, wo dein Herz auf dich wartet.« Damit verschwand sie.

Giulia atmete tief ein und aus. Sie schaute aus dem Fenster und hinunter in den Garten, wo Ada, Rossana und Liliana ihr lachend zuwinkten.

Epilog

Auf seinem Landsitz in der Campagna nördlich von Rom stand Francesco Geller an diesem Morgen mit seinen Lehnsbauern auf dem staubigen braunen Boden. Die Sonne brannte, und einige Frauen brachten Wasser, Brot und Käse zur Stärkung der Männer. Auf einem Haufen vor ihnen lag allerlei Werkzeug, das sie aus allen Ecken des Guts zusammengetragen hatten.

»Wo wollt Ihr die Scheune errichten, Don Francesco?«, fragte einer der Bauern, ein grobschlächtiger Kerl mit gutmütigem Gesicht.

Geller lachte. »Ich bin kein Zimmermann, guter Angelo«, sagte er. »Was meinst du, welcher Platz der geeignete wäre?«

Angelo ging in weitem Bogen um die Gruppe herum. Dann blieb er stehen und zeigte auf die Stelle zu seinen Füßen. »Hier!«, rief er. »Der Boden ist fest genug, doch nicht so hart, dass die Spaten und Spitzhacken brechen würden.«

Geller hob einen Arm. »Dann soll die Scheune an diesem Platz errichtet werden, Angelo!« Er stützte sich auf seine Krücke und humpelte zu Angelo. Die Bauern folgten ihm.

»Ruht Euch aus, Don Francesco«, sagte Angelo. »Ihr müsst müde sein. Lasst uns die Scheune für Euch bauen.«

»Ihr seid nur auf die Vorräte meines Weinkellers als Belohnung aus«, grinste Geller. Er klopfte Angelo auf die Schulter. »Ich danke dir, Angelo. Ich danke euch allen, dass ihr mir helfen wollt«, rief er den anderen Bauern zu. »Und so wahr ich hier vor euch stehe: Mein Wein soll eure verdorrten Kehlen hinunterfließen an jedem Tag, den ihr hier arbeitet!«

Jubel brandete auf. Männer und Frauen ließen Geller drei Mal laut hochleben. Dann griffen sie nach dem Werkzeug und schlugen beherzt in den Boden. Die Zimmerleute sägten die Holzlatten auf das richtige Maß zu.

Zur Mittagszeit legten sie sich in den Schatten von Gellers Gutshof. Sie aßen und tranken reichlich, bevor sie ein kurzes Nickerchen einlegten.

Nach einer Stunde ging die Arbeit weiter. Gerade hämmerten die Zimmerleute eine der Seitenwände der Scheune zusammen, als einer von ihnen rief: »Don Francesco! Seht!« Er deutete auf einen Hügel.

Gellers Kopf ruckte herum. Auf dem Hügel war die Gestalt einer Frau zu erkennen. Sie trug ein grünes Kleid, ihre schwarzen Locken wehten im leichten Sommerwind um ihren Kopf. In der einen Hand hielt sie eine große Tasche, in der anderen einen weißen Schirm, mit dem sie sich vor der Sonne schützte. Sein Atem setzte aus. Er würde diese Frau unter einer Million anderer erkennen. Doch vermochte er nicht zu glauben, dass sie wirklich dort stand und mit schnellen Schritten auf ihn zukam. Er winkte mit beiden Händen, wobei ihm seine Krücke entglitt und zu Boden fiel. Er bückte sich, um sie aufzuheben. Und als er sich wieder aufrichtete, sah er in das Gesicht Giulias. Sprachlos, mit offenem Mund, stand er vor ihr.

Giulia lachte schallend. »Habt Ihr einen Geist gesehen, Francesco?«

Geller wollte etwas sagen, doch in seiner Aufregung würfelten seine Lippen alle Silben durcheinander, sodass er nur wirres Zeug stammelte.

Das erheiterte Giulia nur noch mehr. »Wir scheinen nicht mehr dieselbe Sprache zu sprechen, seit Ihr ein Conte seid«, lachte sie.

Geller berührte vorsichtig Giulias Wange, als würde eine zu

heftige Berührung sie verschwinden lassen. »Ihr seid es wirklich«, brachte er schließlich heraus. »Bei Gott!«

Währenddessen hatten die Bauern und ihre Frauen einen Kreis um Giulia und Geller geschlossen. Sie schienen diesen besonderen Moment zu spüren, denn auf ihren Gesichtern spiegelte sich Gellers Freude wider.

»Hört mich an!«, rief Geller. »Bitte, begrüßt mit mir die künftige Contessa di Aquilani in eurer Mitte.«

Nun ließen die Männer und Frauen Giulia drei Mal hochleben, und gleich darauf weitere drei Mal das Brautpaar.

Giulia sah sich um. »Es scheint einiges zu tun zu geben, erlauchter Don«, sagte sie. Kurzerhand griff sie nach einem Spaten, ging zur Grube und stach ihn tief in das Erdreich.

»Ihr habt die Contessa gehört«, rief Geller. »Machen wir uns an die Arbeit.«

Die Männer klatschten in die Hände, die Frauen stimmten ein altes Bauernlied an. Gemeinsam machten sie sich alle daran, die neue Scheune zu errichten.

Noch am selben Abend starb in Rom Seine Heiligkeit Papst Urban VII. nach kurzer, schwerer Krankheit. Er hatte nur zwölf Tage auf dem Heiligen Stuhl sitzen dürfen, bevor der himmlische Vater ihn abberief.

– Ende –

WWW.LESEJURY.DE
WERDEN SIE LESEJURYMITGLIED!
Lesen Sie unter www.lesejury.de die exklusiven Leseproben ausgewählter Taschenbücher
Bewerten Sie die Bücher anhand der Leseproben
Gewinnen Sie tolle Überraschungen